Birgit Zimmermann

DIE WOLKENSTÜRMERIN

Roman

HarperCollins

1. Auflage 2022
Originalausgabe

Gesetzt aus der Stempel Garamond
von GGP Media GmbH, Pößneck
Druck und Bindung von CPI books GmbH, Leck
Printed in Germany
ISBN 978-3-365-00089-2
www.harpercollins.de

Klimaneutral
Druckprodukt
ClimatePartner.com/15109-2009-1001

FSC
MIX
Papier
FSC® C083411

FÜR MEINE TOCHTER

»DAS FLIEGEN ZEIGT UNS
DAS WAHRE GESICHT DER ERDE«

(Antoine de Saint-Exupéry,
Schriftsteller und Pilot, 1900–1944)

SONNTAG, 17. FEBRUAR 1957

Über dem Anwesen der Lilienthals schwebte die typische Sonntagsstimmung. Friedlich und schläfrig lag die dreistöckige Vorkriegsvilla aus rotem Klinker in der Sonne.

Marlene trat aus der Haustür, an der ein Messingklopfer in Form eines Flugzeugs hing – das Firmenlogo der Familie. Ein paar Augenblicke lang blieb sie stehen, horchte in die beschauliche Stille um sich herum und atmete die für Ende Februar ungewöhnlich milde Luft tief ein. Dabei wanderte ihr Blick über den Rasen. Er blieb an dem Springbrunnen neben der breiten Auffahrt zum Säulenportikus hängen. Für ein paar Momente drohte der Schmerz, Marlene wieder zu überwältigen. Diesen Brunnen hatte ihr Vater vor drei Jahren auf Wunsch ihrer Mutter bauen lassen. Leider hatten sich ihre Eltern nur noch kurze Zeit daran erfreuen können.

Energisch schüttelte sie den Kopf, als könne sie so die tiefe Trauer abschütteln, die in ihr aufstieg. Sie straffte sich, stieg die Sandsteintreppe hinunter und ging über den weißen Kiesweg entlang zur Rückseite des Hauses. Über Nacht hatte auch hier die Sonne Schneeglöckchen und blaue Traubenhyazinthen aus dem noch wintermüden Rasen hervorgelockt.

Marlene stutzte, als sie ihre Tante und ihren Onkel, die im Ostflügel der Villa wohnten, im Glaspavillon entdeckte. Sie saßen mit dem Rücken zu ihr mit Blick aufs Elbufer. Aus den geöffneten Fenstern der Laube kringelte sich Zigarettenrauch. Marlene lächelte. Das schöne Wetter hatte auch die beiden nach draußen gerufen, obwohl sie am Wochenende zu dieser Uhrzeit sonst immer ihren Mittagsschlaf hielten.

Langsam ging sie auf den Pavillon zu, froh darüber, ihrer sonntäglichen Einsamkeit für ein paar Minuten zu entrinnen.

»Wann willst du mit Marlene und Max darüber reden?«, fragte ihre Tante Änne gerade mit ihrer nicht gerade leisen Stimme im Eifler Tonfall.

»Über was?«, fragte ihr Mann erstaunt.

»Bärchen … über das Übernahmeangebot.«

Wie vom Blitz getroffen hielt Marlene im Schritt inne.

»Morgen«, hörte sie ihren Onkel Wilhelm antworten. »Ich musste mir selbst erst einmal in Ruhe Gedanken darüber machen. Aber ich tendiere im Moment zu der Übernahme.« Ihr Onkel seufzte so laut, dass Marlene es auf die Entfernung hören konnte. »Das Marlene beizubringen, wird allerdings nicht ganz einfach werden. Mein Bruder hätte sich auf mein kaufmännisches Urteil verlassen. Bei unserer Nichte bin ich mir da nicht so sicher.«

»Das Mädchen hängt an der Firma.« Ännes Stimme wurde weich, und Marlene ahnte, dass sie Tränen in den himmelblauen Augen hatte. »Vergiss nicht, vor einem Dreivierteljahr erst hat sie ihre Eltern verloren, und jetzt soll sie auch noch die Firma aufgeben?«

»Mit neunundzwanzig ist sie längst in dem Alter, sich einen Mann zu suchen und eine Familie zu gründen, für die sie sorgen kann«, erwiderte ihr Onkel in einem etwas barschen Ton, den er meist dann anschlug, wenn ihn Gefühle zu übermannen drohten. »Die Männer stehen doch bei ihr Schlange.«

»Da hast du recht, Bärchen«, stimmte Änne ihm zu.

»Mit ihren kupferroten Locken, dem schönen Gesicht und ihrer Figur könnte sie nach Petra Schürmann die nächste Miss World werden«, fuhr ihr Mann beherzt fort. »Außerdem ist sie klug und stammt aus einer der besten Familien Hamburgs. Sie wird bestimmt einen guten Ehemann finden. Ich habe nie verstanden, was sie mit der Firma will.«

Änne lachte ihr herzhaftes Lachen, mit dem sie anfangs in der feinen Hamburger Gesellschaft oft aufgefallen war. Doch das hatte die gebürtige Eiflerin nicht gestört – und ihren Mann, der ihr heute noch zu Füßen lag, ebenfalls nicht. »Seit '45 haben wir aber eine andere Zeit«, wandte sie ein. »Viele junge Frauen geben sich nicht mehr damit zufrieden, ausschließlich für ihren Mann und ihre Kinder da zu sein.« Änne seufzte. »Was ich gar nicht verstehen kann. Frauen in meinem Alter, die im Krieg allein für die Familie gesorgt haben, haben doch aufgeatmet, als ihre Männer heimkehrten und sich dadurch ihre Doppelbelastung auf ein erträgliches Maß reduzierte.«

Marlene sah, wie ihr Onkel seine Frau auf die Wangen küsste. »Du bist eben noch vom alten Schlag, meine Liebe.«

Änne schnurrte und schmiegte ihren inzwischen blond gefärbten Lockenkopf an die Schulter ihres Mannes.

Marlene stand immer noch wie angewurzelt auf dem Rasen. Das Turteln der beiden nahm sie kaum wahr. Sie fühlte sich, als hätte sie einen Schlag gegen den Kopf bekommen. Ein Übernahmeangebot? Das konnte nur von Dornier kommen, ihr ehemals großer Konkurrent im Flugzeugbau, für den sie seit eineinhalb Jahren Leichtbauprofile herstellten.

Unwillkürlich griff sie nach ihrer Bernsteinkette – ein Erbstück von ihrer Mutter –, als könne sie ihr Halt geben. Ihr Herz hämmerte, das Blut rauschte durch ihre Adern. Sie begann zu zittern. Wut darüber, dass sie auf diese Weise davon erfuhr, obwohl ihr die Hälfte des Unternehmens gehörte, Angst um dessen Zukunft und das plötzliche Gefühl von Hilflosigkeit trieben ihr die Tränen in die Augen. Abrupt drehte sie sich um und marschierte zurück zum Haus. Niemals würde sie einer Übernahme zustimmen, sagte sie sich im Stillen – obwohl sie genau wusste, wie schlecht es um die Firma stand.

Ohne noch einmal in die Wohnung im Westflügel der Villa zurückzugehen, fuhr Marlene in dem Mercedes 220 ihrer Eltern auf direktem Weg nach Appen, das nördlich von Hamburg lag. Kaum eine halbe Stunde später schlüpfte sie in dem Büro ihres

Vaters, wo sie immer noch den süßen, würzigen Duft seiner Bruyère-Pfeife zu riechen glaubte, in den grauen Fliegeroverall, verstaute ihr Haar unter der ledernen Kappe und stülpte die Fliegerbrille darüber. Bei all den ihr so vertrauten Handgriffen waren ihre Hände heute zittrig. An diesem Sonntag verzichtete sie auf die übliche Vorflugkontrolle. Sie konnte es nicht erwarten abzuheben.

Ihre Vega Gull aus dem Jahr 1939 wartete vor dem Hangar auf sie. Die Nachmittagssonne spiegelte sich auf der silbernen Karosserie, deren rote Initialen ML auf dem Heck verrieten, wem das kleine Sportflugzeug gehörte. Der Motor sprang gleich beim ersten Versuch an und gab sein typisches, sattes Tuckern von sich. Wenigstens auf dich ist Verlass, meine Schöne, dachte Marlene mit immer noch hämmerndem Herzen, während sie behände über den Seitenflügel in das kleine Cockpit sprang. Nachdem sie die gläserne Haube heruntergeklappt hatte, fuhr sie zum Ende der Rollbahn. Dort drehte sie die Maschine in den Wind. Ein paar Augenblicke zwang sie sich zu voller Konzentration. Mit angezogener Bremse gab sie Vollgas. Sie liebte diese Momente, wenn der Motor hochlief, die Maschine dröhnte und zitterte, dann der plötzliche Schub nach vorn, wenn sie die Bremsen löste, über die Startbahn sauste, schneller und schneller wurde, und schließlich das Gefühl der Schwerelosigkeit, sobald die Räder vom Boden abhoben und der Abstand zur Erde unter ihr immer größer wurde.

Die Vega Gull gewann schnell an Höhe. Marlene flog eine Schleife, sah über sich das grenzenlose Blau des Himmels und unter sich das weitläufige Firmengelände mit den Flugzeug- und Werkshallen und dem niedrigen Bürogebäude. Flugzeugbau Appen, gegründet 1910 von ihrem Großvater Anton Lilienthal, war eine der ersten Flugzeugbaufirmen in Deutschland gewesen, spezialisiert auf Wasserflugzeuge. Und diese Firma sollte jetzt nach siebenundvierzig Jahren von einem Konkurrenten übernommen werden?, fragte sie sich immer noch fassungslos.

Ziellos flog sie in Richtung Norden, über noch brachliegende Felder, gelbe Wiesen, dunkle Waldstücke und Ansammlungen von Häusern, die durch lange gerade Straßen, die wie graue Bänder aussahen, verbunden waren. Hier und da entdeckte sie kleine Spiegel – Seen. In beinahe absoluter Stille schwebte sie über das flache Land dahin. Sie hörte nur das gleichmäßige Dröhnen des Motors, gelegentlich ein Klappern der Türen und Fenster in ihren Rahmen und das leise Pfeifen des Windes, der über die Tragflächen glitt. Inzwischen hatte sie eine Höhe von tausendfünfhundert Metern erreicht. Und wie stets beim Fliegen stellte sich auch jetzt endlich wieder das Gefühl von Leichtigkeit und Losgelöstheit ein, das sie so liebte. Sie genoss die Weitsicht über die Erde, gewann Abstand von den Dingen dort unten – und neue Perspektiven.

Als sie nach zwei Stunden wieder landete, glaubte sie zu wissen, wie sie das Familienunternehmen vor einer Übernahme retten konnte.

MONTAG, 18. FEBRUAR 1957

Im Ostflügel der Villa in Blankenese war es noch dunkel, als Marlene Montagmorgen das Haus verließ. Über Nacht war das Wetter umgeschlagen. Nebel waberte über die Elbe. Gefrorene Feuchtigkeit flirrte wie silberner Staub durch die kalte Luft.

Marlene kam nur langsam voran. Die Luft war genauso verhangen wie die Zukunft der Firma. Normalerweise ging sie vor der Arbeit immer in die Werkshalle, um den alten Hannes zu begrüßen. Hannes Lüders war bei ihrem Großvater in die Lehre gegangen. Als kleines Mädchen hatte er sie ins Cockpit gehoben und ihr die Instrumente erklärt. Bei ihm hatte sie im Alter von zwölf Jahren das Fliegen erlernt. An diesem Montagmorgen jedoch ging sie sofort in ihr Büro, um sich vor der Unterredung mit ihrem Onkel noch einmal die Kontobücher anzusehen. Während sie in ihre Arbeit vertieft war, klopfte es. Ohne ihr »Herein« abzuwarten, stand ihr Vetter im Türrahmen.

»Dachte mir doch, dass du vor mir da sein würdest«, begrüßte Maximilian sie mit noch müder Miene.

»Wie meistens«, kam ihr ganz spontan über die Lippen, was sie gleich darauf bereute. Bei der Umsetzung ihrer Idee zur Rettung des Unternehmens brauchte sie auch seine Unterstützung. Max gehörten fünfzehn Prozent, genauso viel wie seinem Bruder Alexander.

Sie zwang sich zu einem Lächeln und fragte: »Aber warum bist du denn schon so früh hier?« Maximilian wohnte in der Innenstadt und traf normalerweise immer erst gegen zehn Uhr ein.

»Mein Vater hat mich gestern Abend angerufen. Er will mit uns heute früh schon um acht Uhr reden.« Seine blonden Brauen hoben sich. »Weißt du, worüber?«

Marlene zögerte. »Er hat mir nichts gesagt.« Was ja auch der Wahrheit entsprach.

Ihr Vetter zuckte mit den Schultern. »Dann warten wir mal ab.« Er schenkte ihr die Andeutung eines Lächelns. »Mach mir bitte einen Kaffee. Fräulein Piepenbrink ist noch nicht da.«

Sie sah ihn an. »Bin ich deine Sekretärin?«

»Nein, aber eine Frau und außerdem meine Cousine.«

Da sie sich an diesem Morgen nicht mit ihm anlegen wollte, stand sie auf, um Wasser zu holen. Sie bemerkte, wie Maximilian ihr nachblickte.

»Die Naht deines rechten Nylons sitzt schief«, hörte sie ihn sagen. Sie blieb stehen und sah an ihrer Wade hinunter.

»War nur ein Witz.« Ihr Vetter grinste sie an.

Ohne darauf etwas zu erwidern, verließ sie ihr Büro. Insgeheim schüttelte sie den Kopf. Maximilian war früher einmal ein liebenswürdiger junger Mann gewesen, sehr gut aussehend, groß, sportlich. Heute war er hager, hatte tiefe Augenringe und hohle Wangen – ausgezehrt von den Jahren in russischer Gefangenschaft und dem Alkohol, ohne den er die Kriegserlebnisse wahrscheinlich nicht hätte ertragen können. Erst nach ein paar Cognacs kamen sein jungenhafter Charme und sein Witz wieder leicht zutage.

Während sie Wasser in die Kanne füllte, hörte sie schwere Schritte auf dem Gang, unverkennbar die Schritte ihres Onkels, dessen Büro gegenüber dem lag, das sie von ihrem Vater übernommen hatte.

»Da bist du ja schon, Junge«, hörte sie Wilhelm mit seiner dröhnenden Bassstimme sagen. »Wo ist denn Marlene?«

»Die macht gerade Kaffee.«

»Kaffee können wir später trinken. Ich habe etwas mit euch zu besprechen. Komm bitte mit.«

Marlene musste lächeln. Typisch ihr Onkel. Ihm ging die Pflicht vor dem Vergnügen. So war auch ihr Vater gewesen. Und in diesem Sinne war auch sie erzogen worden.

Marlene ließ die Kanne auf dem Waschbecken stehen und folgte den beiden.

»Guten Morgen, Marlene«, begrüßte ihr Onkel sie. Er stand hinter seinem geschnitzten Schreibtisch, der allein schon – anders als das schnörkellose Stahlmodell ihres Vaters – Macht ausstrahlte. Dazu war ihr Onkel mit dem noch vollen, schlohweißen Haar, einem Gardemaß von eins neunzig und den stahlblauen Augen immer noch eine imposante Erscheinung. Er besaß eine Würde und Eleganz, die nach dem Krieg bei den Männern selten geworden waren. »Du bist heute Morgen ja ganz besonders früh gefahren«, fuhr er zwinkernd fort.

Sie lächelte ihn an. »Ich hatte eine schlechte Nacht.«

»Dafür siehst du aber sehr hübsch aus«, entgegnete er galant. Dann wurde er ernst. »Setz dich bitte. Ich habe euch etwas zu sagen.« Er zeigte auf die drei Ledersessel, die sich um einen niedrigen Rauchtisch scharten. Maximilian saß bereits mit übereinandergeschlagenen Beinen da und zog sein silbernes Zigarettenetui aus dem Tweedsakko. Mit aufforderndem Blick hielt er es seinem Vater entgegen. Marlene überging er, obwohl er wusste, dass auch sie hin und wieder rauchte.

»Jetzt nicht«, sagte Wilhelm kurz.

Maximilian zuckte mit den Schultern und ließ sein Feuerzeug aufschnappen. Marlene nahm ihm gegenüber Platz. Ihr Onkel blieb hinter seinem Sessel stehen und umfasste mit beiden Händen dessen Rückenlehne so fest, dass die Fingerknöchel weiß hervortraten. Dann sah er zuerst sie und danach seinen Sohn bedeutsam an. Sie schluckte schwer – wusste sie doch, was jetzt kommen würde.

»Wir alle wissen um die schwierige finanzielle Situation unserer Firma«, begann ihr Onkel nun mit getragener Stimme. »Während des Krieges hatten wir aufgrund unserer ländlichen Lage zwar das Glück, von den Bomben verschont zu bleiben, und konnten weiter produzieren. Unter den Briten aber, die fast alle Flugzeuge und – bis auf die eine letzte – alle Produktionsmaschinen konfisziert hatten, stellten wir mit dem Metall, das wir hatten retten können, lediglich Töpfe und Pfannen her. Den Bau von Flugzeugen und das Fliegen hatten die Alliierten ja verboten.«

Marlene fragte sich, weshalb er diesen Vortrag hielt. Sie wussten doch alle drei, wie die letzten Jahre gewesen waren. Aber scheinbar suchte ihr Onkel Rechtfertigungen für das, was er ihnen sagen wollte.

»So haben wir uns in den Nachkriegsjahren mithilfe unseres noch vorhandenen Vermögens einigermaßen über Wasser halten können. Und seit die Alliierten auf Einwirken Adenauers das Verbot aufgehoben haben, haben wir alles versucht, um mit den Leichtbauprofilen und zumindest als Zulieferer für andere Flugzeugbauunternehmen zurück ins Geschäft zu kommen. Doch ich muss euch ja nicht sagen, wie schwierig sich das gestaltet hat. Inzwischen ist unser Firmenvermögen aufgebraucht. Ja, wir sind sogar verschuldet – was der Grund dafür ist, dass wir keine Kredite bekommen, um selbst wieder in den Flugzeugbau einzusteigen.« Hier legte Wilhelm eine Kunstpause ein.

Marlene kostete es viel Mühe, ihn nicht zu unterbrechen. Sie kannte die Firmengeschichte. Und Max auch. Viel wichtiger war doch, wie es weitergehen sollte.

»Wie ihr wisst, hatte mein Bruder immer die Vision, ab 1955 wieder Flugzeuge zu bauen. Bereits 1953 hatte er ein ganz modernes Motorflugzeug konstruiert. Es sollte unser erstes Landflugzeug werden. Parallel zu der Fertigung der Leichtbauprofile haben wir dann sogar von unserem Privatvermögen den Prototyp gebaut, mit dem wir vergangenes Jahr hätten in Serie gehen wollen. Dein Vater, Marlene …«, Wilhelm sah sie an, »… war fest davon überzeugt, dass die Fliegerei in Deutschland nach 1955 eine große Zukunft haben würde.« Er seufzte, bevor er mit bewegter Stimme fortfuhr: »Ja, und dann …« Er schluckte. »Nach dem tragischen Absturz von Friedrich und Viola hat uns die Stadt die Fördergelder verweigert, die mir die Stadtväter persönlich zuvor zugesichert hatten. Dadurch hatte das Projekt keine Chance mehr. Ich will es auf den Punkt bringen …« Wieder hielt er kurz inne, um dann umso schneller fortzufahren: »Wir haben keine Zukunft im Flugzeugbau und stehen kurz vor dem Konkurs.« Sein Gesicht hatte eine Röte angenommen, die verriet, wie viel Anstrengung ihn seine Ausführungen gekostet hatten. Er war eher ein Mann sparsamer Worte. »Deshalb war ich auch erleichtert, als ich vergangene Woche überraschenderweise ein Übernahmeangebot der Dornier-Werke am Bodensee erhielt. Ein sehr großzügiges Angebot mit den besten Konditionen für uns. Claude Dornier ist ein geschickter Geschäftsmann. Er hat das Verbot der Alliierten umgangen und schon bald nach dem Krieg in Spanien entwickelt und produziert. Der technische Vorsprung gegenüber anderen deutschen Flugzeugbauern ist sehr groß. Dornier bietet uns an, alle Beschäftigten zu übernehmen. Das heißt, auch euch beide in bisherigen Positionen sowie Fräulein Piepenbrink, Piet Fischer, unseren guten alten Hannes und die anderen beiden Mechaniker wie auch von Treskow als leitenden Ingenieur. Ja, das war es, was ich euch mitteilen wollte.« Wilhelm Lilienthal verstummte, griff in die Tasche seines dunkelblauen Jacketts und wischte sich mit einem Taschentuch über die feuchte Stirn. Dann erst setzte er sich und sah seine beiden Zuhörer abwartend an.

Maximilian stand auf und ging zum Bartisch. Ohne zu fragen, schenkte er sich einen Cognac ein. Den rügenden Blick seines Vaters ignorierend, stürzte er die bernsteinfarbene Flüssigkeit in einem Zug hinunter. »Wie viel will die Dornier-Werke GmbH uns denn für die Firma zahlen?«

Sein Vater nannte einen Preis, der Marlene die Sprache verschlug.

»Ja, das ist tatsächlich ein sehr großzügiges Angebot.« Wilhelm nickte bekräftigend. Dabei sah er Marlene beschwörend an.

»Ich stimme dafür«, meldete sich sein Sohn zu Wort. »Aber ich werde nicht für Dornier arbeiten. Mal sehen, was ich mit meinem Anteil machen werde. Zurzeit scheint ja alles möglich.« Er lachte kurz auf. »Und ich kann euch jetzt schon sagen, dass mein kleiner Bruder in Paris auch dafür sein wird. Der hat sich doch sowieso nie für die Firma interessiert. Mit so einem Batzen Geld kann er bei Chanel kündigen und sich mit einem eigenen Modeatelier selbstständig machen.«

Marlene rückte auf die Sesselkante vor. Mit durchgedrücktem Rücken und erhobener Stimme sagte sie: »Ich bin entschieden dagegen.«

»Wieso denn das?« Ihr Vetter sah sie gleichermaßen verdutzt als auch empört an. Er wusste nur zu gut, dass ihr Stimmrecht mit fünfzig Prozent höher war als seins.

»Marlene«, begann ihr Onkel in eindringlichem Ton, »als Prokuristin weißt du doch genau, wie es um uns steht. Und wir beide haben schon öfter in der letzten Zeit darüber gesprochen. Wenn Dornier uns den Betrieb jetzt zu einem solch guten Preis abkaufen will, sollten wir zuschlagen.«

Marlene spürte, wie ihr das Blut in die Wangen stieg. »Onkel Wilhelm«, es kostete sie Kraft, ruhig zu bleiben, »dein Vater, mein Großvater, hat gesagt, wer Lilienthal heißt, muss fliegen und Flugzeuge bauen. Der Krieg und die Besatzungszeit haben vielen Firmen geschadet, aber deshalb kann man nicht gleich aufgeben. Wir sind ein Traditionsunternehmen. Unser Name gilt etwas in Hamburg sowie im Flugzeugbau. Wir können uns doch nicht so einfach von der Konkurrenz schlucken lassen. Gib uns noch etwas Zeit, wieder Fuß zu fassen. Erst seit zwei Jahren darf Deutschland überhaupt wieder Flugzeuge bauen!«

»Möchtest du lieber Konkurs anmelden, und wir gehen alle leer aus?«, fragte Maximilian mit spöttischem Lächeln. »Dann gilt unser Name nämlich gar nichts mehr in der Stadt.«

Marlene beachtete ihn gar nicht, sondern sprach weiter: »Vater hat daran geglaubt, dass die Fliegerei Zukunft haben wird. Deutschland ist fast wieder aufgebaut. Wir haben Vollbeschäftigung. Es werden sogar Arbeiter aus Italien geholt. Überall wachsen neue Geschäftszweige, neue Unternehmen aus dem Boden.

Die Wege werden länger, Entfernungen weiter. Geschäftsleute müssen schnell von A nach B. Dafür brauchen sie Flugzeuge.«

Wilhelm seufzte. »Mein liebes Kind, das stimmt ja alles, aber wir haben weder einen äquivalenten Nachfolger für deinen Vater noch das Geld, Flugzeuge zu bauen. Von Treskow ist zwar ein guter Ingenieur, aber er ist kein Konstrukteur. Außerdem müssten wir, wenn wir weitermachen würden, einen großen Entwicklungsrückstand gegenüber den anderen, auch ausländischen Flugzeugbauern aufholen, um uns auf dem Markt wieder positionieren zu können. Wie sollen wir das schaffen?« Wieder wischte er sich mit dem Taschentuch über die Stirn. »Außerdem werde ich dieses Jahr sechzig. Eigentlich möchte ich bald in Ruhestand gehen.«

»Unsere gegenwärtige finanzielle Lage ist mir sehr wohl bewusst«, lenkte Marlene ein. »Deshalb möchte ich euch eine Alternative zu dem Übernahmeangebot vorschlagen. Ich habe alles genau durchdacht, und es könnte klappen – sofern wir uns für diesen neuen Geschäftszweig eine gewisse Anlaufzeit geben.«

Ihr Vetter zündete sich eine neue Zigarette an. Durch den Rauch sah er sie mit hochgezogenen Brauen an. »Neuer Geschäftszweig? Dann erzähl doch mal, Cousinchen, was du dir da in deinem hübschen Köpfchen ausgedacht hast.«

Ungeachtet der skeptischen Blicke beider Männer begann sie mit erhobenem Kinn: »Wir gründen als zweites Standbein eine Lufttaxifirma, um Menschen oder kleinere Waren ganz individuell und schnell von A nach B zu befördern. Geschäftsleute, Politiker, Künstler … Dafür müssen wir nichts investieren. Ich mache die Flüge erst mal mit meiner Vega Gull. Vater hat vor seinem Tod noch Funk einbauen lassen. Sie ist viersitzig, und wenn man die hinteren Sitze herausnimmt, passen sogar ein paar Kisten rein. Damit hat sie alles, was ein Flugzeug für ein solches Unternehmen braucht.«

In dem Schweigen, das nun folgte, hätte man die berühmte Stecknadel fallen hören können. Maximilians Lacher ein paar

Sekunden später klang in der Stille des Raumes so laut, dass Marlene zusammenzuckte. »Du glaubst doch nicht etwa ernsthaft, dass sich irgendein vernünftiger Mann von einer Frau durch die Gegend fliegen lässt?«

Marlene hielt seinem belustigten Blick stand. »Doch, das glaube ich ganz ernsthaft. Du bist da eventuell nicht so bewandert. Doch schon seit Beginn dieses Jahrhunderts hat es Fliegerinnen gegeben. Da bin ich nicht die Erste. Élise Deroche war die erste Frau der Welt, die 1910 den Pilotenschein gemacht hat. Es folgten so bekannte Namen wie Amelia Earhart, Thea Rasche, Elly Beinhorn und viele mehr. Im Krieg flogen Frauen bei der Air Transport Auxiliary in England. Und ich, lieber Maximilian ...«, sie legte eine bedeutungsvolle Pause ein, in der sie ihn ironisch anlächelte, »ich habe den Flugschein bereits mit vierzehn gemacht. Und de facto fliege ich bereits seit meinem zwölften Lebensjahr. Ich denke, das sind Argumente genug.« Sie hatte sich so sehr in Rage geredet, dass sie jetzt husten musste, weil sie sich zuletzt verschluckt hatte.

Maximilians Augen wurden schmal. Er legte den Kopf leicht schief und sah sie mit amüsiertem Lächeln an. »Das mag ja sein. Aber jetzt will ich dir mal etwas erzählen, Cousinchen. Kennst du Paul Julius Möbius? Er war Neurologe. Ein kluger Mann. 1900 hat er ein Buch geschrieben mit dem Titel ›Über den physiologischen Schwachsinn des Weibes‹.« Sein Lächeln wurde breiter. »Er hatte herausgefunden, dass der Instinkt bei der Frau eine größere Rolle spielt als beim Mann. Das hat den Mangel eines eigenen Urteils zur Folge. Kannst du alles nachlesen. Aber man muss sicher kein Neurologe sein, um zu wissen, dass eine Frau gewerblich ganz bestimmt nicht an den Steuerknüppel eines Flugzeuges gehört. Ihr seid ja schon als private Fliegerinnen eine Gefahr am Himmel.«

Marlene schnappte nach Luft. »Dieser Möbius spinnt doch! Und du auch, wenn du dir seine Meinung zu eigen machst«, stieß sie wütend hervor.

»Bitte, streitet doch nicht«, mischte sich ihr Onkel ein. Er sah seinen Sohn mahnend an. »Und was dich angeht, Maximilian, Beleidigungen sind keine Argumente.« Dann wandte er sich wieder an seine Nichte. »Marlene, nun zu deiner Idee. Ich glaube nicht, dass ein solches, wie du sagst, zweites Standbein unserer Firma tatsächlich etwas einbringen wird, zumindest nicht so viel, dass es uns finanziell retten kann.« Sein Blick wurde weich, liebevoll. »Glaube mir, Kind, ich weiß, was der Verlust der Firma für dich bedeutet, aber bitte vertrau meinem Urteil, dass die Übernahme die einzige Möglichkeit ist, mit wenigstens unserem restlichen Privatvermögen aus der Sache herauszukommen. Dein Vater hätte hinter meiner Meinung gestanden. Das weiß ich genau.«

»Vater hätte alles versucht, eine solche Übernahme zu verhindern«, wandte sie heftig ein. »Das weiß *ich* genau. Und was meine Idee angeht: Wir müssten gar nichts investieren, würden überhaupt kein Risiko eingehen. Ich würde mich um alles kümmern. Werbung, Abwicklung und Rechnungslegung, natürlich zusätzlich zu meiner Büroarbeit. Ich würde versuchen, lukrative Verträge mit ortsansässigen Unternehmen abzuschließen, vielleicht würde die Stadt uns ja sogar subventionieren.«

»Verstehe ich das richtig? Du willst also der Lufthansa Konkurrenz machen?«, fragte Maximilian sichtlich belustigt.

»Natürlich nicht. Die Lufthansa fliegt mit großen Maschinen über weite Distanzen und nach Übersee. Wir wären viel flexibler und individueller. Wenn jemand schnell von Hamburg nach Frankfurt oder München muss zum Beispiel. Der Kunde lässt sein Auto hier stehen, und es geht sofort ab in die Luft. Hier gibt es keine Wartezeiten wie auf einem großen Flughafen wie Fuhlsbüttel, außerdem sind die Kunden in privater Atmosphäre und keinem Publikum ausgesetzt, sicher nicht ganz unwesentlich für jemanden mit gewisser Berühmtheit, und wir …«

»Das klingt ja alles ganz gut, aber ich glaube nicht, dass deine Idee umsetzbar ist«, schaltete sich ihr Onkel erneut ein. »Die

Zeit ist noch nicht reif dafür.« Er wirkte plötzlich erschöpft. Sein Atem ging viel zu schnell, und Marlene bekam Angst, dass er wieder Herzbeschwerden haben könnte. Nach dem Tod ihres Vaters hatte er einen Herzinfarkt erlitten. Dennoch wollte sie noch nicht aufgeben.

»Gerade in diesen Zeiten, Onkel Wilhelm«, fuhr sie mit ruhigerer Stimme fort. »Das hat auch Vater gesagt.«

»Warum machst du das nicht auf eigene Kappe, wenn du vom Erfolg deiner Idee so überzeugt bist?« Maximilian sah sie herausfordernd an. »Nach der Übernahme hast du doch genügend Geld, um zu investieren. Im großen Stil, meine ich. Dann kannst du dir gleich ein paar Lockheed Super Constellation kaufen, mit der auch die Lufthansa durch die Welt fliegt und …«

»Schluss jetzt, Maximilian«, ging Wilhelm energisch dazwischen. »Ich fühle mich meinem Bruder gegenüber verpflichtet, Marlenes Idee nicht so einfach abzuschmettern, wie du es gerade tust. Ich möchte darüber nachdenken. Wir alle sollten darüber nachdenken: Übernahme oder zweites Standbein, wie Marlene es vorschlägt. Außerdem ist da ja auch noch Alexander, der das gleiche Mitspracherecht hat wie du, Max. Ich werde Alexander bitten, für eine Abstimmung nach Hause zu kommen. Heute in einer Woche sollten wir uns noch einmal zusammensetzen. Das wäre im Sinne meines Bruders.«

Maximilian lachte hart auf. »Ich werde auch noch in einer Woche für die Übernahme sein. Und Alex mit Sicherheit auch.« Er beugte sich nach vorn und sah seinen Vater beschwörend an. »Und du, Vater, kannst doch nicht im Ernst erwägen, diese idiotische Idee zu unterstützen.«

Marlene erlebte ihren Onkel zum ersten Mal verunsichert. »Nun«, Wilhelm räusperte sich und wischte sich über die Stirn, »vielleicht kommt Marlene in dieser Woche ja auch zu einer anderen Sichtweise und entschließt sich für die Übernahme. Wir sollten ein paar Nächte darüber schlafen. So hat es mein Bruder bei wichtigen Entscheidungen auch immer gehalten.«

Marlene biss sich auf die Lippe. Mit einem Mal fühlte sie sich leer und ausgebrannt. »Und was ist, wenn es bei dieser Abstimmung zu einem Fünfzig-fünfzig-Verhältnis kommt?«, fragte sie matt.

Maximilian lehnte sich mit siegessicherem Lächeln zurück. »Das wird es.«

Ohne auf seinen Einwurf einzugehen, sah sie ihren Onkel an.

Wilhelm holte tief Luft. »Für diesen Fall schlage ich vor, dass …«

»Dass dann wir Männer das letzte Wort haben«, unterbrach Maximilian seinen Vater ganz selbstverständlich.

»Ihr Männer?« Marlene wäre ihm am liebsten ins Gesicht gesprungen.

Maximilian grinste und hob beide Hände.

»In diesem Fall schlage ich vor, dass du dich, mein Kind, dann doch meinem Urteil anschließt – wie es auch dein Vater in kaufmännischen Dingen stets getan hat«, sagte Wilhelm mit liebevollem Lächeln. »Ich könnte mit Dornier reden, ob sie dir nach der Übernahme die Möglichkeit einräumen, deine Idee auf diesem Firmengelände zu verwirklichen. Das ist vielleicht verhandelbar.«

Marlene stand auf. Plötzlich glaubte sie, die Holzdielen würden unter ihren schwarzen Pumps schwanken. Sie musste sich am Sessel festhalten. »Gut, stimmen wir nächsten Montag ab«, sagte sie leise. Ihr war zumute, als wäre alles Blut aus ihren Adern geflossen. Dennoch straffte sie sich und wandte sich zur Tür, wo sie sich noch einmal umdrehte. »Du weißt, dass ich morgen an die Ostsee fahre, um mich endlich mal ums Haus zu kümmern?«, sagte sie zu ihrem Onkel.

»Willst du das wirklich? Bei diesem schlechten Wetter?«, fragte er besorgt.

Sie nickte stumm.

»Soll Änne dich begleiten? Damit du nicht so allein bist.«

Marlene schüttelte den Kopf. »Nein, danke.«

Wilhelm Lilienthal sah alles andere als glücklich aus. Er wirkte plötzlich um Jahre gealtert. Marlene wusste, dass ihr Onkel ein gerechter und versöhnlicher Mensch war – ein Mann der Kompromisse. Aber in dieser Frage – Übernahme oder nicht – gab es keine Kompromisse. Zumindest einer würde der Verlierer sein. Entweder sie oder Maximilian.

DIENSTAG, 19. FEBRUAR 1957

Der Dienstagvormittag zeigte sich wieder kalt und nass. Über Hamburg hing eine dichte, graue Wolkendecke.

»Willst du wirklich fahren?«, fragte Änne Lilienthal, die ihre Nichte in der Eingangshalle abfing.

Marlene lächelte sie beruhigend an. »Ich muss doch mal nach dem Rechten sehen.«

»Aber die Petersens aus Rettin kümmern sich doch.«

»Trotzdem.« Marlene umarmte sie, und für einen Moment gab ihr die warme Körperfülle ihrer Tante das Gefühl von Geborgenheit.

»Hast du denn genug warme Sache dabei?«, erkundigte sich Änne besorgt.

»Ja, habe ich.«

Ihre Tante trat einen Schritt zurück, nahm die schwarze Keilhose, den schwarzen Pullover, die pelzgefütterten Stiefelletten und das Pelzpaletot in Augenschein. Dann nickte sie zufrieden. »Schön siehst du aus, wenn auch ein bisschen traurig und sehr müde.« Mit hilfloser Miene fingerte sie an ihrer dreireihigen Perlenkette, die ihre cremeweiße Seidenbluse mit der Schluppe dekorierte. »Es tut mir alles so leid, Marlene. Das mit der Firma.«

»Lass uns jetzt bitte nicht darüber reden, Tante Änne«, erwiderte Marlene leise und bemühte sich um ein tapferes Lächeln.

»Wann kommst du zurück?«

»Wahrscheinlich am Sonntag.«

»Rufst du an, wenn du angekommen bist?«

Marlene musste lachen. »Das sind doch nur knapp hundert Kilometer. Aber ja, ich werde mich in den Tagen mal melden. Ich wollte sowieso Hannes' Schwester besuchen. Die hat in der Gaststätte einen öffentlichen Fernsprecher.«

Änne seufzte und schüttelte den Kopf. »Ach, Kind, bei dem Wetter …«

»Vielleicht ist es ja am Meer besser«, beruhigte Marlene sie. »Da weht der Wind die Wolken weiter und den Kopf frei«, fügte sie mit fragilem Lächeln hinzu.

Je weiter Marlene auf der Autobahn in Richtung Lübeck fuhr, desto größer wurden tatsächlich die Wolkenlücken. Nach der Abfahrt kam sie an braunen Äckern und Wiesen vorbei. Über den verstreut liegenden Ortschaften mit ihren roten Backsteinhäusern zogen weiße Wolkenschiffe. An der großen Kreuzung, wo es geradeaus zum Ostseebad Grömitz weiterging, bog Marlene rechts ab in südöstliche Richtung und kam in ein Waldgebiet. Nach ein paar Kilometern wandte sie sich nach links auf eine unbefestigte Straße. Hier machten die mächtigen Buchen schon bald knorrigen, windschiefen Kiefern Platz, die verrieten, dass es zur Ostsee nicht mehr weit war. Der Weg führte schließlich auf eine Klippe, auf der – einsam und verlassen – das weiße, reetgedeckte Haus mit den Sprossenfenstern stand. Sein Anblick nach fast einem Jahr war für Marlene wie ein Stich ins Herz. Das letzte Mal war sie zusammen mit ihren Eltern hier gewesen. Ein paar Augenblicke blieb sie im Auto sitzen und fragte sich, ob sie sich mit dieser Reise nicht doch zu viel zugemutet hatte. Schließlich stieg sie aus und ging um das Haus herum zur Meerseite.

Das Steilufer mit seinen überhängenden Bäumen und Luftwurzeln bot einen unverstellten Blick auf die Brandung und den Horizont, der in der Ferne mit dem grauen Meer verschwamm. Während sie fröstelnd den breiten Kragen ihres Pelzes am Hals zusammenhielt, hob sie ihr Gesicht der noch schwachen Februarsonne entgegen und atmete die nach Salz und Jod riechende Luft wie ein Lebenselixier tief ein. Dann stieg sie entschlossen die Holzstufen zur Loggia hinauf. Ihre Hand zitterte, als sie den

Schlüssel ins Schloss steckte. Ein paar hämmernde Herzschläge lang blieb ihr Blick an der Haustür hängen. Sie trug die für die Region typischen Schnitzereien – eine Sonne und zwei stilisierte Möwenköpfe. Dann überwand sich Marlene und schloss auf.

Überrascht blieb sie in dem kleinen Flur stehen. Anders als erwartet strömte ihr wie ein Willkommensgruß eine angenehme Wärme entgegen. Die Bauersleute, denen sie ihr Kommen angekündigt hatte, hatten die Elektroheizung angestellt. Noch im Mantel ging sie durchs Haus. Alles wirkte sauber und vertraut – das Geschirr im blau-weißen Zwiebelmuster in den weißen Küchenregalen, die Fensterbänke mit den Grünpflanzen, der Holzboden aus alten Schiffsplanken. Bevor die Erinnerungen an die vielen Urlaube hier sie überfallen konnten, machte sie sich daran, ihr Gepäck ins Haus zu bringen, räumte die mitgebrachten Lebensmittel in die Speisekammer, bezog ihr Bett im Obergeschoss, zündete den Kamin an und zog sich dann um für ihren ersten Strandspaziergang. Sie musste sich noch etwas Zeit geben, um mit dem Haus, in dem sie – trotz des Krieges – die schönste Zeit ihrer Jugend verbracht hatte, wieder eins zu werden.

In einer Hose aus schwerem Harris-Tweed, einem Fischerpullover, gelben Gummistiefeln und dem alten Trenchcoat ihrer Mutter brach Marlene zum Strand auf. Begleitet von einer steifen Brise und den Schreien der Seeschwalben, die in der Steilwand nisteten, stieg sie die Holztreppe hinunter, die an den Strand führte. Wie meistens war er menschenleer. An diesen Teil der Steilküste verirrten sich kaum Urlauber, und schon gar nicht zu dieser Jahreszeit.

Rechter Hand, südöstlich von ihr, lag der kleine Fischer- und Bauernort Rettin mit seinem Puderzuckersandstrand. Dahinter Pelzerhaken mit dem alten Leuchtturm, der den Schiffen den Weg in die Neustädter Bucht wies. Marlene wandte sich nach links in Richtung Grömitz. Hinter Brodau folgte der Steilküste ein breiter Sandstrand. Während sie am Meeressaum entlanglief, begleitete sie eine Zeit lang ein Möwenpärchen, deren Schreie sich mit dem Tosen der Wellen mischten. Die Bewegung tat ihr gut. Sie wünschte sich, sie könnte ewig so laufen, weg von der Vergangenheit – und weg vor der Zukunft, die so unsicher vor ihr lag.

Kurz vor dem Hafen von Grömitz, wo sie auf immer mehr Strandwanderer traf, kehrte sie um. Sie wollte allein sein mit der unberührten Landschaft. Sosehr sie einerseits beim Fliegen die Losgelöstheit von der Erde liebte, so sehr genoss sie es, sich ihr nah zu fühlen. Der weiche Sand, das Wasser, die Gischt, der Wind, der ihr durchs offene Haar blies. Und über ihr die weißen Federwolken, die wie ein Omen etwas Geheimnisvolles in das helle Blau schrieben.

Ein paar Augenblicke blieb sie stehen, vertiefte sich in die Musik des Meeres, die alle Zeiten überdauerte, sich nie veränderte – ganz gleich, wie das Leben verlief. Sie versetzte sie in einen unwirklichen Zustand, in dem sie nichts mehr dachte und die Welt um sie herum in den Hintergrund rückte. Ganz von allein setzte sie einen Fuß vor den anderen. Inzwischen hatte der Wind aufgefrischt. Weit hinten am Horizont ballten sich dunkle Wolken zusammen. Bald setzte ein leichter Nieselregen ein. Marlene bemerkte ihn erst, als sie kurz vor der Holztreppe zu ihrem Haus angekommen war. Plötzlich spürte sie, wie erschöpft sie war, glaubte, die Stufen nicht mehr hinaufsteigen zu können.

Da entdeckte sie die Kleidung. Auf der untersten Stufe lag fein säuberlich gefaltet ein schwarzer Mantel, darauf eine graue Hose, ein anthrazitfarbener Pullover, weiße Unterwäsche und ein blaues Handtuch. Neben der Kleidung standen akkurat nebeneinander ein paar schwarze Lederstiefel. Sie blinzelte verwirrt. Im Sommer hätten ihr die Kleidungsstücke erzählt, dass jemand sie hier zum Schwimmen abgelegt hatte. Aber zu dieser Jahreszeit? Doch dann fiel ihr das Wort Eisschwimmer ein. Ihre Freundin Cleo hatte vor einiger Zeit einen Artikel über diesen Sport für die *Hörzu* geschrieben.

Marlene drehte sich um und blickte zum Meer, über das jetzt dunkle Wolken landeinwärts zogen. Tatsächlich! Obwohl es gerade zu dämmern begann, entdeckte sie im Wasser einen Kopf, der immer wieder untertauchte. Mit kraftvollen Kraulbewegungen näherte sich der Schwimmer dem Ufer. Dort, wo er wieder Grund unter den Füßen hatte, richtete er sich auf und watete auf den Strand zu, wo er schließlich stehen blieb. Er schien sie noch nicht entdeckt zu haben und fühlte sich offenbar unbeobachtet. Mit beiden Händen strich er sich das schwarze Haar aus der Stirn. Dabei legte er den Kopf in den Nacken. Ganz in den Augenblick versunken, bot er ihr Gelegenheit, ihn zu betrachten. Seine breiten Schultern, seine wohldefinierten Brustmuskeln, schmalen Hüften, muskulösen langen Beine. Obwohl sie sich schämte, ihn so unverhohlen zu beobachten, konnte sie doch nicht den Blick abwenden. Er erinnerte sie an eine antike Statue. Sie schluckte. Nun kam er geradewegs auf sie zu, den Blick auf den Sand gerichtet. Wenige Meter vor ihr hob er den Kopf – und blieb abrupt stehen.

Sie blickte in ein offenes Gesicht mit kantigem Kinn, fein geschnittenem Mund und tiefbraunen Augen, die sie überrascht ansahen. Sie schätzte den Mann auf Anfang bis Mitte dreißig. Er passte in diese urwüchsige Natur und strahlte etwas Wildes, Unbezähmbares aus. Während er die letzten Schritte auf sie zu machte, zeigte sich auf seinem Gesicht ein schiefes, verlegen wirkendes Lächeln, das sich auch in seinen nahezu schwarzen, dicht bewimperten Augen spiegelte.

»Winterschwimmen«, erklärte er ihr mit einer etwas heiser klingenden Stimme.

Marlene musste ebenfalls lächeln. »Ich weiß.«

Die schwarzen Brauen schnellten hoch. »Sie auch?«

Sie lachte. »Nein, ich bevorzuge Sommerschwimmen.«

Sein Lachen klang warm und weich. Sie sahen sich an – wobei ihr Herzschlag in einen ungesunden Rhythmus verfiel. Er war zweifelsohne der faszinierendste Mann, dem sie je begegnet war.

»Frieren Sie nicht?«, fragte sie schließlich mit belegter Stimme. Der intensive Blickkontakt ließ ihr die Röte in die Wangen schießen.

»Ich bin gut trainiert. Aber dennoch …« Wieder dieses schiefe Lächeln, während er auf seine Kleidung deutete.

»Ja, natürlich.« Sie schickte sich an, die Treppe hinaufzusteigen, blieb aber dann auf der zweiten Stufe stehen und drehte sich um. Sie wollte ihn noch nicht gehen lassen, hätte gerne noch etwas mit ihm geplaudert. Für einen Sekundenbruchteil kam ihr sogar in den Sinn, ihm eine heiße Tasse Tee anzubieten. *Nein. Unmöglich*. Sie konnte keinen ihr wildfremden Mann zu sich in das einsame Haus einladen.

Während ihr diese Gedanken durch den Kopf rasten, wurde ihr Blick von seinem festgehalten. Die samtschwarzen Männeraugen, die bis tief in sie hineinzutauchen schienen, brachten in ihr etwas zum Schwingen. Der Wind zerrte an ihren Haaren. Die kalte Luft schien plötzlich elektrisch aufgeladen. »Sie müssen sich anziehen«, brachte sie schließlich nur schwer über die Lippen, als sie die Gänsehaut auf seinem Körper bemerkte.

»Ja«, erwiderte er, ohne ihren Blick loszulassen, und rieb sich kräftig die Arme. Dabei bemerkte sie den Ring an seiner linken Hand – ein großer, funkelnder Bernstein, massiv in Silber gefasst. Unwillkürlich legte sie die Hand auf ihr Dekolleté, auf dem unter dem Fischerpullover ihre Bernsteinkette lag. Sie wollte ihn gerne fragen, ob er auch Bernsteine liebe, doch als sie sah, wie er unter dem scharfen Wind erschauderte, nickte sie entschlossen und hob zum Abschied die Hand. »Tschüss.«

Dann drehte sie sich um und eilte die Holztreppe hinauf. Mit einem Mal fühlte sie eine berauschende Leichtigkeit in sich, die sie sonst nur beim Fliegen empfand. Ihr war zumute, als hätte dieser Mann ihr in den wenigen Augenblicken etwas von seiner urwüchsigen Kraft abgegeben. Lange schon nicht mehr hatte sie sich so lebendig gefühlt.

Oben auf der Klippe angekommen, lugte sie – hinter einem Sanddornbusch verborgen – noch einmal hinunter zum Strand.

Da entdeckte sie ihn, wie er in seinem langen schwarzen Mantel gegen den Wind ankämpfend in Richtung Pelzerhaken stapfte – jedoch ohne zu ihr hochzusehen.

Die lange Wanderung hatte Marlene hungrig gemacht. Sie briet sich zwei Spiegeleier und Bratkartoffeln und gönnte sich dazu ein Glas Bier. Während sie aß, blätterte sie im *Rettiner Heftchen*, das wöchentlich kostenlos an die Haushalte verteilt wurde und die Neuigkeiten der Region enthielt. Inzwischen klopften dicke Regentropfen an die Küchenscheiben. Windböen fauchten ums Haus. Draußen war es bereits stockfinster, obwohl die Zeiger der Uhr über dem Gasherd erst siebzehn Uhr anzeigten. Wo mochte der Winterschwimmer jetzt sein? Er konnte nicht aus der Gegend stammen. Seine Kleidung war eher die eines Städters gewesen. Vielleicht ein Urlauber? Oder ein Handlungsreisender?

Marlene lehnte sich auf dem Stuhl zurück. Wieder sah sie das attraktive Männergesicht und den gestählten Körper vor sich. Dann fiel ihr sein Ring ein, der eigentlich viel zu auffällig für einen Mann war. Ob er auch eine Affinität zu Bernstein hatte? Vielleicht verband der Ring ihn mit einem für ihn wichtigen Menschen. Einer Frau …

Mit dem Bierglas in der Hand ging Marlene ins Wohnzimmer, in dem der Kamin eine heimelige Wärme verbreitete. An den weißen Holzwänden hingen Bilder mit Seemotiven, Muscheln und Fischen. Die großen Blätter des Gummibaumes glänzten im Licht der Stehlampe. Ein paar Augenblicke blieb sie vor dem Vertiko stehen und betrachtete die Ferienfotos. Sie als Kind mit Affenschaukeln im Sand spielend, ihr Vater in Gummihose mit einem langen Köcher in der Hand am Strand von Dahme beim Bernsteinfischen, ihre Mutter am Tisch auf der Loggia, wo sie die Fundstücke bei schönem Wetter immer bearbeitet hatte. Zwischen den Bilderrahmen lag einer der Steine, den ihre Mutter besonders geliebt hatte. Sie nahm ihn in die Hand. Er fühlte sich glatt und warm an und besaß die Form eines ovalen Amuletts. Ungefähr in der Mitte war für alle Ewigkeit ein vierblättriges Kleeblatt eingeschlossen, völlig unversehrt. Dieses seltene Stück hatten sie kurz vor Kriegsbeginn am Strand von Ribnitz-Damgarten gefunden, das gut fünfzig Kilometer Luftlinie östlich auf dem Gebiet der heutigen DDR lag. Dort war das Bernsteinaufkommen sehr viel höher als in ihrer Gegend. Nach dem Krieg hatte sich ihr Vater jedoch geweigert, wieder dorthin zu fahren. *Wir sind Unternehmer, Kind,* hatte er gesagt. *Die DDR ist ein kommunistischer Staat. Mit einem solchen Land, in dem die Menschen ihrer Freiheit und ihres Geldes beraubt werden, will ich nichts zu tun haben.* Marlene interessierte sich kaum für diesen neuen Staat, der sich seinerseits von der BRD abschottete. Schade eigentlich, wenn man an die vielen Bernsteinfundstätten dort dachte …

Spätestens jetzt wären Marlene bei all diesen Erinnerungen die Tränen gekommen. Doch da schlich sich wieder der Winterschwimmer in ihre Gedanken. In Erinnerung an diese ungewöhnliche Begegnung ging sie schließlich schlafen.

MITTWOCH, 20. FEBRUAR 1957

Als Marlene am nächsten Morgen aufwachte, nahm sie als Erstes die kalte, kristallklare Meeresluft wahr, die durch das auf Kipp stehende Fenster ins Zimmer drang. Noch gefangen zwischen Traum und Wirklichkeit, kuschelte sie sich unter die Daunendecke und lauschte eine Zeit lang dem Gesang des Windes und der Wellen. Dabei sah sie unwillkürlich wieder das Bild des Winterschwimmers vor sich, den Moment, als er der Ostsee entstiegen war. Groß, breit, muskulös – wie der Gott des Meeres höchstpersönlich. Bei der Erinnerung an diese Begegnung fuhr ihr ein Stich ins Herz. Und plötzlich verspürte sie die Sehnsucht, von diesem Mann in die Arme genommen zu werden. Sie schüttelte über sich selbst den Kopf. Und mit einem Mal war sie hellwach. Mit einem Lächeln auf den Lippen sprang sie aus dem Bett und trat ans Dachfenster.

Bleigrau lag die Ostsee vor ihr. Seeschwalben zogen über das Wasser hinweg, auf der Suche nach ihrem Frühstück. Jetzt zerriss der schrille Schrei einer Möwe die morgendliche Stille, die den Eindruck vermittelte, der Tag wäre noch nicht bereit, sich den Ereignissen, die er bringen würde, zu stellen. Während sie zusah, wie es immer heller wurde, horchte sie in sich hinein: Sie fühlte sich so frisch und kraftvoll wie lange nicht mehr. Für sie konnte der Tag beginnen.

Nach einem ausgiebigen Frühstück mit frisch aufgebrühtem Bohnenkaffee, Sanddornmarmelade, Katenrauchwurst und Seeschinken brach sie zur Strandwanderung auf. Merkwürdig, dachte sie erstaunt über sich selbst, die Begegnung mit dem Fremden hatte ihre Probleme bezüglich der Firma, ihre Angst vor der Abstimmung in der nächsten Woche und ihre Trauer um ihre Eltern in den Hintergrund gedrängt. Diesem Mann war gelungen, was bisher noch keiner geschafft hatte: ihren Kopf vollständig zu besetzen.

Dieses Mal wanderte sie in Richtung Pelzerhaken. Vom wolkenlosen Himmel strahlte die Sonne auf sie herab. Gerade und klar lag der Horizont auf dem Rand der Welt. Während sie am Meeressaum entlangging, zu ihren Füßen Muscheln, Hölzer und einiges mehr an Strandgut, malte sie sich aus, wie der Fremde ihr gleich entgegenkommen und in die Augen sehen würde, ihr seinen Namen verraten und sie fragen würde, ob sie nicht ein Stück gemeinsam gehen möchten …

Doch an diesem Vormittag begegnete sie überhaupt niemandem. Kurz vor dem Leuchtturm kehrte sie um. *Verrückt.* Ich bin verrückt, schalt sie sich, während sie ihren Schritt beschleunigte, als wolle sie vor ihrer irrigen Hoffnung, den Schwimmer wiederzusehen, davonlaufen.

Am Nachmittag ging sie noch einmal zum Strand, um Ausschau nach einem schwarzhaarigen Kopf im Wasser oder einem Wanderer in langem schwarzem Mantel zu halten. Enttäuscht stieg sie schließlich die Treppe hinauf zu ihrem Haus.

Um nicht wieder in trübe Gedanken zu verfallen, fuhr Marlene am frühen Abend nach Rettin zum *Treibsand*, der Gaststätte von Hannes Lüders' Schwester. Vorher zog sie sich um. Seit dem Tod ihrer Eltern hatte sie sich nur in Schwarz gekleidet. Doch anders als ihre Freundin Cleo, die mit den französischen Existenzialisten Sartre, Camus und de Beauvoir und deren Idee der absoluten, persönlichen Freiheit auch deren Kleidungsstil für sich entdeckt hatte, empfand Marlene die Farbe als deprimierend.

Bevor sie das Haus verließ, betrachtete sie sich im Spiegel. Endlich gefiel sie sich wieder. Der moosgrüne Rock, die dazu farblich passende Strickjacke, die weiße Bluse. Sie schenkte sich ein Lächeln. Grün war ihre Lieblingsfarbe. Sie ließ ihr rotes Haar leuchten und spiegelte sich in ihren Augen wider.

Marlene parkte unweit des *Treibsands* im Ortskern und ging die letzten Meter zu Fuß. Sie freute sich auf Lieselotte, von der sie immer alle Neuigkeiten aus der Umgebung erfuhr.

Als sie den Gastraum betrat, schlugen ihr laute Stimmen, Lachen, warme Luft und Zigarettenrauch entgegen. An einer langen Tafel gleich neben der Theke feierten etwa zwanzig Leute – Einheimische, wie sie unschwer an den wettergegerbten Gesichtern und der Kleidung erkennen konnte. Sie kannte von ihnen jedoch niemanden. Aus der Musikbox schmetterte Hans Albers gerade aus voller Kehle »Auf der Reeperbahn nachts um halb eins«. Dazu tanzten drei Paare ausgelassen zwischen den Tischen. Lieselotte kam mit einem Tablett voller Schnapsgläser hinter dem Tresen hervor, als sie Marlene entdeckte.

»Mensch, Deern!« Die dralle Fünfzigerin, eine kinderlose Kriegswitwe, stellte das Tablett ab, eilte auf Marlene zu und drückte sie an ihren ausladenden Busen. »Dass du dich mal wieder bei mir blicken lässt!« Fast andächtig berührte sie Marlenes Haare. »Hast ja immer noch die schönen langen, roten Locken«, stellte sie bewundernd fest. Lieselotte trug inzwischen – gemäß der aktuellen Mode – einen Kurzhaarschnitt in hellem Blond. »Das mit deinen Eltern … Das hat mir so leidgetan«, fuhr sie in ihrer lebendigen Art fort. »Wie geht es dir denn? Bist du ganz allein hier? Hast du Hunger?«

Marlene musste lachen. Sie wusste gar nicht, welche Frage sie zuerst beantworten sollte. »Ja, ich habe Hunger.«

»So schade, dass ich heute den siebzigsten Geburtstag hier habe, sonst hätten wir ausgiebig schnacken können«, entschuldigte sich Lieselotte mit bedauernder Miene.

»Das macht nichts«, beruhigte Marlene sie. »Ich komme in den nächsten Tagen noch mal. Ich bin noch bis Sonntag hier.«

»Setz dich dort hinten an den Tisch, da ist mehr Ruhe«, schlug Lieselotte vor. »Wie immer frische Meerforelle mit Kartoffelsalat?«, fragte sie mit verschwörerischem Zwinkern. »Die haben gerade Beißzeit.«

»Genau. Dazu hätte ich noch gerne eine Ansichtskarte und einen Stift. Und ein Bier.«

»Wird sofort erledigt.«

Marlene setzte sich ans andere Ende des Gastraums an den Vierertisch und sah sich um. In dem Lokal hatte sich seit ihrer Kindheit nichts verändert. Es hatte immer noch den nostalgischen Charme einer Seemannsspelunke. An den dunklen Holzwänden hingen Schiffsglocken, Steuerräder und Seemannsknoten, von der niedrigen Decke Netze mit bunten Plastikfischen. Die Kerben und Brandflecken in den hölzernen Tischen hätten bestimmt manch Seemannsgarn, das hier gesponnen worden war, wiedergeben können. Denn das *Treibsand* hatten schon Lieselottes und Hannes' Eltern betrieben.

Eine der beiden Bedienungen, die mit weißen Schürzen volle Teller aus der Küche trugen, riss Marlene aus ihren Betrachtungen heraus.

»Bitte schön. Die Ansichtskarte – wir haben zurzeit leider nur das eine Motiv von der Steilküste –, einen Kugelschreiber und das Bier. Und das hier geht aufs Haus, sagte die Wirtin.« Mit diesen Worten stellte die junge Frau noch zusätzlich einen Klaren auf den Tisch.

Marlene musste lächeln. Ja, so ging es hier zu – und wenn sie den Schnaps nicht trinken würde, wäre das für Lieselotte eine Beleidigung. Also hielt sie Ausschau nach ihr, prostete ihr auf die Entfernung hinweg zu und trank den Kurzen in einem Zug aus – woraufhin Lieselotte ihr zufrieden zunickte.

Noch während sich Marlene den Wortlaut der Ansichtskarte überlegte, die sie an Cleo schreiben wollte, wurde ihr die Meerforelle serviert. Ihr würziger Geschmack ließ Erinnerungen in ihr aufkommen. Gebackene Meerforelle war auch das Lieblingsessen ihrer Mutter hier gewesen. Ihr Vater hatte gerne geräucherten Aal mit Rührei gegessen. Bevor die Bilder aus den gemeinsamen Zeiten sie wieder in eine sentimentale Stimmung hätten versetzen können, klang gerade rechtzeitig aus der Musikbox das schwungvolle Lied »Rock Around The Clock« von Bill Haley. Während sie es sich schmecken ließ, sah sie den jüngeren Geburtstagsgästen zu, wie sie auf der provisorischen Tanzfläche einen wilden Rock 'n' Roll hinlegten. Rock 'n' Roll war zurzeit in Mode – und auch ihr Lieblingstanz. Die drei Halbstarken mit Schmalztolle, weißem Hemd, Krawatte und aufgekrempelten Ärmeln warfen ihre Mädchen so wild durch die Luft, dass man den Petticoat unter den Röcken und sogar die Strumpfbänder sehen konnte. Marlene wippte mit den Füßen und lächelte in sich hinein. Die drei Pärchen waren bestimmt zehn Jahre jünger als sie. So wild tanzte sie mit fast dreißig natürlich nicht mehr.

Nach dem Essen widmete sie sich dem Schreiben der Karte. Sie hatte Cleo vor ihrer Abfahrt in der Redaktion telefonisch nicht mehr erreicht und wollte sie darüber informieren, wo sie zurzeit war, dass sie am Sonntag zurückkommen würde und unbedingt noch vor Montag mit ihr reden müsse. Mehrmals hielt sie inne, überlegte, ob sie auch die bevorstehende Abstimmung erwähnen sollte. Und mit einem Mal hatte sie das Gefühl, beobachtet zu werden. Instinktiv sah sie hinüber zur Theke – und geradewegs in ein paar samtschwarze Männeraugen, die ihren Blick festhielten. Ihr stockte der Atem.

Da hatte sie den ganzen Tag nach ihm Ausschau gehalten, und jetzt, als sie schon gar nicht mehr damit gerechnet hatte, ihn wiederzusehen, saß ihr Winterschwimmer hier in derselben Gaststätte wie sie, auf einem der Hocker am Tresen und blickte zu ihr hinüber – abwartend und ruhig, als würde er ausloten, wie sie auf das unerwartete Wiedersehen reagieren würde. Aufs Neue war sie selbst über die Entfernung hinweg von seiner männlichen Ausstrahlung fasziniert. Anthrazitfarbener Rollkragenpullover, graue Hose, schwarze Schuhe ... Das schwarze Haar hatte er mit Frisiercreme streng zurückgekämmt, was sein Gesicht noch markanter machte. Da konnte sie nicht anders. Sie lächelte zu ihm hinüber und hob spontan die Hand. Er lächelte und winkte zurück. Während ihre Blicke miteinander zu tanzen begannen, spürte sie ein Flattern im Bauch. Würde er gleich an ihren Tisch kommen? Wie schön wäre es, den Abend mit ihm zu verbringen, mehr über ihn zu erfahren und vielleicht sogar ein bisschen mit ihm zu flirten, dachte sie sehnsüchtig – und wunderte sich über diesen Wunsch. Seit dem Tod ihrer Eltern hatte sie dieses Bedürfnis nicht mehr verspürt.

Während ihr all diese Gedanken durch den Kopf jagten, wunderte sie sich, dass er nicht aufstand und zu ihr herüberkam. Immerhin hatten sie doch schon einmal kurz miteinander gesprochen.

Jetzt wandte er sich von ihr ab und sagte etwas zu der Wirtin. Marlene beobachtete, wie Lieselotte zwei Bier zapfte und sie auf die Theke stellte. Und dann glitt ihr Winterschwimmer lässig vom Hocker, nahm die beiden Biergläser und bahnte sich den Weg zwischen den Tischen und Tanzenden hindurch zu ihr. Als er schließlich vor ihr stand, mit diesem leicht schiefen, bezwingenden Lächeln, klopfte ihr Herz so laut, dass sie befürchtete, er könne es hören.

»Guten Abend«, begrüßte er sie mit seiner leicht heiseren, eher leisen als lauten Stimme. »Darf ich mich zu Ihnen setzen?«

Da öffnete sich ihr das Herz. »Ja, gerne«, antwortete sie strahlend.

Er setzte sich ihr gegenüber, stellte das eine Bierglas an ihren, das andere an seinen Platz. »Ich habe gesehen, dass Sie Bier trinken. Darf ich Sie zu diesem einladen?«

»Dürfen Sie. Vielen Dank.« Sie hob ihr Glas. »Zum Wohl.«

Während sie einen Schluck trank, nahm sie den Geruch seines Rasierwassers nach frisch geschlagenem Holz und Zitronenverbene wahr. Dieser natürliche Duft passte zu ihm.

»Darf ich mich vorstellen?« Er hob die schwarzen Brauen, und sein Blick tauchte in ihren. Dabei deutete er eine leichte Verbeugung an. »Södermann.«

»Lilienthal. Aus Hamburg«, fügte sie hinzu, was ihr im nächsten Moment unsinnig vorkam, aber nun hatte sie es gesagt.

»Waren Sie heute wieder im Meer schwimmen?«, wechselte sie rasch das Thema.

»Nein, heute nicht«, antwortete er.

»Ich kann mir das gar nicht vorstellen, zu dieser Jahreszeit in die kalte Ostsee zu springen«, plauderte sie weiter, um die Unterhaltung in Gang zu bringen.

Er lachte. Es klang kehlig – irgendwie sinnlich. »Ohne Übung sollte man das auch nicht tun.«

»Wie lange machen Sie das denn schon?«, erkundigte sie sich.

Mit einem amüsierten Ausdruck in den dunklen Augen sah er sie an. »Ich schwimme schon seit meiner Kindheit. Wenn man aus Lübeck stammt, ist das auch kein Wunder, da die Ostsee ja vor der Tür liegt. Schon als Jugendlicher habe ich bei Wettkämpfen mitgemacht und war schon früh bei den Rettungsschwimmern. Zum Winterschwimmen kam ich aber erst später.«

»Ich weiß, dass dieser Sport besonders in den skandinavischen und östlichen Ländern wie Russland, Polen oder der Tschechoslowakei sehr beliebt ist.«

»Stimmt. Da gehört das Eisbaden zum Winter wie anderswo das Rodeln.«

»Und das soll tatsächlich gesund sein?«

Er nickte. »Regelmäßiges Schwimmtraining in kaltem Wasser wirkt sich positiv auf das Herz-Kreislauf-System, das Immunsystem und sogar auf die Seele aus.«

»Wenn ich mir vorstelle ...« Sie schauderte. »Brrr.«

Er lachte. »Wenn man die Kälte erst einmal überwunden hat, fühlt man sich ganz frei.«

»Frei?«, wiederholte sie erstaunt.

Er griff nach seinem Glas und trank einen Schluck. Dann sah er sie an, mit einem Ausdruck in den schwarzen Augen, den sie nicht deuten konnte. »Ja, frei. Wobei fühlen Sie sich denn so richtig frei?«

Im ersten Moment war sie viel zu verblüfft, um darauf etwas erwidern zu können. Das hatte sie noch niemand gefragt. Freiheit schien für diesen Mann ein wichtiges Thema zu sein.

»Beim Fliegen«, antwortete sie schließlich zögerlich.

Er wirkte weit weniger erstaunt als all die anderen Menschen, denen sie bisher von ihrer Leidenschaft erzählt hatte.

Sein Blick glitt über sie hinweg und verlor sich mit träumerischem Ausdruck in einer Ecke des Raums. »Fliegen, ja, das kann ich mir gut vorstellen«, meinte er dann mit diesem Lächeln, das sie so sehr anzog.

Durch seine Reaktion bestärkt, beugte sie sich vor und begann voller Leidenschaft zu erzählen: »Das Gefühl, den Himmel, die Unendlichkeit, zu erobern, dieses Losgelöstsein von der Erde, ist mit nichts zu vergleichen. Diese Schwerelosigkeit. Ja, eben diese Freiheit, von der Sie gerade sprachen.« Sie lehnte sich wieder zurück, bevor sie weiterredete: »Ich fliege schon, seit ich groß genug bin, um an die Steuerung zu kommen. Und vorher habe ich bei meinem Vater auf dem Schoß gesessen und mit Steuerknüppel und Gas gespielt. Das Fliegen schärft die Sinne, man fühlt sich innerlich lebendig.« Ein wenig atemlos hielt sie inne, wunderte sich über sich selbst, wie sie sich gerade einem ihr völlig fremden Menschen derart offenbart hatte. Und dann kam ihr spontan über die Lippen: »Wollen wir uns duzen? Ich bin Marlene.« Mit diesem Vorschlag reichte sie ihm entschlossen die Hand über den Tisch, in die er mit einem festen Händedruck einschlug.

»Bernhard.«

Ihre Hände lagen ein paar Augenblicke ineinander. Bernhards fühlten sich warm und trocken an. Vertrauenerweckend. Während sie die Wärme seiner Hand spürte, wünschte sie sich, er würde ihre niemals mehr loslassen. Ihr war zumute, als würde sie gerade ein Bündnis mit ihm schließen, das ihrem Leben eine völlig neue Richtung geben würde. Aber dann ließ Bernhard ihre Hand los. Sie errötete. War sie vielleicht gerade zu aufdringlich gewesen?

»Segel- oder Motorfliegen?«, erkundigte er sich mit intensivem Blick, der ihr das Gefühl gab, dass er aufmerksam und interessiert an diesem Thema war. Das beflügelte sie weiterzuerzählen.

»Motorfliegen. Ich fliege eine Vega Gull Baujahr 1936 des englischen Flugzeugherstellers Percival Aircraft Co. Mein Vater hat sie mir geschenkt. Sie ist einmotorig, viersitzig und hat einen 200-PS-Motor.« Und da sie – wie immer, wenn sie von ihrer Maschine sprach – ins Schwärmen gekommen war, beschrieb sie ihre Maschine in allen Einzelheiten. »Mit diesem Typ hat Beryl Markham 1936 von England aus die erste Allein-Nonstop-Atlantiküberquerung gemacht.« Dann hielt sie abrupt inne. Plötzlich unsicher, sah sie ihn an. »Interessiert dich das überhaupt?« Sie wusste ja, wie Männer übers Fliegen von Frauen dachten – nicht nur ihr Vetter Max. Da waren die männliche Skepsis und die Vorurteile, eine große Portion Missgunst und Platzhirschgehabe.

Er lachte. »Das interessiert mich sogar sehr. Du weißt doch: Schon kleine Jungen interessieren sich für Autos, Eisenbahnen und Flugzeuge. Und besonders spannend finde ich, dass sich inzwischen auch Frauen fürs Fliegen interessieren – wie ich jetzt gerade höre«, fügte er mit einem Zwinkern hinzu. »Kannst du dein Flugzeug auch selbst reparieren?«, erkundigte er sich dann wieder ernst.

»Ich habe natürlich keine Ausbildung als Mechaniker, aber Ölstand, Treibstoffvorrat, den Rumpf und die Magnete kann ich schon checken.«

»Fliegst du beruflich?«

Seine Frage klang so selbstverständlich, als wäre es das Normalste auf der Welt, dass eine Frau von Beruf Pilotin war, statt für Mann, Kinder und Haushalt zu sorgen.

Sie schüttelte den Kopf. »Ich bin in unserer Flugzeugbaufirma Prokuristin. Aber ich würde gerne beruflich fliegen. Und falls …« Sie wollte ihm gerade von ihrer Idee des Lufttaxis erzählen, zögerte dann jedoch. Was war bloß in sie gefahren, dass sie vor diesem Mann ihr Leben ausbreitete? Von ihm wusste sie bisher nur, dass er aus Lübeck stammte und eisbadete. Jetzt ist er aber mal dran, sagte sie sich entschlossen.

Sie straffte sich und lächelte ihn an. Doch bevor sie ihn fragen konnte, was er beruflich machte, zeigte er auf ihre Bernsteinkette. »Das ist ein sehr schönes Stück.«

Überrascht sah sie ihn an. »Danke. Ich liebe Bernstein. Aber du trägst auch einen sehr schönen Ring.«

»Ich liebe Bernstein ebenfalls. Mir gefällt seine Farbe – von Honiggelb bis zum tiefen Rotbraun.« Während er sprach, wanderte sein Blick zu ihrem Haar, so als wollte er einen Vergleich zu ihren roten Locken ziehen. Was er dann aber nicht tat. War ihm das zu persönlich? »Meine Mutter sagt, dass im Bernstein alles für immer sicher aufgehoben ist und er uns in dunklen Stunden leuchten kann. Sie hat ein Gespür für Bernstein und glaubt auch an seine Heilwirkung.«

»Meine Mutter auch«, sagte sie, überrascht von dieser weiteren Gemeinsamkeit zwischen ihnen. »Von ihr weiß ich auch, dass Bernstein bereits in der Antike und im Mittelalter als Heilmittel gegen Fieber und Gicht galt.«

»Außerdem sollte er früher vor bösem Zauber schützen und Hexen, Dämonen und Trolle vertreiben. Das weiß ich von meiner Mutter.« Bernhard lächelte und hob die breiten Schultern, die sich unter dem Rollkragenpullover abzeichneten. »Eine wissenschaftliche Erklärung oder einen Beweis dafür gibt es jedoch bis heute nicht – soviel ich weiß. Ich glaube grundsätzlich nicht an die Heilwirkung von Steinen.«

»Ich auch nicht«, erwiderte sie. »Aber sagt dir der Name Robert Koch etwas?«

»Das ist ein bekannter Mediziner und Mikrobiologe, 1843 geboren im Harz, verstorben 1910 in Baden-Baden.«

»Donnerwetter!«, staunte sie. »Das habe ich nicht gewusst.«

»Ich habe es auch gestern erst beim Rätsellösen in der Zeitung gelernt.«

Sie lachte. »Was ich aber weiß, ist, dass er als erster Wissenschaftler Bernstein untersuchte und feststellte, dass die enthaltene Bernsteinsäure eine immunstärkende Wirkung haben kann.

Im Übrigen wird Bernsteinsäure tatsächlich in der Arzneimittelherstellung verwendet.«

Er zwinkerte ihr zu. »Das habe ich wiederum nicht gewusst.«

»So kann man sich gegenseitig ergänzen«, erwiderte sie forsch. Im nächsten Moment jedoch fragte sie sich, ob sie sich damit nicht ein bisschen zu weit aus dem Fenster gelehnt hatte. Er sollte bloß nicht den Eindruck bekommen, dass sie etwas von ihm wollte.

Um das Gespräch etwas zu versachlichen, stellte sie nun die Frage, die sie eben schon hatte stellen wollen: »Was machst du eigentlich beruflich?«

Den Bruchteil einer Sekunde später schaltete sich die Musikbox wieder ein. Dieses Mal mit »Tutti Frutti«.

»Tanzt du gerne?«, fragte Bernhard. Dabei erhob er sich auch schon vom Stuhl und griff nach ihrer Hand.

»Und wie«, antwortete sie gleichermaßen überrascht wie begeistert. Vor dem Tod ihrer Eltern war sie jedes Wochenende mit Cleo und Freunden ins *Café Keese* auf der Reeperbahn tanzen gegangen. »Aber warte bitte …« Hastig streifte sie die Wolljacke ab, warf die langen Locken über die Schultern und folgte ihm in die Mitte des Gastraums, wo die drei jungen Männer mit der Schmalztolle inzwischen die Tische zur Seite geräumt hatten, um noch mehr Platz zu haben.

Als sie sich gegenüberstanden, wirkte Bernhard leicht verunsichert. Er schien nicht so recht zu wissen, wie man zu dieser Musik tanzte. Aber warum hatte er ihr dann überhaupt den Vorschlag gemacht? Während die anderen Paare um sie herum rock'n'rollten, gaben sie beide in Marlenes Augen ein eher linkisches Paar ab. Als Little Richards Stimme endlich verklungen war, wollte sie schon vorschlagen, sich wieder zu setzen, doch da wechselte die Musik. Die drei jungen Pärchen gingen an den Tisch zurück, dafür strebten jetzt zu »Caprifischer« die älteren Geburtstagsgäste auf die Tanzfläche.

Bei den ersten melodischen Klängen des langsamen Rumbas zog Bernhard sie, ohne ein Wort zu sagen, ganz selbstverständlich an sich. Seine rechte Hand lag fest auf ihrem Rücken, sodass sie deren Wärme durch die Seidenbluse spürte. Seine linke Hand hielt ihre rechte. Auf dem kleinen Raum, der ihnen zwischen den anderen Paaren blieb, führte er sie souverän über die Holzbohlen. Vom ersten Schritt an bewegten sie sich im Gleichtakt, so als hätten sie schon immer miteinander getanzt. Ihm so nahe zu sein, raubte ihr den Atem. Sie war merkwürdig aufgekratzt. Für einen Moment meldete sich ihr Verstand, wollte ihr Argumente ins Bewusstsein spülen, die sie davor warnten, diesem Mann innerlich zu nahe zu kommen, aber sie schob sie zur Seite. Zu schön und zu kostbar war ihr die Gegenwart. Irgendwann spürte sie Bernhards Kinn an ihrer Stirn. Sie bildete sich ein, er zöge sie noch ein bisschen enger an sich. Wieder roch sie würziges Holz und Verbene. Gehalten und geführt durch seine Arme, vergaß sie alles um sich herum. Es war, als befänden sie sich ganz allein im Lokal. Die Musikbox spielte noch weitere langsame Schlager, und Marlene hätte im Nachhinein nicht sagen können, wie lange sie getanzt hatten. Irgendwann verstummte die Musik – und einen Herzschlag später ließ Bernhard sie so abrupt los, als wäre er bei etwas Verbotenem erwischt worden. Wie aus einem Traum aufgeschreckt, sah sie ihn an.

»Ich muss gehen«, hörte sie ihn mit belegter Stimme sagen. Drei, vier Lidschläge lang sah er ihr in die Augen. Den Ausdruck in seinem Blick konnte sie nicht deuten. War es Bedauern? Reue?

Sie wusste nicht, was sie sagen sollte. Die Nähe war jäh verschwunden, die magischen, intimen Augenblicke vorbei. Bernhard wirkte plötzlich unerreichbar.

»Ich muss jetzt gehen«, wiederholte er so ruhig und eindringlich, als mache sie den Eindruck, ihn nicht verstanden zu haben.

Sie nickte mechanisch. »Ja«, brachte sie nur über die Lippen.

Er legte den Arm um ihre Schultern und führte sie zum Tisch zurück. Die jähe Enttäuschung lag wie eine Zentnerlast auf ihr und drückte sie auf den Stuhl. Er blieb stehen. Sie sah zu ihm hoch, wusste, dass sie ihn nicht aufhalten konnte – und hoffte darauf, dass er sich jetzt wenigstens nicht verabschieden würde, ohne sich mit ihr für ein erneutes Treffen zu verabreden.

»Danke für den Tanz und deine Gesellschaft«, sagte er ernst. »Ich wünsche dir noch eine schöne Zeit hier.« Mit diesen Worten drehte er sich um, ohne ihre Antwort abzuwarten. Sie sah ihm nach, wie er mit schnellen Schritten zur Theke ging, dort bezahlte, seinen Mantel von der Garderobe nahm und das Lokal verließ. Bei all dem wirkte er, als wäre er auf der Flucht. Kein einziges Mal blickte er zu ihr zurück.

Einen Moment lang fragte sie sich, ob sie sich das Ganze nur eingebildet hatte. Doch noch lag ein Hauch von seinem Duft in der Luft. Warum war er so plötzlich gegangen? Sie hatte mit ihm doch noch über so vieles reden wollen. Über seinen Bernsteinring, den sie immer wieder betrachtet hatte. Ein wunderschönes Stück. In den funkelnden Stein waren Initialen eingraviert – ES. Stand S für Södermann? Aber wer war E? Seine Frau vielleicht? Seine Verlobte, wegen der er aus schlechtem Gewissen fluchtartig das Lokal verlassen hatte?

Es war Lieselottes Stimme, die Marlene ins Hier und Jetzt zurückholte. »Na, der ist aber schnell weg. Habt ihr euch gestritten?«

Marlene blickte hoch und lachte kurz auf. »Nein, überhaupt nicht. Im Gegenteil. Es war sehr nett. Sehr schön …«, fügte sie etwas leiser hinzu.

Lieselotte setzte sich auf den Stuhl, auf dem zuvor noch Bernhard gesessen hatte. Das Geschirrtuch hatte sie über die Schulter geworfen, in den Händen hielt sie ein kleines Tablett mit zwei Schnapsgläsern. »Ich habe gedacht, der hätte Feuer gefangen«, fuhr sie fort, während sie die beiden Gläser auf den Tisch stellte. »Und du auch«, fügte sie zwinkernd hinzu. »So, wie ihr getanzt habt. Aber so sind die Männer. Glaub mir, Deern. Wahrscheinlich ist ihm eingefallen, dass er verheiratet ist. Aber ein toller Hecht, das muss ich schon sagen. Komm, trink mal was!« Beherzt kippte sie den Schnaps hinunter.

»Kennst du ihn?«, fragte Marlene, die das Glas nicht anrührte.

»Nee, kennen nicht, aber er kommt immer mal in unregelmäßigen Abständen auf ein Bier rein.« Lieselotte zeigte auf den Schnaps. »Trink! Das hilft.«

Obwohl Marlene nicht an die Allheilwirkung von Alkohol glaubte, kam sie Lieselottes Aufforderung nach und trank die Hälfte.

»In welchen Abständen?«, fragte sie dann.

»Na ja, so alle paar Wochen mal. Ist wahrscheinlich einer dieser Staubsaugervertreter. Die reisen ja ständig in der Gegend herum.« Lieselotte sah sie forschend an. »Er hat dir gefallen. Stimmt's?«

»Ja, er hat mir gefallen«, sagte Marlene leise. »Aber was soll's. Jetzt ist er eben weg. Und vielleicht ist es auch gut so.«

Als Marlene am späten Abend in der stillen Kate vor dem Kaminfeuer saß und dem Wind lauschte, der ums Haus wehte, spielte sie die kurze Zeit, die sie mit Bernhard verbracht hatte, immer wieder in Gedanken durch. Sie hatte sich in seiner Gegenwart so leicht, so lebendig gefühlt. Noch immer war sie verwundert über die innere Übereinstimmung, die sie gespürt hatte, obwohl sie sich doch überhaupt nicht kannten. Sie hatte viele Verehrer – gut aussehende, reiche, witzige. Doch Bernhard war ein besonderer Mann.

Völlig verrückt, sagte sie sich, während sie die Teetasse mit beiden Händen hielt und durchs Sprossenfenster in die Dunkelheit starrte. Wahrscheinlich war sie durch ihre Situation – die Trauer, die Angst, die Firma zu verlieren – emotional so durchlässig und empfänglich.

In dieser Nacht träumte sie, wie sie mit Bernhard über eine Wiese ging, die mit sternenförmigen Blüten übersät war. Lachend stand sie in diesem duftenden Sternenmeer und sammelte die Blüten für ihn ein. Als sie mit vollen Händen strahlend auf ihn zulief, um sie ihm zu schenken, löste er sich plötzlich in Luft auf.

DONNERSTAG, 21. FEBRUAR–SAMSTAG, 23. FEBRUAR 1957

Am nächsten Morgen wurde Marlene durch das Trommeln der Regentropfen an ihrem Fenster geweckt. Sofort fiel ihr der Traum ein, den sie als Omen begriff. Vergiss ihn, befahl ihr Verstand. *Du hast jetzt andere Sorgen. Dazu brauchst du nicht noch Liebeskummer oder Sehnsucht.*

Trotz dieses Vorsatzes besetzte die Begegnung mit Bernhard auch in den nächsten Tagen Marlenes ganzes Denken und Fühlen. Ob sie in den frühen Morgenstunden zur Bernsteinsuche nach Dahme fuhr, ein besonders schönes Fundstück in Form schliff und polierte oder ein Buch las – und ganz besonders dann, wenn sie ihre Strandwanderungen machte, bei denen sie immer wieder aufs Neue hoffte, ihm doch noch einmal zu begegnen. Und immer wieder stellte sie sich die Frage, warum er so abrupt gegangen war. War er tatsächlich verheiratet, wie Lieselotte vermutete?

SONNTAG, 24. FEBRUAR 1957

Sonntagvormittag schließlich packte Marlene ihre Sachen und machte sich auf den Weg nach Hause. Die Hoffnung, Bernhard jemals wiederzusehen, ließ sie im Haus an der Klippe zurück.

Je weiter sie sich von der See entfernte, desto stärker regnete es. In den Regen mischten sich bald immer mehr Schneeflocken, und als sie schließlich in Hamburg ankam, lag eine feine weiße Schicht auf dem Rasen der Villa.

Aber nicht nur das Wetter hatte sich während der Rückfahrt verändert, sondern auch Marlenes Stimmung. War sie in den vergangenen Tagen immer noch gefangen gewesen in den Erinnerungen an die Begegnung mit Bernhard, so drängten sich mit jedem Kilometer, den sie ihrem Zuhause näher kam, die Probleme in den Vordergrund, vor denen sie montags geflohen war.

Sie parkte den Mercedes am Bürgersteig und öffnete das schmiedeeiserne Tor. Statt den breiten weißen Kiesweg hochzugehen, der rechts vom Rasen zum säulengeschmückten Eingangsportal führte, nahm sie den Weg links am Rasen vorbei, der bei den Garagen und dem ehemaligen Personalhaus endete. Dort gab es einen Dienstboteneingang, der ins Souterrain der Villa führte, wo die Küche und die Wirtschaftsräume lagen. Von der schmalen Steintreppe aus horchte sie hinauf zur Eingangshalle. Alles war still. Ihre Tante und ihr Onkel schienen in ihrer Wohnung zu sein. Nach den Tagen am Meer hatte sie jetzt wahrlich keine Lust, mit ihnen zu plaudern. Sie wollte erst einmal wieder zu Hause ankommen.

Nachdem sie die Mahagonitür zur Wohnung hinter sich geschlossen hatte, verharrte sie ein paar Augenblicke im Salon. Hier im Westflügel der Villa war sie geboren, hier hatte sie mit ihren

Eltern gelebt. Während sie so dastand, wurde ihr mit einem Mal bewusst, dass sie nicht mehr die gleiche Frau war, die noch vor sechs Tagen diese Räume verlassen hatte. Irgendetwas hatte sich in ihr verändert.

Verwirrt über diese Erkenntnis, ging sie langsam durch die Wohnung. Die honigfarbenen Kirschbaummöbel, die Gemälde von Otto Dix, Oskar Kokoschka und Max Ernst, mit dem ihre Eltern befreundet gewesen waren, an den Wänden … Jeder Gegenstand war ihr vertraut und hatte seine Geschichte. Die beiden grünen Ledersessel in der Bibliothek an dem Rauchtisch, wo ihre Eltern abends nach dem Essen ihren Cognac eingenommen hatten, der schwarze Konzertflügel im Wohnzimmer. Behutsam strich sie über den Klavierlack. Er fühlte sich so weich und glatt an wie Seide. Wie oft hatte ihre Mutter an diesem Flügel ihren Gästen etwas vorgespielt! Chopin, Mozart, Vivaldi. Wie viele große Abendgesellschaften hatte es in diesen hohen Räumen gegeben! Sie sah ihre Eltern wieder vor sich – ihre Mutter in schillernden Abendkleidern, ihr Vater im Smoking. Auch wenn sie mit den Gästen plauderten, hatten sie sich nie aus den Augen verloren und sich über die Köpfe der Anwesenden liebevolle Blicke zugeworfen. Marlene seufzte tief. Welch eine Liebe! Und plötzlich wusste sie, was sich verändert hatte. Auch sie war der Liebe begegnet. Es war Liebe auf den ersten Blick gewesen, als sie den Winterschwimmer aus der Ostsee hatte auftauchen sehen. Unwillig schüttelte sie den Kopf. Bloß nicht, dachte sie mit einem Anflug von Panik. Sie musste diesen Mann vergessen. Er hatte hier in Hamburg, in diesem Haus, in ihrem Leben hier, nichts zu suchen. Und überhaupt … Liebe auf den ersten Blick … Gab es die überhaupt?

Entschlossen betrat sie die Küche, um ein Glas Wasser zu trinken. Sie war klein und diente nur dazu, ein Frühstück oder einen Imbiss zuzubereiten. Wie noch zu Großvaters Zeiten hatten sie und ihre Eltern die Hauptmahlzeiten zusammen mit ihrer Tante, ihrem Onkel und ihren Cousins im großen Esszimmer im Erdgeschoss eingenommen, das sich an die Eingangshalle anschloss. Vor dem Krieg hatten sie viel Personal gehabt. Von ihm war nur Else, die Köchin, übrig geblieben und Marta, die Zugehfrau, die fünfmal in der Woche kam.

Mit dem Glas in der Hand ging Marlene zurück in den Salon, ließ sich in einen der drei Rokokosessel fallen und horchte in sich hinein. Heute kam ihr die Wohnung, die über drei Etagen ging, besonders riesig und leer vor. Auf Dauer war sie viel zu groß für sie allein. Und plötzlich überfiel sie der Gedanke an die Abstimmung über das Schicksal der Firma mit aller Macht. Sie allein gegen drei Männer. Als Frau musste sie um deren Anerkennung kämpfen. Ob Alexander schon aus Paris eingetroffen war?, fragte sie sich. Sie hatten als Kinder und in der Jugend ein enges Verhältnis gehabt. Wie würde er morgen abstimmen?

In ihre Gedanken hinein klingelte plötzlich das Telefon neben ihr. »Ich bin es, Cleo«, meldete sich Marlenes Jugendfreundin. »Ich habe deine Karte erhalten. Was ist passiert, weswegen du mich unbedingt sprechen musst?« Cleos tiefe, rauchige Stimme, die den hohen Zigarettenkonsum verriet, klang besorgt.

»Bist du in der Redaktion?«, erkundigte sich Marlene.

»Klar, zu Hause habe ich doch kein Telefon.«

Marlene holte tief Luft und erzählte ihr kurz und knapp von ihrem Problem.

Cleo schwieg daraufhin erst einmal ein paar Atemzüge lang. Marlene hörte, wie ihr Feuerzeug am Ende der Leitung klickte und Cleo den Rauch scharf ausstieß. Schließlich fragte sie:

»Was sagt denn deine Tante dazu? Sie hat doch großen Einfluss auf deinen Onkel.«

Marlene lachte kurz auf. »Tante Änne ist noch eine andere Generation. Sie ist eine herzensgute Frau, aber sehr bequem. Solange sie ihr luxuriöses Leben weiterführen kann, ist ihr das Schicksal der Firma gleichgültig. Wenn es nach ihr ginge, müsste ich sowieso längst einen Reeders-, Bankiers- oder Kaufmannssohn geehelicht haben. In ihren Augen bin ich ein spätes Mädchen.«

»Meine Güte!«, rief Cleo aus. »Und was ist, wenn du nach zwei Jahren feststellst, dass du den Falschen geheiratet hast? Den wirst du dann nämlich nicht mehr so ohne Weiteres los. Uns Frauen wird es vom Gesetzgeber immer noch schwer gemacht, die Scheidung einzureichen. Aber damit nicht genug. Wenn man uns nicht gleich für unzurechnungsfähig oder verdorben erklärt, müssen wir auch noch teuer dafür bezahlen. Und danach werden wir wie Aussätzige behandelt. Nee, nee, darauf sollte sich keine Frau einlassen.«

Marlene musste lachen. »Erstens will ich gar nicht heiraten«, beruhigte sie Cleo. »Zumindest nicht, um nur versorgt zu sein. Ich will genau wie du selbst jemand sein und mich nicht nur im Ansehen eines Ehemannes spiegeln.«

»Also, noch mal zurück zu deiner Tante. So, wie sie gestrickt ist, wird sie also deine Idee nicht unterstützen. Ist das richtig?«

»Richtig.«

Cleo seufzte laut auf. »Ich verstehe die Männer nicht. Deine Idee ist doch fantastisch. Immer mehr Menschen wagen sich weiter in die Welt hinaus. Firmen gründen Tochterfirmen in anderen Ländern. Da braucht man neue Verkehrswege. Aber ich sage dir ...« Sie machte eine Pause, um offensichtlich einen tiefen genüsslichen Zug zu nehmen, »wenn du ein Mann wärst, würden sie anders reagieren. Einer Frau traut man so was einfach nicht zu. Und natürlich ist da auch noch eine große Portion Neid und Platzhirschgehabe, besonders bei Maximilian, für den Frauen ja sowieso nur dumm und höchstens schönes Zierwerk sind. Der hat dich doch schon früher immer gehänselt, weil du ein Mädchen warst. Übrigens – hast du schon mit Alexander gesprochen?«

»Den habe ich noch nicht gesehen. Er soll heute aus Paris kommen.«

»Ihr seid doch immer wie Geschwister gewesen.«

»Stimmt, aber Alexander war die Firma immer schon egal. Ihm wird es darum gehen, durch die Übernahme Geld zu bekommen, das ihm wiederum ermöglicht, sich mit einem Modeatelier selbstständig zu machen – was ich ja auch sehr gut verstehen kann.«

»Und warum machst du die Sache nicht nach der Übernahme mit dem großen Batzen Geld, den du dann haben wirst?«

»Das werde ich ganz bestimmt auch tun«, erwiderte Marlene mit fester Stimme. »Abgesehen davon, dass auch mein Vater davon überzeugt war, dass die Zukunft Deutschlands in der Luft liegt, will ich außerdem meiner Familie zeigen, was wir Frauen können, falls sie morgen dagegen stimmen. Und ich will anderen Frauen ein Vorbild sein, sie anspornen, ebenfalls ihre Träume zu verwirklichen. Ob es mir dann tatsächlich gelingt, wird sich zeigen.« Sie seufzte. »Wenn ich es allein mache, wird die Schwierigkeit nur sein, einen passenden Standort zu finden. Ich brauche eine Start- und Landebahn und einen Hangar. Aber versuchen werde ich es auf alle Fälle. Nur …«, sie zögerte, um schließlich hinzuzufügen, »es geht mir ja nicht nur um die Verwirklichung meiner Idee, sondern auch um unsere Firma. Mein Vater würde sich im Grab umdrehen, wenn er wüsste, dass sie ein Dreivierteljahr nach seinem Tod verkauft wird. Er hätte alles dafür getan, sie zu retten. Und in seinem Sinne möchte ich es auch tun – wenn mein Onkel auch behauptet, mein Vater hätte ihm in betriebswirtschaftlichen Dingen stets freie Hand gelassen. Was sicherlich auch in einem gewissen Rahmen stimmt, aber niemals hätte er einer Übernahme zugestimmt, ohne vorher alle anderen Möglichkeiten auszuschöpfen. Weißt du, Onkel Wilhelm und Tante Änne sind schon ein bisschen bequem. Sie wollen immer die einfachere Lösung, die so wenig Kraft wie möglich kostet.«

»Kämpfe, das kann ich dir nur raten.« Cleo ließ ihr Feuerzeug wieder aufschnappen. »Unsere Mütter haben uns im Krieg vorgemacht, wozu Frauen in der Lage sind. Leider versucht Adenauer jetzt, uns wieder an den Herd zurückzudrängen. Das müssen wir verhindern.« Cleo hustete ein paarmal, bevor sie weitersprach: »Also falls die drei morgen gegen dich stimmen, kannst du nichts machen. Selbst vor Gericht nicht, auch da haben die Männer leider das Sagen. Aber dann zeig ihnen wenigstens, dass es auch ohne sie geht. Du kannst fliegen, du besitzt betriebswirtschaftliche

Kenntnisse und hast nach der Übernahme Geld. Der Rest wird sich fügen.«

Marlene lächelte. Das war Cleo – klar und deutlich.

»Tröste dich, du bist nicht die Einzige«, fuhr ihre Freundin fort. »Von den wenigen Redakteurinnen, die ich kenne, weiß ich, dass sich im Grunde keine von den männlichen Kollegen wirklich ernst genommen fühlt. Aber irgendwann werden die es mal kapieren, dass sie an uns nicht mehr vorbeikommen. Und so lange müssen wir uns gegenseitig starkmachen. Also, ich bin mal gespannt auf morgen.« Cleo schwieg einen Moment, und Marlene sah sie vor sich, wie sie in der Redaktion am Schreibtisch saß und rauchte: der schwarze Bubikopf, die großen braunen Augen dramatisch schwarz geschminkt, rote Lippen, rote Fingernägel, schwarze Hose und Pullover.

»Wie war's denn eigentlich an der Ostsee?«, wechselte sie jetzt das Thema.

»Ruhig und kalt.« Einen kurzen Augenblick lang war Marlene versucht, Cleo von der Begegnung mit Bernhard zu erzählen. Doch dann entschied sie sich dagegen. Die Sache war abgeschlossen.

»Hast du schon mal daran gedacht, das Haus zu verkaufen?«

»Das ist noch zu früh. Ich hänge daran.«

»Aber was willst du da allein?«

»Du kannst ja mal wieder mitfahren. Früher bist du doch auch oft mit uns dort gewesen.«

»Stimmt. Im Frühling fahre ich gerne mal mit dir, sofern ich dann Urlaub bekomme und nichts Wichtiges anliegt. Wenn ich nicht vor Ort bin, schnappen mir die männlichen Kollegen alle interessanten Themen weg. Die glauben tatsächlich, weibliche Reporterinnen sollten, wenn überhaupt, nur über Kochrezepte und Kinderkrankheiten schreiben. Unglaublich.«

Marlene lachte. »Richtig so! Zeig es ihnen! Zumal du weder kochst noch Kinder hast.«

»Sag mal …«, Cleo zögerte, was nur selten vorkam, »was macht denn eigentlich von Treskow?«

»Wie kommst du denn jetzt auf den?«, fragte Marlene irritiert.

»Na, der ist doch mehr als interessiert, und du siehst ihn doch jeden Tag.«

»Die letzten sechs Tage nicht.«

»Du weißt, was ich meine.«

»Was soll er schon machen?«, erwiderte Marlene ein wenig ungehalten. »Er macht seine Arbeit, und die macht er sehr ordentlich.«

»Ich würde ihn ja zu gern mal kennenlernen.«

»Das kann ich gerne arrangieren. Aber ich sage dir gleich, er hat den Ruf, ein Casanova zu sein.«

»Eben drum. Ich will doch sowieso keine feste Beziehung«, konterte Cleo. »Ich halte es da wie die Beauvoir: Lebe deine Freiheit!«

Marlene lachte. »Ich werde sehen, was ich machen kann.«

Marlene hatte den Hörer kaum auf die Gabel gelegt, als es an der Wohnungstür klingelte. Alexander?, schoss es ihr durch den Kopf. Voller Freude sprang sie auf und öffnete. Im Rahmen standen ihre Tante und ihr Onkel. Änne im Silberfuchspaletot mit Hut, Handschuhen und Überschuhen, Wilhelm im schweren Harris-Tweed-Mantel mit großem Bisamkragen und ebenfalls mit Überschuhen. Beide hatten von der Kälte gerötete Gesichter.

»Wir haben gerade eine Runde gedreht und deinen Wagen gesehen«, sagte ihre Tante, während sie sie umarmte. »Dürfen wir reinkommen?«

»Natürlich.« Marlene trat zur Seite.

Ihr Onkel strich ihr mit eiskalter Hand über die Wange. »Geht es dir gut?«

»Ja. Wollt ihr ablegen?«, fragte sie höflich, obwohl sie viel lieber allein geblieben wäre.

Beide nickten, entledigten sich ihrer Überschuhe und Mäntel, und Marlene verstaute alles im Garderobenschrank. Ihre Tante ließ sich in einen der zierlichen Rokokosessel fallen, der unter ihrem Gewicht empört knarzte. Wilhelm trat an die Bar und rieb sich die Hände. »Bei der Kälte draußen könnte ich einen Cognac vertragen. Darf ich?«

»Natürlich. Bedien dich«, antwortete Marlene.

»Du auch, meine Liebe?«, fragte Wilhelm.

»Das wäre schön. Aber nur, wenn du auch einen mittrinkst, Marlene.«

Marlene nickte, und Wilhelm füllte drei der bauchigen Gläser und verteilte sie. Nachdem sie mit ihnen angestoßen hatte, fragte Marlene: »Ist Alexander eigentlich schon da?«

»Er kommt erst morgen Vormittag«, antwortete Änne mit bedauernder Miene. »Und Dienstag fährt er dann schon wieder zurück.« Es folgte ein Stoßseufzer, bevor sie weitersprach: »Ich glaube, der Junge übernimmt sich arbeitsmäßig. Die Franzosen nutzen ihn aus. Die werfen uns ja immer noch vor, den Krieg über die Welt gebracht zu haben.«

»Deshalb findet unsere Besprechung morgen erst um zwölf Uhr statt«, sagte Wilhelm sachlich. »Ich hole Alexander vom Bahnhof ab und fahre dann sofort mit ihm in die Firma. Bist du mit der Uhrzeit einverstanden?«

Marlene nickte. »Natürlich.«

Ihr Onkel kippte den Rest des Cognacs in einem Zug hinunter. Seine Frau tat es ihm nach. Danach senkten beide die Köpfe und schwiegen. In dem gemütlichen Salon breitete sich plötzlich eine unangenehme Spannung aus, die man mit den Händen hätte greifen können. Marlene schluckte. Was kam jetzt? Schließlich hob ihr Onkel wieder den Kopf und sah sie bedeutsam an. »Wir meinen, du solltest es wissen: Maximilian ist von Mittwoch auf Donnerstag bei Alexander in Paris gewesen. Ich habe ihn nicht davon abhalten können.«

Mehr brauchte ihr Onkel nicht zu sagen. Sie ahnte, was ihr Vetter dort gemacht hatte. Er hatte seinem jüngeren Bruder klargemacht, wie er abzustimmen hatte.

»Kind«, Änne beugte sich zu ihr herüber und tätschelte ihre

Hand, »hast du in den Tagen an der See deine Meinung noch einmal überdacht? Bist du immer noch gegen die Übernahme?« Ihre blauen Augen ruhten voller Sorge auf ihr.

Marlene drückte ihre Hand. »Ja, Tante Änne, das bin ich. Aber wollen wir wirklich jetzt darüber reden?« Obwohl sie nach außen hin gelassen erschien, klopfte ihr vor Aufregung und Wut über Maximilian das Herz im Hals.

»Ach, Deern.« Ihr Onkel seufzte mit bekümmerter Miene auf. »Du glaubst gar nicht, wie sehr ich es bereue, dass ich mit meinem Bruder nie schriftlich vereinbart habe, was in einem solchen Fall, den wir jetzt haben – ich meine eventuell ein Fünfzig-fünfzig-Ergebnis –, zu tun wäre. Aber wer denkt denn schon an den Tod, wenn man mitten im Leben steht?« Sichtlich bewegt schloss er kurz die Augen und strich sich mit beiden Händen das weiße Haar zurück.

»Bärchen …« Seine Frau tätschelte ihm zärtlich mit ihrer üppig beringten Hand das Knie. Dann wandte sie sich wieder an Marlene: »Sieh mal, mein Kind«, begann sie vorsichtig in ihrem Eifler Tonfall, »wäre es nicht schön, einen netten Mann und zwei oder drei Kinder zu haben? Dann bräuchtest du nicht mehr zu arbeiten. Du hättest eine Haushälterin, könntest dich ganz um deine Familie kümmern, dich nachmittags mit anderen Damen zum Tee treffen, Gesellschaften ausrichten. Du bist mein Patenkind. Ich will doch nur dein Bestes. Für eine junge Frau …«

»Schau mal, Ansgar von Treskow, unser Ingenieur, ist doch zum Beispiel ein sehr netter Mann«, fiel Wilhelm seiner Frau eifrig ins Wort und sah seine Nichte beschwörend an. »Gebildet, gut aussehend, alter schlesischer Adel, und er verehrt dich seit seinem ersten Tag in der Firma. Das weiß inzwischen jeder.«

Marlene schluckte. Das wusste keiner besser als sie, und sie hatte seit einem halben Jahr ihre liebe Not damit, von Treskow auf Abstand zu halten, ohne dass er sich zurückgestoßen fühlte – obwohl sie ihn nicht einmal unsympathisch fand. Als Ehemann konnte sie sich ihn jedoch nicht vorstellen.

»Jesses, Maria und Pitter!« Ihre Tante sah ihren Mann fassungslos an. »Wie kommst du denn auf den?«

Mit unschuldiger Miene hob Wilhelm die Schultern.

»Bärchen, der mag sich zwar für Marlene interessieren – was ja kein Wunder ist –, aber der ist doch völlig verarmt«, fuhr Änne eindringlich fort. »Die Familie hat bei der Flucht nach dem Krieg alles verloren. Nee, nee, das Mädsche braucht einen, der wat an de Föß hat.« Immer wenn sie sich aufregte, verfiel sie ins Eifler Platt. »Außerdem hat er den Ruf, ein Frauenheld zu sein«, fügte sie dann mit energisch vorgestrecktem Kinn auf Hochdeutsch hinzu.

Da stand Marlene auf. »Seid mir bitte nicht böse, ich weiß, dass ihr es nur gut mit mir meint, aber das wird mir jetzt alles zu viel.«

Sie hasste es, dass alle anderen glaubten zu wissen, was für sie als Frau gut sein würde. Ihre Eltern waren anders gewesen. Sie hatten sie ihren eigenen Weg gehen lassen.

»Das verstehe ich. Die Fahrt hat dich bestimmt erschöpft«, sagte Änne, die sich ebenfalls erhob. »Komm, Bärchen. Marlene muss noch auspacken und …«

Auch ihr Onkel stand auf. »Soll ich dir das Gepäck aus dem Wagen holen?«

»Nein, danke.« Marlene lächelte ihn liebevoll an. »Das mache ich schon. Das ist ja nicht schwer.« Versöhnlich legte sie ihm die Hand auf den Arm. »Wir sehen uns morgen. Habt eine gute Nacht, ihr beiden.«

Als Marlene kurze Zeit später in ihrem ehemaligen Jugendzimmer im Dachgeschoss lag, glaubte sie, ihr Kopf würde zerspringen. Nach dem Gespräch mit Änne und Wilhelm war sie sicher, das Abstimmungsverhältnis am nächsten Tag voraussagen zu können: fünfzig-fünfzig. *In diesem Fall würden wir Männer das letzte Wort haben* – so hatte es Maximilian vor einer Woche triumphierend angekündigt. Marlene wälzte sich von einer Seite auf die andere. Das Gefühl der Machtlosigkeit war unerträglich. Dass sie ihre Idee in die Tat umsetzen würde, stand außer Frage.

Dass sie um den Verlust der Firma trauern würde, auch, aber den Sieg dieser Männer über sie – allein durch die Tatsache begründet, dass sie Männer waren – würde sie nur schwer verkraften können.

Während dicke Schneeflocken auf das Dachfenster fielen, versuchte sie, sich zu beruhigen. Sie wollte sich wieder an den Abend mit Bernhard erinnern, in Erinnerung noch einmal diese Unbeschwertheit nachempfinden, das kribbelnde Lebensgefühl, das er ihr geschenkt hatte, sein Gesicht in ihr wachrufen – doch das wollte ihr nicht gelingen. Zu sehr war die kurze Zeit, die sie mit ihm verbracht hatte, von der morgigen Abstimmung überschattet.

MONTAG, 25. FEBRUAR 1957

In der Nacht hatte sich der Himmel aufgeklart. Als Marlene um halb sieben die Villa verließ, überzog eine dünne Schneeschicht den Rasen und die kahlen Äste der mächtigen Kastanien, die die Straße säumten. Es war glatt, deshalb kam sie nur langsam voran. Das Licht der Straßenbeleuchtung reflektierte auf dem Schnee und blendete sie. Trotz ihres Fellmantels fror sie. Dabei stand die Heizung im Auto auf der höchsten Stufe. In vier Tagen, am 1. März, war meteorologisch Frühlingsanfang, ging ihr durch den Kopf. Kaum zu glauben bei diesen Temperaturen, wobei es vor einer Woche bereits frühlingshaft warm gewesen war. Sie seufzte leise, während sie sich auf den Morgenverkehr konzentrierte. Das Wetter war genauso wechselhaft und launisch wie das Leben.

Sie parkte den Mercedes vor der Werkshalle, die bereits hell erleuchtet war. Wie immer war Hannes als Erster von allen Mitarbeitern da. Durch die trüben Fensterscheiben sah sie ihn in seinem blauen Arbeitsanzug an der Presse der Leichtbauprofile stehen. Trotz seiner sechzig Jahre war er noch ein kräftiger Mann mit vollem Haar. Wie auch seine Schwester besaß er ein fröhliches Gemüt.

»Moin, Deern«, begrüßte er sie. »Du bist aber wieder früh auf den Beinen.«

Sie lachte. »Du ja auch.«

Er legte den Schalter der Presse um, die daraufhin verstummte.

»Ich habe dir was von deiner Schwester mitgebracht.«

Hannes hob erwartungsvoll die weißblonden Brauen. »Lass mich raten! Selbst gebrannten und geräucherten Aal?«

»Genau.« Marlene reichte ihm das gut verschnürte Päckchen. »Leg es schnell in deinen Spind, sonst ist der Aal heute Abend alle«, riet sie ihm zwinkernd.

Hannes lachte. »Da hast du recht.« Dann veränderte sich seine Miene. »Wie geht es dir, Deern?«

Sie holte tief Luft und brachte ein lahmes Lächeln zustande. »Na ja, heute ist der große Tag. Onkel Wilhelm hat es dir ja erzählt.«

Hannes nickte mit bedrückter Miene. »Wir sollen übernommen werden. Und du willst ein Flugtaxiunternehmen gründen.«

»Ja.«

»Weißt du, Deern, noch ist nicht aller Tage Abend. Dein Onkel erschien mir am Freitag sehr unschlüssig. Ich glaube, er fühlt sich deinem Vater gegenüber verpflichtet und weiß nicht so richtig, wie er heute abstimmen soll. Also«, mit seiner schwieligen Hand tätschelte er ihre Wange, »erst mal ruhig Blut.«

Das war leichter gesagt als getan, dachte Marlene, nickte jedoch tapfer.

»Auf alle Fälle will er, sollte es zur Übernahme kommen, mit Dornier darüber verhandeln, dass du das Lufttaxigeschäft hier auf dem Gelände machen kannst. Er weiß ja, dass du dafür eine Startbahn und einen Hangar brauchst. Das hat er mir anvertraut.«

»Na dann …« Selbst diese Aussicht konnte Marlene an diesem Morgen kein Trost sein. Sie nickte Hannes herzlich zu. »Ich geh dann mal.«

Am Vormittag fiel es Marlene schwer, sich auf ihre Arbeit zu konzentrieren. Deshalb verbrachte sie mehr Zeit als üblich im Kontor bei Fräulein Piepenbrink und Herrn Fischer, der gerade seine Lehre beendet hatte. Die beiden wussten natürlich noch nichts davon, dass Flugzeugbau Appen kurz vor der Übernahme stand. Ihr Onkel hatte sie und Maximilian zum Stillschweigen verpflichtet. Nur bei dem verschwiegenen Hannes hatte er eine Ausnahme gemacht.

»Hier ist die Spesenabrechnung von Herrn Lilienthal junior von Februar«, sagte Fräulein Piepenbrink, als Marlene wieder in ihr Büro gehen wollte.

Während Marlene mit flauem Gefühl im Bauch auf ihren Onkel und ihre beiden Vettern wartete, blätterte sie die Spesenquittungen durch. Maximilian hatte wieder einmal nicht gespart. Eine Spesenquittung stammte aus dem Nobelhotel *Atlantic*, mehrere aus dem Golfclub und dem Börsenrestaurant, drei von Etablissements auf der Reeperbahn. Als sie die Summen las, die Maximilian dort ausgegeben hatte, schoss die Wut in ihr hoch. Wieder einmal hatte er sehr viel mehr Geld mit potenziellen Kunden ausgegeben, als er durch seine Tätigkeit als Vertriebler reingeholt hatte – nämlich keinen Pfennig. *Es ist schwer, zurzeit Flugzeugbaufirmen für unsere Leichtbauprofile zu begeistern*, hatte er erst vor vierzehn Tagen beim Abendessen bei seinen Eltern zu ihr gesagt. Aber inzwischen hatte sie den Eindruck, dass er sich auch seine privaten Vergnügungen von der Firma bezahlen ließ. Wie sehr hatte er sich verändert! Früher hatte er kein so ausschweifendes Leben geführt. Wollte er die verlorenen Jahre durch Krieg und Gefangenschaft auf diese Weise nachholen?

Als Marlene Schritte auf dem Gang hörte, schob sie die Quittungen schnell in die Schreibtischschublade. Dafür war jetzt nicht der passende Zeitpunkt. Sie stand auf, strich ihren engen, kniebedeckenden Kostümrock glatt und schloss die Knöpfe der dazu passenden, figurbetonten Jacke aus grünem Wollstoff. Ihr Haar hatte sie aufgesteckt, was sie, wie sie wusste, älter und damenhafter wirken ließ. Die Schritte machten jetzt vor ihrer Bürotür halt. Unwillkürlich legte sie die Hand auf ihre Bernsteinkette. Es klopfte – und im Rahmen standen ihr Onkel, Maximilian und Alexander. Während Max äußerlich in seiner stattlichen Größe und Schlankheit seinem Vater nachkam, hatte Alexander die etwas fülligere Figur, das volle Gesicht und die himmelblauen Kugelaugen seiner Mutter geerbt. Das blonde, lockige Haar trug er etwas länger, was ihn sehr weich wirken ließ.

Ein Leuchten ging über sein hübsches Gesicht, als er sie ansah. »Marlene!« Eilig kam er um ihren Schreibtisch herum und nahm sie in die Arme. Ein paar Sekunden lang hielten sie sich fest umschlungen.

Sie genoss das vertraute Gefühl und merkte, wie sie sich ein wenig entspannte. »Wie schön, dich wiederzusehen«, raunte sie ihm ins Ohr.

»Ich habe dich vermisst«, flüsterte Alexander zurück.

»Jetzt muss es aber mal genug sein, ihr beiden Turteltäubchen«, vernahmen sie Maximilians spöttisch klingende Stimme.

Alexander löste sich langsam von ihr und sah sie an. »Wir haben heute bestimmt noch genug Zeit, ausgiebig miteinander zu schnacken«, meinte er mit liebevollem Blick.

»Stimmt, aber jetzt haben wir erst einmal anderes zu tun«, sagte sein Bruder mit süffisantem Lächeln.

»Guten Tag, Marlene«, meldete sich ihr Onkel zu Wort. Er wirkte, als habe er eine schlaflose Nacht gehabt. »Bist du bereit? Dann wollen wir in mein Büro gehen.«

»Bitte nehmt Platz!« Wilhelm zeigte auf den langen, rechteckigen Tisch aus geschnitzter Eiche in der Mitte des Raumes. »Fräulein Piepenbrink wird auch gleich hier sein.«

Alle setzten sich – Wilhelm ans Kopfende, Maximilian zu seiner Rechten, Alexander zu seiner Linken, und neben ihm nahm Marlene Platz. In dem überhitzten Raum breitete sich ein unangenehmes Schweigen aus. Wilhelm blätterte irgendwelche Papiere durch. Marlene versuchte, ihre Erregung im Zaum zu halten. Maximilian zog sein Zigarettenetui hervor. Mit großspuriger Geste hielt er es seinem Bruder über den Tisch entgegen. »Hier, rauch mal eine vernünftige deutsche Zigarette statt das französische Kraut.«

Alexander schüttelte den Kopf und lächelte ihn an. »Danke, später.«

»Einen Asbach Uralt?« Max stand auf und ging zur Bar.

»Bitte setz dich wieder«, griff nun sein Vater mit erhobener Stimme ein.

Tatsächlich befolgte Max die Worte seines Vaters, ohne zu murren. »In deinen Modekreisen bist du wahrscheinlich echten Cognac gewöhnt«, wandte er sich grinsend wieder an seinen Bruder. »Den haben wir hier nicht zu bieten. Aber dafür führe ich dich heute Abend in Hamburg aus. Da gibt es ein Lokal mit den besten französischen Weinen. Und danach stürzen wir uns ins Nachtleben. Auf der Reeperbahn ist für jeden was dabei. Dort hat sich seit dem Krieg einiges verändert.«

Alexander erwiderte nichts darauf, sondern lächelte nur flüchtig. Marlene fand Max' Worte peinlich, und ihr Onkel schien sie gar nicht gehört zu haben. Im nächsten Moment öffnete sich die Tür, und Fräulein Piepenbrink huschte herein. Die Mittfünfzigerin glich mit ihrem grauen Haar und den dunklen Perlaugen einem Mäuschen. Deshalb hatte sie irgendwann einmal von Maximilian den Spitznamen Fräulein Maus bekommen. Mit zusammengedrückten Knien und einem Stenoblock auf dem Schoß platzierte sie sich auf einem der mit braunem Leder bezogenen Stühle gleich neben der Tür.

»Dann können wir jetzt beginnen«, verkündete Wilhelm, dabei sah er alle bedeutungsvoll an. »Fräulein Piepenbrink, ich habe Ihnen ja eben gesagt, worum es geht. Sind Sie bereit fürs Protokoll?«

Fräulein Piepenbrink, die an diesem Mittag noch blasser wirkte als sonst, rückte die Brille auf ihrer spitzen Nase in die richtige Position und nickte dienstbeflissen.

»Gut. Ich stelle fest, dass wir vollzählig erschienen sind. Wir haben heute Montag, den 25. Februar 1957, zwölf Uhr und fünf Minuten. Wir sind zusammengekommen, um darüber abzustimmen, ob die Firma Flugzeugbau Appen von Dornier übernommen werden soll oder ob wir stattdessen in Eigenregie weiterhin als Zulieferer für andere Flugzeugbaufirmen Leichtbauprofile herstellen und parallel dazu eine Lufttaxifirma gemäß Marlenes

Vorschlag gründen. Darum geht es bei dieser Abstimmung im Groben. Über die Feinheiten können wir reden, wenn wir uns für eine Richtung entschieden haben.«

Während dieser ganzen Zeremonie jagte Marlene das Blut durch die Adern.

»Cousinchen!«, rief da Maximilian übertrieben besorgt aus. »Du siehst ja aus, als würdest du gerade hyperventilieren. Kein Grund zur Aufregung. Das Ergebnis steht doch schon längst fest.«

Im nächsten Moment spürte sie Alexanders Hand, die sich unter dem Tisch mit sanftem Druck auf ihre legte, so, als wolle er ihr Trost spenden. Wie würde er stimmen? Wenn sie seine Stimme bekommen würde, hätte sie gewonnen. Selbst wenn nicht – niemals würde sie ihm deswegen gram sein. Sie gönnte ihm von Herzen, sich mit dem Geld aus der Übernahmesumme selbstständig zu machen.

»Ich schlage vor, Marlene stimmt als Erste ab«, hörte sie da die volltönende Stimme ihres Onkels.

»Ich stimme gegen die Übernahme und damit auch für die Gründung einer Lufttaxifirma, wie ich bereits vor einer Woche gesagt habe.«

Mit unbeweglicher Miene nahm er ihr Votum entgegen. Dann sah er seinen ältesten Sohn auffordernd an. »Maximilian?«

»Ich stimme für die Übernahme, wie ich bereits vor einer Woche gesagt habe«, wiederholte Maximilian Marlenes Worte mit amüsiertem Lächeln. Dabei drückte er seine Zigarette im Aschenbecher aus, als wolle er dadurch seiner Entscheidung noch einmal Nachdruck verleihen.

»Und du, Alexander?«

Marlenes Magen krampfte sich zusammen. Sie griff nach ihrer Kette.

»Ich stimme …« Alexander verstummte und sah seinen Bruder an. Zwei, drei, vier Herzschläge lang. Maximilian nickte ihm aufmunternd zu.

»Also, ich stimme gegen die Übernahme und damit auch für die Gründung einer Lufttaxifirma«, beendete Alexander den begonnenen Satz. Dann lehnte er sich entspannt zurück.

»Bist du wahnsinnig!«, donnerte Maximilian los und erhob sich dabei halb vom Stuhl, als wolle er über den Tisch hinweg auf seinen Bruder losgehen. »Du hast mir doch in Paris zugesichert, dass du …«

»Ich habe dir gar nichts zugesichert, Max«, unterbrach Alexander ihn in seiner ruhigen Art. »Du hast das gehört, was du hören wolltest. Wenn du in Paris etwas aufmerksamer gewesen wärst, wärst du jetzt nicht so überrascht.«

Marlene wurde ganz schwindelig. Sosehr sie sich dieses Votum von Alexander gewünscht hatte, so wenig hatte sie tief im Herzen damit gerechnet. Es bedeutete, dass Alexander erst einmal auf die Verwirklichung seines Traumes von einem eigenen Modeatelier verzichtete. Sie konnte die aufsteigenden Tränen nur mit Mühe zurückhalten.

»Die Entscheidung ist ja dann eindeutig«, sagte Wilhelm. Er straffte sich und wirkte, als hätte er plötzlich neue Energie bekommen. »Dennoch möchte ich auch mein Votum abgeben, wenn es auch nichts mehr an dem Ergebnis ändert. Also – auch ich stimme gegen die Übernahme und möchte Marlene im Andenken ihres Vaters die Chance geben, ihre Idee, die sie zur Rettung unserer Firma hat, zu verwirklichen. Allerdings möchte ich …«

»Wie bitte?« Maximilian sprang so abrupt auf, dass sein Stuhl krachend nach hinten auf die Holzdielen fiel. »Wie kannst du nur diesem Unsinn zustimmen? Die ruiniert uns doch alle mit ihrer spinnerten Idee. Ist euch nicht klar, dass Marlene den guten Ruf unserer Familie kaputt macht?« Er schnappte nach Luft, das sonst so bleiche Gesicht war jetzt puterrot. Als er Marlene mit verzerrter Miene ansah, las sie in seinen Augen blanken Hass. »Das werdet ihr noch alle bereuen. Das prophezeie ich euch.« Mit diesen Worten riss er die Bürotür auf und stürmte hinaus. Drei Sekunden später knallte die Außentür zu.

Fräulein Piepenbrink war auf ihrem Stuhl noch kleiner geworden. Wilhelm Lilienthals Kinn zitterte. Alexander dagegen saß gelassen auf seinem Stuhl, so als ob er ganz in sich ruhe. Spürte er gerade dem zufriedenstellenden Gefühl nach, sich durch sein Votum endlich von seinem Bruder befreit zu haben? Sich für dessen jahrelange Hänseleien gerächt zu haben?

»Ich möchte noch eines zu Protokoll geben«, hörte Marlene ihren Onkel in die unheimliche Stille im Raum sagen. »Können wir uns darauf einigen, die gerade getroffene Vereinbarung erst einmal auf ein Jahr zu begrenzen?« Wilhelm sah seine Nichte ernst an. »In einem Jahr können wir absehen, ob die Lufttaxifirma wirtschaftlich arbeitet. Sollte sie das nicht, müssen wir neu überlegen. Zwei marode Firmenzweige können wir uns nicht erlauben.«

»Das sehe ich genauso wie du, Onkel Wilhelm«, erwiderte Marlene. »Ich bin dir und dir, Alex«, sie warf ihrem Vetter einen liebevollen Blick zu, »sehr dankbar, dass ihr euch für meinen Plan einsetzt. Und ich verspreche euch, ich werde alles dafür tun, ihn erfolgreich umzusetzen. Falls ich jedoch nach einem Jahr gescheitert bin, werde ich für eine Übernahme sein – ganz gleich, ob von Dornier oder einer anderen Konkurrenz.« Sie sah zu der Sekretärin hinüber. »Bitte nehmen Sie auch das zu Protokoll, Fräulein Piepenbrink.«

Nach der Abstimmung lud Wilhelm Lilienthal Alexander und seine Nichte zum Mittagessen in die Börse ein. Die beiden aber wollten lieber ein paar Stunden unter sich sein und an der Außenalster spazieren gehen. Bevor sie zusammen wegfuhren, lief Marlene schnell zu Hannes in die Werkshalle hinüber, um ihm von dem Ergebnis zu erzählen. Die beiden fielen sich vor Freude um den Hals.

»Auf eines kannst du dich verlassen, min Deern: Ab jetzt werde ich mich höchstpersönlich um deine Vega Gull kümmern. Die wird immer tipptopp startbereit hier stehen, damit du auf Abruf sofort losdüsen kannst.«

Erst als Marlene mit ihrem Vetter das Firmengelände verließ, nahm sie wahr, dass die Sonne an einem strahlend blauen Himmel stand – so, als hätte es dort oben nie dunkle Wolken gegeben.

»Wie viel hier gebaut wird«, staunte Alexander, als sie der Stadt näher kamen.

»Hamburg war ja auch nach dem Krieg ein einziges Trümmerfeld.«

»Ich erinnere mich. Aber davon sieht man heute nicht mehr viel«, antwortete Alexander.

»Stimmt. Wo gestern noch eine Bombe entschärft werden musste, entsteht heute ein neues Warenhaus.«

»Sind eigentlich immer noch englische Truppen hier?«

»Ein paar, obwohl die Besatzungszeit ja schon seit gut acht Jahren beendet ist.«

»Ich weiß. Das war '49. In dem Jahr bin ich nach Paris gegangen.«

»Und ich war todunglücklich, du Schuft«, erwiderte sie mit einem liebevollen Stups in Alexanders Seite.

»Und warum sind die noch hier?«

»Wegen des Kalten Krieges. Als Verteidigungs- und Abschreckungsmaßnahme gegen den Warschauer Pakt. Jetzt im Frühjahr jedoch soll die letzte britische Schule in der Bleickenallee schließen. Dann sollen auch endgültig die allerletzten beschlagnahmten Wohnungen zurückgegeben werden.« Marlene warf ihrem Vetter einen Seitenblick zu. »Sag mal, hast du eigentlich vor, irgendwann mal wieder zurückzukommen?«

Alexander seufzte. »Ich weiß es nicht. Eigentlich fühle ich mich sehr wohl in Frankreich. Ich finde das Leben dort viel unbeschwerter als in Deutschland, irgendwie genussvoller.« Er lachte. »Ich vermisse nur manchmal die Hamburger Hausmannskost. Bratkartoffeln, Matjes, Labskaus und Rote Grütze.«

Marlene sah ihn mit verschmitztem Gesichtsausdruck an. »Dann solltest du Kochen lernen.«

Inzwischen waren sie am Harvestehuder Weg angekommen. Auf der Uferpromenade wehte trotz der Sonne, deren Strahlen schon angenehm warm waren, ein frischer Wind. Sie schlugen ihre Mantelkragen hoch und schritten zügig voran – vorbei an hohen, dicht an dicht stehenden Weiden und Linden, deren noch kahle Äste sich dem wolkenlosen Himmel entgegenstreckten. Hier säumten große herrschaftliche Villen das Ufer, deren Weiß die Augen blendete.

Marlene hakte sich bei Alexander unter. »Weißt du noch, wie wir als Kinder hier Schlittschuh gefahren sind?«, fragte sie. »Wir konnten es immer kaum abwarten, dass die Alster zufror.«

Alexander lachte. »Klar weiß ich das noch. Und ich habe nicht nur gute Erinnerungen daran. Leider war ich ja von uns dreien stets der Ungeschickteste. Maximilian hat mich immer ausgelacht, wenn ich auf die Nase gefallen bin.«

Eine Weile schwiegen sie, beide in ihren Kindheitserinnerungen versunken. Dann sagte Marlene sachlich: »Max war vergangene Woche bei dir in Paris.«

»Stimmt. Als du an der Ostsee warst. Er wollte mich überzeugen, heute gegen dich zu stimmen.«

»Und warum hast du es nicht getan? Mit dem Geld aus der Übernahme hättest du deinen Traum von einem eigenen Modeatelier verwirklichen können.«

»Ich bin mir inzwischen gar nicht mehr sicher, ob ich mich überhaupt zum Chef eigne. Zurzeit ist es gut so, wie es ist.«

»Oder ging es dir dabei um etwas ganz anderes? Vielleicht darum, Max endlich einmal die Stirn zu bieten?«

Alexander zuckte mit den Schultern. »Ja, möglich. Es hat schon gutgetan, das muss ich zugeben.« Er zwinkerte ihr zu. »Aber ich finde deine Idee auch wirklich gut. Ich trau dir das zu. Und so ein Familienunternehmen sollte man nicht so einfach aufgeben, ohne zumindest erst einmal alles versucht zu haben, um es retten.«

»Aber du hast dich doch nie für die Firma interessiert.«

»Der Mensch ändert sich.«

Alexanders Worte taten Marlene gut. Spontan blieb sie stehen und umarmte ihn.

»Max hat sich auch sehr verändert«, nahm Marlene die Unterhaltung wieder auf.

»Der Krieg und die Gefangenschaft haben ihn zu dem gemacht, der er heute ist. Da habe ich Glück gehabt, dass ich wegen meines Hüftleidens nicht eingezogen worden bin.«

»Ich habe manchmal richtig Angst vor ihm«, gestand Marlene ihm.

Alexander blieb stehen und lachte. »Was? Du und Angst? Das ist ja was ganz Neues.«

»Na ja, nicht richtig Angst, aber er ist so unberechenbar geworden, seit er so viel trinkt. Manchmal habe ich den Eindruck, dass er alle Menschen hasst, die nicht Ähnliches erlebt haben wie er.«

»Wahrscheinlich versteht er sich deshalb so gut mit eurem Ingenieur. Die beiden haben die gleichen Erfahrungen gemacht.«

»Von Treskow geht aber ganz anders damit um.« Marlene hakte sich wieder bei Alexander unter.

»Ich finde ihn sehr nett.« Alexander sah sie kurz von der Seite an. »Nicht so, wie du jetzt denken könntest. Menschlich, meine ich. Obwohl er auch fantastisch aussieht. Er hat so ein Flair …« Alex suchte nach Worten, »das Flair eines noblen Engländers. Wäre der nichts für dich?«

»Um Himmels willen!«, rief Marlene aus und ließ ihn los. »Jetzt fang du nicht auch noch damit an. Schon dein Vater ist der Meinung, er wäre der passende Heiratskandidat für mich.«

»Kann ich deiner Reaktion entnehmen, dass du das anders siehst?«

»Vollständig anders. Ich finde ihn zwar nicht unsympathisch, aber da ist nichts, was mich anzieht. Bei den Frauen ist er jedoch sehr gefragt, wie ich von Max weiß. Was kein Wunder ist. Von Treskow besitzt die verwegene Ausstrahlung eines ehemaligen Jagdfliegers und nutzt das glamouröse Flair, welches das *von* in seinem Namen mit sich bringt. Eine pikante Mischung, auf die die meisten Frauen fliegen.«

»Und worauf fliegst du?«

»Grundsätzlich kann ich mir im Augenblick überhaupt nicht vorstellen zu heiraten. Welch ein Mann würde meine Fliegerei akzeptieren? Männer wollen doch nur solche Frauen, die für sie und die Familie sorgen, die kein Eigenleben haben. Und ich bin nicht bereit, einen Mann darüber entscheiden zu lassen, ob ich berufstätig bin oder nicht.«

»Es gibt auch noch andere Männer, glaub mir. In Frankreich ist das nicht so extrem wie hier.«

Marlenes Blick glitt übers Wasser, und plötzlich sah sie wieder ihren Winterschwimmer vor sich. »Ja«, sagte sie leise wie zu sich selbst. »Es gibt noch andere Männer.«

Alexander fasste sie an den Schultern und drehte sie zu sich herum. »Höre ich da etwas aus deiner Stimme heraus?«, fragte er mit liebevollem Lächeln.

»Ach, ich weiß nicht. Ich habe vergangene Woche in Rettin jemanden kennengelernt.« Sie nickte entschlossen, »Ja, ich bin sicher, der wäre anders.«

»Und?« Alexanders himmelblaue Augen sahen sie mit erwartungsfreudigem Ausdruck an.

Sie wandte sich ab und ging weiter. »Nichts *und*. Er ist ganz plötzlich gegangen, ohne sich mit mir zu verabreden.«

Ihr Vetter holte sie ein und hakte sich wiederum bei ihr unter. »Oh là, là! Willst du mir von dieser Begegnung erzählen?«

Natürlich wollte sie. Mit Alexander hatte sie stets alles geteilt. Nachdem sie alles berichtet hatte, nickte er bedächtig. »Er muss nicht unbedingt verheiratet sein. Es kann auch andere Gründe gegeben haben, warum er so fluchtartig das Lokal verlassen hat.«

Sie warf ihm einen neugierigen Blick zu. »Und welche?«

»Vielleicht hat er das Gefühl bekommen, dass du ihm und seinem Leben gefährlich werden könntest.«

»Wie meinst du das?«

»Vielleicht hat er den Kopf zurzeit zu voll, als dass er sich auf die Liebe einlassen kann. Oder er hatte den Eindruck, dass ihr nicht zusammenpassen würdet – so schön und sympathisch er dich auch gefunden haben mag.«

»Das kann nicht sein«, widersprach sie ihm energisch. »Da war irgendwie eine Verbindung zwischen uns. Er muss diese starke Anziehung genauso gespürt haben wie ich. So etwas ist nie einseitig.«

»Womöglich hat er gemerkt, dass du aus reichem Haus stammst – und er kommt vielleicht aus ärmlichen Verhältnissen. Das passt im Lebensalltag nur schlecht zusammen.«

»Ich brauche keinen reichen Mann an meiner Seite«, verteidigte sie sich. »Ich will selbst etwas darstellen.«

»Aber er will vielleicht keine reiche Frau an seiner Seite, weil er sich dann ständig minderwertig fühlen würde. Die meisten Männer können damit nicht umgehen. Außerdem, wenn die Frau in der Ehe arbeitet, sieht das für viele so aus, als würde der Mann zu wenig Geld verdienen, um die Familie ernähren zu können. Das geht dann an die männliche Ehre.«

»So ein Quatsch«, schnaubte Marlene. »Wenn der Mann seine Frau liebt, muss er doch wollen, dass sie glücklich ist. Und wenn sie nun mal arbeiten will …« Sie seufzte und fügte matt hinzu: »Ist ja sowieso egal. Ich werde ihn ohnehin nie mehr wiedersehen. Und damit fertig.«

»Vielleicht doch. Wenn er vom Schicksal für dich bestimmt ist, wirst du ihn wiedersehen.«

Zweifelnd sah sie ihn von der Seite an.

»Bestimmt. Ich an deiner Stelle würde noch mal an die Ostsee fahren. Lieselotte hat doch gesagt, dass er immer mal wieder in ihrer Kneipe ist.«

»Und wenn ich die falsche Zeit erwische?«

Alexander drückte sie an sich. »Vertrau aufs Schicksal!«

Sie schüttelte den Kopf. »In der nächsten Zeit muss ich mich erst mal um den Aufbau der neuen Firma kümmern. Da habe ich zu viel zu tun.«

»Für die Liebe sollte immer Zeit sein«, entgegnete Alexander mit so träumerischem Blick über die Alster, dass Marlene aufhorchte.

»Apropos Liebe.« Sie sah ihn herausfordernd an. »Wie sieht es denn bei dir aus mit der Liebe?« Sie musste ein paar Atemlängen auf seine Antwort warten. Schließlich begann er zu lächeln.

»Ja, er hat mich auch getroffen – Amors Pfeil. Und zwar mitten ins Herz.«

»Das freut mich so für dich«, sagte sie zärtlich, schlang ihren Arm um seine Mitte und schmiegte sich an ihn. »Wie lange schon?«

»Ein halbes Jahr. Claude ist Lehrer. Wir haben uns in der Metro kennengelernt und gegenseitig erkannt. Ich meine es sehr ernst. Und er auch.« Alexander seufzte leise. »Du kannst dir sicher vorstellen, dass es nicht ganz einfach ist. Wenn Paris auch als die Stadt der Liebe bekannt ist, so ist eine solche Liebe auch dort schwierig zu leben. Wir haben oft Angst, angezeigt zu werden.«

»Weißt du, Alex, auch das wird sich einmal ändern. Nicht von heute auf morgen, aber irgendwann. Da bin ich ganz sicher. Nach 1945 ist eine neue Zeit angebrochen. Wir, du und ich, gehören einer neuen Generation an. Wir haben andere Vorstellungen vom Leben, als noch unsere Eltern sie hatten. Dafür müssen wir kämpfen.«

Um achtzehn Uhr fanden sich Marlene, ihr Onkel, ihre Tante und Alexander zum Abendessen in dem riesigen Speisezimmer der Lilienthal'schen Villa ein, das hinter der Eingangshalle lag. Es hatte einen Wintergarten, der einen unverstellten Ausblick aufs Elbufer mit seinen bis ins Wasser hängenden Trauerweiden bot. Maximilian ließ sich an diesem Abend nicht blicken – und keiner erwähnte ihn. In der kleinen Runde herrschte Frieden und Freude. Änne war überglücklich, ihren Lieblingssohn wieder einmal bei sich zu haben. Alexander hatte seiner Mutter einige selbst entworfene Kreationen mitgebracht. Überschäumend vor guter Laune, sprach Änne ein bisschen mehr als sonst dem süffigen

Ahrwein zu, den sie sich regelmäßig von ihrem Bruder schicken ließ. Auch ihr Mann war in Genusslaune.

Gegen zweiundzwanzig Uhr verabschiedete sich Marlene. Auch sie hatte zwei Gläschen mehr getrunken als üblich. Mit der Entspannung überfiel sie nun auch die Müdigkeit.

Als sie die Tür zur elterlichen Wohnung öffnete, klingelte das Telefon. Cleo!, fiel ihr ein. Sie hatte ihre Freundin doch anrufen wollen!

»Lebst du noch?«, erkundigte sich die rauchige Stimme hörbar pikiert.

»Ja, klar. Entschuldige, aber wir hatten Familienessen, und ich bin gerade erst hochgekommen. Wo bist du denn um diese späte Stunde?«

»In der Redaktion. Wo sonst habe ich einen Telefonanschluss? Ich habe mich zum Nachtdienst gemeldet.«

»Damit dir deine männlichen Kollegen keine guten Themen wegschnappen?«, neckte Marlene sie.

»Das auch, aber hauptsächlich des Geldes wegen. Schon vergessen? Ich will mir ein Auto kaufen.«

Mit einem Mal fühlte sich Marlene ernüchtert. Cleo war in bescheidenen Verhältnissen aufgewachsen bei ihrer alleinerziehenden Mutter, die noch bis vor zwei Jahren Maskenbildnerin an der Hamburger Oper gewesen war. Cleos jüdischer Vater, ein Hochschullehrer, war bereits 1933 emigriert. Ihre Freundin hatte nie wieder etwas von ihm gehört.

»Und? Wie ist es gelaufen?«, hörte sie Cleo in ihre Gewissensbisse hinein fragen.

Sie erzählte ihrer Freundin von der Abstimmung.

»Gratuliere! Du hast es geschafft!«

»Ich hoffe nur, dass sich Max wieder einkriegt. Ich möchte ihn nur ungern zum Feind haben.«

»Er kann dir doch nichts. Der wird sich bestimmt wieder beruhigen. Du weißt doch, wie er ist. Mal total eklig, und dann kann er wieder so nett sein.« Cleo ließ ihr Feuerzeug aufschnappen.

Nachdem sie den Rauch ihrer Zigarette vernehmbar ausgestoßen hatte, fuhr sie fort: »Dann können wir morgen ja loslegen. Ich werde eine Annonce in einer unserer Zeitungen schalten, die die Leute über das erste Flugtaxi der Stadt informiert. Außerdem schlage ich vor, in dieser Woche ein Interview mit dir zu machen. Titel: Marlene Lilienthal – die Himmelsstürmerin. Deine Biografie als Pilotin, ein schönes Foto von dir in Fliegermontur an deiner Vega Gull lehnend, Flugrouten und Kosten deines Flugtaxis und so weiter. Vielleicht kann ich es sogar in *Die Welt* unterbringen. Die wird von vielen gelesen.«

»Ach, Cleo, du bist ein Schatz. Das klingt alles ganz wunderbar. Ich habe mir auch schon was überlegt. Ich werde am Himmel mit einem Banner über der Stadt Reklame fliegen«, sprach Marlene aufgeregt weiter. »Das sieht man jetzt immer öfter. Außerdem werde ich meinen Flugservice großen Firmen anbieten. Und ich sollte mich mal wieder öfter in der Hamburger Gesellschaft sehen und Kontakte aufleben lassen. Unter den vielen Geschäftsleuten, die noch meinen Vater kannten, sind bestimmt einige, die einen solchen Service zu schätzen wüssten: schnell und individuell von mir an einen gewünschten Ort geflogen zu werden.«

»Na, dann haben wir ja einen vollen Terminplan«, meinte Cleo zufrieden. »Und zur Belohnung gehen wir am Samstag auf der Reeperbahn tanzen. Wenn es dir recht ist, kommen noch ein paar Kollegen von mir mit. Das wird bestimmt lustig. Karnevalssamstag ist da sicher mächtig was los.«

DIENSTAG, 26. FEBRUAR 1957

Wie jeden Morgen war Marlene auch an diesem Dienstag wieder früh in der Firma. Voller Arbeitseifer erstellte sie einen Plan, nach dem sie in den nächsten Tagen vorgehen wollte, um den neuen Firmenzweig auf die Beine zu stellen. Da waren Behördengänge angesagt, Telefonate, Anschreiben. Sie brauchte neues Briefpapier mit dem Firmennamen *Lufttaxiunternehmen Lilienthal*, eine zweite Telefonnummer und vieles mehr. Dann kalkulierte sie den Stundenpreis ihres Flugservice durch. Dazu würden bei Rechnungsstellung noch der Sprit sowie die Lande- und Startgebühren des jeweiligen Flughafens hinzukommen. Mitten in ihre Arbeit kam Fräulein Piepenbrink in ihr Büro.

»Verzeihen Sie bitte die Störung, aber ich muss Ihnen etwas mitteilen.«

Marlene sah kurz auf. »Was?«

»Gerade hat Herr Lilienthal junior angerufen und sich für diese Woche abgemeldet. Er hat sich Urlaub genommen.«

»Weiß sein Vater davon?«

»Ich habe es dem Chef gerade gesagt.«

Früher war Maximilian nie so feige gewesen, ging es Marlene durch den Kopf.

Nachdem Fräulein Piepenbrink gegangen war, blickte Marlene eine Weile in Gedanken an ihren Vetter zum Fenster hinaus. Hinter der Rollbahn, die an dem Bürogebäude und den Werkshallen vorbeiging, breiteten sich Felder und Wiesen aus. Das Terrain, das ihr Großvater einst gekauft hatte, war groß genug für noch ein weiteres Gebäude – vielleicht eine Art kleines Flughafengebäude für ihre Lufttaxigäste mit Rezeption, Sitzecke und einem

Büro für eine weitere Sekretärin, die sich nur um diesen Geschäftszweig kümmern würde. Unwillkürlich musste sie lächeln. Sie war gerade dabei, Luftschlösser zu bauen. Erst einmal musste die neue Firma überhaupt anlaufen.

Da sie nun einmal ihre Arbeit unterbrochen hatte, war es Zeit für eine Tasse Kaffee. Sie holte Wasser. Als sie auf dem Rückweg war, wäre sie auf dem schmalen Gang fast mit Ansgar von Treskow zusammengestoßen, der gerade das Kontor verließ. Es kam selten vor, dass der Ingenieur ins Bürogebäude kam, meistens begegneten sie sich, wenn sie Hannes besuchte oder sich draußen auf dem Gelände die Füße vertrat.

»Fräulein Lilienthal, wie schön, Sie zu sehen«, begrüßte er sie mit seinem offenen Lächeln.

»Herr von Treskow«, antwortete sie freundlich, jedoch mit distanzierterem Lächeln, und machte einen Schritt zur Seite – obwohl eigentlich er derjenige hätte sein müssen, ihr den Weg frei zu machen. Aber er blieb einfach mitten auf dem Gang stehen und sah sie an. Amüsiert, wie ihr schien. Wieder einmal stellte sie fest, dass er wirklich gut aussah. Sie glaubte gern, dass ihm die Frauen nachliefen – zumal in einer Zeit, in der Männer immer noch Mangelware waren.

»Entschuldigen Sie.« Sie richtete sich zu ihrer vollen Größe von eins fünfundsiebzig auf und drängte sich schließlich an ihm vorbei. Dabei nahm sie den Duft seines zitronigen Rasierwassers wahr. Kein unangenehmer Duft.

»Da wir uns gerade hier begegnen – kann ich kurz mit Ihnen reden?«, bat er sie.

Sie zögerte. Anders als sonst, wenn sie sich sahen, klang er dieses Mal so ernst, als hätte er ein wichtiges Anliegen. Er wollte sie doch wohl hoffentlich nicht einladen. So weit war er bisher noch nie gegangen. Schließlich nickte sie. »Kommen Sie mit in mein Büro. Allerdings habe ich nicht viel Zeit.«

Sie ließ die Bürotür offen stehen und bot ihm den Platz vor ihrem Schreibtisch an.

»Fräulein Piepenbrink hat mir erzählt, dass Maximilian sich für diese Woche freigenommen hat«, begann von Treskow das Gespräch.

»Ja, das habe ich auch gerade erfahren.«

»Wahrscheinlich kommt er mit dem Abstimmungsergebnis nicht klar.«

Erstaunt sah sie ihn an. »Wussten Sie davon?«

»Max hat mir von der Übernahme und Ihrer Idee erzählt.«

Eigentlich klar, sagte sie sich. Die beiden waren befreundet.

Von Treskow rückte auf die Stuhlkante, legte die Ellbogen auf die Lehnen und faltete die Hände. Sein Blick lag mit intensivem Ausdruck auf ihrem Gesicht. »Ich mache mir Sorgen um Max«, begann er. »Wie Sie wissen, waren wir zusammen in Gefangenschaft. Das schweißt zusammen. Und ich habe ihm meine Anstellung in Ihrer Firma zu verdanken. Meine Sorge um ihn ist nicht unbegründet. Er trinkt viel zu viel und verkehrt in Spelunken, wo jemand seines Standes eigentlich keinen Fuß hineinsetzen sollte. Das weiß ich von unserem Mechaniker. Wahrscheinlich denkt Max, dort vergessen zu können. Und gestern Abend bin ich ihm auf dem Jungfernstieg begegnet. Er kam sturzbetrunken aus einer Bar. Da ich in Begleitung war, habe ich ihn ins Taxi gesetzt und nach Hause fahren lassen.«

Marlene schluckte. Das, was sie da hörte, bestärkte sie in ihrem Verdacht, dass Max dabei war, den Boden unter den Füßen zu verlieren.

»Wir wissen, dass er dem Alkohol mehr zuspricht, als es gut ist«, erwiderte sie. »Und dass sein Vater und sein Bruder bei der Abstimmung gegen ihn gestimmt haben, wird ihn bestimmt noch mehr aus der Bahn werfen. Aber was kann man da machen?« Hilflos sah sie ihn an.

»Das weiß ich leider auch nicht. Es geht ja vielen Männern so, die den Krieg erlebt haben. Sie kommen nach der Rückkehr aus der Gefangenschaft nicht mehr mit dem Leben klar. Das ist in meinen Augen zurzeit ein großes gesellschaftliches Problem.«

Es gefiel ihr, wie er dachte und sprach. Bisher hatte er immer nur seinen jugendlichen Charme bei ihr spielen lassen, hatte ihr Komplimente gemacht, sie unterhalten und zum Lachen gebracht. Jetzt lernte sie eine ganz andere Seite von ihm kennen.

Er hob die breiten Schultern. »Vielleicht täte es ihm gut, eine nette Partnerin zu haben, die ihm Halt geben würde. Aber andererseits …«, er seufzte, »welche Frau will mit einem Mann in dieser Verfassung etwas zu tun haben?«

»Max hat seine Familie. Wir könnten sein Halt sein. Wir sind doch alle für ihn da, aber er macht es einem so schwer, sich um ihn zu kümmern.«

»Das glaube ich.« Von Treskow senkte den Kopf. Ein paar Sekunden lang breitete sich Schweigen im Raum aus. Dann stand er auf, rieb sich die Hände und lächelte sie an. »Danke, dass Sie mir zugehört haben. Nachdem ich Max gestern Abend so gesehen habe, war es mir ein Bedürfnis, mit Ihnen darüber zu sprechen. Ich wollte mich nicht an seinen Vater wenden. Ich weiß ja um das Herzleiden des Chefs.«

Marlene ging um den Schreibtisch herum auf ihn zu und reichte ihm die Hand. »Danke, das war sehr nett von Ihnen. Es tut gut, seine Sorgen mit jemandem zu teilen, der genauso empfindet.«

Einen Augenblick lang sah er sie an, ernst und fast liebevoll. Sie befürchtete schon, dass er jetzt die Gelegenheit ergreifen würde, sie erstmals zum Abendessen einzuladen – nach dem Motto: *Über dieses Thema sollten wir uns mal ausgiebiger unterhalten.* Doch da deutete er auch schon eine Verbeugung an und ging. Sie blieb stehen, hörte, wie die Metalltür nach draußen ins Schloss fiel. Eigentlich war er ja sehr nett, obwohl er längst nicht die Anziehungskraft auf sie hatte, wie es bei Bernhard der Fall gewesen war.

Bernhard Södermann, dachte sie mit einem Anflug von Sehnsucht. Warum bloß ging er ihr nicht aus dem Kopf? Vielleicht, weil Alexander ihr gestern Mut gemacht hatte, noch einmal an die Ostsee zu fahren, in der Hoffnung, ihn wiederzusehen?

MITTWOCH, 27. FEBRUAR–FREITAG, 1. MÄRZ 1957

Die Tage bis zum Wochenende flogen nur so dahin. Neben ihren gewöhnlichen Aufgaben arbeitete Marlene ihren Plan ab. Zweimal rief sie Maximilian an, der den Hörer jedoch nicht abnahm. Donnerstag fuhr sie auf dem Nachhauseweg bei ihm vorbei, weil sie sich Sorgen machte. Doch er öffnete nicht. Ihrer Tante und ihrem Onkel gegenüber erwähnte sie ihre Angst um ihn nicht. Auch nicht das Gespräch mit Ansgar von Treskow.

Freitag holte sie in der Fahnenfabrik das bedruckte Banner ab, mit dem sie in der nächsten Woche ihre Reklameflüge für die neue Firma machen wollte. Am Abend telefonierte sie mit Cleo, die sich in der Redaktion mal wieder zur Spätschicht gemeldet hatte.

»Und? Hat sich schon jemand auf die Annonce im *Hamburger Abendblatt* gemeldet?«, erkundigte sich ihre Freundin.

»Noch nicht«, erwiderte Marlene verhalten.

»Und auf das Interview, das heute erschienen ist?«

»Auch nicht.«

»Das kommt noch. So etwas muss sich ja erst einmal rumsprechen. Hast du das Banner fertig?«

»Heute abgeholt.«

»Dann kann es ja nächste Woche losgehen. Und morgen feiern wir erst mal Karneval.«

Marlene zögerte. Schließlich überwand sie sich und sagte: »Sei mir nicht böse, Cleo, aber zurzeit steht mir nicht der Sinn nach Feiern.«

»Wegen deiner Eltern?«

»Ich bin ziemlich fertig und brauche etwas Ruhe. Da wir sowieso mit anderen zusammen ausgehen wollten, bist du ja nicht allein.«

»Trotzdem schade, dass du nicht dabei bist.«

»Wir holen es nach. Ganz bestimmt«, versprach sie.

»Was machst du stattdessen?«

»Ich fahre noch mal ans Meer und ruhe mich aus.« Eine Sekunde lang überlegte sie, ob sie Cleo nicht doch von Bernhard erzählen sollte. Doch dann verwarf sie den Gedanken wieder. Die rationale Cleo würde dafür, dass sie am Wochenende das Schicksal auf die Probe stellen wollte, bestimmt kein Verständnis haben.

SAMSTAG, 2. MÄRZ 1957

Samstagmorgen in der Früh, es begann gerade zu dämmern, brach Marlene zur Ostsee auf. Dieses Mal hatte sie nur eine Reisetasche bei sich und einen Korb mit Lebensmitteln. Während ihr Mercedes auf der fast leeren Autobahn im gleichmäßigen Tempo dahinglitt, erfand sie kleine Szenarien, wie sie Bernhard wiederbegegnen könnte. Vielleicht beim Schwimmen in der Ostsee? Bei einer Wanderung am Strand oder durch den Kiefernwald hinter ihrem Haus, bei der Bernsteinsuche an der Küste vor Dahme? Je näher sie ihrem Haus kam, umso unwahrscheinlicher erschien ihr ein Wiedersehen mit ihm. Sie hatte sich durch Alexanders Glauben ans Schicksal leiten lassen, aber alle rationalen Argumente sprachen dagegen. Falls Bernhard Södermann tatsächlich verheiratet war, würde er niemals am Wochenende allein ans Meer fahren. Und falls er Handlungsreisender war, würde er das Wochenende ohne Arbeit zu Hause verbringen – wo immer das sein mochte. Mit oder ohne Ehefrau. Die Chancen, ihn Samstag oder Sonntag hier zu treffen, gingen also gegen null. Dennoch. Ein bisschen frische Luft und Ruhe würden ihr nach dieser anstrengenden Woche keinesfalls schaden.

Das reetgedeckte Haus auf der Klippe empfing sie so, wie sie es vor einer Woche verlassen hatte – sauber und wohlig warm, denn die Petersens hatten wieder eingeheizt. Nachdem sie sich eingerichtet hatte, stieg sie in die Gummistiefel und ging hinunter zum Strand. Der morgendliche Dunstschleier verwischte noch den Übergang von Himmel und Meer und tauchte die Landschaft in ein weiches Licht. Sie lief an der Brandung entlang in Richtung Rettin. In den ersten Sonnenstrahlen, die von dem wolkenlosen

Himmel fielen, stob das Wasser silbern unter ihren Schritten auf. Immer wieder durchsuchte sie den angespülten Tang nach Bernsteinen, obwohl sie genau wusste, dass es mehr als unwahrscheinlich war, ihn südlich von Dahme zu finden – vermutlich genauso unwahrscheinlich, wie an diesen beiden Tagen Bernhard wiederzusehen.

Marlene war den ganzen Vormittag unterwegs, doch es kam genau so, wie sie vermutet hatte. Sie fand weder Bernstein, noch begegnete sie Bernhard Södermann. Durchgelüftet vom frischen Meereswind und hungrig kam sie schließlich wieder an der Steilküste an. Else hatte ihr Labskaus mit Roter Bete und zwei Matjesfilets eingepackt. Sie musste das Kartoffelgericht nur im Wasserbad erwärmen und ein Spiegelei braten.

Nach dem Mittagessen setzte sie sich in eine Decke gehüllt auf die Loggia und genoss die bereits warme Märzsonne. Dabei spähte sie immer wieder hinunter zum Meer – auf der Suche nach einem großen schlanken Mann in einem schwarzen Mantel.

In Gedanken an diesen Mann verbrachte sie auch den Abend und schlief schließlich ein.

SONNTAG, 3. MÄRZ 1957

Auch den Sonntag begann Marlene mit einer Strandwanderung. Allen Wettermeldungen zum Trotz schien an diesem Morgen wieder die Sonne von einem wolkenlosen, tiefblauen Himmel und erwärmte die Luft. Es war nahezu windstill – ungewöhnlich für diese Jahreszeit. Die Wellen gaben nur ein Flüstern von sich. Es war, als würde die Welt den Atem anhalten. In diese Stille hinein mischten sich die durchdringenden Schreie der Möwen mit den trompetenartigen Rufen der Kraniche, die auf ihrer Rückreise in den Norden waren. Lange Zeit blickte Marlene diesen Vorboten des Frühlings nach. Sie war schon immer fasziniert von den Vögeln gewesen, wie sie ihre Rufe während des Fliegens zur Aufrechterhaltung des Kontaktes untereinander abgaben, wie sie in exakter Formation endlos weite Distanzen zurücklegten. Die Rufe wurden immer leiser, und die Vögel verschwanden schließlich aus ihrer Sicht. Marlene ging weiter. Plötzlich stieß sie mit der Stiefelspitze gegen etwas. Es war ein Knäuel aus Algen, Tang und Treibholz. Sie bückte sich und entdeckte einen Stein darin. Ihr stockte der Atem. Etwa ein Bernstein, den der Nordwestwind hier angespült hatte? Unmöglich. Das würde einem Wunder gleichkommen.

Zögerlich entwirrte sie das Knäuel und holte den wallnussgroßen harten Klumpen hervor. Mit dem Taschentuch wischte sie den Schmutz von ihm ab. Jetzt schimmerte er golden, ein wenig rötlich-orange, genau wie Bernstein. Voller Unglauben starrte sie auf ihren Handteller. Sie wusste, dass der März eine gute Zeit war für die Bernsteinsuche. Das Wasser musste kalt sein. Dann besaß es eine größere Dichte und spülte den Bernstein leichter ans Land. Aber hier an diesem Ostseeabschnitt?

Plötzlich hatte sie es ganz eilig, nach Hause zu kommen. Dort wollte sie die Bernsteinprobe machen, so wie sie es von ihrer Mutter gelernt hatte.

In der Küche spülte Marlene den Stein unter fließendem Wasser ab. Tatsächlich offenbarte sich jetzt seine typische Bernsteinfarbe noch deutlicher. Er funkelte geradezu in ihrer Hand. Das Gold der Ostsee. Aber dennoch. In Bernsteinkreisen warnte man nach dem Zweiten Weltkrieg immer wieder vor einer Verwechslungsgefahr mit Phosphorklumpen – Überreste von Brandbomben und hoch entzündlich –, die an einigen Ostseestränden zu finden waren.

Voller Aufregung mischte sie Salz mit Wasser, rührte um und legte den Stein vorsichtig in die Schüssel. Bernstein hatte eine geringere Dichte als die Kochsalzlösung und würde in der Lösung schweben. Ein klassischer Stein oder gar ein Phosphorklumpen sanken sofort nach unten.

Marlene traute ihren Augen kaum, als der Bernstein an die Oberfläche stieg. Sie hatte tatsächlich einen Bernstein gefunden – an einer Stelle, wo sie es niemals erwartet hatte. Versonnen lächelte sie vor sich hin.

Eigentlich hatte sie an diesem Mittag wieder nach Hause fahren wollen, doch jetzt beschloss sie, erst am Abend nach Hamburg zurückzukehren. Ein paar Stunden wollte sie dem Schicksal noch geben. Das schien ihr heute nicht so schlecht gesonnen zu sein.

Obwohl der Himmel inzwischen mit dicken Wolken verhangen war, hielt es Marlene nicht länger im Haus. Dieses Mal wollte sie durch den Kiefernwald oberhalb der Klippe in Richtung Grömitz wandern und am Strand wieder zurück. Während sie stramm über den mit Wurzeln übersäten Weg schritt, der von Sanddornbüschen begleitet wurde, fragte sie sich dann doch irgendwann, ob sie eigentlich verrückt war. Schicksal … Sie glaubte nicht ans Schicksal. Dennoch ging sie weiter, als würde sie von einer überirdischen Macht getrieben. Natürlich begegnete sie Bernhard nicht. Bei der nächsten Gelegenheit lief sie eine der Holztreppen hinunter zum Strand.

Hier wehte mittlerweile eine steife Brise. Der Wind jagte schwarze Wolken über den Himmel. Es dauerte nicht lange, bis er den Sand aufwirbelte. Schluss jetzt, beschloss sie. Das war doch alles Humbug. Sie sah das Leben anders als ihr Vetter, der schon immer ein liebenswerter Träumer gewesen war.

Nun klatschten die ersten Regentropfen auf den Sand. Und dann ergoss sich plötzlich eine wahre Sintflut. Der Sturm riss an ihren Haaren, fegte den Sand über den Strand und beugte die knorrigen Kiefern oben auf der Klippe. Schützend hielt sie sich die Hand vor die Augen und begann, gegen den Sturm anzulaufen, bis sie schließlich atemlos an der Treppe zu ihrem Haus ankam. Mit letzter Kraft stieg sie die steilen Stufen hinauf. Oben angekommen, schnappte sie erst einmal nach Luft. Zeit, nach Hause zu fahren, sagte sie sich entschlossen, während sie schnell die Haustür aufschloss. Da bemerkte sie aus dem Augenwinkel einen Schatten am Ende der Loggia. Unwillkürlich schrak sie zusammen. Erst auf den zweiten Blick erkannte sie Bernhard. Er stand aus dem Korbschaukelstuhl auf und kam mit diesem leicht verlegenen Lächeln auf sie zu.

»Entschuldige, ich will nicht aufdringlich sein, aber bei dem Wetter habe ich mich hier untergestellt.«

Sprachlos starrte sie ihn an wie einen Geist.

»Ich war in Lübeck«, sagte Bernhard in den tobenden Wind hinein. »Da ich wissen wollte, ob du tatsächlich hier wohnst, bin ich aus Neugier an dem Haus vorbeigegangen. Als ich den Mercedes mit dem Hamburger Kennzeichen entdeckte, fing gerade das Unwetter an. Da habe ich hier Unterschlupf gesucht. Ich hoffe, das war in Ordnung.« Seine großen, samtschwarzen Augen lagen jetzt mit unsicherem Ausdruck auf ihr.

Er hatte sie also auch gesucht! Endlich fand sie ihre Sprache wieder. »Natürlich!«, rief sie gegen Wind und Regen an. »Komm rein. Hier kann man ja kaum etwas verstehen.«

Sie stieß die Tür auf, trat in dem kleinen Flur zur Seite und ließ ihn eintreten. Dann schloss sie schnell die tobende Welt dort draußen aus. Eine wohlige Wärme umfing sie. Erleichtert atmete sie aus und suchte Bernhards Blick. Als sie sich in die Augen sahen, erfasste sie eine seltsame Befangenheit, die ihr fremd war. Sie konnte noch gar nicht glauben, dass er vor ihr stand, in ihrem Haus. Ihm schien es nicht anders zu gehen. Während die Nässe aus seinem schwarzen Haar auf den Mantelkragen tropfte, lächelte er sie verlegen an. »Ich will nicht stören.«

Da musste sie lachen. Am liebsten hätte sie ihm anvertraut, dass sie ihn seit gestern gesucht hatte, aber das war ihr dann doch zu viel Offenheit. »Du störst nicht. Im Gegenteil, ich freue mich, dich wiederzusehen. Damit hätte ich nicht gerechnet.«

»Ich musste heute zu meiner Mutter.«

Während die Freude und Erleichterung eine lodernde Flamme in ihrem Herzen entzündeten, merkte sie, wie das Wasser aus ihren Locken auf die Holzplanken tropfte. »Am besten ziehen wir erst mal die nassen Mäntel aus«, schlug sie vor. »Und dann mache ich uns einen heißen Tee mit Rum.«

»Das klingt gut.« Er zwinkerte ihr zustimmend zu.

Nachdem sie im Flur die Mäntel abgelegt und sich mit Handtüchern die Haare getrocknet hatten, folgte Bernhard ihr in die Küche – nicht ohne vorher im Flurspiegel sein Haar zu kämmen.

»Kann ich dir helfen?«, bot er an. Seine warm klingende tiefe Stimme verfehlte auch jetzt nicht die Wirkung auf sie. Sie drehte sich zu ihm um und lächelte ihn an. Als sich ihre Blicke trafen, spürte sie die tief gehende Regung, die über bloße Wiedersehensfreude hinausging. Ihre Verbundenheit, die sie bei ihrer letzten Begegnung so stark empfunden hatte, war mit einem Mal wieder da. Und wieder spürte sie ihren rasenden Herzschlag. Stumm sahen sie sich an, und am liebsten hätte sie einen Schritt auf ihn zugemacht, hätte ihn berührt, ihm über den Arm gestrichen, über die Wange, um zu spüren, dass er leibhaftig hier in ihrer Küche stand. Schließlich, als sie es kaum mehr aushalten konnte, drehte sie sich schnell um und sagte mit belegter Stimme: »Nein, danke, das mache ich schon.«

Mit zittrigen Händen füllte sie Wasser in den Kessel und stellte ihn auf den Herd. »Du warst bei deiner Mutter?«, fragte sie mit dem Rücken zu ihm, weil sie das Schweigen im Raum kaum ertragen konnte. »Sie lebt in Lübeck?«

»Ja, in einem Pflegeheim.«

Überrascht drehte sie sich um. »Wie alt ist sie denn?«

Bernhard lehnte am Türrahmen, die Arme über der Brust verschränkt. »Noch gar nicht so alt. Vierundfünfzig. Aber nach ihrem Herzinfarkt schafft sie es allein nicht mehr.«

»Und dein Vater?«, kam ihr ganz spontan über die Lippen.

Seine Miene verfinsterte sich. »Meine Eltern sind schon lange geschieden. Meine Mutter hat danach wieder geheiratet, aber diese Ehe hat nicht gehalten.«

»Hast du noch Geschwister?«

Verneinend schüttelte er den Kopf.

Warum kann sie denn nicht bei dir bleiben, wollte sie schon fragen – was in einer solchen Situation für sie selbstverständlich gewesen wäre. Aber da pfiff auch schon der Kessel. Sie goss Wasser über das Teesieb und stellte Kanne, Tassen, das Milchkännchen und einen Aschenbecher auf ein Tablett.

»Lass mich das tragen«, bot Bernhard an.

Sie gingen ins Wohnzimmer, wo Marlene die Stehlampe anschaltete und ein paar Holzscheite in den Kamin legte. Es war fast dämmrig im Raum – und das am frühen Nachmittag. Die Wetterfront lag jetzt genau über der Steilküste.

Bernhard stellte das Tablett auf den niedrigen Tisch. Nachdem sie Tee eingeschenkt hatte und sie sich nun gegenübersaßen, bot Bernhard ihr eine Zigarette an. Als er ihr Feuer gab, berührten sich ihre Finger. Diese kurze Berührung empfand sie wie einen kleinen Stromschlag, der ihr durch den Körper jagte und ihr Herz schneller schlagen ließ.

»Rum?«, fragte sie, nachdem sie den Rauch ausgestoßen hatte.

Dabei zeigte sie auf den Bartisch, der neben dem Gummibaum stand.

»Gerne. Darf ich?« Bernhard stand auf, holte die Flasche und goss jeweils einen Schluck in die Tassen.

Marlene beobachtete ihn dabei. Seine Bewegungen waren ruhig und gezielt. Er hatte schöne Hände, groß, gepflegt, mit schlanken Fingern. Hände, die bestimmt sehr zärtlich sein konnten. Die Vorstellung, sie auf ihrem Körper zu spüren, ließ ihr die Hitze in die Wangen schießen. Um sich abzulenken, brachte sie das Thema wieder auf seine Mutter. »Es tut mir leid, dass deine Mutter nicht mehr so fit ist. Kann sie sich denn nach dem Herzinfarkt noch bewegen?«

»Das kann sie. Und sie sieht auch noch gut aus und kann auch ihre geliebten Bernsteine bearbeiten. Was ihr sehr guttut. Wenn sie jedoch einen schlechten Tag hat, verfällt sie in Melancholie und braucht Hilfe. Das war zum Beispiel gestern so. Wenn ich dann bei ihr bin, geht es ihr wieder besser.«

»Wo wohnst du denn? Hast du es weit zu ihr?«

Bernhard zögerte deutlich. Er zog an seiner Zigarette und murmelte: »Nicht so weit.« Dann stand er auf und ging zu dem Vertiko, auf dem ein Teil der Bernsteinsammlung ihrer Mutter lag. »Darf ich?« Vorsichtig nahm er den Lieblingsstein ihrer Mutter in die Hände. »Welch ein wunderbares Stück«, sagte er voller Bewunderung.

»Meine Eltern und ich haben es vor dem Krieg in Ribnitz-Damgarten gefunden. Warst du schon mal dort? Die Gegend ist bekannt für Bernsteinfunde. Heute kann man ja leider nicht mehr dorthin, da der Ort zur DDR gehört.«

Als Antwort nickte er nur, während er den Stein behutsam und voller Aufmerksamkeit wieder zu den anderen legte. Dann ging er zum Fenster. »Ist das ein Wetter da draußen! Was würdest du machen, wenn dich ein solches Wetter beim Fliegen überrascht?«

Verdutzt über den abrupten Themenwechsel, sah sie ihn an. Sie stieß den Rauch scharf aus, bevor sie erwiderte:

»So schnell wie möglich irgendwo auf einem freien Feld landen, wenn kein Flugplatz in der Nähe ist. Und das schon bei den ersten, dicken Wolken. Jedes Unwetter bedeutet für ein kleines Flugzeug Unannehmlichkeiten, wenn nicht sogar Gefahr. Die Auf- und Abwinde können heftige Turbulenzen verursachen, und Windscherungen erschweren das Steuern. Ganz abgesehen von einem Blitzschlag.«

»Bist du schon einmal in eine solche Situation gekommen?«

Sie schüttelte den Kopf, schnippte die Asche in den Aschenbecher und nippte am Tee. »Gott sei Dank nicht«, antwortete sie. »Ich habe mir immer die Weisheit meines Vaters zu Herzen genommen. *Erobere den Himmel mit Respekt vor ihm. Wenn du ihn nicht ernst nimmst, zahlt er es dir heim.*«

»Dein Vater ist ein kluger Mann.«

»War …«, korrigierte sie ihn.

Bernhard hob die schwarzen Brauen.

»Meine Eltern sind vor einem Dreivierteljahr mit ihrer Maschine abgestürzt.«

Sie sah ihm seine Betroffenheit an.

»Das tut mir leid«, erwiderte er leise. Voller Mitgefühl lag sein Blick auf ihrem Gesicht – mit einem Ausdruck, als wolle er es streicheln. Dieser weiche, ja fast zärtliche Blick verriet ihr, dass ihr Zusammensein nicht nur eine lockere Unterhaltung für ihn bedeutete, um die Zeit des Unwetters trocken und warm zu überbrücken, sondern dass auch ihm mehr daran lag. Sein Blick brachte Wärme in ihr Herz. Dieses Empfinden war wunderschön und beängstigend zugleich. Sie wusste, wenn sie es zuließ, könnten ihre Gefühle ihr Leben komplett auf den Kopf stellen. *Sei vorsichtig*, warnte sie ihre innere Stimme. *Schon im* Treibsand *hattest du den Eindruck, dass er etwas zu verheimlichen hat*. Um den Gesprächsfaden nicht zu verlieren, fuhr sie fort:

»Meine Eltern waren sehr glücklich miteinander. Vielleicht hat alles so kommen müssen. Vielleicht hätte keiner von ihnen allein weiterleben wollen. Sie bildeten eine Symbiose.«

Bernhard sah sie aufmerksam an. Ihre Blicke tauchten ineinander und verrieten sich gegenseitig viel mehr, als Worte hätten ausdrücken können. Ein paar hämmernde Herzschläge lang hielt sie diese Situation voller Intimität aus, dann senkte sie schnell den Kopf und drückte die Zigarette aus.

»Meine Eltern haben sich auch einmal sehr geliebt«, hörte sie ihn in ihr Schweigen sagen. »Aber wie Romeo und Julia konnten sie nicht zueinanderkommen. Meine Mutter war die einzige Tochter eines reichen Juweliers in Lübeck und mein Vater Hafenarbeiter. Als sie sich kennenlernten, war meine Mutter neunzehn, mein Vater fast zehn Jahre älter. Meine Großeltern waren gegen diese Verbindung. Dann wurde meine Mutter jedoch mit mir schwanger, und sie haben geheiratet. Meine Großeltern haben immer versucht, diese Ehe auseinanderzubringen, und meine Mutter war langfristig zu schwach, um sich gegen sie zu stellen.« Er hielt inne, drehte das Feuerzeug in seinen Händen, als wäre er ganz in der Vergangenheit versunken.

Merkwürdig, dachte sie. *Es fällt ihm leicht, über seine Familie zu reden, wogegen er über sich kein Wort verlauten lässt.*

»Dann kam der Krieg«, erzählte er weiter, während er den Kopf wieder hob und sie ansah. »Mein Vater wurde eingezogen, und meine Großeltern bestimmten ab da das Leben ihrer Tochter und natürlich auch meins. Während mein Vater jahrelang an der Front kämpfte, haben meine Großeltern meine Mutter geradezu genötigt, sich scheiden zu lassen und danach eine Beziehung mit einem Kaufmannssohn aus Lübeck einzugehen, den ich gehasst habe wie die Pest. Er hat meine Mutter dann auch nach ein paar Jahren betrogen und sie nach dem Tod ihrer Eltern um ihr ganzes Erbe gebracht.«

»Welch ein schlimmes Schicksal«, sagte sie tief betroffen. »Und dein Vater?«, fragte sie vorsichtig.

Bernhard hob die Schultern. »Manchmal glaube ich, er liebt meine Mutter heute noch.« Er stieß die Luft aus. »Aber lassen wir das.«

Sie schwiegen eine Weile und hörten dem Rauschen des Regens und dem Fauchen des Windes zu. Und dann stellte sie die Frage, die sie ihm schon an dem Abend in Lieselottes Lokal gestellt, aber auf die sie keine Antwort bekommen hatte. Dabei sah sie ihm geradewegs in die Augen. »Was machst du eigentlich beruflich?«

Ruhig erwiderte er ihren Blick. »Ich bin Ingenieur.«

»Wie mein Vater!«, rief sie gleichermaßen erstaunt wie auch erfreut über eine weitere Verbindung in ihrer beider Leben aus. »Und mein Großvater. Mein Großvater hat Wasserflugzeuge konstruiert und gebaut, und mein Vater ist in seine Fußstapfen getreten. Nun wollte er das erste Landflugzeug unserer Firma bauen, doch dann ist das Unglück passiert.«

»Wasserflugzeuge?«

»Für die Marine. Sie wurden für die Seenotrettung oder Versorgung gebraucht. Während der Besatzungszeit haben die Engländer leider die wenigen, die noch in unserem Hangar standen, konfisziert. Drei haben wir jedoch retten können, weil wir sie bei einem Bauern versteckt hatten. Die stehen inzwischen wieder in unserem Hangar und werden gehegt und gepflegt – sozusagen als Relikt vergangener Zeiten.«

Bernhard lächelte sie an – ein wenig distanzierter, wie ihr schien. »Dann seid ihr also Kapitalisten.«

Sie zuckte förmlich zurück. »Wie bitte?«

»Eine Flugzeugbaufirma, das Haus hier, der Mercedes draußen vor der Tür, wahrscheinlich eine Villa in Hamburg … Nennt man solche Leute nicht Kapitalisten?«

Marlene war durch seine Worte derart vor den Kopf gestoßen, dass es ihr zunächst die Sprache verschlug. Dann sammelte sie sich und sah ihn herausfordernd an. »Das hört sich so an, als seist du Sozialist.«

Er lachte belustigt auf. »Leute wie mich muss es ja auch geben.«

»Die anderen aber auch«, konterte sie. »Aber du kannst beruhigt sein: Wir beuten unsere Arbeiter nicht aus, falls du das jetzt denkst. Sie verdienen bei uns genug, um essen und trinken zu können«, fügte sie voller Ironie hinzu. »Und es wird vielleicht gar nicht mehr lang dauern, dann ist unsere Firma sowieso bankrott. Deshalb mühe ich mich zurzeit auch ab, ein zweites Standbein aufzubauen, weil ich nämlich nicht will, dass die ganze, ehrliche Arbeit meines Großvaters und Vaters umsonst gewesen sein soll.« Sie hatte mit Nachdruck gesprochen, wütend darüber, dass ihre politischen Ansichten sich als das erste Trennende zwischen ihnen herausgestellt hatten.

In Bernhard arbeitete es. Doch sie konnte seine Miene nicht deuten. Dafür kannte sie ihn noch zu wenig. Während sein Blick ihren fand, schenkte er ihr ein Lächeln, das sie wieder etwas versöhnte. »Welches zweite Standbein willst du denn aufbauen?«, erkundigte er sich.

Sie zögerte. »Interessiert dich das wirklich?«

»Ja.« Er schnippte eine Zigarette aus der Schachtel, die er ihr dann entgegenhielt. »Du auch?«

»Nein, danke.« Während er sie anzündete, begann sie, ihm von der Lufttaxifirma zu erzählen.

Mit unbeweglicher Miene hörte er ihr zu, ernst und ganz auf ihre Worte konzentriert. »Das finde ich sehr mutig von dir«, sagte er schließlich. »Damit könntest du auf lange Sicht Erfolg haben. Die Welt expandiert immer mehr. Da braucht es neue Verkehrsmittel. Aber wahrscheinlich musst du dich erst mal auf einige Widerstände einrichten. Die Gesellschaft der Bundesrepublik Deutschland ist noch nicht bereit dafür, eine Frau als Geschäftsfrau zu akzeptieren. Die Adenauerregierung will euch Frauen nach dem Krieg vielmehr wieder am Kochtopf sehen.«

Sie streckte ihr Kinn vor. »Dann müssen wir eben kämpfen. Andere Frauen machen es uns doch vor. Ich denke da zum Beispiel an Aenne Burda. Sie ist heute eine erfolgreiche Geschäftsfrau. Und eine Kapitalistin«, fügte sie mit einem versöhnlichen Zwinkern hinzu.

Bernhard nickte ernst. »Ich wünsche dir jedenfalls viel Glück.« Er stand auf und stellte sich vors Fenster. »Ich glaube, das Wetter beruhigt sich langsam. Es wird Zeit für mich.«

Marlene hatte, während sie ihm voller Eifer von ihrer Idee erzählt hatte, gar nicht bemerkt, dass Regen und Wind nachgelassen hatten. Enttäuschung breitete sich in ihr aus.

»Wo steht denn dein Wagen?«, erkundigte sie sich ernüchtert.

»Auf einem Parkplatz in der Nähe.«

»Soll ich dich dorthin fahren?«

»Auf keinen Fall«, wehrte er hastig ab. »Wenn ich heute schon nicht geschwommen bin, tut mir der Spaziergang gut.«

Wortlos stand sie auf und ging ihm voran in den Flur. Als er seinen Mantel anzog, wehte ihr der schon fast vertraute Geruch nach würzigem Holz entgegen. Würde Bernhard jetzt wieder einfach so gehen, ohne sich mit ihr zu einem nächsten Treffen zu verabreden? Mit klopfendem Herzen begleitete sie ihn hinaus auf die Loggia.

Es war kalt, unangenehm feucht und immer noch windig. Bernhard blieb ein paar Augenblicke stehen, den Blick aufs Meer gerichtet, das schäumend auf den Strand zurollte.

»Ich liebe das Meer«, sagte er. »Schon als Kind fand ich die Spuren, die das Wasser und der Wind jeden Tag aufs Neue in den Sand schreiben und dann wieder verwischen, viel interessanter als das, was in der Schule auf der Tafel stand.« Er lachte kurz in sich hinein, bevor er wie zu sich selbst hinzufügte: »Heute ist es seine Weite, die Unbegrenztheit und Freiheit.« Er verstummte, drehte sich zu ihr um und lächelte. »Also dann.« Seine Hand griff nach ihrer und hielt sie fest. »Danke für den Tee und die Rettung vor dem Unwetter.«

»Keine Ursache«, erwiderte sie betont leichthin, obwohl ihr Herz schwer war.

»Bist du oft hier in diesem Haus?«

»Nun … immer, wenn ich will.«

»Meistens besuche ich meine Mutter während der Woche für zwei Tage. Heute war eine Ausnahme.«

Ob er doch verheiratet war und das Wochenende bei seiner Frau verbrachte?, schoss es ihr durch den Kopf. War seine Ehe auch der Grund dafür, dass er so wenig über sich erzählte?

»Kannst du auch während der Woche mal hier sein?« Sein Blick hielt ihren fest. Intensiv und voller Erwartung.

»Ich denke schon«, antwortete sie etwas zögerlich. Was wollte er von ihr?

Er schien ihre Zurückhaltung zu spüren und ließ ihre Hand los. »Ich werde versuchen, meine Mutter übernächsten Mittwoch zu besuchen. Normalerweise besuche ich sie in vierzehntägigen Abständen, wenn alles normal bei ihr läuft. Vielleicht können wir uns dann wiedersehen. Hier an diesem Strand?«, fügte er mit hochgezogenen Brauen hinzu.

Allen Zweifel zum Trotz antwortete sie mit fester Stimme:

»Ich werde hier sein.« Sie wollte mehr über diesen Mann erfahren, wollte wieder dieses Prickeln spüren, sich in seinem Lächeln verlieren, bevor sie ihn dann vielleicht für immer vergessen musste.

Da machte Bernhard einen Schritt auf sie zu. Sie standen sich so nah gegenüber, dass der Wind ihm ihre langen Locken ins Gesicht wehte. Er hob die Hand, und sie dachte schon, er wolle sich ihr Haar aus dem Gesicht streichen. Doch da berührte er ihre Wange, und ganz spontan schmiegte sie sie in seine große Hand. In dieser Haltung blieben sie ein paar Augenblicke stehen, sprachen kein Wort, waren sich fremd und vertraut zugleich. So scheu und unsicher wie zwei junge Menschen, die zum ersten Mal von der Liebe überrascht werden, standen sie da. Die Zeit war doch eigentlich viel zu kurz gewesen, um sich ineinander zu verlieben. Und doch barg diese Situation der tiefen Innigkeit etwas sehr Ernstes und zugleich Zauberhaftes in sich. Dann ließ Bernhard sie los und stellte seinen Kragen hoch. »Ich würde mich freuen, wenn wir uns wiedersehen.« Nach diesen Worten drehte er sich um und ging die Treppe zum Strand hinunter.

Marlene blieb noch eine Weile stehen, versuchte, die vergangenen Augenblicke festzuhalten. Mit tiefer Freude im Herzen, aber auch wieder mit dem unangenehmen Gefühl, dass Bernhard Södermann etwas zu verbergen hatte, ging sie schließlich zurück ins Haus und packte ihre Sachen.

Am Abend rief Cleo an.

»Bist du wieder in der Redaktion?«, fragte Marlene überrascht.

Cleo lachte ihr raues Lachen. »Du weißt doch – meine Isetta. Außerdem arbeite ich gern.«

»Und dabei willst du keine Gelegenheit versäumen, deinen männlichen Kollegen eine gute Geschichte abzuluchsen«, neckte Marlene sie.

»Genau. Wie war's in Rettin?«

Marlene zögerte. Sollte sie Cleo von der Begegnung mit Bernhard erzählen? Zum ersten Mal gab es etwas in ihrem Leben, das sie nicht mit ihrer Jugendfreundin teilte. Aber wie sollte sie das, was sie empfand, in Worte fassen? Da war einerseits die große Faszination und andererseits auch ein großer Zweifel. Und was gab es überhaupt über Bernhard als Mensch zu berichten?

»Wie war der Samstag auf der Reeperbahn?«, erkundigte sie sich stattdessen.

Cleo zögerte kurz. »Schön«, erwiderte sie dann in einem Ton, in dem eindeutig ihr Misstrauen mitschwang. »Ich habe John und Arthur getroffen. Ihre Einheit hier wird aufgelöst. Morgen gehen sie zurück nach London. Wir haben ein bisschen Abschied gefeiert.« Dann zog sie geräuschvoll an ihrer Zigarette und sagte: »Aber das willst du doch eigentlich gar nicht wissen. Sag mir lieber, was dir auf der Seele lastet.«

Da endlich erzählte Marlene von Bernhard. Nachdem sie geendet hatte, hörte sie Cleos Feuerzeug klicken. »Nun, wenn du ihm die ganze Zeit von dir erzählt hast, hatte er ja wenig Gelegenheit, etwas von sich kundzutun. Solange man selbst redet, erfährt man nichts. Das hat schon Marie von Ebner-Eschenbach gesagt.«

»Daran hat es nicht gelegen. Er ist vielmehr meinen Fragen ganz geschickt ausgewichen. Wahrscheinlich hat Lieselotte recht damit, dass er verheiratet ist. Ich hatte den Eindruck, dass Freiheit für ihn ein großes Thema ist. Vermutlich fühlt er sich in seiner Ehe eingeengt.«

»Dann lass bloß die Finger von ihm. Anders als ich bist du keine Frau für eine Affäre. Du würdest dich nur unglücklich machen.«

»Stell dir vor, er hat mich als Kapitalistin bezeichnet.«

»Donnerlittchen! Dann ist er ein Sozialist oder sogar Kommunist. Na ja, immer noch besser, als ganz unpolitisch zu sein.«

Marlene seufzte. »Vielleicht befürchtet er ja auch, dass sich die Geschichte seiner Mutter und seines Vaters wiederholen könnte – die reiche Juwelierstochter und der arme Hafenarbeiter.«

»Unwahrscheinlich. Deine Eltern sind ja tot, die können nix mehr gegen ihn sagen.«

»Wir haben uns für übernächste Woche verabredet«, offenbarte Marlene.

»Ich weiß nicht … ist doch merkwürdig, dass er dir nicht sagen wollte, wo er wohnt oder arbeitet. Ich sag dir was: Meiner Erfahrung nach hat der was zu verbergen. Außerdem, eine Kapitalistin und ein Sozialist – das passt im Alltag nicht zusammen, auch wenn keine Eltern intrigieren. Widme dich lieber erst mal dem Aufbau des Flugtaxiunternehmens. Das wird dich viel Zeit und Kraft kosten. Und überhaupt … an deiner Stelle würde ich in eineinhalb Wochen gar nicht erst zu dieser Verabredung fahren. Wahrscheinlich kommt er sowieso nicht.«

Marlene seufzte tief in sich hinein. Eigentlich hatte sie sich Cleos Meinung ja denken können. Dennoch sagte sie leise: »Und wenn er nun vom Schicksal für mich bestimmt ist?«

»Also bitte!« Ihre Freundin lachte auf. »Schicksal. An das hast du doch noch nie geglaubt. Du nimmst auch lieber die Dinge selbst in die Hand.« Marlene hörte Cleo ausatmen. »Aber mach, was du willst. Ich habe nur Angst, dass du dich damit auf Dauer unglücklich machst.«

Marlene musste lächeln. »Dann wirst du mich trösten müssen, meine liebe Freundin.«

Cleo seufzte theatralisch auf. »Wird mir wohl nichts anderes übrig bleiben. Du warst ja immer schon ein Trotzkopf.«

MONTAG, 4. MÄRZ 1957

Als Marlene am nächsten Morgen zur Firma fuhr, schwirrte Bernhard immer noch in ihren Gedanken herum. Bei dem Gedanken daran, ihn in eineinhalb Wochen wiederzusehen, machte ihr Herz einen Sprung. Ganz egal, wie Cleo darüber dachte, sie musste ihn wiedersehen. Sie hatte das Gefühl, ihn genau zum richtigen Zeitpunkt kennengelernt zu haben – so wie eine Welle im richtigen Moment brechen muss, um entgegen der Schwerkraft den Strand hinaufschäumen zu können. Die Begegnung mit ihm hatte ihr neue Energie und Lebensfreude gegeben.

Als sie auf dem Firmenparkplatz ankam, sah sie Maximilians weißen Volkswagen dort stehen. Bereits im Flur hörte sie seine Stimme und Fräulein Piepenbrinks fröhliches Lachen. Max schien guter Laune zu sein. Es dauerte nicht lange, da klopfte es an ihre Bürotür und ihr Vetter stand im Rahmen.

»Einen schönen guten Morgen, Cousinchen«, begrüßte er sie mit strahlender Miene und lüftete schwungvoll seinen Hut.

Erstaunt sah sie ihn an. »Guten Morgen. Du scheinst dich ja gut erholt zu haben.«

»Manchmal braucht man ein bisschen Zeit für sich«, erwiderte er mit verschwörerischem Zwinkern.

»Ich habe dich zweimal angerufen, und einmal bin ich bei dir vorbeigefahren«, entgegnete sie ernst. »Ich habe mir Sorgen um dich gemacht.«

»Unkraut vergeht nicht.« Immer noch im Türrahmen stehend, zog er sein Zigarettenetui hervor. »Du auch?«

Sie schüttelte den Kopf. »Nicht so früh am Morgen.«

»Ich war ein paar Tage bei meiner Freundin«, erklärte er ihr, bevor er sich die Zigarette anzündete.

Sie lächelte. »Bei der Blonden oder der Schwarzhaarigen?«

»Der Schwarzhaarigen.« Nach einem tiefen Zug sah er sie durch den aufsteigenden Rauch mit zusammengekniffenen Augen an. »Und wie sieht es bei dir aus? Hast du schon Buchungen für deine Transatlantikflüge?«

»Sehr witzig. Ich hoffe, dass es in Kürze anläuft.«

»Das können wir alle nur hoffen. Sonst hätten wir eine einmalige Chance vertan.«

»Ich werde mich bemühen, Maximilian. Ich bin mir der Verantwortung, die auf mir liegt, durchaus bewusst. Aber apropos Verantwortung …« Sie öffnete die Schreibtischschublade und zog seine Spesenabrechnung hervor. »Ich habe deine Spesenabrechnung von Februar durchgesehen.« Sie legte die Ellbogen auf die Tischplatte und beugte sich vor. »Bitte, Max, solch feudale Einladungen können wir uns nicht leisten. Und schon gar nicht, wenn hinterher gar kein Geschäft zustande kommt.«

Maximilians blonde Brauen schnellten hoch. Sie sah die auflodernde Wut in seinem Blick, doch er nahm sich zusammen und meinte flapsig: »Gerade jetzt – da du doch mit unserer neuen Firma auf Erfolgskurs gehst.«

»Solch teure Vergnügungen kann man sich nach einem erfolgreichen Geschäftsabschluss leisten, aber nicht schon im Voraus«, erwiderte sie mit unterdrückter Wut.

»Weißt du, Cousinchen, von dir lasse ich mir gar nichts vorschreiben. Ich bin der Vertriebschef, nicht du.« Mit diesen Worten drehte er sich um und warf die Bürotür hinter sich zu.

Seufzend lehnte sie sich zurück. Das hätte sie sich denken können. Seit Maximilian aus dem Krieg zurück ist, konnte er keinerlei Kritik vertragen. Wäre er ein ganz normaler Angestellter, würde sie jetzt mit ihrem Onkel über seine Kündigung reden. So etwas durfte einfach nicht sein.

Gedankenverloren blickte sie durchs Fenster auf die Start- und

Landebahn. Die Morgensonne ließ den noch feuchten Asphalt glänzen. Und plötzlich sehnte sie sich danach, mit ihrer Vega Gull in den blauen Himmel abzuheben – dorthin, wo die Probleme unbedeutend wurden. Vielleicht in der Mittagspause, sagte sie sich. Vorher musste sie ihre tägliche Arbeit erledigen. Die Post durchsehen, Rechnungen schreiben, bezahlen und archivieren. Sie telefonierte gerade wegen einer falsch geleiteten Überweisung mit der Bank, als ihr Onkel ihr Büro betrat.

»Ich wollte zum Mittagessen in die Börse fahren. Hast du Lust, mich zu begleiten?«

Überrascht sah sie ihn an. Erst einmal war sie in dem Restaurant gewesen, zusammen mit ihren Eltern zu ihrem einundzwanzigsten Geburtstag.

»Ja, schau mich nicht so an«, sagte Wilhelm mit aufmunterndem Nicken. »Erstens wäre ich stolz auf eine so schöne junge Begleitung wie dich, und zweitens werden wir bestimmt dort ein paar wichtige Männer aus der Hamburger Gesellschaft treffen.«

Da sprang Marlene voller Begeisterung auf. »Gib mir zwei Minuten.«

Wilhelm nickte sichtlich zufrieden. »Ich warte draußen. Übrigens – Heinrich wird auch da sein.«

»Wie schön! Onkel Heinrich habe ich schon seit Wochen nicht mehr gesehen.«

Während Marlene zur Toilette eilte, sah sie ihren Patenonkel vor sich – wohlbeleibt, mit roten Wangen. Ein Genussmensch mit Herz und Verstand. Er war ein alter Freund der Familie. Vor ein paar Jahren hatte er seinen Kaffeehandel an seinen ältesten Sohn übergeben. Seit er seinen wohlverdienten Ruhestand genoss, hatte er kaum mehr Zeit, ihre Familie zu besuchen. Während sie vor dem Spiegel Lippenstift auflegte und sich danach das Haar hochsteckte, schlug ihr Herz vor Aufregung schneller. In der Börse wurden seither Informationen ausgetauscht und Geschäfte abgewickelt, die nicht nur den Kaffeehandel betrafen. Vielleicht würde sie dort ihr Flugtaxi ins Gespräch bringen können.

»Das graue Kostüm steht dir hervorragend«, bemerkte Wilhelm mit anerkennendem Blick, als Marlene über den Parkplatz auf ihn zuging. »Hier.« Er reichte ihr den Schlüssel für seinen BMW 502 V8. »Fahr du.«

Diese Geste empfand Marlene als ein großes Kompliment an ihre Fahrkunst – wusste sie doch nur zu gut, wie sehr ihr Onkel an der luxuriösen Limousine mit den Weißbandreifen hing.

Ruhig und souverän lenkte sie den Wagen vom Parkplatz. Während sie in Richtung Stadt fuhr, plauderte Wilhelm über seinen sechzigsten Geburtstag, der in diesem Jahr im Sommer groß gefeiert werden sollte. »Dann wird unser Haus nach langer Zeit mal wieder Leben atmen. So wie früher.«

Marlene lächelte traurig. Ihre Mutter hatte es verstanden, die Gästeliste so zusammenzusetzen, dass jede Abendgesellschaft zu einem Ereignis geworden war, über das am nächsten Tag ganz Hamburg gesprochen hatte.

Nach einer Viertelstunde hatten die beiden ihr Ziel erreicht. Die Kaffeebörse lag am Ende des Sandtorkais in einem beeindruckenden Backsteingebäude. Marlene parkte neben dem Eingangsportal, das von zwei Sandsteinsäulen flankiert wurde. Über dem Portal stand in goldenen Lettern: *Verein der am Caffeehandel betheiligten Firmen.*

»Moin, Herr Lilienthal«, grüßte der altgediente Portier. Vor Marlene machte er eine Verbeugung und tippte dabei mit seinem krummen Zeigefinger an die goldverzierte Mütze. »Herzlich willkommen.« Dann wandte er sich wieder an Wilhelm. »Senator Hansen wartet bereits auf Sie.«

Marlene und ihr Onkel ließen sich im Foyer von der Garderobiere die Mäntel abnehmen und den Nummernschein aushändigen. Dabei sah sich Marlene um. Säulen aus hellem Stein, die die stuckverzierte Decke trugen, schmückten das Foyer, von dem rechts eine Tür mit der Überschrift *Börsensaal* abging und links eine Glastür, die ins Restaurant führte.

»Ich habe Ihnen wieder Ihren Tisch reserviert«, informierte der Oberkellner ihren Onkel. »Wenn Sie mir bitte folgen möchten. Senator Hansen ist schon da.«

»Danke, Erich.« Wilhelm bot Marlene den Arm und führte sie an den weiß eingedeckten Tischen vorbei zum anderen Ende des Restaurants.

»Marlene!«, rief Heinrich Hansen so laut und begeistert aus, dass sich alle Gäste zu ihm umwandten, und sprang auf.

»Onkel Heinrich!« Marlene drückte ihm einen Kuss auf die Wange.

»Du Schlawiner!« Der Senator drohte Wilhelm spielerisch mit dem Finger. »Du hast zwar was von Überraschung gesagt, aber hätte ich gewusst, dass diese Überraschung eine schöne junge Dame sein würde, hätte ich meinen besten Anzug angezogen.«

»Du gefällst mir auch in deinem blauen Blazer«, versicherte Marlene ihm lachend. Sie kannte den ehemaligen Kaufmann nicht anders als in dem Jackett mit den Goldknöpfen und dem Familienwappen auf der Brusttasche, dem weißen Hemd, der rot-gold-grün gestreiften Krawatte und der grauen Hose.

Nachdem sie sich gesetzt hatte, stellte sie fest, dass sie der einzige weibliche Gast war. An den Tischen speisten ausschließlich Männer in dunklen Anzügen, von denen ihr jedoch niemand bekannt vorkam. Wilhelm dagegen grüßte mehrmals nach allen Seiten. Marlene bemerkte die bewundernden Blicke der Geschäftsleute und musste insgeheim lächeln. Sie wusste um ihre Wirkung auf Männer. Vielleicht war es jetzt an der Zeit, sich diese Wirkung zugunsten ihrer Firma zunutze zu machen? Womöglich hatte Onkel Wilhelm sie sogar genau aus diesem Grund hierhin eingeladen.

Zunächst vertieften sich die drei in die Speisekarte, aus der Marlene als Vorspeise Ochsenschwanzsuppe mit Sherry und als Hauptgang Pastetchen mit Champignon und Kalb wählte. Ihre beiden Onkel entschieden sich für die gleiche Vorspeise und für Scholle Finkenwerder.

»Na, wie geht es dir, min Deern?«, erkundigte sich der Senator ernst.

»Marlene ist so tapfer«, antwortete Wilhelm vorschnell für seine Nichte und strich ihr dabei liebevoll über die Wange. »Änne und ich bewundern sie.«

Marlene tätschelte seine Hand. An ihren Patenonkel gewandt sagte sie: »Natürlich trauere ich noch, auch wenn ich jetzt kein Schwarz mehr trage.« Sie seufzte leise. »Aber man muss es ja nicht aller Welt zeigen.«

Ihr Patenonkel nickte. »Haltung ist wie ein Schutzpanzer, der einen davor bewahrt, das Unbill der Welt nicht allzu nah an sich herankommen zu lassen. Aber man sollte ihn nicht zu lange tragen. Dann wird man nämlich auch gegen das Schöne im Leben immun.«

Marlene wusste, wovon er sprach. Vor drei Jahren hatte er seine Frau verloren.

»Das sagen Änne und ich ihr auch«, pflichtete Wilhelm seinem Freund bei.

Marlene hob energisch das Kinn. »Das Schöne muss jetzt erst mal warten. Dafür habe ich momentan keine Zeit.«

»Warum?« Verständnislos sah Heinrich sie an.

Wilhelm warf seiner Nichte einen bedeutsamen Blick zu. »Ich habe ihm noch nichts erzählt.«

»Was hast du mir noch nicht erzählt?«, wollte sein Freund wissen.

Marlene berichtete ihm von der Gründung der Lufttaxifirma.

»Donnerlittchen, Deern. Du hast Mut«, meinte Heinrich mit respektvoller Miene.

»Na ja«, sie lächelte, »es ist schon lange ein stiller Wunsch von mir gewesen, durch mein Hobby auch Geld verdienen zu können. Und als dann die Übernahme im Raum stand, sah ich die Chance, nicht nur diesen Traum zu verwirklichen, sondern vor allen Dingen dadurch Flugzeugbau Appen zu retten.« Während sie weitersprach, sah sie den Bruder ihres Vaters liebevoll an. »Dank Onkel Wilhelm, der sich hinter meine Idee gestellt hat, haben wir die Lufttaxifirma gegründet.«

»Und wie steht Maximilian zu dieser Idee?«

Marlene seufzte und schwieg.

»Das kannst du dir doch denken«, antwortete ihr Onkel mit bedrückter Miene. »Wir können nur hoffen, dass unser zweites Standbein gut anläuft. Durch Geld wird Maximilian zu versöhnen sein.«

Heinrich schob seine Goldrandbrille auf der Nase zurecht und nickte entschlossen. »Ich bin sicher, dass Marlene den neuen Geschäftszweig auf Erfolgskurs bringen wird. Außerdem …«, mit träumerischem Blick durch das bunte Bleiglasfenster fügte er hinzu, »unsere Träume können wir erst dann verwirklichen, wenn wir uns entschließen, daraus zu erwachen. Der Satz stammt von Josephine Baker. Du, Marlene, bist durch die Gefahr der Übernahme erwacht und hast gehandelt.« Er zwinkerte seiner Patentochter zu und ließ beide im Anschluss an seinem Wissen über Josephine Baker teilhaben, die nicht nur Tänzerin und Sängerin war, sondern im Krieg für die französische Resistance gearbeitet hat.

»Du bist ein wandelndes Lexikon, Onkel Heinrich«, sagte Marlene schließlich. »Es ist immer wieder interessant, dir zuzuhören.«

Heinrich strich sich sichtlich geschmeichelt über den Bauch, der die Knöpfe seines Sakkos zu sprengen drohte. »Nun ja, wenn man inzwischen so viel Freizeit hat wie ich, bildet man sich gerne weiter.«

»Wie verbringst du denn deine Zeit so? Als wir uns das letzte Mal gesehen haben, hast du mir erzählt, dass du jetzt mit einem alten Schulkameraden regelmäßig einmal wöchentlich Schach spielst.«

»Das ist richtig. Aber die Woche hat ja sieben Tage«, entgegnete der Senator mit verschmitztem Lächeln.

Marlene lachte. »Und was machst du an den anderen sechs

Tagen?« Sie bemerkte, dass die beiden Männer schnell einen Blick wechselten.

»Ach ...« Heinrich hob mit undurchsichtiger Miene die Schultern. »Was man so macht, wenn man Pensionär ist? Ich gehe auf die Rennbahn, ins Schauspielhaus. Der Gründgens ist übrigens ein hervorragender Intendant. Da können wir froh sein, dass wir den in Hamburg haben.«

»Aber das machst du doch bestimmt nicht immer allein, oder?«, erkundigte sich Marlene mit forschendem Blick. Sie hatte das Gefühl, dass ihre Onkel ihr etwas verschwiegen.

»Nun sag es ihr schon, du oller Pottkieker«, forderte Wilhelm seinen Freund auf.

Da ging Marlene ein Licht auf. »Du hast eine Freundin. Stimmt's?«, rief sie überrascht aus.

»Nun ja ...« Heinrich wand sich. »Ich habe eine nette Dame meines Alters kennengelernt. Auch eine Witwe. Sie ist mir eine angenehme Begleitung.«

»Das ist doch schön«, sagte Marlene begeistert und drückte seine linke Hand, an deren Ringfinger ein Siegelring steckte. »Ich freue mich für dich. Wirst du sie auf Onkel Wilhelms Sechzigsten mitbringen?«

Wieder tauschten die beiden Männer einen Blick. Dieses Mal schienen sie sich beide unsicher zu sein. Schließlich sagte Wilhelm zu seinem Freund: »Änne würde sich freuen. Du kennst sie ja. Sie platzt fast schon vor Neugier.«

»Das können wir ihr nicht antun«, erwiderte der Senator trocken, woraufhin alle drei lachten.

Sie waren mittlerweile beim Dessert angekommen, und als Marlene den letzten Löffel ihres Fürst-Pückler-Eises essen wollte, bemerkte sie neben sich einen Schatten. Sie blickte hoch und sah zwei Männer. Beide um die sechzig. Unterschiedlicher hätten sie nicht sein können. Der eine war groß, breit, dickbäuchig, hatte einen weißen Vollbart und blitzende blaue Augen; der andere war zwei Köpfe kleiner, schmächtig und blass.

»Lilienthal, mein Bester, schön, Sie mal wieder zu sehen!«, rief der Bärtige mit volltönender Bassstimme aus und klopfte Wilhelm dabei jovial auf die Schulter. »Senator.« Er deutete eine Verbeugung an. Dann traf sein Blick Marlene. »In so hübscher Begleitung?«, fügte er an ihren Onkel gewandt zwinkernd hinzu.

Wilhelm räusperte sich. »Darf ich vorstellen? Meine Nichte Fräulein Lilienthal – Herr Krüger, einer der größten Reeder im Hafen, und Herr Dr. Norden. Er stellt Verpackungen her.«

»In diesen Angelegenheiten waren wir heute Vormittag auch hier in der Börse auf einer Sitzung«, plauderte der Reeder weiter. »Die schwarzen Bohnen müssen ja irgendwie verpackt und transportiert werden. Und jetzt haben wir Hunger.« Er wandte sich an den Mann neben sich, der eher so aussah, als habe er keinen Appetit.

»Wollen Sie sich vielleicht zu uns setzen?«, fragte Wilhelm.

»Ja, bitte. Der Tisch ist groß genug«, bestätigte Heinrich eilfertig die Einladung.

Nachdem Herr Krüger und Dr. Norden Platz genommen hatten, schnippte der Reeder mit dem Finger, woraufhin sofort ein Kellner herbeieilte. »Sie wünschen?«

»Vier Asbach, und für Sie, meine Liebe?« Er sah Marlene aufmunternd an. »Vielleicht einen Likör?«

Marlene schenkte dem Reeder ein Lächeln. »Für mich bitte auch einen Asbach.«

»So gefällt es mir. Fünf Asbach«, trug er dem Kellner auf, der sich schnellen Schrittes entfernte. Dann wurde seine Miene ernst. »Ich habe von dem Tod Ihrer Eltern gehört. Wirklich tragisch. Nachträglich mein tiefstes Beileid.«

Marlene lächelte verhalten. »Danke.«

»Aber wir wollen nicht über Vergangenes reden«, sagte er dann beherzt. »Wie laufen denn die Geschäfte, mein Lieber?«, wandte er sich an Wilhelm.

»Nun«, Marlenes Onkel seufzte. »Ich müsste lügen, wenn ich sagen würde, gut. Sie wissen ja, dass die Alliierten uns den Flugzeugbau bis vor Kurzem verboten haben. Dadurch haben die ausländischen Firmen uns gegenüber einen großen Vorsprung bekommen.«

Bevor Herr Krüger antworten konnte, schaltete sich Heinrich ein. »In diesen Zeiten sind neue Ideen gefragt. Fräulein Lilienthal hat …«

»Genau das sage ich auch«, fiel ihm der Reeder ins Wort. »Wir erleben gerade das deutsche Wirtschaftswunder. Da eröffnen sich so viele Möglichkeiten, Geld zu verdienen. Neue Firmen schießen wie Pilze aus dem Boden. Es kommen immer mehr neue Produkte auf den Markt, und in Zukunft brauchen wir neue Transportwege. Meiner Meinung nach liegt die Zukunft nicht allein bei Schiff oder Bahn, sondern auch in der Luft.« Er hielt inne, sah bestätigungsheischend von einem zum anderen.

»Das sehe ich genauso«, sagte Marlene als Erste.

Überrascht sah Krüger sie an. »Sie interessieren sich für die Wirtschaft, Fräulein Lilienthal?«

»Meine Patentochter interessiert sich nicht nur dafür, sie gestaltet sie mit«, stellte der Senator in stolzem Ton richtig. »Marlene hat gerade ein zweites Standbein der Firma Flugzeugbau Appen gegründet.«

»Tatsächlich?« Verblüfft sah der Reeder Marlene an.

»Tatsächlich«, bekräftigte Wilhelm. »Und zwar eine Flugtaxifirma.«

»Flugtaxifirma?« Herr Krüger zog die Stirn in Falten.

Marlene musste lachen und erklärte: »Wir wollen Kunden von A nach B fliegen. Schnell und individuell, so ähnlich wie die Lufthansa, nur in viel kleinerem Rahmen und deshalb auch sehr viel preiswerter. Und natürlich nur innerhalb Deutschlands. Vorerst jedenfalls.«

»Dafür brauchen Sie doch Flugzeuge und Piloten«, folgerte der Reeder immer noch sichtlich verwundert. »Sie haben doch immer nur Wasserflugzeuge gebaut«, wandte er sich an Wilhelm.

»Meine Nichte besitzt ein Landflugzeug und fliegt selbst«, erwiderte dieser ganz selbstverständlich.

»Wir wollen erst einmal klein anfangen«, fügte Marlene mit ihrem schönsten Lächeln hinzu.

»Sie können fliegen?«

Sie musste erneut lachen. Sie kannte solch ungläubige Reaktionen. »Ich bin ausgebildete Pilotin. Ich habe die Lizenz, Passagiere und leichte Fracht zu befördern.«

»Donnerlittchen! Hast du dafür Töne?« Der Reeder wandte sich an seinen Begleiter, der bisher noch gar nichts gesagt hatte. »Das wäre doch was für dich.« Er sah Marlene wieder an. »Mein Vetter ist nämlich leberkrank und muss jeden Monat einmal zu einer Spezialbehandlung nach Köln. Bisher ist er immer mit der Bahn gefahren, was ihn sehr anstrengt und …«

In diesem Moment legte Dr. Norden seine Hand auf den Arm seines Vetters und sagte zu Marlene mit leiser Stimme: »Das wäre tatsächlich etwas für mich. Könnten Sie mir vielleicht in Kürze ein Angebot zukommen lassen?«

Marlene hätte jubeln können, zwang sich jedoch zu einem geschäftlichen Ton: »Sehr gerne, Herr Dr. Norden. Wenn Sie mir Ihre Karte geben, melde ich mich in den nächsten Tagen bei Ihnen.«

»Und am Flughafen stehen Taxis, die dich in die Stadt bringen und nach der Behandlung wieder dorthin zurückfahren«, fügte Herr Krüger an seinen Vetter gewandt hinzu. »Oder wie stellen Sie sich das vor?«, erkundigte er sich bei Marlene.

»Genau so, wie Sie gerade gesagt haben«, entgegnete Marlene. »Unsere Firma wird sich um alles kümmern. Auch um den Taxitransfer. Unsere Fluggäste steigen nur ein, ruhen sich aus, und binnen kurzer Zeit sind sie am Ziel. Statt der üblichen sechs Stunden Bahnfahrt von Hamburg nach Köln sind Sie dann zum Beispiel nur knapp zwei Stunden unterwegs. Zuzüglich der Taxifahrt natürlich.«

»Wenn ich mir das so überlege, hätte ich auch schon einen Auftrag für Sie«, schaltete sich da der Reeder wieder ein. »Meine Frau und ich wollen schon seit Langem unseren Sohn in München besuchen. Fliegen Sie auch dorthin?«

»Natürlich. Überall dorthin in Deutschland, wo ich eine Landemöglichkeit habe.«

»Darauf sollten wir trinken.« Herr Krüger hob das Glas und kippte, bevor die anderen ihre Gläser in die Hand genommen hatten, den Asbach in einem Zug hinunter.

Als Marlene gegen fünfzehn Uhr ins Büro zurückkam, griff sie als Allererstes zum Telefonhörer und wählte die Nummer des Springer-Verlages.

»Fräulein Rosenbaum ist mitten im Interview«, teilte ihr Cleos Kollege mit.

»Sagen Sie ihr bitte, sie möge mich umgehend zurückrufen«, bat Marlene ihn mit immer noch klopfendem Herzen.

Es dauerte eine halbe Stunde, bis ihre Freundin sich meldete.

»Ich hätte dich auch gleich angerufen«, begrüßte Cleo sie ein wenig atemlos. »Ich habe dir nämlich etwas zu erzählen.«

»Ich dir auch«, entgegnete Marlene. »Bitte hör mir kurz zu.« Sie berichtete Cleo davon, dass sie beim Mittagessen in der Kaffeebörse allem Anschein nach bereits zwei Kunden geworben hatte. »Stell dir das vor! Wenn die beiden zufrieden mit mir sind, werden sie anderen von unserem Flugtaxi erzählen, und Mundpropaganda ist immer noch die beste Reklame.« Marlene hielt atemlos inne – gespannt auf die Reaktion ihrer Freundin.

»Das klingt ja schon ganz gut«, meinte diese gelassen.

»Schon ganz gut?« Marlene blinzelte verwirrt. Sie hatte am anderen Ende der Leitung einen Freudenausbruch erwartet.

»Das kann ich noch übertrumpfen«, sagte Cleo betont gleichgültig.

»Wie meinst du das?«

»Sagt dir der Name Hans-Joachim Kulenkampff was?«

»Natürlich. Den haben wir doch noch im Januar in *Bonjour Kathrin* gesehen, zusammen mit Peter Alexander … aber was …?«

»Den habe ich eben interviewt, und wie es manchmal so ist, kamen wir danach noch ins Gespräch.« Cleo legte eine Kunstpause ein.

»Ja und?«, fragte Marlene ungeduldig.

»Du sollst ihn übermorgen in München abholen und nach Hamburg fliegen.«

»Den Kulenkampff?«

Cleo lachte. »Genau den. Er beklagte sich über die langen Bahnfahrten, die langen Wartezeiten an den Flughäfen und den Presserummel dort. Da erzählte ich ihm von der ersten Flugtaxifirma Hamburgs, und er war sofort begeistert. Er hat mich gebeten, für ihn verbindlich bei dir zu buchen.«

»Natürlich! Wann soll ich denn …?« Marlene griff sich an die Stirn.

»Mittwoch um elf Uhr sollst du ihn von München aus nach Hamburg zurückfliegen. Für heute hat er schon eine Fahrkarte für den Zug. Ich habe ihm zugesichert, dass du ab halb elf im Flughafengebäude an der Information auf ihn wartest.«

»Also …« Ungläubig schüttelte Marlene den Kopf. »Ich kann das noch gar nicht richtig glauben.«

»Solltest du aber. Und stell dir vor, er hat noch nicht einmal nach dem Preis gefragt. Wahrscheinlich geht er davon aus, dass deine Firma preiswerter ist als die Lufthansa.«

»Ist sie ja auch. Ich verspreche dir, er wird sich nicht beklagen können.«

»Er ist übrigens privat auch sehr nett. Ganz ohne Allüren. Du wirst einen unterhaltsamen Flug haben. Das verspreche ich dir.«

Nach dem Gespräch zitterten Marlene die Knie. Ihr erster konkreter Auftrag – und dann ein so prominenter Passagier! Wenn Kulenkampff zufrieden war, würde sich ihre Firma vielleicht auch in Künstlerkreisen herumsprechen.

Sofort ging sie ans Werk. Nachdem sie den Wetterbericht abgefragt hatte, plante sie die Flugroute – berechnete die Höhe, berücksichtigte dabei Luftströmungen und Windgeschwindigkeit und rechnete die Spritkosten aus. Dann erkundigte sie sich am Flughafen München-Riem nach den Landegebühren und der

Landebahn und schrieb die erste Rechnung. Danach lief sie zu Hannes in die Werkshalle.

»Mittwochmorgen steht deine Vega Gull tipptopp startbereit«, versicherte er ihr.

»Vielleicht werde ich Else bitten, einen kleinen Bordimbiss bereitzustellen«, sagte Marlene. »Mineralwasser, Bier, Cognac, Erdnüsse …« Sie griff sich an die Stirn. »Na ja, darüber denke ich noch mal nach. Hauptsache, die Maschine ist startklar.«

»Darüber mach dir keine Gedanken, Deern.«

Als Marlene wieder in ihrem Büro war, legte sie ihr Logbuch mit den über dreitausend Flugstunden zusammen mit ihrer Lizenz für Passagierbeförderung griffbereit auf den Schreibtisch. Mittwochmorgen durfte sie beides nicht vergessen. Dann hielt sie es nicht länger aus. Sie musste ihrem Onkel davon erzählen.

Als sie sein Büro betrat, blieb sie abrupt stehen. Auf dem Besucherstuhl vor dem Schreibtisch saß Maximilian. An den Mienen von Vater und Sohn erkannte sie, dass die Stimmung zwischen den beiden alles andere als friedlich war.

»Soll ich gleich wiederkommen?«, fragte sie unsicher.

»Komm ruhig herein«, forderte ihr Onkel sie freundlich auf. »Wir hatten gerade eine kleine Unterredung.«

Da konnte Marlene ihre Neuigkeit nicht mehr länger zurückhalten und erzählte aufgeregt von ihrem ersten Fluggast.

»Das ist ja wunderbar!«, rief Wilhelm begeistert aus. »Gratuliere! Kann ich irgendwie behilflich sein?«

»Danke, ich habe bereits das meiste erledigt.« Marlene bemerkte aus dem Augenwinkel, dass Maximilian eine Spur blasser geworden war. Auf seinem hageren Gesicht zeigte sich ein gekünsteltes Lächeln. »Da kann ich ja auch nur gratulieren«, sagte er. »Ich hätte nicht gedacht, dass dein erster Fluggast gleich ein so prominenter ist. Aber sag mal«, er legte den Kopf schief und sah sie mit schmalen Augen an, »weiß Herr Kulenkampff eigentlich, dass ihn übermorgen eine Frau durch den Himmel fliegt?«

»Das weiß er«, entgegnete sie freundlich.

»Sehr mutig, der Mann.« Er stand auf und sagte zu seinem Vater: »Ich gehe jetzt. Ich habe verstanden, was du mir sagen wolltest.« Er holte tief Luft, legte den Kopf in den Nacken und schloss für einen Moment die Augen. Dann setzte er seinen Hut auf und sah zuerst seinen Vater und dann Marlene an. »Es tut mir weh, dass ihr beide meine Arbeit nicht würdigt. Ihr wisst ja nicht, wie schwer es trotz des Wirtschaftswunders ist, Aufträge reinzuholen. So viele Flugzeugbauer gibt es in Deutschland nicht. Außerdem sind wir nicht die Einzigen, die Leichtbauprofile herstellen.« Mit diesen Worten drehte er sich um, ging an Marlene vorbei und verließ das Büro.

Marlene sah ihm verblüfft hinterher. Plötzlich tat ihr Maximilian leid. Er hatte es wirklich nicht leicht. Manche Flugzeugbauer stellten auch selbst Leichtbauprofile her. Sie brauchten keine Zulieferer. Sie seufzte. Eigentlich hätten sie Maximilians Stelle auch streichen können.

DIENSTAG, 5. MÄRZ 1957

Dienstagabend machte sich Marlene nach getaner Arbeit auf, in die Werkshalle hinüberzugehen, um ihre Vega Gull zu begutachten, die Hannes für den nächsten Tag startklar gemacht hatte. Inzwischen blieb es schon etwas länger hell, was sie begrüßte. Das machte das Fliegen in den Abendstunden leichter.

Als sie vor die Tür des Bürogebäudes trat, hielt sie überrascht inne. Für Anfang März schlug ihr eine ungewöhnlich milde Luft entgegen, in der wie immer der Geruch von Kerosin hing. Doch an diesem Tag lag noch etwas anderes in der Luft. Ein Hauch von Frühling – eigentlich viel zu früh, um seiner Leichtigkeit zu trauen. Als sie die Werkshalle betrat, kam Hannes ihr schon entgegen.

»Da steht sie«, sagte er voller Stolz, als würde die Vega Gull ihm gehören. »Gewaschen, gewartet und in bester Verfassung.«

»Ich danke dir.« Sie lächelte ihn herzlich an. »Ich bin schon ganz aufgeregt. Morgen muss alles wie am Schnürchen laufen.«

»Das wird es«, versicherte Hannes. »Ich habe die Inspektion eigenhändig durchgeführt. Alles ist in bestem Zustand. Außerdem hast du genug Öl und genug Treibstoff. In München wirst du allerdings noch einmal nachtanken müssen.« Er nickte ihr beruhigend zu. »Jetzt musst du morgen nur noch ausgeruht sein, den üblichen Check machen, und dann kann es losgehen.«

»Hoffentlich geht alles gut.«

Hannes lachte. »Was sollte schiefgehen? Du bist ein alter Hase am Himmel. Und der Kulenkampff ist auch nur ein Mensch.«

»Stimmt. Danke.« Sie umarmte ihren alten Freund.

»So, und jetzt fahr heim. Ich gehe jetzt auch. Ich bin bei meinen Nachbarn zum Geburtstag eingeladen.«

Doch bevor Marlene nach Hause fuhr, wollte sie noch ein bisschen Flugplatzatmosphäre einatmen. Sie schlug die Richtung zu dem Hangar ein, in dem die drei Wasserflugzeuge aus ihrer früheren Produktion wohlbehalten unter einer Plane standen. Dabei blickte sie in den Himmel, der sich gläsern über ihr ausbreitete.

»Guten Abend, Fräulein Lilienthal«, sagte da eine Stimme hinter ihr.

Sie fuhr zusammen und blickte sich um. Ansgar von Treskow stand unter dem Vordach der Werkshalle und rauchte. »Machen Sie einen Abendspaziergang?«

»Ich brauche einfach ein bisschen frische Luft nach dem Tag im Büro«, antwortete sie. Über die Entfernung hinweg bemerkte sie, wie seine Miene unsicher wurde.

»Darf ich Sie ein paar Schritte begleiten?«

Sie nickte.

»Zigarette?« Er hielt ihr sein Zigarettenetui aus braunem Leder entgegen.

»Ja, danke.«

Nachdem er ihr Feuer gegeben hatte, schlenderten sie nebeneinanderher auf das Ende der Rollbahn zu. Ein lauer Wind bewegte die hohen Pappeln, die außerhalb des Firmengeländes einen kleinen Flusslauf begrenzten.

»Maximilian hat mir erzählt, dass Sie morgen Ihren ersten Fluggast befördern«, begann von Treskow die Unterhaltung. »Herzlichen Glückwunsch. Das könnte ein Einstieg in einen zukünftig gefragten Geschäftszweig sein.«

Sie lächelte ihn von der Seite an. »Das hoffe ich doch.«

»Und das Wetter wird auch mitspielen. Aus Neugier habe ich heute Nachmittag nämlich den Deutschen Wetterdienst angerufen. Sie werden einen ruhigen Flug haben. Es steht also alles unter einem guten Stern.«

Erstaunt darüber, so viel Zustimmung von ihm zu bekommen, blieb sie spontan stehen und sah ihn an. »Wie stehen Sie eigentlich zu fliegenden Frauen?« Aus welchem Grund sie ihm diese

Frage stellte, wusste sie in diesem Moment selbst nicht. Vielleicht nur, um ein Gesprächsthema mit ihm zu haben? Oder war ihr seine Meinung tatsächlich wichtig?

Ansgar von Treskow nahm einen tiefen Zug von seiner Zigarette, stieß den Rauch langsam in den Abendhimmel und lächelte sie an. Dann erst antwortete er: »Ich denke, dass da oben, in dem grenzenlosen Himmel, Männer und Frauen eher Geschwister statt Konkurrenten sein sollten. Dennoch bin ich mir nicht so sicher, ob der Pilotenberuf für eine Frau tatsächlich geeignet ist.«

Marlene trat einen Schritt von ihm zurück. »Wie meinen Sie das denn?«

»Sehen Sie: Männer und Frauen sind nun mal vom Naturell gänzlich unterschiedlich. Da ich selbst Pilot war, weiß ich, was dort oben gefragt ist. Nämlich der vorbehaltlose Einsatz der ganzen Person, schnelle Entschlossenheit, kalte Überlegung. Zudem bedeutet das Fliegen eine harte körperliche Beanspruchung. Es ist …«, er zögerte, nahm einen erneuten Zug und fuhr fort, »es ist die Frage, ob Frauen dabei nicht auf Dauer das typisch Weibliche verlieren, was wir Männer an ihnen lieben. Die Weichheit, die Anpassungsfähigkeit.«

Als Marlene gerade Luft holen und sich empören wollte, hob von Treskow die Hand und sagte hastig: »Das muss nicht so sein, aber es kann so sein.«

Mit einem feinen Lächeln auf den Lippen sah sie ihn an. »Anpassungsfähig, wie wir Frauen nun mal sind, können wir den Himmel erobern, auch ohne diese typisch weiblichen Eigenschaften, wegen derer uns die Männer so lieben, zu verlieren.«

Von Treskow lachte. Dann sah er ihr tief in die Augen und erwiderte mit schmeichelnder Stimme: »Bei Ihnen bin ich sogar davon überzeugt.« Dann lüftete er den Hut und deutete eine knappe Verbeugung an. »Also dann, Holm- und Rippenbruch, falls wir uns morgen vor Ihrem Abflug nicht mehr sehen sollten.«

Marlene sah ihm belustigt nach, wie er strammen Schrittes zur Werkshalle zurückging. Er hatte schnell begriffen, dass sie keine

Frau war, die sich von Männern etwas vorschreiben ließ. Vielleicht reizte ihn auch genau das an ihr. Auf alle Fälle verstand von Treskow sich auf Frauen. Sein Werben um sie besaß etwas Subtiles, das sie irgendwie zu reizen begann. War sie jetzt, da sie die Trauer um ihre Eltern etwas überwunden hatte, wieder empfänglicher für Männer? Hatte Bernhard deshalb einen so starken Eindruck auf sie machen können?

Auf einmal sah sie zum ersten Mal an diesem Tag wieder Bernhards männliches Gesicht vor sich. Die beiden vergangenen Tage waren so abwechslungsreich und aufregend gewesen, dass sie nur abends kurz vor dem Einschlafen an ihn gedacht hatte. Was hatte Ansgar von Treskow gerade gesagt? Das Fliegen erfordert den vorbehaltslosen Einsatz der ganzen Person. Und zum ersten Mal fragte sie sich, ob sie – falls sie mit der neuen Firma Erfolg haben würde – überhaupt noch Zeit für eine Liebesbeziehung oder gar Ehe haben würde? Für die Liebe sollte immer Zeit sein, hatte dagegen Alexander gesagt.

Warum sich jetzt darüber Gedanken machen, sagte sie sich auf der Heimfahrt. Bis jetzt wusste sie ja noch nicht einmal, ob sie Bernhard überhaupt wiedersehen würde. Und genauso wenig, ob sie mit ihrer Firma Erfolg haben würde. Es konnte noch so vieles passieren.

MITTWOCH, 6. MÄRZ 1957

Punkt sieben Uhr Mittwochmorgen parkte Marlene vor dem Bürogebäude. Um halb acht wollte sie losfliegen, um Hans-Joachim Kulenkampff pünktlich in München treffen zu können. Den Fliegeranzug, von Else frisch gewaschen und gebügelt, hatte sie schon zu Hause angezogen. An diesem Morgen hatte sie sich besondere Mühe mit ihrem Make-up gegeben. Schwarze Wimperntusche, die das Grün ihrer Augen besonders strahlen ließ, ein roter Lippenstift, der ihre Lippen betonte. Keinesfalls wollte sie in ihrer Fliegermontur zu männlich wirken.

Gerade als sie mit ihrer Tasche, die ihre Flugpapiere enthielt, und dem Imbisskorb von Else das Büro verlassen wollte, hörte sie Schritte auf dem Flur. Als sich die Bürotür öffnete, staunte sie nicht schlecht, als Maximilian im Rahmen stand. »Du?«

»Verzeih, aber ich muss dich dringend sprechen«, sprudelte es aufgeregt aus ihm heraus.

Sie warf einen Blick auf die Fliegeruhr ihres Vaters am Handgelenk. »Ich muss los, Max. Du weißt doch, mein erster Auftrag.«

»Nur ein paar Minuten. Bitte.« Ihr Vetter warf ihr einen gequälten Blick zu.

»Hat das nicht Zeit bis heute Abend?« Sie musste noch den Vorbereitungscheck an der Vega Gull machen.

»Bitte!«

»Na gut«, sagte sie schließlich, während sie auf ihren Schreibtischstuhl sank. Ihre Tasche hielt sie auf dem Schoß, den Korb stellte sie neben sich. »Was ist denn passiert?«

»Ich habe die ganze Nacht nicht geschlafen«, begann Maximilian mit zittriger Stimme, die ihr ganz fremd war. »Marlene …«, er machte eine bedeutungsvolle Pause, »ich bin ein Versager. Ich bin ein erbärmlicher Versager und Alkoholiker. Ich komme einfach nicht weg von der Flasche. Was soll ich tun?« Er hielt ihren Blick fest, und sie las in seinem, wie schlecht es ihm ging.

»Hast du schon einmal an eine Therapie gedacht?«

»Ich habe Angst vor dem Entzug. Der soll ganz schlimm sein. Und ich brauche den Alkohol, um diese Bilder loszuwerden, die mich nicht zur Ruhe kommen lassen. Ich weiß nicht.« Seine Stimme erstarb. Er senkte den Kopf. Während er sich mit beiden Händen durch das blonde Haar fuhr, zuckten seine Schultern.

Maximilian weinte. Noch nie hatte sie ihren Vetter weinen sehen, umso betroffener machte sie sein Zustand. Dennoch warf sie einen versteckten Blick auf ihre Uhr.

»Max, ich glaube, das ist kein Thema für jetzt. Wir sollten uns heute Abend zusammensetzen, nur du und ich. Dann reden wir über alles. Wir finden bestimmt eine Lösung. Wo ein Wille ist, ist auch ein Weg.«

»Heute Abend!«, rief er gepeinigt aus. »Bis dahin habe ich mich umgebracht.«

Mit einem Satz war sie auf den Beinen, ging um den Schreibtisch herum und nahm ihn in die Arme. »Wie kannst du nur so etwas sagen! Das ist Sünde. Vielen ehemaligen Soldaten geht es wie dir. Wo kämen wir denn hin, wenn die sich alle umbringen würden!«

»Die meisten haben eine Familie, die sie auffängt«, sagte Max mit der Stimme eines kleinen Jungen, während er sich in ihre Arme schmiegte.

Marlene fühlte sich so hilflos wie nie zuvor. Wie sollte sie mit dieser Situation umgehen? So kannte sie Maximilian nicht. Vorsichtig streichelte sie ihm übers Haar. »Du hast doch auch eine Familie. Du hast uns«, erwiderte sie leise.

»Ich habe weder Frau noch Kinder. Das meine ich.«

»Dafür ist es doch noch nicht zu spät. Du bist doch erst sechsunddreißig.«

Da löste er sich abrupt aus ihrer Umarmung und sah zu ihr hoch. »Ich bin aber nicht beziehungsfähig. Der Krieg und die Gefangenschaft haben mich kaputt gemacht.«

Was sollte sie sagen? Und dazu noch unter Zeitdruck. Sie konnte keinen klaren Gedanken fassen. »Max, das ist jetzt wirklich der denkbar ungünstigste Zeitpunkt, um über ein so wichtiges Thema zu reden. Ich werde mir Gedanken machen, und heute Abend setzen wir uns in aller Ruhe zusammen. Ja?«

»Siehst du, auch du bist nicht bereit, mir zu helfen«, ereiferte er sich und stand auf. Sein Gesicht war gerötet, seine Augen sahen so aus, als hätte er am Abend zuvor getrunken. »Und meine Aufgabe hier in der Firma … die ist doch völlig überflüssig. Für was brauchen wir einen Vertriebler? Außer den Leichtbauprofilen haben wir doch gar nichts zu vertreiben. Und die werden nicht in der Menge gebraucht, dass ich mit meiner Aufgabe ausgelastet wäre. Die habt ihr mir nach meiner Rückkehr doch nur aus Mitleid gegeben.«

Marlene griff sich an den Kopf. Er fühlte sich an, als würde er gleich platzen. Ein wiederholter, heimlicher Blick auf ihre Uhr sagte ihr, dass die Zeit knapp wurde, wenn sie pünktlich starten wollte. Sie holte tief Luft, straffte sich und sagte: »Ich weiß nicht, warum wir gerade heute Morgen dieses Gespräch führen müssen. Wir können über alles reden, und ich werde dir helfen, aber nicht jetzt. Das musst du doch verstehen«, fügte sie gequält hinzu. »Wenn ich nicht pünktlich in München lande, können wir unseren ersten Fluggast für alle Zeiten abschreiben. Dann könnte sich diese Panne schnell herumsprechen, und das ist dann alles andere als eine gute Reklame für unsere Firma.«

»Ja, ja, ich weiß. Dein Erfolg ist dir am wichtigsten. Dir ist völlig egal, ob ich dabei draufgehe.« Mit diesen Worten verließ er fluchtartig ihr Büro.

Wie vom Blitz getroffen blieb Marlene stehen – unfähig zu begreifen, was sie gerade erlebt hatte. Ihr Herz schlug hart gegen die Rippen, das Blut rauschte durch ihre Adern. In diesem Zustand konnte sie unmöglich fliegen. Sie zwang sich, ein paarmal tief durchzuatmen. Ihre Hand griff unter ihren Fliegeroverall und fand die Bernsteinkette. So blieb sie stehen, bis sich ihr Herzschlag langsam normalisierte. Dabei mischte sich zu dem Gefühl tiefster Betroffenheit ganz langsam ein Anflug von Wut. Typisch Max, er war immer schon ein Egoist gewesen. Ohne auf ihre Situation Rücksicht zu nehmen, hatte er seine Probleme über ihr ausgeschüttet und war dann noch beleidigt, dass sie gerade nicht in der Lage war, sich mit ihm auf ein längeres Gespräch einzulassen. Maximilian würde sich nicht umbringen. Das glaubte sie nicht. Und heute Abend würde sie zu ihm fahren und ihm all ihre Zeit widmen.

Marlene warf die Bürotür hinter sich zu und lief nach draußen. Dabei sah sie wieder auf ihre Uhr. Es war bereits Viertel vor acht. Auf den Flugvorbereitungscheck, den sie in all den Jahren noch nie versäumt hatte, musste sie heute verzichten. Hannes hat die Maschine gestern höchstpersönlich gewartet, tröstete sie sich. Tipptopp, hatte er ihr bestätigt. Was sollte sich während der Nacht daran geändert haben?

Marlene stieg über den Seitenflügel in ihre Vega Gull, ließ die Haube herunter, verstaute Tasche und Korb und schnallte sich an. Dann studierte sie die Instrumente, wie sie es stets tat. Die Berührung jedes Schalters, jedes Knopfes, jedes Lämpchens war für sie ein Ritual. Nachdem sie sich die Flugkarte um den Oberschenkel gebunden hatte, schaltete sie den Motor an und löste die Bremsen. Langsam rollte das Flugzeug zum Anfang der Startbahn. In der Morgenflaute baumelte der Luftsack schlaff am Mast. Laut Wetterdienst hatte sie an diesem Tag mit keinen Turbulenzen zu rechnen. Dann legte sie die Hand an den Gashebel und gab Vollgas. Der Geruch von Kerosin stieg ihr in die Nase. Gleichzeitig schoss die Vega Gull nach vorn, und das Rollfeld sauste draußen vorbei. Nach jahrelangen Starts und Landungen kannte sie jedes Schlagloch, jeden Buckel und jeden Riss im Asphalt. Kurz vor Ende der Rollbahn zog sie den Steuerknüppel sacht zu sich heran, woraufhin die Vega Gull gehorsam die Nase hob. Während die Maschine auf ihrem Luftkissen schnell an Höhe gewann, fühlte sich für Marlene mit einem Mal wieder alles leicht und schwerelos an. Links von ihr stand die Sonne bereits am Himmel und färbte den Horizont orangerot. Rechts von ihr im Westen schwebten ein paar Wolken wie Zuckerwatte im lavendelfarbenen Blau. Während sie in beinahe absoluter Stille über Wiesen, Felder und Wälder dahinschwebte, genoss sie das mit nichts zu vergleichende Gefühl der Freiheit und Losgelöstheit. Wie schön wäre es, einmal mit Bernhard so zu fliegen, dachte sie. Ihn würde dieses Gefühl bestimmt genauso berauschen wie sie. Hier oben in dem grenzenlosen Himmel fühlte man sich wie der einzige Mensch auf der Welt. Bernhard ... Sie waren verabredet. Aber ob sie ihn tatsächlich wiedersehen würde?

Nach einer Viertelstunde bekam sie Hunger. Sie aß etwas Obst und trank aus der Thermoskanne Kaffee. Anders als beim Autofahren, wo man jede Sekunde mit einem Hindernis rechnen musste, konnte sie das in ihrem Flugzeug alles machen. War man erst einmal in der Luft, flog die Maschine fast von allein.

Über Hannover zeigte sich der Himmel blau und klar. Aus tausendfünfhundert Metern Höhe sah Marlene auf Flüsse, Eisenbahnlinien, Straßen und Häuser hinunter. Eine Spielzeugwelt, die nichts von den Problemen verriet, die dort unten unter so manchem Dach wohnten. Als ihr Blick aufs Armaturenbrett fiel, stutzte sie. Der Öldruckmesser zeigte plötzlich nichts mehr an. Panik durchfuhr sie. War er defekt? Das wäre Hannes doch gestern aufgefallen. Kaum hatte sie den Gedanken zu Ende gedacht, als der Motor auch schon zu rumoren begann. Das Geräusch war eindeutig: Er bekam kein Öl mehr. Marlenes Herzschlag setzte aus. Hatte der Öltank etwa ein Leck? War die Leitung defekt oder nur verstopft? Wie auch immer – sie musste notlanden. Und zwar sofort. Gerade hatte sie Hannover überflogen. Für den Bruchteil einer Sekunde kam ihr der Gedanke umzukehren, den Flugplatz dort anzufunken und Landeerlaubnis zu erbitten. Doch selbst dafür blieb ihr keine Zeit mehr. Das Gelände unter ihr bestand aus Wiesen, Feldern und Wäldern. Mittendrin lag ein einzelner Bauernhof. Die Flächen schienen jedoch alle nicht groß genug zu sein, um die Maschine unversehrt hineinzusetzen. Und die Waldstücke machten eine Landung schwierig. Doch eine andere Möglichkeit blieb ihr nicht. Sie musste es versuchen.

Der Motor lief jetzt zwar wieder rund, ließ jedoch immer mehr an Touren nach. Die Vega Gull verlor schnell an Höhe. Genau unter ihr lag ein kleiner Wald. Während ihr das Blut durch die Adern rauschte, nutzte Marlene noch jede Umdrehung, um wenigstens über die Bäume hinwegzukommen. Da setzte der Motor endgültig aus. Der Propeller blieb stehen. Sie segelte nunmehr auf die Erde zu. Der Höhenmesser zeigte eine Höhe von dreihundert Metern an, dann zweihundert, hundert ... Der rechte Seitenflügel streifte fast die letzten Baumkronen – und dann war sie über einem Feld, an dessen Rand ein Bauer mit Pferd und Pflug stand. Er hielt sich die Hand vor die Augen, während er zu ihr hoch in die Sonne blickte. Sie umklammerte den Steuerknüppel, das Herz schlug ihr bis zum Hals, während der Boden immer näher auf sie zukam. Dann setzten die Räder auf. Ein schreckliches Rumpeln durchfuhr die kleine Maschine. Marlene wurde in ihrem Gurt nach vorn geschleudert. Die Vega Gull hüpfte hoch, prallte ein zweites Mal auf und schlitterte schließlich weiter, bis ihre Räder sich in den frisch gepflügten Acker gruben – etwa drei Meter vor der nächsten Baumgruppe. Plötzlich trat eine unheimliche Ruhe ein. Ihr Flugzeug gab keinen Ton mehr von sich. Draußen bewegte sich kein Lüftchen. Marlene schloss für einen Moment die Augen, horchte in sich hinein. Sie war unverletzt geblieben – bis auf eine Beule an der Stirn. Kulenkampff ... schoss ihr als Erstes durch den Kopf. Unwillkürlich schnappte sie nach Luft. Den Weiterflug nach München konnte sie abschreiben. Ihre Maschine war erst einmal fluguntauglich.

Mit zitternder Hand öffnete sie die Haube und kletterte hinaus. Am ganzen Körper bebend, sah sie sich um. Die eine Tragfläche lag am Boden, die andere ragte in die Luft. Beide waren jedoch unversehrt. Da kam auch schon der Bauer querfeldein auf sie zugelaufen. Als sie ihre Fliegerkappe abnahm und ihr langes Haar herausfiel, stockte er kurz – eine Reaktion, die sie kannte.

»Sind Sie verletzt?«, erkundigte er sich atemlos.

»Außer hier oben nicht, denke ich.« Sie berührte ihre Stirn, fühlte jedoch kein But. »Gibt es im nächsten Ort eine Werkstatt?«

Verneinend schüttelte er den Kopf. »Erst in Hannover.«

»Verstehen Sie was von Motoren?«

»Wir haben weder Auto noch Traktor.«

Marlene biss sich auf die Lippen. »Haben Sie ein Telefon?«

»Nee«, antwortete der grauhaarige, untersetzte Mann mit bedauernder Miene. »Aber ich kann Sie mit dem Motorrad ins nächste Dorf fahren. In Habern gibt's einen öffentlichen Fernsprecher.«

»Damit würden Sie mir sehr helfen«, erwiderte Marlene mit dankbarem Lächeln. »Aber warten Sie, ich will vorher noch was nachgucken.« Sie krempelte die Ärmel hoch und öffnete die Motorhaube. Der Motor war ölverschmiert. Mit einem Taschentuch wischte sie ihn sauber, verschaffte sich so bessere Sicht und stellte schnell fest, dass das ganz Öl aus dem Öltank durch eine brüchig gewordene Zylinderkopfdichtung herausgelaufen war. Warum hatte Hannes die offensichtlich brüchige Dichtung gestern nicht ersetzt? Sollte er sie vielleicht übersehen haben? Eigentlich unmöglich. Sie drehte sich zu dem Bauern um.

»Kennen Sie jemanden, der vielleicht eine neue Zylinderkopfdichtung und Motoröl hat? Ein Nachbar oder so?«

»Nee.«

Marlene nickte, nahm ihre Tasche aus der Maschine und schloss sie ab. Dann ging sie mit dem Bauern zu dessen Hof.

Die Bäuerin staunte nicht schlecht über die Begleitung ihres Mannes.

»Und Sie sind die Maschine ganz allein geflogen?«, fragte sie mit großen Augen. »Hätten Sie einen Mann bei sich gehabt, könnte der das Flugzeug reparieren.«

Als wenn jeder Mann ein Allheilmittel wäre! Marlene schüttelte insgeheim den Kopf und blieb der älteren Frau eine Antwort schuldig.

Die Bäuerin tätschelte ihr die Schulter und meinte gutmütig: »Na ja, Sie sind ja noch mit dem Schrecken und einer kleinen Beule davongekommen. Jetzt mache ich Ihnen erst mal eine schöne Tasse Bohnenkaffee und ein Butterbrot.«

»Nein, vielen Dank«, lehnte Marlene hastig ab. »Ich muss so schnell wie möglich zum nächsten Fernsprecher.«

»Der ist im Dorf.«

»Ihr Mann …« Marlene sah sich in der Wohnküche um, in der die Zeit vor dem Krieg stehen geblieben war. Der Bauer war weg. »Ihr Mann wollte mich mit dem Motorrad ins nächste Dorf fahren«, wandte sie sich aufgeregt an die ältere Frau.

»Ich fahre Sie«, erwiderte die Bäuerin in bestimmtem Ton. »Theo muss zurück aufs Feld.«

»Sie?« Marlene hob erstaunt die Brauen.

»Angst?« Die Bauersfrau lachte. »Sie fliegen, und ich fahre Motorrad.«

Eine Viertelstunde später stand Marlene in der Fernsprechzelle. Als Erstes rief sie Cleo im Springer-Verlag an. Sie hatte Glück und wurde sofort zu ihr durchgestellt. »Du musst versuchen, Herrn Kulenkampff zu erreichen«, sagte sie in eindringlichem Ton, nachdem sie Cleo von ihrer Notlandung berichtet hatte. »Nicht, dass er am Flughafen vergebens auf mich wartet.«

»So ein Mist!«, rief ihre Freundin aus. »Und das bei deinem ersten Auftrag. Wie konnte das denn passieren?«

»Jetzt ist nicht die Zeit, darüber zu jammern. Bitte, sag ihm Bescheid.«

»Aber ich weiß doch gar nicht …«

»Dir wird schon was einfallen. Ich melde mich heute Abend.« Mit diesen Worten hängte sie den Hörer auf die Gabel. Dann wählte sie die Nummer von Flugzeugbau Appen.

»Fräulein Lilienthal!«, rief die Piepenbrink erstaunt aus.

»Ich muss sofort meinen Onkel sprechen.«

»Der ist nicht da. Aber Ihr Vetter steht gerade neben mir. Warten Sie!«

Bevor Marlene etwas erwidern konnte, hörte sie auch schon Maximilians Stimme. »Ist was passiert?«

In knappen Worten erzählte sie ihm von der Notlandung. »Hannes muss kommen. Hier ist keine Werkstatt, niemand, der die Vega reparieren könnte.«

»Daran bin ich schuld«, erwiderte Max mit hörbar schlechtem Gewissen. »Hätte ich dich heute Morgen nicht mit meinen Problemen aufgehalten, hättest du es beim Vorbereitungscheck bestimmt bemerkt.«

Marlene stutzte. »Woher weißt du denn, dass ich den Check nicht gemacht habe?«, fragte sie spontan. Max war wütend aus ihrem Büro gestürmt, und sie war davon ausgegangen, dass er danach sofort gefahren war.

»Äh … ich … ich denke mir, dass du keine Zeit mehr dafür hattest, wenn du pünktlich starten wolltest.«

»Ja, so war es. Aber das ist jetzt auch egal. Geh bitte sofort in die Werkshalle und sorge dafür, dass Hannes kommt.«

»Von Hamburg bis Hannover sind es zweieinhalb Stunden mit dem Auto«, erwiderte Max erstaunt. »Und Hannes hat kein Auto.«

»Dann bring du ihn her.«

»Ich? Ich habe gleich einen Termin.«

»Max, ich erwarte von dir, dass du mir jetzt hilfst. Die Maschine kann nicht hier stehen bleiben. Mitten auf einem Feld. Schnapp dir Hannes und fahr los. Das kleine Dorf heißt Habern und liegt zehn Kilometer südlich von Hannover. Ich warte in der Gaststätte *Zum Adler* auf euch. Du kannst sie nicht verfehlen.« Sie holte tief Luft und fügte mahnend hinzu: »Ich verlass mich auf dich. In spätestens drei Stunden.« Sie wartete seine Antwort gar nicht ab, sondern hängte einfach auf.

Nachdem Marlene der Bäuerin Geld für die Fahrt gegeben und sich von ihr verabschiedet hatte, nahm der Wirt, ein Verwandter der Bäuerin, sich Marlenes an. Er brachte ihr eine kräftige Boullion und ein Bier.

»Legen Sie sich doch nebenan im Saal ein bisschen hin«, bot er ihr an. »Ich bringe Ihnen eine Decke.«

Dankbar nahm sie sein Angebot an, obwohl sie sonst niemals tagsüber schlief. Aber die Aufregung, die warme Suppe, das Bier und die Ruhe um sie herum ließen ihre Augen trotz der harten Holzbank schnell zufallen.

»Fräulein Lilienthal …« Die Männerstimme und die sachte Berührung an ihrer Schulter ließen Marlene aus dem traumlosen Schlaf jäh hochfahren.

»Sie?«, fragte sie ungläubig, als sie von Treskow erblickte. Hinter dem Ingenieur stand Hannes. Ihm waren die Sorge und Aufregung ins faltige Gesicht geschrieben.

»Der Wirt meinte, es gehe Ihnen gut«, sagte von Treskow. »Allerdings sieht das da …« Er zeigte mit besorgter Miene auf die Beule an ihrer Stirn und setzte dann zwinkernd hinzu: »Aber einen schönen Menschen kann nichts entstellen.«

Sie winkte ab. »Das ist das Wenigste.« Dann sah sie Hannes an, der so wirkte, als wolle er sich hinter dem Ingenieur verstecken. »Der Vega Gull ist nichts passiert. Vielleicht ein paar Schrammen, aber nichts Ernstes«, beruhigte sie ihn.

Da trat er auf sie zu. »Mensch, Deern, das kann ich mir überhaupt nicht erklären. Du musst mir glauben, als ich gestern mit der Maschine fertig war, war alles tipptopp. Mein Gott!« Mit betroffener Miene rieb er sich das stoppelige Kinn. »Wenn ich daran denke, dass du hättest tot sein können.«

Von Treskow legte ihm beruhigend die Hand auf die Schulter. »Fräulein Lilienthal geht es gut, und den Vogel schauen wir uns jetzt mal an.«

Auf der Fahrt zum Feld fragte Marlene: »Warum ist Maximilian nicht gekommen?«

Von Treskow warf ihr einen kurzen Seitenblick zu. »Er roch nach Alkohol. Da habe ich mich angeboten.«

»Danke schön«, sagte sie leise.

»Bitte schön.« Er blinzelte ihr fröhlich zu.

»Ich kann es wirklich nicht verstehen, Marlene«, wiederholte Hannes hörbar unglücklich vom Rücksitz. »Du kennst mich. Du weißt, dass ich ordentlich arbeite.«

Sie drehte sich zu ihm um und lächelte ihn an. »Das wissen wir doch alle. Vielleicht habe ich ja auch in meiner Aufregung die falsche Diagnose gestellt, und der Zylinderkopf ist gar nicht die Ursache.«

An Ort und Stelle jedoch stellten sowohl Hannes als auch von Treskow fest, dass Marlene recht gehabt hatte.

»Ich habe gestern vorsorglich alle Zylinderköpfe gegen neue ausgetauscht«, versicherte Hannes. »Das schwöre ich bei meinem Leben. So verkalkt kann ich doch noch nicht sein, dass ich eine brüchige Zylinderkopfdichtung einbaue.«

»Konnten Sie Herrn Kulenkampff absagen?«, wechselte der Ingenieur das Thema.

Dass er daran dachte! »Ich habe meine Freundin gebeten, es zu tun. Ich hoffe, sie hat ihn noch persönlich erreicht.«

Von Treskow seufzte. »So ein Pech, dass gleich bei Ihrem ersten Kunden, und dann noch einem so bekannten, eine solche Panne passieren musste.«

»Das ist eine Katastrophe«, verbesserte sie ihn mit Nachdruck in der Stimme. »Sollte sich das herumsprechen, wird keiner je mehr mit mir fliegen – obwohl ich ja gar nichts dafürkann.«

»Haben Sie vorher keinen Check gemacht?« Sein Blick lag forschend auf ihrem Gesicht.

Sie schüttelte den Kopf. »Die Zeit war zu knapp. Ich wollte pünktlich los.«

Sichtlich erstaunt hob er die blonden Brauen, sagte jedoch nichts dazu.

»Maximilian hatte Gesprächsbedarf«, erklärte sie ihm, weil sie in seinen Augen nicht als fahrlässig dastehen wollte. Sie hob die Schultern, während sie seufzend hinzufügte: »Natürlich weiß ich, dass der Vorbereitungscheck ein ehernes Gesetz ist. Ich habe ihn noch nie ausfallen lassen. Aber heute Morgen …« Sie ließ das Ende des Satzes unausgesprochen. Sie wollte ihrem Vetter nicht die Schuld zuschieben.

»Maximilian hatte also Gesprächsbedarf«, murmelte von Treskow wie zu sich selbst und schwieg danach eine Weile.

Da Hannes mit der halben Werkstatt angereist war, konnte er den Schaden schnell richten. Und eine halbe Stunde später war die Maschine wieder flugbereit.

»Soll ich für Sie zurückfliegen, und Sie nehmen meinen Wagen?«, bot von Treskow Marlene an.

»Das ist lieb von Ihnen, aber ich stehe nicht unter Schock.«

»Gut.« Er lachte sie an. »Dann Holm- und Rippenbruch. Wir sehen uns in der Firma.«

»Wissen Sie was?«, sagte sie spontan. »Hannes fliegt mit mir, und Sie fahren, statt zurück in die Firma, nach Hause. Ich gebe Ihnen für den Rest des Tages frei. Was halten Sie davon? Ich finde, das haben Sie sich verdient.«

»Und Ihr Onkel?«

»Mein Onkel wird mit meiner Entscheidung ganz sicherlich einverstanden sein.«

»Gut.« Er tippte an seine Hutkrempe. »Dann sage ich Danke.«

Als Marlene nach einem kurzen, holprigen Start ihre Vega Gull in den Himmel hob, sah sie von Treskow unten neben seinem blauen VW stehen. Er winkte zu ihr hoch, und sie winkte zurück.

Marlene landete gegen vier auf dem Firmengelände. Sie fühlte sich abgeschlagen wie kaum jemals zuvor. Hannes hatte während des Fluges immer wieder über die fehlerhafte Zylinderkopfdichtung gesprochen. »Vielleicht bin ich inzwischen schon zu alt für eine so verantwortungsvolle Aufgabe, oder ich brauche eine Brille«, meinte er zerknirscht.

Nachdem sie ausgestiegen waren, nahm Marlene ihn in die Arme. »Ich kann mir die Sache zwar auch nicht erklären, aber es ist ja niemand zu Schaden gekommen. Also mach dir keine Gedanken mehr. Du bist immer noch der Beste in deinem Beruf. Und eine Brille ist gegebenenfalls schnell gekauft«, fügte sie zwinkernd hinzu.

Als Marlene das Kontor betrat, schlug Fräulein Piepenbrink die Hände zum Gebet zusammen. »Dem Himmel sei Dank – Sie leben!«, rief sie inbrünstig aus. »Das hätte auch schlimmer ausgehen können.«

»Ist es aber nicht«, erwiderte Marlene lächelnd. »Ist mein Onkel noch im Haus?«

»Der ist heute früher gegangen.«

»Weiß er, was passiert ist?«

»Natürlich. Er war erschüttert.«

Marlene seufzte. »Dann werde ich ihn gleich mal beruhigen. Aber vorher muss ich telefonieren.« Sie ging in ihr Büro und rief Cleo in der Redaktion an.

»Alles gut gegangen«, berichtete ihre Freundin. »Ich habe Kulenkampff im seinem Hotel in München erreicht, und er war sehr gelassen. Er hätte auch schon Pannen in seinem Beruf erlebt. Die Hauptsache wäre, dass nichts Schlimmeres passiert sei.«

Marlene atmete zuerst einmal erleichtert aus und fragte dann: »Aber wahrscheinlich wird er nicht mehr mit mir fliegen wollen, oder?«

»Darüber haben wir nicht gesprochen. Es war nur ein ganz kurzes Telefonat. Jetzt ruh dich erst mal aus. Wir sprechen uns morgen.«

Mit einem dicken Kloß im Hals stieg Marlene ein paar Minuten später in ihren Wagen. Die Uhr im Armaturenbrett stand exakt auf siebzehn Uhr. Um diese Zeit würde Max bestimmt zu Hause sein. Am Morgen hatte sie ihm versprochen, bei ihm vorbeizufahren, um mit ihm über seine Probleme zu sprechen. Obwohl sie sich überhaupt nicht danach fühlte, wollte sie ihr Wort halten – auch wenn er sie wieder einmal bezüglich seiner Hilfsbereitschaft enttäuscht hatte.

»Ihr Vetter ist nicht zu Hause«, teilte ihr Maximilians Nachbarin mit, die gerade das Haus verließ, als Marlene klingeln wollte. »In Begleitung einer Rothaarigen«, fügte die ältere Dame mit missbilligender Miene hinzu.

Marlene verkniff sich ein Lächeln und bedankte sich. Max hatte sich also nichts angetan. Er lebte noch. Und anscheinend sogar recht gut.

Als sie in der Villa ankam, saßen ihre Tante und ihr Onkel beim Abendessen im Wintergarten. Wilhelm sprang vom Stuhl auf, als sie die Eingangshalle betrat. »Endlich! Da bist du ja! Komm, setz dich. Nach dieser Aufregung musst du doch Hunger haben.«

Sie ging mit ihm zum Tisch und setzte sich. »Seid mir nicht böse, aber essen kann ich nichts«, entschuldigte sie sich. »Das war alles ein bisschen viel heute.«

»Mein armes Kind.« Änne legte ihre Hand auf die ihrer Nichte. »Das kann ich verstehen. Wie gut, dass alles so glimpflich abgelaufen ist. Ich sage ja immer, das Fliegen ist viel zu gefährlich für eine Frau.«

»Für einen Mann ist es genauso gefährlich«, warf Wilhelm ein. »Das hat nichts mit dem Geschlecht zu tun.«

»Aber wir Frauen sind doch viel weniger belastbar«, stellte Änne mit großen Augen fest.

Marlene musste lachen. »Das sehe ich anders, Tante Änne. Es gibt Frauen, die sind sogar wesentlich belastbarer als Männer. Das ist eine Charakter- und Erziehungssache.«

Änne trank zwei Schlucke Ahrwein, bevor sie sich auf dem Stuhl gerade hinsetzte und sie eindringlich ansah. »Marlene, ich kann dir nur raten: Gib die Idee von dieser Flugfirma auf. Ich habe kein gutes Gefühl dabei. Die Vega Gull ist schon so alt. Da kann immer wieder was aussetzen. Beim Auto ist das nicht so schlimm, aber in der Luft …« Sie griff sich an die Stirn und fügte in gequältem Ton hinzu: »Das will ich mir gar nicht ausdenken. Bitte nimm Vernunft an. Lasst uns die gesamte Firma verkaufen. Dann haben wir damit nichts mehr zu tun, und du suchst dir einen netten Mann, der zu dir passt.«

Nicht schon wieder, und schon gar nicht jetzt, dachte Marlene genervt und stand auf. »Ich weiß, du meinst es gut, aber jetzt muss ich ins Bett.«

Als sie die unglückliche Miene ihrer Tante sah, gab sie ihr schnell einen Kuss auf die volle Wange. »Glaub mir, mir geht es gut, und ich weiß genau, was ich tue. Hab einfach ein bisschen Vertrauen in mich.« Mit diesen Worten ließ sie die beiden allein.

An diesem Abend ging Marlene früher schlafen als sonst. Die großen, hohen Räume, die sie nicht allein mit Leben füllen konnte, gaben ihr das Gefühl von Verlassenheit. In ihrem kleinen Jugendzimmer fühlte sie sich geborgener. Durch das Dachfenster wehte ein kalter Nachthauch zu ihr herüber. Am Himmel, direkt über dem Fenster, stand ein kreisrunder Mond. Ein starker Wind jagte immer wieder Wolkenfetzen vor ihn, die sein bleiches Licht erlöschen ließen. Von irgendwoher hörte sie den klagenden Ruf einer Eule. Ansonsten war alles still. In ihrem Kopf und Herzen jedoch herrschte Chaos. Da waren das Rätsel um die gebrochene Zylinderkopfdichtung, die quälende Frage, ob sie mit ihrer Firmenidee tatsächlich jemals Erfolg haben würde, und nicht zuletzt die Sehnsucht nach der Wärme und Geborgenheit, die sie durch den Tod ihrer Eltern verloren hatte. Und in all diesem Durcheinander sah sie immer wieder ihren Winterschwimmer vor sich, seine tiefbraunen Augen, sein Lächeln; sie lauschte in Gedanken seiner dunklen, leicht heiser klingenden Stimme. Würde sie ihn kommenden Mittwoch wiedersehen? Und wenn ja, würden sie sich dann näherkommen? War Bernhard Södermann der Mann, der für sie bestimmt war? Der Mann, der sie so akzeptieren würde, wie sie war?

DONNERSTAG, 7. MÄRZ 1957

Trotz einer durchwachten Nacht saß Marlene am nächsten Morgen wieder früh an ihrem Schreibtisch. Sie hatte noch die Arbeit vom vergangenen Tag nachzuholen, und sie wollte für ihre drei freien Tage in der kommenden Woche vorarbeiten. Am Nachmittag rief Cleo an. »Ich habe gerade das *Abendblatt* auf meinem Schreibtisch liegen. Frisch aus der Presse.«

Marlene stutzte. »Und?«

»Darin ist ein kurzer Artikel über deine Notlandung gestern, in dem auch erwähnt wird, dass ein prominenter Fluggast – er wird sogar namentlich genannt – von eurem Flugtaxi am Münchner Flughafen sitzen gelassen worden ist. In dem Artikel wird dir vorgeworfen, als Frau für den Beruf der Pilotin ungeeignet zu sein.«

Marlene hatte die Worte gehört, doch ihr Verstand weigerte sich, sie aufzunehmen. Das konnte doch nicht wahr sein! Für einen Moment hatte sie das Gefühl, keine Luft mehr zu bekommen.

»Bist du noch dran?«

»Ja«, erwiderte sie heiser. Sie atmete tief durch. »Wer hat das geschrieben?«

»Ein Kollege, der noch in der Ausbildung ist. Ein Neffe unseres Chefredakteurs. Ich habe ihn deswegen schon angesprochen. Er hat die Information bekommen und fand sie anscheinend wichtig genug, um darüber zu berichten. Und dann ist sie nicht mehr durch die Zensur gelaufen – was eigentlich nicht sein darf. Denn normalerweise würden wir so eine Lappalie, die zudem auch noch in einer ganz anderen Gegend stattgefunden hat, gar nicht veröffentlichen.«

»Von wem …« Marlene musste sich räuspern, um ihrer Stimme einen festen Ton zu geben. »Von wem hatte der Lehrling denn die Information?«

»Von einer Mitarbeiterin aus dem Verlag. Frau Mommsen bündelt alle Hinweise, die wir von der Hamburger Wache oder irgendwelchen Bürgern erhalten, und verteilt sie an die Redakteure.«

Marlene ließ sich auf ihrem Schreibtischsessel zurückfallen. »Dann lesen es ja heute alle im *Abendblatt*«, murmelte sie kraftlos vor sich hin. »Das ist wahrlich die beste Werbung für unsere Firma«, fügte sie voller Sarkasmus hinzu.

»So sieht es aus.« Cleos Feuerzeug schnappte auf. Nach zwei Atemlängen fragte ihre Freundin: »Wer wusste eigentlich von deinem Flug gestern?«

»Nun … alle hier in der Firma«, erwiderte Marlene zögerlich. »Aber von denen hat doch niemand die Presse verständigt. Das ist völlig unmöglich. Und die Polizei in Hannover hat auch nichts von der Notlandung mitbekommen. Außerdem wäre ein solches Ereignis für die doch viel zu unwichtig, um es an die Kollegen in Hamburg weiterzugeben. Es ist ja niemand zu Schaden gekommen.« Marlene setzte sich aufrecht hin. Mit einem Mal spürte sie wieder Leben in sich. Wut stieg in ihr hoch. Wer wollte ihr und der Firma mit diesem Artikel schaden? »Cleo, du musst ausfindig machen, wer eurem Verlag diese Information hat zukommen lassen. Meinst du …«, plötzlich kam ihr eine Idee, »könnte es vielleicht Kulenkampff selbst gewesen sein?«

»Unmöglich. Der hat das ganz locker genommen. *Vielleicht klappt's beim nächsten Mal* hat er noch gesagt. Er ist ein feiner Mensch und würde so was niemals machen.«

»Aber irgendjemand muss es ja gewesen sein.«

»Ich bin dran. Glaub mir«, sagte ihre Freundin mit Grabesstimme. »Ich melde mich, sobald ich Neues weiß.«

Marlene hatte sich von dieser Nachricht kaum erholt, als Maximilian ihr Büro betrat – mit dem *Abendblatt* in der Hand und einem wölfischen Lächeln auf dem Gesicht.

»Du stehst in der Zeitung«, begrüßte er sie. »Ich hätte nicht gedacht, dass dein Flugtaxi so schnell Gesprächsthema werden würde.«

»Du scheinst dich ja richtig darüber zu freuen«, sagte sie spitz.

Da legte er seine Hand aufs Herz und deutete eine Verbeugung an. »Was denkst du denn von mir, Cousinchen?«, fragte er mit einer Unschuldsmiene. »Im Gegenteil. Ich befürchte, dass das keine gute Reklame ist. Und ich muss es wiederholen: Wir hätten besser das Angebot von den Dornier-Werken angenommen. Du solltest die Notlandung gestern als schlechtes Omen ansehen. Das kann nichts werden mit deiner Idee.« Er trat auf ihren Schreibtisch zu, sein Blick wirkte besorgt. »Willst du etwa noch dein Leben riskieren? Die Vega ist eine alte Dame und für die Vielfliegerei nicht mehr geeignet. Und für eine neue Maschine haben wir kein Geld. Also werde endlich vernünftig.«

Was sollte sie darauf sagen? Sie war noch derart betroffen, dass ihr die Worte fehlten. Max hatte ja nicht ganz unrecht. Ihre Vega Gull hatte bereits einundzwanzig Jahre auf dem Buckel. Überdies war sie es nicht gewohnt, täglich zu fliegen, was sie – vorausgesetzt, die Firma würde sich etablieren können – zukünftig leisten müsste. Daran hatte sie bis jetzt überhaupt nicht gedacht.

»Hast du eine Idee, wer die Presse informiert haben könnte?«, fragte sie sachlich in das Schweigen zwischen ihnen hinein.

Maximilian hob mit gleichgültiger Miene die Schultern. »Jeder hier in der Firma wusste von deinem ersten Auftrag.«

»Aber das macht doch keiner von unseren Leuten!«, fuhr sie ihn empört an.

»Hast du das Rätsel um die Zylinderkopfdichtung inzwischen lösen können?«, wechselte ihr Vetter das Thema.

Sie seufzte. »Nein.«

»Ich sage dir, Hannes ist zu alt. Der kann vielleicht gar nicht mehr richtig sehen und sagt es nur nicht.« Max tippte sich an die Stirn. »Wer baut denn eine kaputte Dichtung ein?«

Marlene war zumute, als würde ihr Kopf platzen. Sie sah zu ihrem Vetter hoch. »Max, weißt du was? Lass mich einfach in Ruhe. Das kann ich heute nicht mehr gebrauchen.«

Da lüftete Maximilian in schwungvoller Geste den Hut und verbeugte sich übertrieben. »Zu Befehl, gnädige Frau. Ich verschwinde schon.«

FREITAG, 8. MÄRZ 1957

Während Marlene die Lohnauszahlungen für den nächsten Tag vorbereitete, überlegte sie ununterbrochen, wie sie die Flugtaxifirma wieder positiv ins Gespräch bringen konnte. Weder der Hamburger Reeder, den sie in der Börse kennengelernt hatte, noch dessen Vetter Dr. Norden hatte sich bisher bei ihr gemeldet. Sollten sie den Artikel im *Abendblatt* gelesen haben, war damit auch nicht mehr zu rechnen. Schlimmer hätte es gar nicht kommen können, dachte sie, während sie in den Regen starrte, der draußen auf die Startbahn niederprasselte. Wenn sie weitermachen wollte, musste sie möglichst schnell das Vertrauen potenzieller Kunden gewinnen beziehungsweise wiederherstellen. Die Bannerflüge über Hamburg hatten ihr bislang auch noch keine Interessenten eingebracht. Und auf die Anschreiben an die Hamburger Firmen gab es ebenso keine Resonanz. Vielleicht war sie zu laienhaft an die Sache herangegangen? Sie musste eine andere Strategie entwerfen. *Vielleicht sollte ich Hochglanzprospekte drucken lassen und an Orten verteilen, wo Geschäftsleute zusammenkommen.* Da könnte ich meine Maschine und mich vorstellen, Flugziele aufführen sowie Preise, überlegte sie. Außerdem brauchte sie dringend Visitenkarten. In diese Gedanken hinein klingelte das Telefon.

»Cleo hier«, meldete sich ihre Freundin – kurz und knapp, wie es ihre Art war. Und sie legte auch gleich los. »Es war ein junger Mann, etwa Mitte zwanzig, mit rotem Haar, Bürstenschnitt, muskulös, auf einem Motorrad.«

»Wer mag das sein?«, fragte Marlene.

»Habt ihr unter euren Angestellten so einen?«

»Nein. Er hat sicher keinen Namen hinterlassen, oder?«

»Nee.«

»Und das Kennzeichen des Motorrads?«

»Das hat sich Frau Mommsen nicht gemerkt.«

»Zu blöd. Ich weiß wirklich nicht …«

»Wahrscheinlich werden wir das auch nicht rausbekommen. Fest steht, es gibt jemanden, der dir schaden will.«

Dieser Satz verfolgte Marlene noch den ganzen Tag über, bis sie spätabends endlich in einen unruhigen Schlaf fiel. Er machte ihr Angst.

SONNTAG, 10. MÄRZ 1957

Als Marlene Sonntagmorgen aufwachte, horchte sie mit noch geschlossenen Lidern in sich hinein. Nachdem sie den Samstag in bedrückter Stimmung allein mit einem Buch verbracht hatte, fühlte sie sich an diesem frühen Morgen schon besser. Lag es an der Sonne, die ihre warmen Strahlen auf ihr Bett warf, oder an dem munteren Vogelgezwitscher unten im Garten? Ein neuer Tag brach an, und diesen Tag wollte sie nicht wieder in düsterer Stimmung verbringen. Dafür war das Leben zu kurz. Sie durfte sich von diesem blöden Zeitungsartikel nicht unterkriegen lassen, sagte sie sich, während sie die Fensterflügel aufstieß und die frische Morgenluft tief einatmete. Sie kam ihr wie ein Lebenselixier vor. Ein paar Augenblicke blieb sie stehen, schaute auf die Elbe hinunter, die seit ewigen Zeiten ruhig und stetig, völlig unbeeindruckt von den Geschehnissen auf der Welt, am Grundstück vorbei in Richtung Nordsee floss. In der Morgensonne schimmerten ihre Wellen wie flüssiges Silber. Welch ein schöner Anblick!

Marlene ging ins Badezimmer, um sich fertig zu machen. Während sie vor dem Spiegel stand, fielen ihr die Worte ihrer Mutter ein: *Sieht man gut aus, bessert sich in der Regel auch das Allgemeinbefinden.* In Gedanken an die Lebensweisheit ihrer Mutter bürstete sie ihr langes Haar, bis es glänzte. Dann trug sie Wimperntusche und Lippenstift auf und lächelte schließlich zufrieden ihrem Spiegelbild zu. Ein paar Minuten später erschien sie pünktlich um neun Uhr zum Frühstück im Wintergarten, wo ihre Tante und ihr Onkel bereits auf sie warteten.

»Hast du Lust, uns zum Golfplatz zu begleiten?«, fragte Wilhelm, als sie mit dem Frühstück fast fertig waren.

»Das wäre doch schön. Dann kannst du mir ein bisschen Gesellschaft leisten, während Wilhelm spielt«, meinte Änne aufmunternd.

Marlene überlegte, sah sich mit ihrer Tante und vielleicht anderen gelangweilten Damen der Hamburger Gesellschaft unter einem strahlend blauen Himmel in der Sonne auf der Terrasse des Golfclubs sitzen, während sie den Männern zusahen, wie sie ihre Bälle in die achtzehn Löcher schlugen. Nein! Das war nicht ihre Vorstellung von Sonntagsbeschäftigung. Aber da kam ihr eine Idee. Ja, das war es!

Sie tupfte sich mit der Serviette den Mund ab und stand auf. »Abgemacht«, sagte sie gut gelaunt und strahlte ihre Verwandten an. »Wir sehen uns gleich auf dem Golfplatz.«

Sie spürte noch die erstaunten Blicke der beiden im Rücken, während sie die Treppe zum Ostflügel der Villa hinauflief, um ihren Autoschlüssel zu holen.

Eine halbe Stunde später flog Marlene mit ihrer Vega Gull über den Falkenstein – ein mit Laubbäumen und Kiefern bewaldetes Gebiet, das sich von Blankenese bis Hamburg-Rissen erstreckte. Zwischen den Hügeln versteckten sich nicht nur einige der vornehmsten Villen, sondern auch der Golfclub der Stadt. Wer hier Mitglied war, besaß in Hamburg Rang und Namen. Hier wurde nicht nur Golf gespielt, hier wurden auch Kontakte geknüpft, Geschäftsabschlüsse getätigt und manchmal sogar Ehen arrangiert. Während sie über die sattgrünen Fairways und Grüns, die Sandbunker, die kleinen Seen und das weiße Clubhaus flog, fragte sie sich, ob ihr Vorhaben vielleicht ein wenig verrückt war. Sie sah hinunter auf die Spieler in ihren karierten Hosen, die aus dieser Höhe wie Spielzeugpuppen aussahen. Unter ihnen entdeckte sie keine einzige Frau, obwohl dieser Sport inzwischen auch offiziell für das weibliche Geschlecht zugänglich war.

Noch schenkten die Golfer ihr keine Aufmerksamkeit. In einer Gruppe auf einem der Abschlagplätze entdeckte sie ihren

Onkel. Hoffentlich würde ihn ihre Aktion nicht verärgern, ging ihr durch den Kopf, während sie mit der Maschine niedriger ging, um die nächste Runde über das weitläufige Gelände zu drehen. Jetzt schauten einige der Spieler zu ihr hoch – und genau das hatte sie erreichen wollen. *Los geht's*, feuerte sie sich an, drückte den Steuerknüppel nach vorn und ging in den Sturzflug. Auf etwa zweihundert Metern Höhe fing sie die Maschine ab, stieg wieder auf und begann von vorne. Schon bald hatte sie die Aufmerksamkeit aller auf dem Platz auf sich gezogen. Die Männer kamen zusammen, zeigten zu ihr hoch, riefen sich gegenseitig etwas zu. Nun war für sie der Zeitpunkt gekommen, ihrem Publikum ein paar Flugkunststücke vorzuführen. Nachdem sie erneut an Höhe gewonnen hatte, gab sie Gas, zog die Nase der Maschine empor, drückte den Steuerknüppel immer weiter durch bis in den Rückenflug und kam danach wieder in die Gerade. Als sie durchs Fenster blickte, sah sie, wie einige Spieler ihr Beifall klatschten. Ihr Onkel schien sie inzwischen erkannt zu haben. Begeistert winkte er ihr zu, was sie als Zeichen dafür wertete, dass er ihren Plan durchschaute und guthieß. Seine Reaktion spornte sie an, nach dem gelungenen Looping noch eine Rolle vorzuführen. Sie zog den Schubhebel an sich, für einen Moment blieb ihre Maschine fast stehen, dann gab sie vollen Schub, riss die Vega mithilfe des Seitenruders herum, ging in den Leerlauf und hielt mit dem Seitenruder dagegen, um die Rolle zu beenden. Ihr Herzschlag beschleunigte sich, während sich der Bug senkte und sie zum Sturzflug ansetzte. Die Instrumente vor sich fest im Blick, hielt sie die Luft an, zählte die Sekunden, hielt den Schubhebel fest an sich gezogen, um das Manöver zu vollenden und ihre Maschine abzufangen. Dann raste sie in der entgegengesetzten Richtung davon, um letztendlich wieder mit normaler Geschwindigkeit zum Golfplatz zurückzukommen. Nach einer weiteren Runde landete sie auf einer Wiese, die durch einen niedrigen weißen Zaun vom Golfgelände getrennt war.

Mit hämmerndem Herzen schaltete sie den Motor aus. Während sie über den Seitenflügel ausstieg, kamen die Spieler von allen Seiten auf sie zu. Unwillkürlich musste sie lächeln. Das hatte sie erwartet. Wie hatte Bernhard gesagt? *Schon kleine Jungen interessieren sich für Autos, Eisenbahnen und Flugzeuge.* Langsam ging sie über die Wiese. Dabei nahm sie die Fliegerkappe ab und schüttelte ihr Haar. Nur zu gut war sie sich der Wirkung ihrer langen, roten Locken auf Männer bewusst. Erstaunte Rufe wurden laut. Wahrscheinlich hatte keiner in dem Fliegeroverall und den Stiefeln eine Frau erwartet. Ihr Onkel reichte ihr galant die Hand, als sie über den Zaun stieg. »Darf ich bekannt machen? Fräulein Lilienthal – meine Nichte«, stellte er sie den Männern vor, die sich um sie scharten.

»Respekt«, sagte einer und verbeugte sich vor ihr. »Wo haben Sie denn den Immelmann gelernt? Ich bin nämlich im Krieg Flieger gewesen und weiß, wie schwierig er ist.«

»Auf einem Lehrgang für Kunstfliegen in Belgien«, antwortete sie mit ihrem schönsten Lächeln.

»Sind Sie Kunstfliegerin?«, erkundigte sich ein anderer mit bewunderndem Blick, der ganz offensichtlich nicht nur ihren fliegerischen Fähigkeiten galt, sondern ihrer gesamten Erscheinung.

»Nein, das ist nur mein Hobby«, entgegnete sie. »Beruflich fliege ich das Lufttaxi unserer Firma.«

»Das Lufttaxi ist seit Kurzem unsere Tochterfirma«, klärte Wilhelm die anderen auf. »Es war die Idee meiner Nichte, um Geschäftsleute oder andere Reisende innerhalb Deutschlands schnell von A nach B zu bringen. Ganz individuell und wesentlich preiswerter als die Lufthansa.«

»Hatten Sie nicht vor ein paar Tagen eine Notlandung?«, wandte sich da einer der Spieler mit skeptischer Miene an Marlene. »Da stand doch was drüber im *Abendblatt*.«

Bevor Marlene antworten konnte, kam ihr Onkel ihr zuvor: »Ganz genau. Meine Nichte hatte ein Geräusch wahrgenommen, das sie beunruhigte. Deshalb hat sie den Flug abgebrochen. Als Pilot trägt man schließlich Verantwortung für seine Passagiere. Da ist eine sichere Notlandung besser als eine Bruchlandung oder gar ein Absturz.«

Einer aus der Gruppe lachte gutmütig. »Bei der Gründung einer Firma gibt es immer zuerst ein paar Turbulenzen. Da muss man einen langen Atem haben. Ich glaube, das kennen die meisten hier von uns.«

Alle nickten. Marlene warf einen dankbaren Blick in die Runde.

»Haben Sie auch eine hübsche Flugbegleiterin an Bord?«, wollte nun einer der Männer mit schelmischem Blick wissen.

»Die Pilotin ist hübsch genug für zwei junge Damen«, kam es von einem weißhaarigen Herrn zurück, was alle mit einem Nicken bejahten.

Durch das lockere Geplauder entspannte sich Marlene. Ihr Auftritt war zumindest gut angekommen. Und vielleicht würde er in den nächsten Tagen zum Gesprächsthema in der Stadt werden. Zumindest hatte sie gezeigt, dass sie fliegen konnte, und damit dem Zeitungsartikel, in dem man ihre Kompetenz angezweifelt hatte, Paroli geboten.

»Hätten Sie vielleicht Zeit, noch einmal eine Runde zu drehen?«, erkundigte sich ein Mann, der für sein Alter – sie schätzte ihn zehn Jahre jünger als ihren Onkel – recht attraktiv war.

»Natürlich«, antwortete sie.

»Würden Sie mich mitnehmen? Ich war im Krieg bei der Luftwaffe und bin seitdem nie wieder in den Genuss gekommen, über den Wolken zu schweben.«

»Heute sind doch gar keine Wolken am Himmel«, scherzte der etwa gleichaltrige Mann neben ihm, vermutlich ein Freund, und stieß ihn kumpelhaft in die Seite. »Gib's zu! Du willst nur mit Fräulein Lilienthal ein bisschen allein sein.«

Alle lachten.

»Kommen Sie mit«, forderte Marlene den ehemaligen Piloten auf.

An diesem Tag sollte das nicht der einzige Flug über den Falkenstein bleiben. Nachdem der erste Passagier wohlbehalten und begeistert von Bord gegangen war, wollten noch andere mit Marlene in den Himmel abheben. Und am späten Nachmittag buchten zwei Geschäftsleute für Dienstag einen Flug von Hamburg nach Frankfurt und zurück.

MITTWOCH, 13. MÄRZ 1957

Es war noch dämmrig, als Marlene Mittwoch zur Ostsee aufbrach. Vor Aufregung hatte sie in der Nacht kaum geschlafen. Dennoch hätte ihre Stimmung nicht besser sein können. Den Flug nach Frankfurt und zurück hatte sie ohne Probleme hinter sich gebracht. Die beiden Geschäftsmänner, die in der Stadt am Main eine zweite Niederlassung ihrer Segeltuchweberei gründen wollten, waren höchstzufrieden gewesen mit ihrem Service. *Wir empfehlen Sie weiter* – mit diesen Worten hatten sie sich vor dem Bürogebäude von Flugzugbau Appen von ihr verabschiedet und waren in ihre Limousinen gestiegen. In Gedanken an den vergangenen Tag lächelte Marlene zufrieden vor sich hin. Die Sorgen um die Flugtaxifirma waren erst einmal in den Hintergrund getreten. Jetzt hatte sie den Kopf frei für das Wiedersehen mit Bernhard.

Nachdem sie Hamburg hinter sich gelassen hatte, war sie fast allein auf der Autobahn. Die Nacht war kalt und klar gewesen. Auf den Wiesen und Feldern zu Seiten der Straße lag Raureif. Die Sonne, die gerade aufgegangen war, kämpfte sich noch durch den Frühnebel, doch der Wetterbericht hatte für die nächsten Tage vorfrühlingshafte Temperaturen vorausgesagt. Besser konnten die Voraussetzungen nicht sein.

Je näher Marlene ihrem Ziel kam, desto nervöser wurde sie. Immer wieder hatte sie sich in den vergangenen eineinhalb Wochen das Wiedersehen ausgemalt. Würde Bernhard bei ihrer Ankunft vielleicht schon auf der Loggia auf sie warten? Oder würden sie sich am Strand begegnen? Wie hatte er beim Abschied gesagt? *Ich werde versuchen, meine Mutter übernächsten Mittwoch zu besuchen. Vielleicht können wir uns dann wiedersehen. Hier an diesem Strand?*

Als sie von der Autobahn hinter Lübeck abfuhr, ließ die Morgensonne den noch feuchten Asphalt strahlen, als wollte sie ihr sagen, dass sie auf dem richtigen Weg sei. An der großen Kreuzung, wo es geradeaus nach Grömitz weiterging, begann ihr Herz schneller zu schlagen. Nur noch ein paar Minuten ... Natürlich ging sie nicht ernsthaft davon aus, dass Bernhard bereits um diese Uhrzeit – es war gerade neun – auf sie warten würde. Wahrscheinlich würde er erst am späten Nachmittag kommen, nach dem Besuch bei seiner Mutter. Wenn er überhaupt kommen würde.

An der Abzweigung in den Kiefernwald, auf dessen Anhöhe ihr Haus lag, bog sie in den unbefestigten Weg ein, der zur Klippe hinaufführte. Vor dem Gartentor hielt sie an. Ein paar Herzschläge lang blieb sie neben ihrem Wagen stehen und sog den würzigen Duft der Kiefern und den von Salz und Meer, den der Wind landeinwärts wehte, tief in sich ein. Dann ging sie aufs Haus zu. Auf der Loggia verweilte sie ein paar Augenblicke. Der morgendliche Dunstschleier verwischte noch den Übergang von Himmel und Meer. Die Morgensonne ließ das Wasser silbern schimmern. Möwen flogen tief über den Strand, stießen schrille Schreie aus. Marlene begann zu lächeln. Sie spürte, wie sie sich entspannte. In dieser unendlichen Weite von Himmel, Meer, Licht und Sand kam sie sich plötzlich winzig klein vor. Welche Bedeutung hatten hier noch ihre beruflichen Probleme oder ihre Sehnsüchte?

Schließlich drehte sie sich um und schloss die Tür auf. Die Wärme der Heizung hieß sie willkommen. Schnell hatte sie ihre Sachen aus dem Wagen ins Haus getragen und den Kamin angezündet. Dann ging sie hinunter zum Strand.

Den ganzen Vormittag lang wanderte sie am Meeressaum entlang, zuerst in Richtung Grömitz, wo sie kurz vor dem Hafen umdrehte, und dann in die entgegengesetzte Richtung, wo Pelzerhaken lag. Hin und wieder setzte sie sich in den Sand und ließ sich von der Märzsonne bescheinen, die gegen Mittag schon recht warm wurde. Sie sah zu, wie die Gischt weiße Zeilen in den Sand schrieb, verfolgte den Flug einer Möwe am wolkenlosen Himmel und beobachtete einen Krebs dabei, wie er sich in den Sand buddelte. Immer wieder hielt sie nach allen Seiten Ausschau nach einem großen Mann in dunklem Mantel. Obwohl ihr Verstand ihr sagte, dass es keinen Grund gab, nicht mehr an Bernhards Kommen zu glauben, schlich sich Enttäuschung in ihr Herz.

Auch am Nachmittag zog es Marlene wieder hinaus in die Natur. Auf dem Rückweg ihrer Wanderung ging sie ein Stück durch den Kiefernwald, der sich oberhalb der Klippe entlangzog. Der schmale Pfad bot ihr immer wieder grandiose Ausblicke aufs Meer, in dessen Fluten sie vergebens nach einem schwarzhaarigen Kopf suchte. Dort, wo der Weg sich teilte – rechts führte er landeinwärts, links wieder hinunter zum Strand –, stand ein graues Auto. Bernhard? Marlenes Herz begann zu pochen. Erst auf den zweiten Blick erkannte sie, dass es ein Wartburg war, mit dem Kennzeichen AS33-45. Sie stutzte. Ein Wagen aus der DDR? Obwohl die Grenze nur knapp fünfzig Kilometer von Rettin entfernt lag, war ein Fahrzeug von drüben hier ein seltener Anblick. DDR-Bürger durften nicht in den Westen reisen. Sie zuckte mit den Schultern. Was ging es sie an?

Sie wandte sich nach links und lief den schmalen Pfad hinunter zum Meer. Als sie schließlich bei der Treppe zu ihrem Haus ankam, lächelte sie traurig vor sich hin. Kein Kleiderbündel … Auf dem obersten Treppenabsatz sah sie, dass der Schaukelstuhl leer war. Es war inzwischen halb sechs. Die Sonne stand kurz über dem Horizont. Sie tauchte die Steilküste in ein rötliches Licht. Es war kühl geworden. Marlene zog fröstelnd die Schultern hoch und schloss die Haustür auf. In dem Moment, als sie sie hinter sich schließen wollte, hörte sie Schritte auf dem Kiesweg, der an der Seite des Hauses vorbei zum Gartentor führte. Sie hielt den Atem an. Endlich! Ein Zittern durchlief sie. Das konnte doch nur Bernhard sein! Oder vielleicht die Bauersleute?

Und dann kam Bernhard um die Hausecke. Er blieb stehen, als er sie sah. Nur wenige Meter trennten sie noch. Bernhards Gesicht lag im Schatten. Sie konnte seinen Ausdruck nicht erkennen. Die Krempe seines Hutes hielt die letzten Sonnenstrahlen des Tages ab. Wieder wurde ihr bewusst, welch attraktive Erscheinung er war. Er strahlte etwas Energiegeladenes, etwas Magisches aus. Plötzlich erfasste sie eine seltsame Befangenheit. Sie wusste nicht, was sie sagen sollte. Obwohl sie den ganzen Tag auf diesen Moment gewartet und gehofft hatte, war es jetzt beinahe so, als müsste sie erst begreifen, dass er zur Realität geworden war.

Da machte Bernhard die letzten Schritte auf sie zu, nahm den Hut ab und sah sie an. In seinen Augen lag ein warmer, zärtlicher Glanz, sodass es ihr so vorkam, als stünden sie viel näher zusammen. Dann lächelte er sie an. Dieses leicht schiefe, bezwingende Lächeln besaß noch die gleiche Anziehungskraft auf sie wie beim allerersten Mal.

»Ich bin da«, sagte er mit dieser tiefen, etwas verschleierten Stimme.

»Ich auch«, erwiderte sie ernst.

»Ich habe an dich denken müssen.«

»Ich auch an dich.«

Ihre Blicke verfingen sich ineinander. Marlene spürte ein Glücksgefühl, das wie eine Sturmwelle über sie hinwegrollte und sie mit sich riss. Ja, Bernhard war gekommen, sie würden Zeit miteinander verbringen, sich näherkommen, alles war möglich. Für eine kurze Zeit würde es nur sie beide geben, das weite Meer und den unendlichen Himmel.

Sie stieß die Haustür weit auf. »Komm rein!«

Es war wie vor eineinhalb Wochen. Marlene machte Tee, Bernhard trug das Tablett ins Wohnzimmer, goss jeweils einen Schuss Rum in die Tassen, und sie legte ein paar Holzscheite in den Kamin, die die Flammen hochlodern ließen. Beide waren noch ein wenig befangen und wechselten unverfängliche Worte über das schöne Wetter. Dann fragte Marlene: »Wie geht es deiner Mutter?«

»Besser als beim letzten Mal. Sie hat wieder gearbeitet.«

»Bernstein?« Wissend zwinkerte sie ihm zu.

Er lächelte versonnen. »Sie schleift gerade einen sehr schönen Stein zum Briefbeschwerer. Er soll ein Geschenk für eine der Betreuerinnen von ihr werden.«

»Wie schön!«

»Leider wechseln sich solch gute Phasen dann auch schnell wieder mit schlechten ab. Es tut ihr nicht gut, wenn sie mich länger nicht sieht.«

»Wo wohnst du denn?« Die Frage war ihr ganz spontan über die Lippen gekommen, und sie rechnete schon damit, dass Bernhard ihr eine Antwort schuldig bleiben würde.

»Knapp siebzig Kilometer von Lübeck entfernt«, sagte er dann.

Also wohnte er auch gar nicht so weit von ihrem Haus hier entfernt. »Das ist ja gar nicht so weit weg. Und wo genau?«

Sein Blick suchte ihren und hielt ihn fest. »Wismar.«

Sie stutzte. »Wismar?«

»In der DDR.«

Ungläubig starrte sie ihn an. »Aber …« Da fiel ihr der graue Wartburg ein. »Ist der Wagen am Kiefernwald etwa deiner?«

Er nickte.

»Moment mal.« Sie griff sich an die Stirn. »Aber ihr dürft doch gar nicht in den Westen reisen.«

Bernhard lachte sein kehliges Lachen. In seinen schwarzbraunen Augen stand ein amüsiertes Funkeln, als er in leicht spöttischem Ton sagte: »Was ihr so alles über uns wisst!«

»Stimmt, das ist nicht viel«, entgegnete sie. »Und vielleicht auch falsch, aber ihr schottet euch auch sehr ab. Stacheldraht, Sperrzone …« Sie trank einen Schluck Tee. Doch auch der konnte ihren inneren Aufruhr nicht besänftigen. Bernhard lebte im Osten – unerreichbarer konnte er kaum sein. Und sie hatte schon gedacht, er sei vom Schicksal für sie bestimmt.

Plötzlich war es still im Raum. Eine eigenartige Spannung breitete sich aus. Während sie an den Gliedern ihrer Bernsteinkette drehte, schnippte Bernhard eine Zigarette aus der Schachtel. »Möchtest du eine?« Er hielt ihr die Zigaretten über den Couchtisch hinweg entgegen. Juwel 72. Eine ostdeutsche Marke. Sie war sich sicher, dass er vor eineinhalb Wochen eine westdeutsche Marke geraucht hatte.

»Zigarette?«, wiederholte er mit Nachdruck in ihre Gedanken hinein.

Sie nickte und ließ sich von ihm Feuer geben. Dann nahm sie einen tiefen Zug und stieß den Rauch an die Decke. Durch den Schleier sah Bernhard sie an – forschend, besorgt.

»Hat es dir jetzt die Sprache verschlagen?« Sein bezwingendes Lächeln ging ihr durch und durch.

»Nein, ich bin nur überrascht«, begann sie zögerlich. »Damit hatte ich nicht gerechnet.« War das sein Geheimnis gewesen?

»Was ändert das?« Er stieß den Rauch scharf aus.

Seine Frage machte sie hilflos. *Dass ich mit dir keine richtige Beziehung haben kann*, hätte ihre ehrliche Antwort lauten müssen, doch das wagte sie nicht zu sagen. Sie kannten sich ja kaum. Stattdessen fragte sie: »Wie bist du denn in die DDR gekommen? Du stammst doch aus Lübeck. Oder habe ich das falsch in Erinnerung?«

Er nickte. »Ich stamme aus Lübeck. Und habe dort auch, bis ich zwanzig wurde, gelebt.« Er nahm einen tiefen Zug und fuhr fort: »Als ich aus dem Krieg kam, ging ich auch dorthin zurück. Meine Mutter hatte inzwischen den neuen Mann. Nach ein paar Wochen fühlte ich mich im Haus meiner Großeltern nicht mehr wohl. Mein Vater war während des Krieges zu den Russen übergelaufen und lebte nach 1945 in der Sowjetischen Zone in Rostock. Er half dort, die SED aufzubauen. Er gehörte damals zu den Leuten in der neu gegründeten DDR, die aus dem Zusammenbruch etwas Neues, Besseres machen wollten. Einen antifaschistischen Staat, in dem die Nazis nie mehr eine Chance haben würden. Da ich mich mit meinem Vater immer gut verstanden hatte, zog ich zu ihm und studierte in Rostock Ingenieurwesen. Mein Vater machte schnell Karriere bei der SED, was natürlich auch Einfluss auf mein Gedankengut hatte. Außerdem waren mir die Kommunisten lieber als die Nationalisten. Wir haben ja miterlebt, was die angerichtet hatten. Und nach 1949 saßen einige von denen – trotz Entnazifizierung durch die Alliierten – erneut in hohen politischen Positionen der neuen BRD. Bis heute«, fügte er mit flammendem Blick hinzu. »Da war mir die SED lieber. Also trat ich ihr bei und bekam nach dem Studium sofort eine Dozentenstelle an der Ingenieur-Akademie Wismar. Das war 1952. Vor drei Jahren dann erkrankte meine Mutter an Herz und Seele. Die Partei erlaubt mir seitdem, sie regelmäßig zu besuchen – was natürlich dem Einfluss meines Vaters zu verdanken ist. Er hat heute eine hohe Position in der Parteizentrale und lebt in Ost-Berlin. Abgesehen davon scheint man mich aber auch im politisch-ideologischen Sinne für zuverlässig zu halten. Seit ich zum Reisekader gehöre, bin ich Parteisekretär der Akademie, der für die *Reinheit des Denkens* dort zuständig ist.«

Marlene hatte ihm gleichermaßen verwirrt wie fasziniert zugehört, sein lebhaftes Mienenspiel, sein lebendiger Blick, seine schönen Hände, die seine Worte begleiteten. Niemals zuvor hatte sie einen Mann als so anziehend empfunden. Nur das, was er ihr gerade erzählt hatte, gefiel ihr nicht.

»Reinheit des Denkens?«, wiederholte sie belustigt. »Wie das klingt!«

»So heißt es eben«, erwiderte er kurz angebunden.

»Und? Bist du linientreu?« Sie sah ihm direkt in die Augen.

Er seufzte, wich ihrem Blick aus und drehte gedankenverloren an seinem Bernsteinring. Nach ein paar Sekunden hob er den Kopf und erwiderte ihren Blick. In seinen Augen las sie Entschlossenheit und Stärke.

»Glaub mir, nach dem Zweiten Weltkrieg wollten viele einen anderen Sozialismus als den, wie er sich bis heute bei uns entwickelt hat. Der Aufstand von 1953 hat uns gezeigt, was das Volk will: Senkung der Arbeitsnormen, Freilassung politischer Häftlinge, freie Wahlen. Aber es gibt nur wenige in den hohen Parteipositionen, die dem stattgeben wollen. Mein Vater zum Beispiel sieht vieles anders als seine Genossen und hofft seit Stalins Tod vor vier Jahren und den darauffolgenden Reformen Chruschtschows, dass man in Zukunft einiges zum Besseren verändern kann. Und ich sehe das genauso. Ist das nicht ein wichtiger Grund weiterzumachen, statt das Land einfach zu verlassen?«

»Du bist also ein Kämpfer?«

Seine dunklen Augen funkelten sie an. »Wir kämpfen für Frieden und Völkerfreundschaft, gegen die restaurativ-reaktionären Kräfte in der Bundesrepublik.«

Sie prallte förmlich zurück. »Wie bitte?«

Da lachte er. »So heißt es bei uns. In der Partei.«

Sie drückte die heruntergebrannte Zigarette aus, von der sie nur zwei Züge genommen hatte. Dann schüttelte sie den Kopf und fragte: »Frieden? Wie verträgt sich der denn mit politischen Verfolgungen, Versorgungskrise und Unfreiheit? Bei euch gibt es weder Presse- noch Reisefreiheit.« Sie rückte auf die Sofakante vor, spürte, dass ihre Wangen brannten.

Bernhard zwinkerte ihr zu. »Dann weiß man im Westen also doch ganz gut über die DDR Bescheid.«

Ohne auf seinen belustigten Ton einzugehen, fuhr sie erregt fort: »Wie kannst du in einem solchen Land leben? Als wir zusammen im *Treibsand* saßen, hast du den Eindruck vermittelt, dass dir Freiheit sehr wichtig ist.«

Gelassen sah er sie an. »Vielleicht gerade deshalb – weil ich in einem unfreien Land lebe. Ich glaube jedoch immer noch, dass ich meinem Land mehr nutzen kann, wenn ich bleibe, als wenn ich rübermachen würde. Bis jetzt zumindest sah ich noch keinen Grund dafür.« Sein Blick lag mit einem Ausdruck auf ihrem Gesicht, den sie nicht deuten konnte.

Was könnte ein solcher Grund sein?, hätte sie am liebsten gefragt, aber dafür fehlte ihr der Mut. Sie wollte sich vor der Enttäuschung bewahren, dass er einen anderen Grund nennen würde als sie.

»Darf ich?« Bernhard zeigte auf die Teekanne.

»Ja, natürlich«, beeilte sie sich zu sagen. »Aber ich habe auch einen schönen Rotwein von der Ahr. Möchtest du lieber Wein?«

Er lächelte. »Gerne. Das ist für mich natürlich etwas ganz Besonderes.«

Irritiert hielt sie inne. Meinte er das ironisch? Sie stand auf, um in die Küche zu gehen. »Bei euch gibt es doch bestimmt auch Wein, oder nicht?«

»Den gibt es natürlich. Nur nicht immer, zumindest nicht für alle. Je nachdem, wie das mit der Lieferung ist.«

Sie drehte sich um. »Aber für deinen Vater und dich bestimmt. Oder?«

Als er statt zu antworten wortlos seine Zigarette ausdrückte, ging sie in die Küche. Sie war froh, ein paar Augenblicke allein sein zu können. Das Gespräch hatte sie aufgewühlt. Ihr Verstand und ihr Herz fochten gerade einen harten Kampf aus. Sie wollte sich nicht verlieben. Schon gar nicht in einen Mann, den sie nur selten würde sehen können. Das wollte ihr Verstand jedenfalls nicht. Doch ihr Herz hatte schon längst Feuer gefangen. Sie fühlte sich zu Bernhard hingezogen. Er war so selbstsicher und voller Kraft, ganz anders als die Männer, die sie kannte. Sie vermutete, dass er auch Erfahrung darin hatte, Frauen zu verführen. Sie war keine Jungfrau mehr, aber sie kannte bisher keine Begierde. Und genau die empfand sie nun bei ihm.

»Soll ich die Flasche öffnen?«, hörte sie plötzlich seine dunkle Stimme hinter ihr fragen.

Mit der Weinflasche in der Hand drehte sie sich um.

»Bitte.« Sie hielt sie ihm entgegen. Als er sie in die Hand nahm, berührten sich ihre Finger. Gleichzeitig hielten sie beide in der Bewegung inne und sahen sich an.

Sie schluckte. »Dann sind wir beide also Feinde in deinen Augen?«, sagte sie leise.

Da wurde sein Bick weich. »Nein«, erwiderte er mit fester Stimme. »Wir sind keine Feinde. Wir sind Marlene und Bernhard, die sich hier an diesem Ort des unendlich weiten Himmels und der zeitlosen Wellen begegnet sind und wiedergetroffen haben.«

Seine Worte weiteten ihr Herz und schalteten ihren Verstand aus. Immer noch standen sie sich ganz nah gegenüber – und sie wünschte sich in diesen Augenblicken nichts sehnlicher, als dass er sie in die Arme nehmen würde. Stattdessen trat er zwei Schritte zurück, als hätte er genau davor Angst.

»Hast du einen Flaschenöffner?« Er drehte sich zur Anrichte um.

»In der obersten Schublade.« Sie räusperte sich entschlossen und nahm zwei Gläser aus dem Küchenschrank. Dann gingen sie zurück ins Wohnzimmer, wo Bernhard fachmännisch die Flasche entkorkte, an dem Korken roch, anerkennend nickte und sie fragend ansah. »Darf ich?«

Als sie nickte, schenkte er ein. Ganz langsam ließ er den tiefroten Wein in die Gläser fließen, sodass er Sauerstoff atmen konnte. Dann nahm er beide Gläser in die Hände, ließ den Wein darin kreisen und sog seinen Duft tief in sich ein. »Kirschen, Pflaumen, dazu ein Hauch Vanille …« Er überlegte kurz. »Und Zimt.« Anerkennend nickte er ihr zu. »Wirklich gut.«

»Du verstehst etwas von Wein?«

Er lachte kurz auf. »Wir sind schließlich keine Banausen.«

Sie stießen miteinander an und setzten sich wieder.

»Sag mal, von wem hast du eigentlich dieses wunderschöne rote Haar geerbt?«, fragte Bernhard mit bewunderndem Blick. »Diese Farbe ist – sofern sie echt ist – sehr selten. Sie ist wie flüssiger Bernstein. Wenn es ihn gäbe.«

Sie musste lachen. »Flüssiger Bernstein … Der Vergleich gefällt mir.« Sie trank einen Schluck Wein. »Also, erstens ist die Farbe echt. Und zweitens habe ich sie von meinem Urgroßvater geerbt. Er war Schotte.«

»Schotte?«

»Ein schottischer Stoffhändler aus den Highlands – und eine Mesalliance meiner Urgroßmutter, die Tochter eines reichen Hamburger Kaufmanns, die sich unsterblich in ihn verliebt hatte. Als sie schwanger war, wurde sie noch vor ihrer Niederkunft mit einem Hamburger Bankierssohn verheiratet, der ihren Sohn, also meinen Großvater, adoptierte und ihm den Namen Lilienthal gab. Mein Großvater, der das Flugzeugwerk gegründet hat, hatte auch rotes Haar. Dann hat die Veranlagung eine Generation übersprungen und ist bei mir wieder rausgekommen. Meine beiden Vettern sind beide blond.«

»Du darfst es dir niemals abschneiden lassen«, sagte Bernhard ernst.

»Werde ich nicht«, versprach sie ihm lächelnd.

Wieder sahen sie sich ein paar Herzschläge lang an. Bernhards offener, intensiver Blick gab Marlene das Gefühl, dass er sich in diesem Augenblick für nichts anderes interessierte als für sie.

»Wie lebst du in Hamburg?«, erkundigte Bernhard sich, während er sich im Sessel zurücklehnte und die langen Beine übereinanderschlug. »Erzähl es mir.«

Sie ließ ihr Glas auf dem Handteller kreisen und hob die Schultern. »Wie lebe ich? Ich gehe jeden Tag in die Firma, habe Freunde und Bekannte, gehe aus, ins Kino oder tanzen, habe ein sehr enges Verhältnis zu meinem Onkel und seiner Frau. Wir leben im gleichen Haus – allerdings in unterschiedlichen Trakten – und essen meistens zusammen.« Sie hielt inne, überlegte, was sie ihm sonst noch über sich sagen konnte. Als meine Eltern noch lebten, haben wir viele Gesellschaften veranstaltet und sind zu Theaterpremieren nach Berlin gereist, hätte sie noch erzählen können. Doch das hätte Bernhard, der Sozialist, bestimmt nur ungern gehört. »Ich lese sehr gern und viel«, fügte sie stattdessen hinzu.

»*Du öffnest die Bücher, und sie öffnen dich.* Das hat Tschingis Aitmatow einmal gesagt.«

»Wer ist das?«

»Ein kirgisischer Schriftsteller. Sein erstes und bisher bekanntestes Werk ist die Erzählung *Dshamilja*. Diese wunderschöne Liebesgeschichte handelt von den Ereignissen im Kriegsjahr 1943 in Kirgisistan. In der DDR gehört das Werk zur Pflichtlektüre an den Schulen.«

Fasziniert hatte sie ihm zugehört. Ein Mann, der las. Sie kannte nur Männer, die Tennis oder Golf spielten, segelten, auf der Rennbahn wetteten oder Geschäfte abschlossen.

»Was liest du denn so?«

»Das, was ich lese, nennt man bei uns verbotene Literatur. Die französischen Existenzialisten zum Beispiel, die die persönliche Freiheit propagieren. Und natürlich auch Trotzki, Bucharin und Solschenizyn.«

»Verbotene Literatur? Was bedeutet das?«

»Dass die Stasi dich zukünftig beobachten wird, wenn du beim Kaufen oder Lesen erwischt wirst. Bei uns ist nur die linientreue Literatur erlaubt.«

»Das ist ja schrecklich!«, rief Marlene entsetzt aus. Dann sah sie ihn forschend an. »Wenn du so etwas liest, kann das doch nur bedeuten, dass du im Grunde genommen gar nicht so linientreu bist.«

Er seufzte. »Es ist doch immer so, dass der Mensch Zweifel hat. Ich bin kein Fanatiker wie viele bei uns, die in ihrem Handeln auch nicht viel besser sind als damals die Nazis. Ich denke für mich selbst. Und es gibt viele Möglichkeiten, den Sozialismus zu denken. Bei den Theoretikern wie Trotzki oder Solschenizyn bedeutet Sozialismus nicht die Diktatur einer Partei, sondern die Vision einer neuen Gesellschaft, in der Freiheit und Sozialismus kein Widerspruch sind. Dennoch stehe ich hinter unserem Staat. Wir müssen nur an ihm arbeiten.«

Bernhard trank einen Schluck. Als sein Blick zu ihr zurückfand, spürte sie, dass er sich innerlich zurückgezogen hatte. In diesem Moment wurde ihr klar, dass sie eine Grenze überschritten hatte. Und gleichzeitig erkannte sie, dass – falls sie sich weiterhin sehen würden – die so unterschiedlichen politischen Systeme ihrer beiden Länder stets zwischen ihnen stehen würden. Diese Erkenntnis legte sich wie ein Schatten über ihr Herz.

»Wie spät ist es?«, fragte Bernhard.

Erstaunt sah sie ihn an.

»Ich besitze keine Uhr«, erklärte er ihr mit dem für ihn so typischen Lächeln.

»Warum nicht?«

»Uhren schränken mich in meiner Freiheit ein – in der geringen, die ich sowieso nur habe.«

»Dann bist du also immer unpünktlich.«

»Manchmal«, gab er zu. »Aber irgendwann entwickelt man ein Gespür für die Zeit. So ist zum Beispiel jede Zeit umso kürzer, je glücklicher man ist. Das hat übrigens Gaius Plinius, ein römischer Gelehrter, gesagt. Ist nicht von mir«, fügte er mit jungenhaftem Grinsen hinzu.

Sie legte den Kopf schief und lächelte ihn spitzbübisch an. »Was meinst du denn? Ist es jetzt noch früh oder schon spät?«

Da lachte er wieder dieses kehlige, sinnliche Lachen; er hatte ihre Frage durchschaut. »Abgesehen davon, dass es draußen schon stockfinster ist, denke ich, dass es schon recht spät sein muss. Das Zusammensein mit dir ist sehr kurzweilig.«

Er hatte sich also wohlgefühlt. Wärme durchflutete sie, während sie auf ihre Fliegeruhr sah. »Es ist halb zehn.«

Seine dunklen Augen hatten einen zärtlichen Glanz, als er sagte: »Die Zeit kam mir viel kürzer vor.«

»Mir auch«, erwiderte sie leise, ganz gefangen von seinem Blick.

»Ich werde jetzt fahren.« Er trank den letzten Schluck Wein aus. »Wollen wir uns morgen wiedersehen?«

»Ja.«

»Ich werde morgen Mittag meine Mutter zum Essen ausführen und am späten Nachmittag ins Heim zurückbringen. Danach würde ich kommen, falls es dir recht ist. Freitagmorgen muss ich um acht Uhr wieder in der Hochschule sein.«

»Ich freue mich«, sagte sie schlicht.

Als sie vor die Haustür traten, war es ungewöhnlich still. Kein Wind, kein Meeresgesang. Als würde die Natur den Atem anhalten. Silbernes Mondlicht lag über der See, und die Sterne am Himmel waren zum Greifen nah. Gleichzeitig wandten sie sich einander zu. Das, was Bernhard nicht aussprach, glaubte sie in seinem Blick zu lesen. Dann legte er seine Hand auf ihren Nacken unter ihr Haar und zog ihren Kopf sanft zu sich. Nun konnte sie nicht mehr anders. Ganz impulsiv schlang sie ihre Arme um seinen Hals und schmiegte sich an ihn. Bevor seine Lippen sich ihren näherten, hielt er kurz inne, sah sie an, als wolle er sie um Erlaubnis bitten. Da schloss sie die Augen, kam ihm entgegen und spürte einen Herzschlag später schon seinen Mund auf ihrem. Sie küssten sich, so scheu und vorsichtig, als wäre es für sie beide das erste Mal. Erst nachdem sich ihre Lippen miteinander bekannt gemacht hatten, wurden ihre Küsse inniger. Marlene schmeckte Sehnsucht, spürte Geborgenheit und wünschte sich, diese Arme, die sie so zärtlich hielten, würden sie nie mehr loslassen. Als Bernhard sich sanft von ihr löste, glaubte sie aus einem Traum aufzuwachen. Er strich ihr über die Wange und sagte mit unterdrückter Stimme: »Ich freue mich auf morgen.« Dann schlug er den Mantelkragen hoch und verschwand hinter der Hausecke.

Marlene blieb noch so lange stehen, bis sie den rauen Motor des Wartburgs anspringen hörte. Erst als das Geräusch verklungen war, ging sie zurück ins Haus. Während sie noch ein Glas Wein trank, versuchte sie, Ordnung in ihr Gefühlschaos zu bringen. Langsam gewann ihr Verstand wieder die Oberhand. Sollte sie sich tatsächlich auf einen Mann einlassen, der in der DDR lebte? Waren die Gegensätze nicht viel zu groß zwischen ihnen? Doch dann spürte sie wieder Bernhards Lippen auf ihren, zärtlich, innig, fordernd, seinen muskulösen Körper an ihrem, roch seinen Duft von Holz und Zitrone … Ja, sie wollte mehr als nur Küsse. Auch wenn es nur ein einziges Mal sein würde.

DONNERSTAG, 14. MÄRZ 1957

An diesem Morgen wachte Marlene früh auf. In Erwartung des Wiedersehens mit Bernhard hielt sie nichts mehr im Bett. Sie trat ans Fenster und blickte hinaus. Über dem Meer hingen noch die letzten Schwaden der Nacht. Ein heller, rötlicher Streifen am Horizont kündigte jedoch schon den Aufgang der Sonne an. Es würde wieder schönes Wetter geben – ganz so, wie es der Wetterbericht vorausgesagt hatte.

Nach dem Frühstück sorgte sie für Ordnung im Haus. Mittags besuchte sie Lieselotte im *Treibsand*, wo sie alle Neuigkeiten aus Rettin und Umgebung erfuhr. Dann machte sie einen kurzen Spaziergang durch den Kiefernwald und widmete sich danach ganz den Vorbereitungen für Bernhards Besuch. Sie holte Holz für den Kaminofen ins Haus und dekantierte eine Flasche Rotwein. Zum Wein wollte sie einen Käseigel, Salzstangen und Erdnüsse reichen. Außerdem hatte sie eine Flasche von Elses selbst gemachtem Eierlikör mitgebracht. Nachdem sie alles auf einem Tablett angerichtet und ins Wohnzimmer getragen hatte, suchte sie ein paar Langspielplatten aus. Dean Martin mit seiner einschmeichelnden Stimme und Juliette Gréco, die Muse der Existenzialisten, die sie einmal von Cleo geschenkt bekommen hatte. Höchst zufrieden sah sie sich im Wohnzimmer um. Die Standuhr zeigte genau sechzehn Uhr. Vielleicht noch eine Stunde? Bernhard hatte vom späten Nachmittag gesprochen.

Marlene ging die knarrende Holztreppe hinauf in das kleine Badezimmer, um sich zurechtzumachen. Sie entschied sich für eine schwarze Steghose, eine waldgrüne Strickjacke mit Perlmuttknöpfen, die sie – wie es gerade neueste Mode war – verkehrt herum anzog. Darüber legte sie ihre Bernsteinkette. Mit fünfzig Bürstenstrichen brachte sie ihre Locken zum Glänzen, mit Lidstrich, Wimperntusche und Lippenstift ihre Augen und Lippen zum Strahlen. Die Frau, die ihr im Spiegel zulächelte, gefiel ihr.

Langsam wurde sie immer unruhiger. Bei der Vorstellung, wie dieser Abend verlaufen könnte, bekam sie klamme Hände. Würden sie beim Wiedersehen bei dem Kuss beginnen, mit dem sie sich verabschiedet hatten, oder würde erst einmal wieder eine Fremdheit zwischen ihnen herrschen? Würde es zu mehr als nur Küssen kommen? Sie beschloss, in den folgenden Stunden nicht mehr über das Trennende zwischen ihnen zu reden, sondern den Gemeinsamkeiten mehr Raum zu geben.

Mit diesen Gedanken trat sie auf die Loggia, die in der Sonne badete. Da es auch an diesem Tag sehr windstill war, konnte man hier draußen angenehm sitzen. Immer wieder blickte sie auf ihre Fliegeruhr, deren Zeiger sich kaum bewegten. *So ist zum Beispiel jede Zeit umso kürzer, je glücklicher man ist,* hatte Bernhard gestern Abend gesagt. Wie wahr! Von Unruhe getrieben stand sie wieder auf, trat ans Geländer und sah aufs Meer hinaus. Sie stutzte, als sie einen schwarzhaarigen Kopf in den Wellen zu erkennen glaubte. Das konnte nur Bernhard sein! Rasch lief sie ins Haus, um das Fernglas zu holen. Tatsächlich! Sie erkannte Bernhards markantes Gesicht, das beim Kraulen immer wieder aus dem Wasser auftauchte. Es sah so aus, als wolle ihr Winterschwimmer geradewegs auf den Horizont zuschwimmen. Aufgeregt verfolgte sie seine kraftvollen Züge. Selbst im Fernglas wurde er immer kleiner. Irgendwann wendete er und kehrte um. Erleichtert beobachtete sie, wie er wieder besser zu erkennen war. Dann hatte er den Strand erreicht und richtete sich in den Wellen auf. Durch das Glas konnte sie genau sehen, wie das Wasser von seiner glatten, leicht gebräunten Haut abperlte. Sie betrachtete seinen breiten Oberkörper, seine muskulösen Schultern und Arme, seine schmalen Hüften und langen Beine. Dabei verspürte sie ein Ziehen im Leib. Ihr Herzschlag beschleunigte sich, ihre Halsschlagader pochte. Wie sehr sie diesen Mann begehrte!

Jetzt verschwand Bernhard aus ihrem Blickfeld. Wahrscheinlich hatte er seine Kleidung wieder auf dem Treppenabsatz abgelegt, den sie von hier oben nicht im Blick hatte. Schnell brachte sie das Fernglas zurück ins Vertiko, atmete ein paarmal tief durch, um sich zu beruhigen, und trat wieder hinaus auf die Loggia. Während sie darauf wartete, dass Bernhards Kopf auf der Holztreppe erschien, pulsierte ihr Blut in den Adern. So aufgeregt war sie noch nie vor einem Rendezvous gewesen. Jetzt kam er die Treppe herauf. Er hielt kurz inne, als er sie entdeckte. Dann begann sein Gesicht zu strahlen. Sie ging ihm entgegen. Durch das nasse, zurückgekämmte Haar wirkten seine Augen noch größer.

Bernhard machte jedoch keine Anstalten, sie in die Arme zu nehmen, sondern sah sie nur an. Wollte er sie auf die Probe stellen und sehen, wie sie jetzt reagierte?

Sie bewegte sich nicht.

»Ich will dich«, sagte er leise und betonte jedes einzelne Wort.

Sie standen sich nah gegenüber, ohne dass sich ihre Hände oder Körper berührten. Durch seinen Mantel spürte sie die Hitze seines Körpers, die Gefühle in ihr weckte, die sie nie für möglich gehalten hätte. Da konnte sie sich nicht länger beherrschen. Sie sehnte sich nach seinem Kuss, nein, sie hungerte danach. Ohne seinen Blick loszulassen, näherte sie sich seinem Mund und schloss die Augen, in Erwartung darauf, Bernhards Lippen endlich auf ihren zu spüren. Doch sie fühlte nur seinen Finger die Konturen ihres Gesichts nachzeichnen, ganz langsam, zärtlich, federleicht. Seine Berührungen ließen sie erschauern. Sein Finger fuhr ihren Nasenrücken entlang, legte sich auf ihre Lippen und öffnete sie mit sanftem Druck. Die Spannung in ihrem Körper schien sie zerreißen zu wollen. Wie eine Stichflamme schoss die Leidenschaft in ihr hoch. Sie schlang die Arme um Bernhards Hals und presste sich an ihn. Als sie seinen Körper an ihrem spürte und sein Mund endlich ihren fand, verloren sie sich in einem leidenschaftlichen

Kuss, der kein Ende nehmen wollte. Während ihre Lippen miteinander verschmolzen, hob Bernhard sie hoch. Sie schlang die Beine um seine Mitte und ließ sich von ihm ins Haus tragen. Behutsam legte er sie aufs Sofa.

»Sieh mich an«, flüsterte er mit rau klingender Stimme, während er vor ihr kniete.

Sie öffnete die Augen. Sein Gesicht war dicht über ihr, sein Blick eindringlich.

»Sag mir, wenn ich etwas tue, das dir nicht gefällt.«

»Mach einfach weiter«, flüsterte sie.

In den nächsten Stunden blieb die Zeit für Marlene und Bernhard stehen. Die Welt drehte sich nur noch außerhalb des einsam gelegenen Hauses auf der Klippe weiter. Sie schufen sich ihren eigenen, kleinen Kosmos, in dem es nur Zärtlichkeiten und Liebe gab. Immer wieder fanden sie neue Möglichkeiten, sich gegenseitig ihre Gefühle zu zeigen. Sie fühlten sich wie im Rausch.

Irgendwann bekamen sie Hunger und gingen in die Küche. Während sie Tee kochten, Schnittchen, den Käseigel und die Salzstangen aßen, unterhielten sie sich.

»Weißt du noch, als wir Rock 'n' Roll getanzt haben?«, fragte Bernhard mit gespielt verzweifelter Miene. »Ich kam mir so linkisch vor. Das war mir richtig peinlich.«

Marlene lachte. »Den gibt es bei euch nicht. Stimmt's?«

»Na ja, es gibt ihn schon, aber er wird nicht gerne gesehen. Er kommt schließlich aus Amerika.«

»Und der Westen ist euer großer Feind«, beendete sie zwinkernd seinen begonnenen Satz.

Er seufzte. »So ist es.«

»Aber warum hast du mich dann überhaupt aufgefordert, als ›Tutti Frutti‹ gespielt wurde?«

»Weil du mich kurz vorher nach meinem Beruf gefragt hattest und ich dir zu diesem Zeitpunkt noch nichts von mir erzählen wollte. Dass ich in der DDR wohne und so …«

»Und warum nicht?« Mit großen Augen sah sie ihn an.

»Nun …« Er zögerte. »Na ja, einer aus dem Osten und eine Frau aus dem Westen. Ein Sozialist und eine Kapitalistin – das geht ja eigentlich kaum. Schon allein wegen der Schwierigkeit, sich zu sehen. In meinem Fall ist das zwar etwas anders, aber die können mich jederzeit, wenn es ihnen nicht mehr passt, aus dem Reisekader rauswerfen, und dann …« Er sprach den Satz nicht zu Ende.

Marlene biss sich auf die Lippe. »Tja, und dann …« Auch sie ließ die Worte in der Luft hängen – wussten sie doch beide, was das für sie bedeuten würde. Aber daran wollte sie an diesem Abend nicht denken.

»Und warum hast du mich dann einfach auf der Tanzfläche stehen lassen und bist gegangen, als wärst du auf der Flucht gewesen?«, wollte sie jetzt wissen.

»Das war ich auch. Auf der Flucht vor dir, und dennoch hat es mich beim nächsten Mal wieder zu dir hingezogen.«

»Warum?«

»Da war etwas zwischen uns. Nicht nur diese starke Anziehung, sondern auch eine seltsame Vertrautheit, als würden wir uns schon viel länger kennen.« Mit zärtlichem Blick fuhr er fort: »Außerdem hast du so wunderschön an diesem Abend im *Treibsand* ausgesehen. Auch an dem Tag vorher bei unserer ersten Begegnung am Strand – mit deinen vom Wind zerzausten Haaren, den geröteten Wangen … Ich glaube, schon dort habe ich mich in dich verliebt.« Er hob die schwarzen Brauen.

»Ich habe mich auch dort in dich verliebt«, gestand sie ihm. »Von da an habe ich dich in Gedanken immer *mein Winterschwimmer* genannt.« Sie musste lachen. »Klingt albern, nicht wahr?«

»Gar nicht«, widersprach er ihr ernst. »Ich nenne dich in Gedanken *meine Bernsteinfrau*.«

Sie sah ihn mit all der Zärtlichkeit, die sie für ihn empfand, an. Nur wenige Augenblicke später jedoch schoss ihr wieder die Frage durch den Sinn, die sie ihm längst hatte stellen wollen.

»Sag mal, gibt es eigentlich eine Frau in deinem Leben?«

Bernhard zuckte zusammen. Oder bildete sie sich das nur ein? Zumindest zögerte er sichtlich.

»Eine Ehefrau oder Verlobte oder Freundin«, konkretisierte sie ihre Frage mit Nachdruck, weil sie das Schweigen zwischen ihnen nervös machte.

»Keine Ehefrau«, erwiderte er mit fester Stimme. Dabei sah er ihr in die Augen.

Erleichtert atmete sie aus. »Was bedeuten dann die Initialen auf deinem Ring?«

»Erich Södermann. Das ist der Name meines Vaters. Als meine Eltern sich kennenlernten, hatte meine Mutter den Ring für ihn gemacht. Er hat ihn ihr zurückgegeben, nachdem sie sich im Krieg von ihm hat scheiden lassen. Und irgendwann äußerte meine Mutter den Wunsch, dass ich ihn tragen sollte.«

Sie lächelte ihn an. »Er steht dir.«

»Und wie ist das bei dir?«, erkundigte sich Bernhard mit hochgezogenen Brauen.

»Auch keine Ehefrau«, entgegnet sie zwinkernd, »nur ein paar Verehrer.«

Er lachte. »Das mit der Ehefrau beruhigt mich ganz außerordentlich.« Dann stand er auf, trat neben sie und küsste sie so leidenschaftlich, dass sich ihr Verstand ausschaltete und sie nur noch fühlte.

Nachdem sie sich aus der Umarmung gelöst hatten, fragte Bernhard: »Machen wir noch einen Spaziergang, bevor ich fahren muss?«

Marlene nickte. Anscheinend konnte auch er sich nicht vorstellen, jetzt schon auseinanderzugehen.

Hand in Hand stiegen sie die Treppe an den Klippen hinunter. Dabei leuchtete ihnen der Mond, der diesen späten Abend fast taghell machte, den Weg. Am Strand zogen sie ihre Schuhe aus und schlenderten barfuß weiter, Arm in Arm aneinandergeschmiegt. Es war ein milder Abend, viel zu mild für Mitte März.

Die Wellen flüsterten, ein lauer Wind streichelte ihre Gesichter – so, als wolle die Natur sie nicht stören. Immer wieder blieben sie stehen und schauten aufs Meer hinaus. Die Weite der Ostsee setzte keine Grenzen, machte Gedanken und Widersprüche nichtig. Hier gab es nur sie beide. Nichts störte diesen Frieden, der über dem Strand lag und sie umfing. Diese Momente gehörten ihnen allein. Immer wieder lächelten sie sich stumm an. Es waren Augenblicke glücklicher Intimität.

Bernhard fuhr kurz vor Mitternacht. »Bis übernächstes Wochenende! Und ich werde sehen, ob ich dann von Freitag bis Sonntag bleiben kann«, sagte er noch einmal, nachdem sie sich zum Abschied geküsst hatten. Er stand an seinem Wartburg, den er neben ihrem Mercedes vor dem Gartentor geparkt hatte, und winkte ihr zu.

»Ja, bis übernächstes Wochenende!«, wiederholte sie voller Innbrunst und winkte zurück. »Ich werde ab Freitagnachmittag hier sein.«

Wieder allein im Haus, war Marlene so aufgewühlt, dass sie nicht schlafen konnte. Ihr war schwindelig vor Seligkeit und Verlangen. Bernhard hatte eine Saite in ihr zum Klingen gebracht, von der sie nichts gewusst hatte. War es da nicht völlig unwichtig, dass sie vielleicht im Alltag keine gemeinsame Zukunft haben würden, wenn die gemeinsamen Stunden so voller Magie waren? Eine Liebe, zwei Körper, die sich wie zwei Magnete anzogen, die miteinander verschmolzen und eins wurden. Wer konnte schon sagen, was morgen sein würde? Sie wollte diese Momente erst einmal genießen, ohne an die Zukunft zu denken.

FREITAG, 15. MÄRZ 1957

Nach nur ein paar Stunden Schlaf fuhr Marlene frühmorgens von der Ostsee aus direkt in die Firma. Sie fühlte sich, als wäre sie neu geboren. Die Gewissheit, Bernhard schon übernächstes Wochenende wiederzusehen – und dann vielleicht nicht nur zwei Abende, sondern zwei ganze Nächte mit ihm verbringen zu können, verlieh ihr Flügel.

Fräulein Piepenbrink sah sie erstaunt an, als sie das Kontor betrat. »Sie sehen fantastisch aus. Die Tage haben Ihnen aber gutgetan.«

Marlene strahlte sie an. »Das haben sie, Fräulein Piepenbrink. Was gibt es hier Neues?«

»Es gab drei Anfragen wegen des Flugtaxis. Hier.« Sie reichte Marlene einen Zettel über den Schreibtisch. »Ich habe alles notiert. Die Flüge sollen kommende Woche stattfinden.«

»Drei Anfragen? Das ist eine gute Nachricht. Ich werde mich sofort darum kümmern.«

Dann ging sie weiter zum Büro ihres Onkels.

»Da bist du ja wieder!«, rief Wilhelm erfreut aus. »Wie war es?«

»Das Wetter war wunderbar«, erwiderte sie.

»Du scheinst dich gut erholt zu haben. Du siehst sehr gut aus.«

»Danke.« Sie senkte den Kopf, damit ihr Onkel nicht bemerkte, wie ihr vor Verlegenheit die Röte in die Wangen stieg. Ihr gutes Aussehen hatte sie schließlich weniger dem Wetter als vielmehr einer heißen Liebesnacht zu verdanken.

»Es sieht so aus, als hätte dir dein Auftritt im Golfclub neue Kunden eingebracht«, fuhr Wilhelm mit zufriedenem Lächeln fort. »Ich muss es noch einmal sagen: Das war eine gute Idee von dir. Eine bessere Reklame hättest du nicht machen können.«

Voller Stolz begannen ihre Wangen zu brennen – so sehr freute sie sein Kompliment. »Ich werde mich sofort um alles kümmern«, sagte sie und ging voller Elan in ihr Büro.

Die Flugziele und Termine waren schnell mit den Kunden vereinbart. Den restlichen Vormittag verbrachte sie damit, die Flugrouten zu planen, Landemöglichkeiten abzuklären und die Flugpreise zu errechnen, die sie schließlich den Kunden telefonisch durchgab. Danach rief sie Cleo im Verlag an. Es brannte ihr auf der Seele, ihrer Freundin von ihrem Erlebnis zu berichten.

»Er ist gekommen«, sagte sie statt einführender Worte.

»Und?«

»Es war wunderschön. Stell dir vor …« In knapper Form erzählte sie Cleo von den beiden Tagen.

»Ach du liebes bisschen!«, rief Cleo entsetzt aus. »Aus der DDR? Sozialist zu sein, ist das eine, aber in der DDR zu leben das andere. Das wird Probleme geben. Ich habe einen Kollegen, der hat einen Informanten in Ost-Berlin. Einen jungen Studenten, der immer Geld braucht. Was der so erzählt. Du glaubst doch wohl nicht, dass eure Beziehung lange geheim bleibt! Auch wenn sein Vater ein hohes Tier bei der Partei sein mag, wird er bestimmt bei seinen Westbesuchen unter Beobachtung der Stasi stehen. Und wenn die mitkriegen, dass er hier eine Beziehung hat, sehen die doch die Gefahr, dass er irgendwann rübermachen wird. Dann darf er bestimmt nicht mehr reisen. Kranke Mutter hin oder her.«

Während Cleo sprach, wurde Marlene ganz übel. Mit einem Schlag wich ihre überschäumende Lebensfreude der Enttäuschung, die sich wie eine zentnerschwere Last auf ihr Herz legte.

»Glaubst du?«, fragte sie verzagt.

»Ja, das glaube ich. Vielleicht nicht nächste Woche oder nächsten Monat, aber irgendwann wird das kommen. Da bespitzelt jeder jeden. Seit dem Aufstand 1953 fliehen doch immer mehr Menschen, weil sie unter der Mangelwirtschaft, dem Druck und der Unfreiheit nicht mehr leben wollen. Und ganz ehrlich, dass dein Bernhard anscheinend so ein Linientreuer ist, zeichnet ihn in meinen Augen nicht gerade aus. Vielleicht gehört er ja sogar selbst zur Stasi. Glaube mir, die Leute vom Ministerium der Staatssicherheit sind ziemlich brutal.«

Marlene hörte Cleos Feuerzeug klicken. Dann war es erst einmal still in der Leitung. Ihre Freundin hatte mal wieder schonungslos ihre Meinung verkündet – und wartete jetzt auf ihre Reaktion. Doch was sollte sie darauf sagen? Sie hatte bisher kaum etwas über die Verhältnisse in der DDR gewusst. Woher auch? Sie hatten weder Verwandte dort noch Beziehungen dorthin. Und im *Hamburger Abendblatt* stand nur wenig über Ostdeutschland. Da hatte Cleo durch ihren Beruf viel mehr Möglichkeiten, sich zu informieren.

»Marlene«, fuhr Cleo in eindringlichem Ton fort, als sie immer noch schwieg. »Es ist ja völlig in Ordnung, dass du dir zwei schöne Tage gemacht hast, aber sei vernünftig. Das kann nicht gut gehen. Wer weiß, irgendwann sitzt du mal in Hoheneck.«

»Was ist das denn bitte?«

»Das zentrale Frauengefängnis der DDR. Man hört nur wenig darüber, aber das Wenige reicht schon, um das Grausen zu kriegen.«

»Also bitte!«, sagte Marlene empört. »Die können mir doch gar nichts tun. Ich bin BRD-Bürgerin. Außerdem habe ich nicht vor, Bernhard in der DDR zu besuchen. Es soll ja sowieso sehr schwierig sein, dort reinzukommen.«

»Für einen Tag nach Ost-Berlin geht's. Du musst nur einen Pass haben und Ostgeld umtauschen. Dann lassen sie dich für ein paar Stunden rein.«

Marlene griff sich an den Kopf. Sie wollte das alles nicht hören. Zumindest nicht heute, nach diesen wunderschönen Stunden, die sie mit Bernhard verlebt hatte.

»Marlene, bist du noch dran?«

»Ja, bin ich«, antwortete sie verärgert. »Sei mir nicht böse, aber das will ich jetzt nicht hören. Zum einen möchte ich mir im Laufe der Zeit selbst ein Bild machen, und zum anderen stehen

Bernhard und ich ja noch nicht kurz vor der Hochzeit. Es kann also noch vieles passieren. Und falls er vom Schicksal für mich bestimmt sein sollte, wird sich sowieso alles regeln. So, und jetzt muss ich weiterarbeiten. Wir telefonieren in den nächsten Tagen wieder.«

Kaum hatte sie aufgelegt, überfiel sie ein schlechtes Gewissen. Sie wusste, dass ihre Freundin es nur gut mit ihr meinte. Und dass Cleo Wahrheiten schnörkellos aussprach, war nun mal ihre Art. Vielleicht auch eine Berufskrankheit. Dennoch hatte ihre beste Freundin sie gerade aller Illusionen beraubt, mit Bernhard jemals eine normale, glückliche Beziehung führen zu können – was bis gestern für sie noch gar nicht so wichtig gewesen war. Doch nach dieser Liebesnacht wusste sie, dass sie sich ernsthaft in Bernhard verliebt hatte. Und für die Zukunft wollte sie nicht nur seinen Körper, wie sie mal kurz geglaubt hatte. Sie wollte Bernhard ganz – und zwar nicht nur alle vierzehn Tage für zwei Nächte.

SAMSTAG, 16. MÄRZ 1957

Samstagvormittag rief Alexander aus Paris an. Als Marlene seine Stimme hörte, machte ihr Herz einen Freudensprung.

»Ich wollte mich mal erkundigen, was das Schicksal mit dir bisher so angestellt hat«, sagte ihr Vetter. Seinem Ton entnahm sie, dass er dabei schmunzelte.

»Zurzeit scheint es mir gut gesonnen zu sein«, erwiderte sie lächelnd und erzählte ihm von Bernhard.

»Er kommt aus der DDR?«, fragte Alexander erstaunt.

»Leider.«

»Hier in Frankreich hört man kaum etwas über Ostdeutschland. Was bedeutet das denn konkret für euch?«

Marlene erklärte ihm kurz die Situation.

»Und warum flieht er nicht?«

»Bernhard glaubt, in seinem Land etwas zum Besseren bewegen zu können, wenn er bleibt.«

Jetzt seufzte Alexander. »Eine große Liebe sollte gelebt werden können. Wenn man sich nur so selten sieht, ist die Gefahr groß, dass man sich verliert.«

»Dann kann es auch nicht die große Liebe gewesen sein«, entgegnete Marlene ein wenig ruppig. Warum eigentlich mussten ihre beiden engsten Vertrauten, Cleo und Alexander, ihr vor Augen führen, wie wenig Zukunftschancen sie und Bernhard hatten?

»Das ist richtig«, beeilte sich Alexander zu sagen. »Lass die Dinge sich entwickeln. Das Schicksal wird schon wissen, was es mit euch vorhat.«

Das war wieder typisch für Alexander – immer ein bisschen

verträumt, stets an das Gute glaubend und die Entscheidungen lieber dem ominösen Schicksal überlassend.

»So denkst du doch auch, oder?«, fragte er.

»Nur im äußersten Notfall«, erwiderte sie trocken. »Nur dann, wenn ich selbst mit meinen Handlungen und Entscheidungen nicht mehr weiterkomme.«

»Das wird schon. Freue dich jetzt erst mal aufs nächste Mal. Bernhard wird ja auch nicht ganz tatenlos bleiben, wenn er mit dir zusammen sein will. Vielleicht ändert er ja seine Einstellung, wenn er dich länger kennt und dadurch mitbekommt, wie viel besser es sich in der BRD leben lässt.«

»Vielleicht.« Marlene hörte selbst, wie wenig überzeugt sie klang.

Nur etwa eine Stunde später rief Cleo an.

»Bist du wieder in der Redaktion?«, fragte Marlene erstaunt.

»Wo sonst? Ich habe mich zum Dienst gemeldet«, erwiderte ihre Freundin.

»Ach ja, deine Isetta …«

»Hast du Lust, heute Abend was mit mir zu unternehmen?«

Marlene zögerte. »Was hast du dir denn vorgestellt?«

»Zum Beispiel Tanzen gehen.«

Danach war ihr nun gar nicht zumute. Eigentlich wollte sie das Wochenende ruhig und in Gedanken an Bernhard verbringen.

»Und?«, fragte Cleo in ihr Schweigen hinein.

»Ich weiß nicht.«

»Im Kino läuft nichts Neues.«

»Oder willst du zu mir kommen, und wir machen uns einen gemütlichen Abend vor dem Fernseher mit Eckes Edelkirsch und Häppchen?«, schlug Marlene vor.

»Sei mir nicht böse, aber mir ist momentan nach Abenteuer zumute. Ich muss mich mal wieder austoben. Und sei es auch nur auf der Tanzfläche.«

Marlene musste lachen. »Weißt du, was du bist? Du bist eine Femme fatale.«

»Na und? Die muss es doch auch geben.« Ihre Freundin zog an ihrer Zigarette und stieß den Rauch geräuschvoll aus. »Gehst du jetzt in Zukunft gar nicht mehr aus?«

»Doch. Natürlich. Aber zurzeit habe ich nicht so das Bedürfnis, mich in einer Tanzbar unter die Leute zu mischen.«

»Wegen Bernhard.« Cleo fragte nicht, sie stellte fest.

»Ich habe mich verliebt. Mich interessieren zurzeit keine anderen Männer«, verteidigte sich Marlene.

»Ich fasse es nicht. Verliebt, verlobt, verheiratet, Kinder kriegen, Herd und Heim, Glück allein. Das wird dem Adenauer gefallen.«

»Mensch, Cleo, warum nur bist du immer so bissig? Du kennst mich doch lange genug. Ich werde sicherlich niemals eine der deutschen Hausfrauen werden, die uns in der Persil- oder Maggireklame vorgeführt werden. Aber ich will auch keine kurzen Abenteuer wie du und ansonsten nur für die Firma leben. Es muss doch noch ein Mittelding geben.«

Am anderen Ende der Leitung war es lange Zeit still. Dann sagte ihre Jugendfreundin mit weicher Stimme: »Du hast ja recht. Aber das, was du vom Leben erwartest, wirst du nur mit einem Mann verwirklichen können, der ein anderes Frauenbild hat als die meisten Männer bei uns. Vielleicht ist Bernhard tatsächlich dieser Mann. In der DDR sind ja fast alle Frauen berufstätig, zusätzlich zur Kindererziehung und zum Haushalt. Und sogar in typisch männlichen Berufen. Es gibt Ingenieurinnen, Lokomotivführerinnen, Lastwagenfahrerinnen …«

Marlene musste lachen. »Lass es gut sein. Ich will nur fliegen.« Sie seufzte. »Also, noch mal zu deiner Ausgangsfrage, meinetwegen, lass uns ausgehen. Wo willst du denn hin?«

»Ins *Manhattan* auf dem Jungfernstieg. Das ist ein neues Tanzlokal. Die haben dort gute Rock-'n'-Roll-Musik.«

»Abgemacht. Ich hole dich um acht Uhr zu Hause ab.«

Marlene parkte in einer Seitenstraße des Jungfernstiegs. Die beiden Freundinnen hakten sich unter und zogen los. Der Krieg hatte lange genug für Entbehrungen gesorgt. Jetzt, in Zeiten des Wirtschaftswunders, in denen die Menschen in Lohn und Brot standen, stürzten sich die meisten samstagsabends ins Vergnügen – zumal es an diesem Abend schon frühlingshaft warm war. Auf der Binnenalster waren noch ein paar bunt beleuchtete Ausflugsboote unterwegs. Als die beiden Freundinnen drei wandelnde Werbetonnen mit der Aufschrift *Ata putzt alles* überholten, sagte Marlene mit unterdrückter Stimme: »Eigentlich traurig, dass es im Wirtschaftswunder immer noch Menschen gibt, die auf diese Weise Geld verdienen müssen.«

»Das sind meistens Kriegsversehrte, die nur schwer Arbeit finden. Aber weißt du eigentlich, warum die Straße hier Jungfernstieg heißt?«, wechselte Cleo das Thema, während die beiden an den imposanten Gebäuden vorbeischlenderten.

»Du wirst es mir bestimmt jetzt sagen«, erwiderte Marlene zwinkernd.

»Genau.« Cleo lachte. »Ursprünglich hieß der Jungfernstieg *Reesendamm* und wurde um 1230 als Damm zur zweiten Aufstauung der Alster errichtet. Im 17. Jahrhundert wurde der Damm durch das Anpflanzen von Baumreihen in eine attraktive Flaniermeile umgestaltet. Fortan führten hanseatische Familien ihre unverheirateten Töchter sonntags dorthin, um für sie einen passenden Heiratskandidaten zu finden. So bekam die Allee ihren heutigen Namen. Der Jungfernstieg war übrigens die allererste Straße in Deutschland, die asphaltiert wurde. Das war im Jahr 1838.«

»Und woher weißt du das?«

»Ein Kollege hat kürzlich eine Reportage darüber geschrieben.«

»Vielen Dank für die Wissensvermittlung. Sagst du mir jetzt bitte auch noch, wie weit es bis zum *Manhattan* ist? Ich hätte besser flachere Schuhe angezogen. Mir tun jetzt schon die Füße weh.«

»Nicht nur flachere Schuhe, sondern auch einen weiten Rock. In diesem Kleid kannst du unmöglich Rock ’n’ Roll tanzen.«

Marlene lächelte und schwieg. Sie hatte sich absichtlich für das enge, smaragdgrüne Kleid entschieden, das eher ins *Café Keese* gepasst hätte, in dem es gesitteten Paartanz zu deutschen Schlagern gab. So hatte sie eine gute Begründung, Tänze abzulehnen.

Cleo zeigte auf eines der weißen, klassizistischen Gebäude. »Gleich dort hinten ist es.«

»Du siehst übrigens sehr schön aus«, sagte Marlene. Cleo trug einen schwarzen Tellerrock, eine weiße, taillierte Bluse mit Dreiviertelärmeln und darüber einen schwarzen Mantel. Das kesse Halstuch hatte das gleiche Rot wie ihr Gürtel, ihre Nägel und Lippen. »Du wirst bestimmt gleich einen netten Mann kennenlernen.«

»Netter Mann … das klingt so brav. Du weißt doch, dass ich eher andere Typen bevorzuge.«

Marlene seufzte. »Stimmt. Hatte ich vergessen. Na ja, vielleicht ist ja einer dabei, der am Wochenende auf Freigang ist«, scherzte sie.

Inzwischen hatten sie das Lokal erreicht. Als der Portier ihnen die Tür öffnete, klang ihnen laute, wilde Musik entgegen. Nachdem sie im Vorraum ihre Mäntel abgegeben hatten, betraten sie die Tanzbar. Marlene sah sich erstaunt um. Getanzt wurde auf einem von unten beleuchteten Milchglasboden, was dem Lokal eine mondäne Atmosphäre gab, ebenso wie die Barhocker aus Chrom mit knallrotem Kunstleder, die um den Tresen standen. Die Bar war brechend voll. Es waren ausschließlich junge Leute da.

Marlene und Cleo drängten sich durch die Menschen, die am Rande der Tanzfläche standen. Zielstrebig ging Cleo auf die Bar zu. Marlene folgte ihr. Sie bestellten Tom Collins. Während sie dem Kellner zusahen, wie er Gin, Zitronensaft, Zuckersirup und Soda verrührte, hörten sie der Musik zu. Es war viel zu laut, um sich zu unterhalten. Der Rhythmus von Carl Perkins’ »Blue Suede Shoes« ging Marlene in die Beine. Sie konnte gar nicht anders, als mit dem Fuß im Takt der Musik zu wippen, und bereute jetzt ein bisschen, dass sie sich durch Kleid und Pumps selbst daran gehindert hatte, mittanzen zu können. War das nicht ein bisschen zu viel Loyalität Bernhard gegenüber? Vielleicht ging er heute Abend ja ebenfalls aus. Auch in der DRR gab es Tanzlokale und Bars.

Plötzlich spürte sie den Anflug eines ihr bisher fremden Gefühls, das sie zuerst gar nicht richtig benennen konnte. Dann wusste sie es: Es war Eifersucht. Der Gedanke, dass Bernhard heute Abend mit einer anderen Frau tanzen würde – vielleicht sogar so eng wie mit ihr im *Treibsand* –, missfiel ihr außenordentlich. Sie wollte ihn für sich allein haben. Und wieder fragte sie sich schweren Herzens, ob das unter den gegebenen Voraussetzungen überhaupt möglich sein würde.

Während ihr diese Frage durch den Kopf ging, stieß Cleo sie in die Seite. Da erst bemerkte Marlene, dass zwei junge Männer vor ihnen standen – beide grinsend mit einer Zigarette im Mundwinkel und einem Whiskeyglas in der Hand. Der eine war groß, blond, trug eine braune Hose und ein weißes Hemd mit himmelblauer Krawatte; der andere war ganz in Schwarz. Er war einen Kopf kleiner als sein Begleiter. Doch schnell stellte er sich als der Witzigere von beiden heraus. Er war Schauspieler am Thalia Theater in Hamburg. Sein Name sagte weder Marlene noch Cleo etwas. Cleo machte sich an ihn heran, und die beiden waren mehr auf der Tanzfläche als an der Bar. Hartmut, der Blonde, war Rechtsanwalt und ziemlich schweigsam – was in diesem Fall passte, da man kaum sein eigenes Wort verstand. So schauten sie sich beide die meiste Zeit stumm um. Marlene stellte fest, dass sich keiner der jungen Männer mit Bernhard vergleichen ließ. Und mit einem Mal spürte sie eine ganz starke Sehnsucht nach ihm. Wie gerne hätte sie mit ihm telefoniert! In der DDR besaßen nur wenige Leute ein Telefon. Darüber hinaus gab es nur ein paar Leitungen in die BRD. Die Gespräche mussten angemeldet werden, die Wartezeiten gingen über Stunden, und die Telefonate wurden nicht selten abgehört.

Irgendwann verlor Cleo die Lust am Tanzen. »Lass uns gehen«, raunte sie Marlene ins Ohr.

Marlene sah sie fragend an.

»Ist doch nicht so mein Typ«, lautete Cleos Erklärung für den frühen Aufbruch.

Vor dem Lokal atmeten beide erst einmal tief durch. Dann schlenderten sie an den Schaufenstern vorbei zurück zu Marlenes Auto. Es war ein sternenklarer Abend. Die Ausflugsboote waren inzwischen am Kai vertäut, und die Binnenalster lag ruhig in ihrem Bett. Immer noch waren viele Menschen unterwegs.

Marlene stockte, als sie unter den ihnen entgegenkommenden Passanten Ansgar von Treskow entdeckte. Er kam geradewegs auf sie zu – mit einer blonden Frau am Arm. Er schleifte sie mehr neben sich her, als dass sie ging. Sie schien zu viel getrunken zu haben.

»Da kommt von Treskow«, sagte sie in unterdrücktem Ton zu Cleo. »Den wolltest du doch unbedingt kennenlernen.«

Im nächsten Moment musste der Ingenieur sie auch entdeckt haben. Nur ganz kurz verharrte er in der Bewegung, als überlege er, umzudrehen, doch dann ging er entschlossen weiter.

»Der sieht ja fantastisch aus«, murmelte Cleo neben ihr, ließ sie los und richtete mit der behandschuhten Rechten rasch ihren schwarzen Bubikopf.

»Guten Abend, die Damen«, begrüßte von Treskow sie, als sie sich schließlich gegenüberstanden.

»Guten Abend, die Damen«, echote seine blonde Begleitung, die deutlich älter war als er.

»Darf ich vorstellen?« Marlene lächelte ihn an. »Meine Jugendfreundin Cleo Rosenbaum, Journalistin beim Springer-Verlag – Herr von Treskow, unser Ingenieur.«

Von Treskow verbeugte sich vor Cleo und schenkte ihr ein gewinnendes Lächeln, ohne seine Begleiterin loszulassen. »Sehr angenehm.«

Marlene verwunderte es, dass er darauf verzichtete, ihnen die Frau an seiner Seite vorzustellen, wie es die Etikette eigentlich vorschrieb. Seine Begleiterin brachte sich jedoch selbst ein, indem sie Cleo mit schwerem Zungenschlag fragte: »Worüber schreiben Sie denn so? Auch über das Nachtleben in Hamburg?«

Cleo lächelte sie an. »Auch darüber.«

»Dann lassen Sie mich aber bitte unerwähnt«, fuhr sie fort, während sie sich schwankend an von Treskow lehnte. »Das wäre für meine Mutter ein harter Schlag.«

»Lilly, bitte …«, wies Ansgar sie in sanftem Ton zurecht. Dann sah er Marlene bedeutsam an und sagte: »Wir verabschieden uns. Noch einen schönen Abend, die Damen.« Er tippte an seine Hutkrempe und zog Lilly mit sich fort.

»Junge, Junge, die hatte aber geladen«, sagte Cleo in ihrer lockeren Art. »Verkehrt der nur mit solchen Frauen?«

»Woher soll ich das wissen?«

»Er scheint doch Format und Stil zu haben und sieht hervorragend aus. Diese Frau passt so gar nicht zu ihm. Außerdem ist sie viel älter als er.«

Marlene hob die Schultern. »Wer weiß schon, welche Laster er hat.« Sie sah ihre Freundin zwinkernd an. »Willst du ihn immer noch näher kennenlernen?«

Cleo lachte. »Jetzt erst recht. Es wäre vielleicht interessant, seine Laster herauszufinden.«

Marlene stieß sie liebevoll in die Seite. »Du bist eine Teufelin. So wirst du niemals in den Himmel kommen.«

»Will ich auch gar nicht. Noch kürzlich habe ich gehört, in der Hölle soll es viel lustiger sein.«

SONNTAG, 17. MÄRZ– DONNERSTAG, 21. MÄRZ 1957

Am frühen Sonntagvormittag fuhr Marlene zur Firma, um eine Runde zu fliegen. Sie wollte sich auf den nächsten Tag einstimmen, an dem sie einen ihrer drei Kunden nach Mainz fliegen würde. Der Wetterbericht hatte für den Sonntag zwar Regen und sogar Gewitter vorausgesagt, aber noch war der Himmel nur leicht bewölkt, und die Sonne kam immer wieder hervor.

Nach dem Vorbereitungscheck brachte Marlene ihre Vega Gull in Startposition und hob ab. Während sie stetig weiter nach oben stieg, wurde die Welt unter ihr immer kleiner. Bäume, Felder und Häuser schrumpften auf Briefmarkenformat. Als sie ihre Flughöhe erreicht hatte, verlor sie sich wieder in der Grenzenlosigkeit und Ruhe des Himmels. Sie flog in Richtung Osten – dorthin, wo ihre Gedanken waren. Was mochte Bernhard jetzt wohl gerade machen? Ob er in der Ostsee schwamm? In sieben Tagen schon würden sie vielleicht um diese Uhrzeit in ihrer Küche sitzen und nach einer Liebesnacht zusammen frühstücken. Bei dieser Vorstellung schlug ihr Herz sofort schneller. Dann dachte sie an die bevorstehende Woche. Sie freute sich auf die drei Flüge. Hoffentlich würde dieses Mal alles glattgehen. Sie war auf Mundpropaganda angewiesen. Ihre Kunden hatte sie durch Leute aus dem Golfclub gewonnen. Die Reklame in den Zeitungen und ihre Bannerflüge waren bisher ohne Nachfrage geblieben. »Du selbst bist die beste Propaganda für unsere Firma«, hatte ihr Onkel am Abend nach ihrem Kunstflug über den Golfplatz gesagt. Sie brauchte dringend eine weitere Gelegenheit, sich ins Gespräch zu bringen, überlegte sie sich. Drei Kunden pro Woche waren viel zu wenig. Sie brauchte drei am Tag.

Entspannt lehnte sie sich im Sitz zurück und spürte dem Gefühl der Schwerelosigkeit nach. Am liebsten flog sie vormittags und gegen Abend. Dann war die Luft am ruhigsten. Die mittäglichen, stärkeren Luftbewegungen nahmen einem Piloten das Gefühl für die Sauberkeit des Steuerns.

Plötzlich sah sie vor sich eine dunkle Wolkenbank, und schon kurze Zeit später prasselten die ersten Regentropfen gegen die Windschutzscheibe. Marlene schluckte. Angespannt beobachtete sie, wie sie der schwarzen Front entgegenraste. Sie spürte die Änderung der Windgeschwindigkeit und -richtung. Mit den Worten ihres Vaters im Ohr – *Wenn du den Himmel nicht ernst nimmst, zahlt er es dir heim* – wendete sie ihre Maschine. Da wurde die Vega Gull auch schon heftig hin und her geworfen. Sie geriet in ein Luftloch und sackte etwa sechzig Meter ab. Dabei wurde sie so heftig in ihrem Gurt emporgerissen, dass sie mit dem Kopf unters Dach schlug. Leicht benommen drückte sie den Gashebel bis zum Anschlag nach vorn und steuerte die Maschine von der Wetterfront weg nach Hause. Kurz vor der Firma ging sie in den Sinkflug. In etwa fünfhundert Metern Höhe nahm sie das Gas weg und ließ das Flugzeug hinuntergleiten. Punktgenau setzte es auf der Landebahn auf.

Erleichtert atmete sie aus. Sie blickte hoch zum Himmel. Jetzt hatte die Wetterfront sie erreicht. Der erste Donner war zu hören, über Appen zuckte der erste Blitz. Das war noch einmal gut gegangen. Hoffentlich passierte ihr das nicht morgen, dachte sie mit Bangen, als sie auf den Hangar zurollte. Dann würde sie nicht umkehren können. Ihr Passagier würde schließlich sein Ziel erreichen wollen – und das termingerecht und ohne Hindernisse oder gar Bruchlandung.

Marlene hatte sich umsonst Sorgen gemacht. Die Flüge nach Mainz, Nürnberg und München verliefen ohne Komplikationen, und ihre Passagiere waren begeistert. »Dieser individuelle Service ist doch viel angenehmer, als mit der Lufthansa zu fliegen oder mit dem

Zug zu reisen«, sagte einer. »Das ist die Zukunft im Transportwesen«, prophezeite ein anderer. »Kann ich bei Ihnen auch eine Jahreskarte kaufen?«, wollte der Passagier nach München wissen.

»Es wäre schön, wenn Sie unsere Firma weiterempfehlen würden«, verabschiedete sich Marlene bei jedem Einzelnen, und alle drei versprachen, genau dies zu tun.

So kam Marlene Donnerstag am späten Nachmittag vom letzten ihrer drei Flüge höchst zufrieden ins Büro, wo sie von Fräulein Piepenbrink aufgeregt empfangen wurde.

»Wir haben zwei Anfragen für kommende Woche. Von einem Dr. Norden und einem Herrn Krüger. Sie sollen die beiden wegen einer verbindlichen Buchung zurückrufen. Hier, bitte schön.« Die Sekretärin reichte ihr einen Zettel.

»Danke.«

»Das ist noch nicht alles«, fuhr die Piepenbrink atemlos fort, »Sie glauben nicht, wer vor zehn Minuten angerufen hat.«

Marlene konnte ein Lächeln nicht unterdrücken. Sie wusste nur zu gut, dass ihre Sekretärin zum Theatralischen neigte. »Wer denn?«

»Herr Sieveking. Das heißt, nicht er persönlich, sondern seine Sekretärin. Er möchte …«

»Kurt Sieveking?«, unterbrach Marlene sie hastig.

»Genau der. Unser Erster Bürgermeister. Er möchte einen Flug bei Ihnen buchen. Zusammen mit seiner Frau. Übers Wochenende nach Lübeck. In vierzehn Tagen. Hier!« Fräulein Piepenbrink drückte ihr die zweite Notiz in die Hand. »Ich habe alles notiert. Morgen um acht Uhr ist Frau Tweeten wieder im Sekretariat zu erreichen. Mit ihr können Sie alles besprechen.«

»Ich glaube es nicht!«, rief Marlene begeistert aus. »Das ist die beste Reklame, die wir haben können. Weiß mein Onkel schon davon?«

»Er wollte nicht gestört werden. Herr Lilienthal junior ist bei ihm.«

Oh weia! Ob die beiden wieder Streit hatten?

Erst auf dem Weg zu ihrem Büro fiel Marlene ein, dass sie diesen Flug mit ihrem Treffen mit Bernhard verbinden könnte. Wenn ihre Vega Gull in Lübeck stehen würde, konnten sie zum ersten Mal zusammen abheben. Vielleicht würden sie über die Ostsee fliegen. Das würde Bernhard sicher gefallen. Dieser Gedanke ließ ihr Herz höherschlagen.

Marlene hatte gerade ihre Fliegermontur gegen Rock, Pullover und Pumps gewechselt, als es klopfte. Im Rahmen standen ihr Onkel und Maximilian.

»Hat heute alles geklappt?«, erkundigte sich Wilhelm mit erwartungsvollem Blick.

»Alles bestens«, verkündete sie strahlend. »Das Resümee dieser Woche lautet: Alle drei Fluggäste waren höchst zufrieden. Und stellt euch vor ...« Mit heißen Wangen erzählte sie den beiden die grandiose Neuigkeit.

»Sieh an, der Sieveking!«, sagte Wilhelm erstaunt. »Wenn der mit uns fliegt und zufrieden ist, könnten aus seinem politischen Umfeld bald noch mehr Kunden folgen.«

»Aber keine weitere Notlandung mehr«, fügte ihr Vetter lächelnd mit spielerisch drohendem Zeigefinger hinzu.

Marlene sah ihm an, dass er hinter dieser Geste verbarg, wie wenig ihm ihr Erfolg gefiel.

»Ist ja diese Woche auch nicht passiert«, erwiderte sie knapp.

»Hast du eigentlich inzwischen mal herausgefunden, wer dem *Hamburger Abendblatt* den Hinweis auf deine Notlandung gegeben hat?«, erkundigte sich Maximilian, bevor er sich eine Zigarette ansteckte. Dabei senkte er den Kopf über das Feuerzeug, sodass sie seine Miene nicht erkennen konnte.

»Ja. Ein junger Mann mit rotem Bürstenhaarschnitt und Motorrad.«

Maximilian stieß den Rauch aus und sah sie durch den Nebel an. »Du glaubst gar nicht, wie oft ich mich schon gefragt habe, wer ein Interesse daran gehabt haben könnte, uns durch den Zeitungsartikel zu schaden«, sagte er kopfschüttelnd.

»Das ist ihm bisher Gott sei Dank nicht gelungen«, erwiderte Marlene lächelnd. »Es wollen auch weiterhin Leute mit mir fliegen. Und wie ich gerade schon gesagt habe, waren diese Flüge ohne Komplikationen.«

Ihr Vetter lachte. »Hannes trägt ja auch seit ein paar Tagen eine Brille.«

»Nein, Max, Hannes hatte mit der defekten Zylinderkopfdichtung nichts zu tun«, verteidigte sie ihren väterlichen Freund energisch. »Wie auch immer das passieren konnte, seine Schuld war es nicht.« Sie seufzte.

»Lassen wir das.« Ihr Vetter winkte ab.

»Wir haben heute eine schriftliche Einladung zum Jubiläum der Mittelständischen Vereinigung bekommen«, wechselte sein Vater nun das Thema. »Ich denke, da sollten wir hingehen. Alle drei. Alexander wird dafür sicherlich nicht aus Paris kommen.«

»Was sollte er auch dort?« Maximilian hob die Schultern. »Er hat doch nichts mit unseren Firmen zu tun.«

»Das hat er doch«, widersprach sein Vater ihm ernst. »Dein Bruder ist stiller Teilhaber an beiden Firmen.«

»Willst du wirklich mitgehen?«, erkundigte sich Maximilian, während er Marlene mit schmalen Augen ansah.

Zuerst stutzte sie, dann lächelte sie ihn zuckersüß an. »Natürlich, auch wenn ich bei dieser elitären Männerversammlung wahrscheinlich eine der wenigen Frauen sein werde. Oder sogar die einzige«, fügte sie mit vorgestrecktem Kinn hinzu.

»Ich denke, diese Feier könnte eine gute Gelegenheit sein, dich mit dem Flugtaxi ins Gespräch zu bringen«, sagte ihr Onkel mit aufmunterndem Nicken. »Zu diesem Jubiläum kommen alle Landesvorsitzenden der Mittelstandsvereinigung, was für uns bedeuten könnte, dass wir unser Flugtaxi auch überregional bekannt machen können. Die Mitglieder der Vereinigung sind genau unsere Klientel. Alles Unternehmer, selbstständige Handwerker, Freiberufler.«

»Da bin ich dann wohl als erfolgloser Vertriebler völlig fehl am Platz«, sagte Maximilian in so aggressivem Ton wie ein tief verletztes, bockiges Kind.

»Was redest du denn da für einen Quatsch?«, rief Marlene erzürnt aus. »Du bist einer der Eigentümer dieser Firma und gehörst damit zur Mittelständischen Vereinigung Hamburgs. Und sollten wir tatsächlich mit dem Flugtaxi Erfolg haben, werden wir auch wieder Flugzeuge bauen, so wie mein Vater es vorgehabt hat. Und du wirst sie verkaufen.«

Maximilian drückte seine Zigarette aus, nickte nur und brummte kaum hörbar vor sich hin: »Bis Morgen.« Dann fiel die Bürotür hinter ihm zu.

Wilhelm seufzte. »Der Junge wird immer schwieriger.«

»Er hat es ja auch nicht leicht«, nahm Marlene ihren Vetter in Schutz. »Der Krieg, die Gefangenschaft …«

»Tünkram«, erwiderte ihr Onkel hörbar verärgert. »Der Junge soll sich mal zusammenreißen und weniger trinken. Und wenn er meint, er hätte zu wenig zu tun, dann soll er sich Arbeit suchen.«

»Ich bin morgen nur bis Mittag im Büro«, wechselte Marlene das Thema. »Ich fahre übers Wochenende ins Haus.«

»Mach das, Deern.« Wilhelm nickte gedankenverloren. »Die Meeresluft ist gesund.«

FREITAG, 22. MÄRZ – SONNTAGABEND, 24. MÄRZ 1957

Freitagmorgen wachte Marlene besonders früh auf. Sie konnte nicht erwarten, Bernhard wiederzusehen. Als sie aus dem Schlafzimmerfenster schaute, stellte sie fest, dass nach dem Regen in der Nacht der Himmel wie frisch geputzt aussah. Dieser Tag stand unter einem guten Stern!

Sie packte ihre Reisetasche. Von der Firma aus wollte sie sofort ins Wochenende starten. Danach wusch sie sich das Haar und bürstete es so lange, bis es wie Bronze glänzte. Für die Reise wählte sie eine schwarze Hose à la Marlene Dietrich, die ihre langen Beine zur Geltung brachte, eine weiße Bluse und eine maisgelbe Strickjacke. Dazu trug sie goldene Kreolen.

Fräulein Piepenbrink und Piet Fischer, der junge Kontorhelfer, staunten nicht schlecht, als sie die beiden in bester Laune begrüßte. Und auch Hannes zog die Brauen hoch. »Hast du dich für meine Schwester so schön gemacht?«

Marlene musste lachen. »Wer weiß?«, fragte sie spitzbübisch zurück.

Da strich ihr Hannes liebevoll über die Wangen. »Ich hoffe, dass er der Richtige für dich ist.«

Hannes war ein einfacher Mann, aber er hatte einen guten Instinkt, der ihm sagte, dass Marlene nicht nur wegen der guten Seeluft plötzlich so häufig in ihr Haus fuhr.

Nachdem Marlene alle noch anstehenden Arbeiten – einschließlich der Terminabsprache mit Frau Tweeten, Dr. Norden und Herrn Krüger – erledigt hatte, fuhr sie mittags los. Ihre Vorfreude auf das Wochenende steigerte sich mit jedem Kilometer, den sie der Ostsee näher kam. Obwohl Bernhard ihr gesagt hatte, dass er am Nachmittag seine Mutter besuchen wollte, war sie ein wenig enttäuscht, dass er nicht schon auf der Loggia auf sie wartete. Verrücktes Herz, schalt sie sich kopfschüttelnd, während sie das Haus aufschloss.

Wie immer hatten die Petersens die Heizung angestellt. Es roch nach Bohnerwachs und Frische. Auf dem Küchentisch stand ein Weidenkorb mit Eiern, einem in ein weißes Küchentuch eingeschlagenes Brot und einer Steingutflasche mit selbst gebranntem Korn. Marlene lächelte gerührt.

Nachdem sie ihre Reisetasche aus dem Auto geholt hatte, machte sie sich ein Butterbrot mit Katenrauchwurst, trank Tee und ging danach an den Strand. Trotz des schönen Wetters hielt sie es dort nicht lange aus und setzte sich auf die Veranda. Je weiter sich die Sonne dem Horizont neigte, desto unruhiger wurde sie. Sie klappte das Buch, »Irrungen, Wirrungen« von Theodor Fontane, auf ihrem Schoß zu. Inzwischen horchte sie viel mehr auf die Geräusche eines sich nähernden Autos, als dass sie die Ruhe gehabt hätte zu lesen. Und dann endlich, als es bereits zu dämmern begann und es zu kühl wurde, um draußen zu sitzen, vernahm sie ein Motorgeräusch. Sie sprang auf, ging ums Haus herum – und im nächsten Augenblick sah sie den Wartburg die Anhöhe heraufkommen.

Bernhard hielt an, kam langsam auf sie zu, sie sahen sich an. Als er ihr sein besonderes Lächeln schenkte, wusste sie: Mit diesem Mann wollte sie zusammen sein, nicht nur an diesem Wochenende, in den nächsten Wochen oder Monaten, sondern für immer. Sie wollte so viele Stunden mit ihm verbringen, dass sie für die Ewigkeit und noch darüber hinaus reichten.

»Guten Abend«, sagte Bernhard leise mit seiner rauen Stimme. Dabei las sie die Sehnsucht in seinen Augen, die ihre eigene widerspiegelte.

»Guten Abend«, erwiderte sie.

Er beugte sich zu ihr herüber und küsste sie auf die rechte Wange. »Wie geht es dir?«

Rasch schluckte sie die Enttäuschung hinunter. Sie hatte sich eine leidenschaftlichere Begrüßung gewünscht. »Danke, gut. Und dir?«, fragte sie.

»Auch gut.« Er lächelte sie wieder an.

»Komm doch ins Haus«, sagte sie mit belegter Stimme.

Bernhard holte sein Gepäck aus dem Kofferraum und folgte ihr. In dem kleinen Flur stellte er eine schwarze Tasche und eine prall gefüllte Zellophantüte ab.

»Was ist denn da drin?«, fragte sie erstaunt.

»Lebensmittel.«

»Lebensmittel?«

»Um uns etwas Schönes zu kochen.«

»Aber ich habe Schnittchen vorbereitet …«

Er zögerte, zuckte dann mit den Schultern und meinte: »Na, gut. Dann koche ich morgen.«

Trotz seiner verhaltenen Begrüßung wollte er anscheinend doch über Nacht bleiben.

»Du kannst kochen?«, fragte sie erstaunt. In ihrem Bekanntenkreis gab es keinen Mann, der das konnte.

»Du nicht?«, entgegnete er nicht minder erstaunt.

Sie schluckte verlegen. »Nun ja … wir haben immer Else gehabt. Meine Mutter hat gar nicht gekocht. Sie war Pianistin und hat … Sie hat immer gerne Gesellschaften ausgerichtet in unserem Haus, aber kochen war nicht ihre Sache.«

Bernhard lachte sein sinnliches Lachen. »Ich weiß, du bist eine Prinzessin, aber auch Prinzessinnen müssen essen.«

»Deswegen habe ich auch Schnittchen vorbereitet«, entgegnete sie spitzer, als sie eigentlich wollte. Es gefiel ihr nicht, dass er sie als Prinzessin bezeichnete. Dann lächelte sie ihn versöhnlich an. »Wollen wir zur Begrüßung vielleicht erst einmal ein Glas Wein trinken?«

Dann saßen sie sich im Wohnzimmer an dem runden Couchtisch gegenüber. Statt sich zu ihr aufs Sofa zu setzen, hatte Bernhard, zu ihrer weiteren Ernüchterung, im Sessel ihr gegenüber Platz genommen. Hatte sie sich den sehnsüchtigen Ausdruck in seinen schwarzen Augen bei der Begrüßung nur eingebildet? Hatte er kein Bedürfnis nach ihrer Nähe, nachdem sie sich so lange nicht gesehen hatten?

Die Stehlampe verströmte ein gemütliches Licht, das Holz im Kaminofen knackte, aus dem Radio klang leise die wundervolle Melodie des »Pas de deux« des zweiten Akts von Tschaikowskys »Schwanensee«, der sehnsüchtige Ton von Oboe, Harfe und Geige. Sie tranken Wein und unterhielten sich wie gute Bekannte über das, was sie seit ihrem letzten Zusammensein erlebt hatten. Marlene erzählte von ihrem Gewitterflug, ihren drei neuen Passagieren und erwähnte, dass sie Samstagabend mit ihrer Freundin ausgegangen war. Auf Letzteres ging Bernhard gar nicht ein.

»Und was hast du so gemacht?«, erkundigte sie sich, während sie sich immer unwohler fühlte. Hatten die eineinhalb Wochen sie einander derart fremd werden lassen? Bereute Bernhard, dass sie jetzt hier saßen? Oder hatte er in dieser Zeit etwa eine andere Frau kennengelernt?

»Ich habe jeden Tag unterrichtet, außer Sonntag.« Er steckte sich eine neue Zigarette an, obwohl er die erste nur bis zur Hälfte geraucht hatte. »Samstagabend war ich im *Klub junger Künstler* in Ost-Berlin«, fuhr er fort. »Dort hat ein junger Schauspieler namens Manfred Krug Lieder aus der ›Dreigroschenoper‹ von Brecht vorgetragen.« Bernhard sah sie an. »Kennst du die ›Dreigroschenoper‹?«

»Ich habe sie noch nicht gesehen, aber meine Mutter hat immer gerne das Lied der Seeräuber-Jenny gespielt und dazu gesungen.« Sie biss sich auf die Lippe. »Bist du ganz allein nach Berlin gefahren?«

»Mit einem Freund«, lautete die knappe Antwort.

»Und Sonntag?« Viel zu schnell kam ihr die Frage über die Lippen.

»Da habe ich mein Schwimmtraining absolviert.«

»Winterschwimmen.« Wissend lächelte sie ihn an.

»Das Winterschwimmen ist mit meinem eigentlichen Hobby verbunden. Habe ich dir nicht erzählt, dass ich schon als Jugendlicher Leistungsschwimmer und beim DLRG in Lübeck Rettungsschwimmer gewesen bin?«

»Stimmt, ich erinnere mich.«

»Als ich dann in die DDR übersiedelte, ging ich zum Wasserrettungsdienst des Roten Kreuzes. Auch heute mache ich noch bei Sportwettkämpfen mit. Vor drei Jahren bin ich sogar im 400-Meter-Freistil Dritter geworden.«

Marlene hatte den Eindruck, dass die innere Distanz zwischen ihnen immer größer wurde. Lag das vielleicht an ihren Sitzpositionen oder an den Themen, über die sie sprachen? Themen, die nur allzu deutlich machten, was sie alles trennte. Und jetzt kam sogar eine Gesprächspause auf, in der sie beide an ihren Zigaretten zogen und vor sich hin starrten. Bernhard drehte an seinem Ring. Sie spielte mit ihrer Kette.

»Wie geht es deiner Mutter?«, brach sie schließlich das Schweigen.

»Gut. Wir waren heute in Lübeck spazieren und haben in einem Café Kuchen gegessen.«

»Ist das nicht komisch für dich, immer wieder hier im Westen zu sein, wo doch bestimmt alles ganz anders ist als in der DDR?« Ohne zu überlegen, hatte sie ihm die Frage gestellt, die ihr schon öfter in den Sinn gekommen war. Als sie seinen abweisenden Gesichtsausdruck bemerkte, bereute sie es sofort.

»Du meinst, den Überfluss hier bei euch und die Armut bei uns?« Sein Blick, ironisch, unnahbar und kühl, ließ sie innerlich frieren. Er drückte seine Zigarette aus und fügte hinzu: »Der zunehmende Wohlstand verändert die Menschen nur zur Oberflächlichkeit und zum Materialismus.«

Sie hätte sich ohrfeigen können, dass sie dieses Thema aufgeworfen hatte. Was hatte sie damit bezwecken wollen? Dass er gesagt hätte, im Westen würde es ihm inzwischen viel besser gefallen? Idiotin, schimpfte sie sich.

Bernhard stand auf.

»Soll ich die Schnittchen holen?«, fragte sie eilfertig, während sie ebenfalls aufstand.

»Was hältst du davon, wenn wir die Brote und die Flasche Dornfelder mit an den Strand nehmen und dort ein Feuer machen?«

Zuerst sah sie ihn verblüfft an, dann löste sich ein Knoten in ihr. Sie brauchte dringend frische Luft und Raum. Vielleicht ging es ihm ja ähnlich. »Ja, sehr gerne. Das ist eine gute Idee.«

Mit einem Mal glaubte sie, wieder ein bisschen von der Nähe, der inneren Verbundenheit zwischen ihnen zu spüren.

Inzwischen funkelten die Sterne am Himmel wie unzählige Diamanten auf einem blauschwarzen Tuch. Ein kreisrunder Mond leuchtete ihnen den Weg. Gemeinsam sammelten sie Treibholz, das Bernhard zu einem Haufen aufschichtete und anzündete. Als das Feuer Funken in den Himmel schickte und Wärme verströmte, setzten sie sich in den Sand. Bernhard stellte das Tablett mit den Schnittchen und dem Wein zwischen sie, was Marlene einen Stich ins Herz versetzte – hatte sie doch gehofft, ein romantisches Lagerfeuer würde sie einander wieder näherbringen. Schweigend, mit Blick auf das Meer, das dunkel und geheimnisvoll vor ihnen lag, aßen sie ein paar Brote. In dem Kiefernwald hinter der Klippe bellte ein Fuchs. Dann kehrte wieder Stille ein, bis auf das leise rauschende Meer, das im ewigen Rhythmus gegen den Strand rollte, ganz unabhängig davon, was die Menschen auf Erden trieben. Hin und wieder tranken sie ein paar Schlucke Wein. Bernhard stocherte mit einem verdorrten Ast im Sand herum, als hätte er etwas auf der Seele, das er nicht auszusprechen wagte. Während Marlene ihn aus dem Augenwinkel beobachtete, umschloss eine eiskalte Hand ihr Herz. Endlich wandte er ihr sein Gesicht zu. »Wir müssen reden.«

Sie schluckte schwer. »Worüber?«

»Über uns.«

Wollte er die Sache zwischen ihnen jetzt etwa beenden? Vor dieser romantischen Kulisse? Ihr Herz begann hart gegen die Rippen zu schlagen. Sie setzte sich aufrecht hin und sah ihn herausfordernd an. »Dann reden wir.«

Er senkte den Kopf. »Seit wir uns kennen, mache ich mir Gedanken darüber, wie das auf Dauer weitergehen soll.«

Sie hielt den Atem an und schwieg, unsicher, was jetzt kommen würde.

»Solange ich reisen kann, können wir uns sehen.«

»Und wenn nicht mehr?«

Er hob die breiten Schultern. Statt ihr eine Antwort zu geben, die sie sich eigentlich schon denken konnte, sah er stumm aufs Wasser hinaus.

In der Ferne wurden ein paar verschlafene Möwenrufe laut, hinter ihnen raschelte trockenes Strandgras. Ratlos sah sie sich um. Auf der Klippe streckten die schwarzen Fichten ihre knorrigen Äste wie Hilfe suchend in den Nachthimmel. Bernhard zündete zwei Zigaretten an, von denen er ihr eine ungefragt hinhielt – eine intime Geste, die sie rührte.

»Danke«, sagte sie leise.

Während sie schweigend rauchten, beobachtete sie die Flammen, die in die schwarze Nacht züngelten. Ein leichter Wind wirbelte Funken auf. Sie sahen aus wie tanzende Sterne. Bernhard schaute hoch zum Himmel. Aus dem Augenwinkel betrachtete sie ihn. Sie registrierte jede Linie seines Gesichts, jede Kontur seines Körpers, der sich umrisshaft von der Dunkelheit abhob. Wie gerne hätte sie jetzt näher bei ihm gesessen! Hätte den Duft seiner Haut eingeatmet, vielleicht seine Hände auf ihrer Haut gespürt, seine Lippen …

»Schau mal, dort oben ist ein neuer Stern«, sagte er leise und wies hinauf zum Firmament. »Dort rechts neben der Achse des Großen Bären. Siehst du ihn?« Er drehte sich zu ihr um.

Sie blickte in das glitzernde All, wo sie nur Myriaden von Sternen sah, und schüttelte den Kopf.

»Komm her.« Er streckte den Arm nach ihr aus. Sie schob das Tablett zur Seite und rückte an ihn heran.

»Schau genau hin«, fuhr er mit unterdrückter Stimme fort, als wolle er die Natur nicht stören. Dabei ließ er seinen Arm um ihre Schultern liegen und zog sie noch ein Stück näher an sich heran. »Das kleine Licht dort oben. Es ist heller als die anderen und bewegt sich ein bisschen schneller.«

Bewegten sie sich überhaupt? Sie spürte nur Bernhards Arm und seine Hand, die sie wie selbstvergessen streichelte.

»Tut mir leid«, murmelte sie mit geschlossenen Augen, um sich ganz auf seine zärtliche Geste zu konzentrieren.

»Macht nichts. Ich werde den Stern *Marlene* nennen.«

»Gibt es auch einen Stern mit deinem Namen?«, fragte sie mit brüchiger Stimme.

»Such dir einen aus.« Er zog sie noch näher an sich heran. Seine Stimme klang warm und weich.

Sie öffnete die Lider, blickte in das funkelnde Meer.

»Ich nehme den neben meinem«, sagte sie leise.

»Das Bild gefällt mir. *Marlene* und *Bernhard*, zwei Sterne, unauslöschlich am Himmel stehend. Klingt romantisch.«

»Frauen sind eben romantisch.« Ihre Stimme hörte sich belegt an.

»Männer auch. Manche jedenfalls.«

»Oder tun sie nur so, weil wir Frauen es uns wünschen?«

Er zögerte. »Nein, es gibt Momente, in denen wir tatsächlich so empfinden. Momente wie jetzt zum Beispiel.« Er sah sie an, sah ihr geradewegs in die Augen. Sie las in seinem Blick etwas Neues. Nicht nur Begehren, Verlangen und den Ausdruck von Zärtlichkeit, sondern auch den von Tragik und tiefer Traurigkeit.

Ihr war zumute, als würde sie zum ersten Mal in Bernhards Seele sehen. In diesem Moment wusste sie, dass sie dieser Blick nicht mehr loslassen würde, ihr ganzes Leben lang nicht.

Bernhard hob die Hand und strich ihr eine Strähne aus der Stirn. »Du bist so schön«, sagte er. »Nicht nur äußerlich. Du strahlst so viel Kraft aus, so viel Licht und Liebe.« Er nahm ihre Hände in seine und hielt sie fest. »Marlene, ich will dir nicht wehtun. Deshalb sollst nur du entscheiden, ob wir so weitermachen – solange ich in den Westen reisen darf. Falls ich irgendwann nicht mehr kommen kann …« Er verstummte, ließ das Ende des Satzes, die Konsequenz, unausgesprochen.

Sie umfasste seine Hände so fest, als wollte sie sie nie mehr loslassen. Mit Blick auf das unendlich weite Meer fragte sie: »Könnte das denn passieren?«

Er zuckte mit den Schultern. »Wenn mich die Stasi irgendwann beschatten lässt und feststellt, dass ich ein Verhältnis im Westen habe.«

Sie schluckte schwer, rang mit sich, ob sie ihm die Frage, die ihr auf der Seele lag, stellen sollte. Dann konnte sie nicht anders. Sie sah ihn an. »Hast du schon mal daran gedacht, nach einem Besuch bei deiner Mutter einfach im Westen zu bleiben?«

Kaum hatte sie die Frage ausgesprochen, als er ihre Hände losließ und jäh von ihr abrückte.

»Niemals«, erwiderte er mit Nachdruck. »Ich habe meinem Vater mein Wort gegeben, dass das niemals passiert, als er sich für die Besuche eingesetzt hat. Damit würde ich ihn in große Schwierigkeiten bringen. Das würde ihn nicht nur seine Stellung kosten, sondern ihn sogar ins Gefängnis bringen.«

Voller Betroffenheit schwieg sie.

»Außerdem ist der Westen nach dem Krieg ein anderer, als ich ihn kenne«, fuhr Bernhard fort. »Mich stört der Überfluss, die Angeberei vieler.« Dann seufzte er. »Andererseits weiß ich auch, dass die Führung der DDR ihre Versprechen nicht hält. Wir brauchen einfach Geduld und nochmals Geduld.«

Sie suchte seinen Blick. »Wer *wir*?«, fragte sie leise nach. Meinte er sie beide?

»Wir in der DDR, all die, die eine Verbesserung der Verhältnisse anstreben.«

Sie konnte nichts mehr sagen. Ihre Kehle war wie zugeschnürt. Hatte sie ihn bereits verloren? Nein, die Wahrheit war, er hatte ihr nie gehört. Mit ihm war etwas Schönes, Leuchtendes, Warmes in ihr Leben gekommen, und sie hätte sich gewünscht, dass es ewig bleiben würde. Doch hatte sie nicht von dem Zeitpunkt an, als sie erfahren hatte, dass er in der DDR lebte, gewusst, dass dies eine Beziehung – bestenfalls eine Liebe – auf Zeit sein würde? Hatte sie sich nicht noch vor Kurzem gesagt, dass die Stunden mit ihm jeden Schmerz, den sie in Zukunft möglicherweise erfahren würde, wert waren? Nichts war für immer. Selbst die Dünen wanderten, und die Küste veränderte sich mit dem Sturm. Sollte sie das Zusammensein mit Bernhard nicht vielmehr genießen, ohne Gedanken an eine gemeinsame Zukunft?

»Marlene«, Bernhard rückte wieder nah an sie heran, »ich weiß, wie du dich jetzt fühlst. Aber es war mir ein Bedürfnis, Klarheit zwischen uns zu schaffen. Glaube mir, seit ich dich kenne, mache ich mir Gedanken, wie es mit uns weitergehen könnte. Nur leider sehe ich keine Lösung.« Er hob die Hand und drehte ihr Gesicht so, dass sie ihn ansehen musste. »Ich verstehe und respektiere es, wenn du mich jetzt wegschicken würdest.« Seine Worte hörten sich ernst und überzeugt an, doch seine Augen sprachen eine andere Sprache. Sie spürte, dass er sie genauso liebte wie sie ihn, obwohl das Wort Liebe bisher noch nicht gefallen war.

Sie biss sich auf die Lippe, so fest, dass es wehtat. Sie brauchte diesen Schmerz, um dem in ihrem Herzen etwas entgegenzusetzen. Dann sagte sie: »Ich möchte mit dir zusammen sein. Trotz allem. Solange es uns die Situation erlaubt.« Sie hörte selbst die Bitterkeit, die aus ihrem letzten Satz sprach.

Mit einem Mal glänzten seine Augen wieder. Da zog sie sein Gesicht zu sich heran, um seine Lippen zu spüren. Bernhards Kuss schmeckte anders als seine Küsse zuvor. Er war zärtlicher, inniger. Seine Zunge spielte liebevoll mit ihrer, seine Lippen liebkosten ihre, seine Hände streichelten ihr Gesicht, als bestünde es aus zerbrechlichem Porzellan. Seine Zärtlichkeiten versetzten ihr Inneres in Aufruhr, lösten einen Schauer nach dem anderen in ihr aus, weckten ein schmerzhaftes Sehnen nach mehr und immer mehr. Sanft löste sie sich von ihm, stand auf und zog ihn an den Händen hoch. »Lass uns ins Haus gehen«, sagte sie mit belegter Stimme. Sie zeigte auf das Tablett und den Wein. »Das können wir später holen.«

Wie zwei übermütige Kinder liefen Marlene und Bernhard Hand in Hand die Treppe an der Klippe hinauf, warfen im Hausflur ihre dicken Jacken ab und fielen sich in die Arme. Als Marlene Bernhards Erregung fühlte, blendete ihr Begehren alles andere aus. Sie spürte nur noch das lodernde Feuer in sich. Ihre Haut glühte, ihr Körper brannte vor Sehnsucht. Sie hatte nur einen Wunsch: sich mit Bernhard wieder in die Welten zu begeben, in denen sie nur Frau und Mann waren, wo ihre Herkunft, ihre Einstellungen, ihr Umfeld keinerlei Bedeutung mehr hatten.

»Ich möchte dich spüren, damit ich weiß, dass du da bist«, flüsterte sie atemlos zwischen ihren Küssen.

Er hob die Hand, strich ihr mit den Fingern langsam über die Stirn, die Wange, den Hals entlang bis zum Ausschnitt ihrer Bluse. Sein Blick ließ ihren nicht los, während seine Hände an ihren Armen hinunterglitten, bevor er ihre Taille umfasste und sie fest an sich zog.

Sie küssten sich wie im Fieber. Marlene hatte das Gefühl, jeder einzelne Nerv in ihrem Körper würde gerade zum Leben erweckt. Ohne seine Lippen von ihren zu lösen, schob Bernhard sie behutsam Schritt für Schritt ins Wohnzimmer. Dort liebten sie sich auf dem Perserteppich vor dem Kaminofen, in völliger Hingabe, umhüllt von der Wärme der knisternden Glut – beide mit dem Wissen darum, dass es nur diese Augenblicke, diese vollkommene Vereinigung ihrer Körper und Seelen waren, die zählten. Sie waren alles wert.

Die nächsten beiden Tage waren für Marlene voller Glück und Sonnenschein. Nach einem ausgiebigen Frühstück machten die beiden am Samstagvormittag eine lange Wanderung. Ausgelassen wie Kinder liefen sie am Strand entlang, fielen sich immer wieder in die Arme und spürten dem Gefühl von Freiheit und Leichtigkeit nach, das ihnen das grenzenlose Meer, die prickelnde Luft und der frische Wind gaben. Danach fuhr Bernhard nach Lübeck, um seine Mutter zu besuchen. Als er am späten Nachmittag zurückkam, kochte er für Marlene.

»Soljanka ist ein russischer Eintopf«, erklärte er ihr, während er den kalten Braten, den rohen Schinken, die Salami und die Zwiebel auf dem Küchentisch ausbreitete. »Die DDR-Version mit Wurst ist einfacher und schneller. Sie schmeckt jedoch nicht so gut wie die russische.« Er sah Marlene auffordernd an. »Machst du schon mal Wasser für die Fleischbrühe heiß?«

Sie nickte. »Wo hast du die Sachen eingekauft?«, erkundigte sie sich, während sie den Kessel füllte.

»Gestern Morgen in Lübeck.«

»Nicht bei dir im Osten?«

»Zu kompliziert wegen der Grenze«, antwortete er knapp, und sie ärgerte sich wieder einmal über sich selbst, dass sie das Thema, das sie trennte, erneut auf den Tisch gebracht hatte. Aber bei allem Wunderschönen, das sie zusammen erlebten, war es genau dieses Thema, das sie nicht vergessen konnte. Es stand einfach zwischen ihnen.

Schweigend beobachtete sie, wie Bernhard das Fleisch, die Wurst und die Zwiebeln klein schnitt – ruhig und besonnen, ohne Eile. Seine Bewegungen waren geradezu sinnlich. Er schien ganz in seine Tätigkeit versunken zu sein. Und wieder dachte sie an ihr Liebesspiel – intensiv, sinnlich und ohne Eile. Insgeheim schüttelte sie den Kopf über ihr Verlangen, das Bernhard immer wieder aufs Neue in ihr weckte. Selbst beim Kochen.

Jetzt gab er das Kleingeschnittene ins heiße Öl, und schon bald durchzog ein herrlich würziger Duft die Küche.

»Hmm, riecht lecker.« Marlene lugte in den Topf.

»Soljanka hat meine Mutter früher immer gekocht, als wir noch alle zusammenlebten. Meine Mutter, mein Vater und ich. Es war das Lieblingsessen meines Vaters. Ein Arbeiteressen … So hat es meine Großmutter immer abfällig genannt.«

Sie schwieg. Seine Missbilligung war aus seinem Ton deutlich herauszuhören.

Als der Kessel auf dem Herd pfiff, nahm er die anderen Zutaten aus der Tüte: ein Glas Gewürzgurken, Tomatenmark, saure Sahne, eine Zitrone, rote Paprika, Dill und Gewürze.

»Hier«, er gab ihr einen Suppenwürfel. »Den kannst du schon mal in dem heißen Wasser auflösen. Normalerweise mache ich die Brühe aus Fleisch und Knochen selbst, aber das wäre jetzt zu aufwendig gewesen.«

»Woher kannst du eigentlich kochen?«, fragte sie, während sie die Würze einrührte.

»Ich habe es gelernt, nachdem ich zu meinem Vater nach Rostock gezogen bin. Eine Nachbarin, ich habe sie Oma Grete genannt, hat es mir damals beigebracht.«

Nachdem sie die Brühe in den Topf geschüttet hatte, gab Bernhard die gewürfelten Gurken, einen Teil des Gurkensuds und die anderen Zutaten hinzu. »So, jetzt muss alles eine Stunde köcheln.«

»Was machen wir in dieser Zeit?«, fragte sie mit spitzbübischem Lächeln. »Draußen ist es bereits dämmrig.«

»Da wüsste ich schon etwas.«

An diesem Samstagabend wurden Marlene und Bernhard nicht müde, sich gegenseitig ihre Liebe zu zeigen. Jede Minute … jede Sekunde war erfüllt von einem ganz intensiven Gefühl. Sie nahmen die Welt um sich herum mit verfeinerten Sinnen auf. Die Gerüche kamen ihnen stärker vor als sonst, die Geräusche vielklingender, alle Berührungen eindringlicher. Sie wachten aus diesem Taumel nur auf, wenn sie Hunger bekamen. Wie gerne hätte Marlene die Welt angehalten, um diese kostbaren Augenblicke bis in alle Ewigkeit auszudehnen!

Irgendwann am frühen Sonntagmorgen spürte Marlene Bernhards Lippen auf ihren. Sie schlug die Augen auf.

»Aufstehen, meine schöne Bernsteinfrau«, flüsterte Bernhard zärtlich.

»Es ist doch noch stockfinster«, murmelte sie.

»Wir haben Bernsteinwind.«

Verschlafen richtete sie sich auf. »Du willst doch nicht etwa ...?«

Er lachte. »Doch, will ich. Ich war gerade draußen. Der Wind kommt aus Nordwest.«

Eine Viertelstunde später verließen sie das Haus, ausgerüstet mit gelben Gummihosen und Stiefeln, die Marlenes Eltern gehört hatten, und zwei Netzen an langen Stielen. Marlene hatte über ihre roten Locken einen Südwester gestülpt. Mit ihrem Auto fuhren sie in Richtung Dahme. Als sie bei Grömitz waren, hingen über der Ostsee noch die Schwaden der Nacht, über dem Land jedoch kündigte bereits ein schmaler, orangeroter Streifen am Himmel den Aufgang der Sonne an.

Es wurde schnell heller. Sie stellten den Wagen etwas außerhalb von Dahme ab und liefen zum Strand hinunter, wo sie in dieser frühen Morgenstunde die ersten Bernsteinfischer waren. Bernhard stapfte mit Gummihose und oberschenkelhohen Stiefeln ins Meer. Marlene durchsuchte die vom Wasser angespülten Haufen aus Algen, Tang und Treibholz am Wellensaum. Sollten wir heute tatsächlich Bernstein finden, ist das bestimmt ein gutes Omen für unsere Beziehung, dachte sie mit träumerischem Lächeln. Sie erinnerte sich daran, dass sie vor genau drei Wochen sogar unterhalb ihres Hauses fündig geworden war, was sie als gutes Vorzeichen gewertet hatte – und was sich durch das unerwartete Wiedersehen mit Bernhard ein paar Stunden später auch bestätigt hatte.

»Marlene!«, hörte sie Bernhard in ihre Gedanken rufen. Er machte ihr ein Zeichen.

Neugierig bahnte sie sich den Weg ins tiefere Wasser bis zu der Stelle, wo er mit strahlender Miene auf sie wartete.

»Schau mal!« Er hielt ihr seine geöffnete Hand entgegen.

Marlene konnte kaum glauben, was sie sah: Der Stein war etwa fünfmarkstückgroß. Seine Kanten waren verkrustet. Dennoch konnte man unter der Verkrustung deutlich seine ursprüngliche Form erkennen. Es war die Form eines Herzens. Die eine Hälfte war durchsichtig wie honiggelbes Harz, die andere schimmerte rötlich-braun.

»Ein Bernstein«, sagte Bernhard andächtig. Er sah sie an. Seine großen, dunklen Augen strahlten. »Ein Herz aus Bernstein. Das kommt ja schon einem Wunder gleich.«

Wie dem Wunder, wenn wir jemals die Grenze zwischen uns überwinden könnten, dachte Marlene bei sich.

Im Verlauf dieses Sonntags bekam Marlene zunehmend das Gefühl, auf einer tickenden Zeitbombe zu sitzen. Sie zählte die Stunden bis zum Abschied am nächsten Morgen.

Nachdem sie aus Dahme zurück waren, frühstückten sie und liebten sich. Danach blieben sie eng aneinandergeschmiegt liegen und sprachen leise miteinander. Es gab so vieles, was sie voneinander wissen wollten. Mittags fuhr Bernhard wieder nach Lübeck. Marlene wurde die Zeit lang, bis er zurückkam.

Am Nachmittag gingen sie noch einmal zum Strand, spielten Federball und machten ein Wettrennen, als könnten sie so in den ihnen noch verbleibenden Stunden der Zeit sowie belastenden Gesprächen davonlaufen.

Als sich die Dämmerung über die Steilklippe senkte, saßen sie Hand in Hand auf der Loggia und schauten aufs Meer hinaus. Irgendwann akzeptierte Marlene, dass ihre letzte Liebesnacht angebrochen war. Von da an lebte sie nur noch im Augenblick. Sie wusste, dass sie selbst das nächste Wiedersehen – von der Zukunft ganz zu schweigen – nicht in der Hand hatte. Bernhards Bedenken wegen der Stasi hatte sie immer noch im Kopf. Ihre einzige Gewissheit war das Hier und Jetzt. Bernhards Hand, die ihre hielt, sein Blick, der sie streichelte, seine Lippen, die ihre küssten.

In den Stunden bis zum neuen Tag war ihr Tonfall gedämpft, meistens schwiegen sie. Ihr Liebesspiel war erfüllt von einer neuen Intensität. In dieser Nacht erlebten sie noch einmal das Wunder, das sie zusammen entdeckt hatten: das Verschmelzen von Körper und Seele, das Einswerden mit dem anderen in einer einzigartigen Innigkeit.

In den frühen Morgenstunden brachen sie auf – Bernhard nach Wismar, Marlene nach Hamburg. Nach einem letzten Kuss in feuchtkalter Dunkelheit vor ihren Autos sagte Bernhard: »Wie besprochen, Freitagvormittag, den 5. April, auf dem Flugplatz in Lübeck. Dort hole ich dich ab, und dann fahren wir hierher, in unser Paradies.«

Marlene nickte und wiederholte wie einen Schwur: »Freitagvormittag am 5. April auf dem Flugplatz in Lübeck.«

Bernhard fuhr zuerst los, und Marlene schaute dem Wartburg so lange nach, bis dessen Rücklichter verschwunden waren. Als sie sich umdrehte, durchfuhr sie die Frage, wo der herzförmige Bernstein war. Sie war sich sicher, ihn nicht eingepackt zu haben. Mit hämmerndem Herzen ging sie noch einmal ins Haus zurück und suchte ihn. Ohne Erfolg. Hatte Bernhard den Stein mitgenommen? Dann hätte er es ihr doch bestimmt gesagt. Hatten sie das Bernsteinherz etwa verloren? Das würde bestimmt ein schlechtes Omen sein. Und obwohl sie sich gerade gegenseitig versichert hatten, sich in vierzehn Tagen wiederzusehen, konnte sie plötzlich nicht mehr so richtig daran glauben. Vielleicht war die Stasi Bernhard schon längst auf der Spur.

MONTAG, 25. MÄRZ–DONNERSTAG, 4. APRIL 1957

Als Marlene auf der Autobahn war, ging am Horizont die Sonne auf. Dieses Mal fuhr sie nicht direkt in die Firma, sondern erst einmal nach Hause. Als sie vor der Villa ankam, war ihr zumute, als wäre sie monatelang weg gewesen – in einer anderen Welt, in einem anderen Leben. Noch nie hatte sie sich so einsam gefühlt wie in dem Moment, als sie die Eingangshalle mit ihrem kühlen Mosaikboden betrat. Die Stille im Haus empfand sie als geradezu gespenstisch, was auch daran liegen mochte, dass ihre Tante übers Wochenende zu ihrem Bruder an die Ahr gereist und ihr Onkel bereits in der Firma war. Sie fror. In ihrer Wohnung angekommen, brühte sie Kaffee auf, den sie Schluck für Schluck trank, während sie durch die hohe Fensterfront auf die Elbe schaute. Täuschte sie sich, oder lag über den Weiden tatsächlich schon ein hellgrüner Schimmer? In den Rabatten unten im Garten blühten die ersten Tulpen. Der Frühling war nicht mehr fern.

Sie versuchte, sich auf die neue Woche zu konzentrieren, auf die Flüge mit Dr. Norden am Dienstag und Herrn und Frau Krüger am Freitag, für die sie heute noch die Rechnungen schreiben musste. Des Weiteren musste sie dem Bürgermeister den Flug nach Lübeck noch schriftlich bestätigen. Dazu war sie Freitagmorgen nach dem Gespräch mit seiner Sekretärin nicht mehr gekommen. Und zusätzlich wartete ihre ganz normale Tätigkeit als Prokuristin der Mutterfirma auf sie.

Marlene seufzte und trank den letzten Schluck Kaffee. Fast war sie wieder drin in ihrem alltäglichen Leben, dachte sie mit Wehmut, herausgeworfen aus ihrem Paradies hoch über dem Meer.

Ob es Bernhard ähnlich ging? Sie sah auf ihre Fliegeruhr. Kurz vor neun. Wahrscheinlich hielt er jetzt gerade eine Vorlesung. Wie mochte es sein – dort drüben im Osten? Laut Cleo trist und grau, wie ein Schwarz-Weiß-Foto. Schluss jetzt, sagte sie sich energisch.

Ohne ihre Tasche auszupacken, machte sie sich entschlossen auf den Weg in die Firma. Sie wechselte ein paar Worte mit Fräulein Piepenbrink und Piet Fischer, dann schaute sie bei ihrem Onkel rein, der jedoch gerade telefonierte, und ging hinüber in die Werkshalle zu Hannes, um sich kurz mit ihm zu unterhalten. Als sie danach hinter ihrem Schreibtisch saß, von dem sie aufs Flugfeld blicken konnte, war sie wieder in ihrem normalen Arbeitsrhythmus. Aus dem Kontor nebenan klang Schreibmaschinengeklapper, Sprachfetzen drangen durch die dünne Wand zu ihr herüber, ein Telefon klingelte. Vor ihr auf dem Schreibtisch lagen Bleistifte und das Stempelkissen. Die Stempel hingen an einem runden Ständer: Bezahlt, Mahnung, Einschreiben. Rechts von ihr stand das schwarze Telefon, vor ihr lag das aufgeschlagene Kontobuch. Und plötzlich freute sie sich wieder auf die gerade begonnene, neue Arbeitswoche, auf die beiden Flüge nach Köln und München und die ihr so vertraute Tätigkeit.

In den nächsten Tagen rückte für Marlene das Wochenende mit Bernhard tagsüber in den Hintergrund. Die Flüge verliefen ohne Komplikationen und ganz zur Zufriedenheit ihrer Passagiere sowie der von Hannes, der sich bei den Wartungen der Vega Gull doppelt bemühte.

Während der Woche riefen drei weitere Kunden an, die ihren Flugdienst nutzen wollten, mit denen sie auch gleich verbindliche Termine vereinbarte. Einer von ihnen, ein Hersteller von Kosmetikartikeln, der eine Tochterfirma in Frankfurt gegründet hatte, wollte ihren Flugdienst von Mitte April an zweimal in der Woche in Anspruch nehmen. Dienstags nach Frankfurt und donnerstags zurück. Marlene jubelte. Dennoch, sagte sie sich am Ende der Woche, sie brauchte mehr Passagiere, wenn sie mit der neuen Firma erfolgreich sein wollte. Da kam ihr eine Idee. Sie stand auf und ging zu ihrem Onkel hinüber.

»Was hast du auf dem Herzen, Deern?«, fragte Wilhelm mit liebevollem Lächeln, als sie auf sein »Herein« die Bürotür öffnete.

»Ich möchte etwas mit dir besprechen«, antwortete Marlene.

»Dafür lass uns gemütlich hinsetzen.« Ihr Onkel zeigte auf die Sitzecke. Als sie sich gegenübersaßen, trug sie ihr Anliegen vor.

»In fünf Wochen findet doch die Jubiläumsfeier zum einjährigen Bestehen der Mittelstandsvereinigung Deutschlands statt«, begann sie. »Wie du schon gesagt hast, ist das vielleicht eine gute Gelegenheit, uns mit dem Flugtaxi ins Gespräch zu bringen. Diesbezüglich habe ich einen Vorschlag. Und zwar würde ich gern eine Rede halten.«

Wilhelm blinzelte sie sichtlich verblüfft an. »Du willst eine Rede halten?«

Sie musste lachen. »Keine Sorge, nur eine kurze. Ich möchte darauf aufmerksam machen, dass in diesen neuen Zeiten auch neue Transportwege gefragt sind. Nicht nur Bahn, Auto und Schiff, sondern auch das Flugzeug, als Passagier- und Warentransportmittel, um schnell von A nach B zu kommen. Und dabei natürlich auch unsere neue Firma erwähnen, der ja sozusagen eine Vorreiterrolle zukommt.«

»Und wie stellst du dir das vor? Es wird viele Reden geben, wie immer zu solchen Anlässen. Die sind natürlich alle zeitlich eingeplant. Du kannst doch nicht so einfach …«

»Genau das, Onkel«, fiel Marlene ihm lebhaft ins Wort. »Irgendeine Möglichkeit wird es im Laufe des Tages bestimmt geben, dass ich mir kurz Gehör verschaffen kann.«

»Ich weiß nicht, Marlene«, sagte Wilhelm gedehnt. Dann hellte sich seine Miene schlagartig auf. »Mir fällt gerade etwas ein. Heinrich kennt doch den Kurt Schmücker, den Bundesvorsitzenden, noch aus dem Krieg. Er könnte vorab mit ihm sprechen, ob deine Rede noch einzuplanen ist.«

»Auf gar keinen Fall.« Marlene rückte auf die Sesselkante. »Falls der Schmücker Nein sagen sollte, habe ich eine Chance vertan. Die Mittelstandsvereinigung ist eine Männergesellschaft. Wer weiß, ob die einen weiblichen Redner überhaupt in ihrer Mitte haben wollen. Ich werde während der Feier spontan um ein paar Minuten Gehör bitten und aufs Podium steigen. Da wird mich schon niemand runterwerfen, auch wenn es nicht ins Protokoll passt.« Sie beugte sich nach vorn und sah Wilhelm eindringlich an. »Wir müssen uns bekannt machen. In ganz Deutschland. Mit drei Kunden pro Woche erreichen wir auf Dauer nicht unser Ziel. Und das lautet doch, Flugzeugbau Appen aus den roten Zahlen zu bekommen, um wieder Flugzeuge bauen zu können statt nur Leichtbauprofile. Unser Name war mal etwas im deutschen Flugzeugbau, und da wollen wir doch wieder hin, oder?«

Sie konnte den Blick ihres Onkels nicht deuten, als er sie lange stumm ansah. Schließlich lächelte er und sagte mit bewegter Stimme: »Du hast Mut, Deern. Dein Vater wäre stolz auf dich.«

Durch dieses Lob gestärkt, ging Marlene ins Wochenende. Samstags war sie mit Cleo fürs Streit's Filmtheater verabredet – für den Film *Die Halbstarken* mit Horst Buchholz, der ein Jahr zuvor gedreht worden war.

»Ganz ehrlich, der hat mir nicht gefallen«, sagte Marlene, als sie nach dem Kino noch ein Glas Wein in einem Lokal auf dem Jungfernstieg tranken. »Mit Jugendbanden und Raubüberfällen habe ich es nicht so.«

»Ich fand den Film hervorragend«, widersprach Cleo ihr. »Er ist die deutsche Antwort auf den amerikanischen Kinoerfolg … *denn sie wissen nicht, was sie tun* mit James Dean. Beide Filme zeigen ein Stück Realität in dieser Zeit. Die jüngeren Leute rebellieren gegen den Mief der Nachkriegsjahre, während sich die älteren im Wirtschaftswunder suhlen und die Probleme nicht sehen wollen.«

»Wie radikal du mal wieder sprichst«, sagte Marlene. Sie zwinkerte ihrer Jugendfreundin zu. »Das ist sicherlich weder der richtige Ton noch das richtige Thema, wenn du den ehemaligen Großgrundbesitzer Ansgar von Treskow umgarnen möchtest.«

Cleo lachte ihr verrauchtes Lachen. »Apropos von Treskow, hast du ihn nach letztem Samstag noch mal gesprochen?«

»Seltsamerweise nicht. Er hat sich von meinem Büro ferngehalten.«

»Ist ihm wahrscheinlich peinlich.«

»Mag sein.«

Cleo beugte sich zu ihr herüber und sagte in verschwörerischem Ton: »Ich brenne förmlich darauf, ihn kennenzulernen.«

Marlene seufzte. »Ich kümmere mich drum. Ehrenwort.«

Schon Montagmorgen sollte Marlene die Gelegenheit dazu bekommen, ihr Versprechen Cleo gegenüber einzulösen. Es klopfte an ihrer Bürotür, und Ansgar von Treskow stand im Rahmen.

»Haben Sie einen Moment Zeit?«, fragte er. Er trug einen blauen Overall wie auch Hannes und die Mechaniker. Den hatte er immer dann an, wenn er nicht am Zeichenbrett stand. Die Montagekleidung stand ihm ausgezeichnet. Sie brachte seine imposante Größe und sportliche Figur gut zur Geltung.

Sie lächelte ihn an. »Auch zwei Momente«, scherzte sie. »Setzen Sie sich doch.«

»Zigarette?« Er hielt ihr sein ledernes Zigarettenetui entgegen.

»Nein, danke, das ist mir noch zu früh. Kaffee?«

»Sehr gerne.«

Sie stand auf, nahm zwei Tassen aus dem Regal und die Thermoskanne, die Fräulein Piepenbrink jeden Morgen für sie bereitstellte, schenkte ein und setzte sich wieder. Herr von Treskow nahm vor ihrem Schreibtisch Platz.

Ob er wieder über Maximilian reden will?, fragte sie sich. Ihr Vetter hatte sich die vergangene Woche nicht bei ihr blicken lassen.

Nachdem sie beide einen Schluck getrunken hatten, sah von Treskow ihr in die Augen. »Ich möchte mit Ihnen über Lilly reden.«

»Über Lilly?«, wiederholte Marlene verwirrt. Ihr war sofort klar, wen er meinte – die Frau, in deren Begleitung sie ihn auf dem Jungfernstieg gesehen hatten. »Aber«, sie räusperte sich, »das geht mich doch gar nichts an, mit wem Sie Ihre Freizeit verbringen. Außerdem«, sie lächelte, »sie ist bestimmt ganz reizend.«

»Lilly ist meine ältere Schwester«, sagte er mit Grabesstimme. »Ja, sie ist ganz reizend, wenn sie mal nüchtern ist, aber das kommt leider immer seltener vor.« Er zog an seiner Zigarette und stieß den Rauch aus. »Ich möchte Ihnen kurz erklären, wie es dazu gekommen ist. Lilly hat im letzten Kriegsjahr ihren Ehemann und ihre beiden kleinen Kinder verloren. Da lebten wir noch in Schlesien auf unserem Gut. Alle drei sind einer Bombe zum Opfer gefallen. Dann mussten wir fliehen, und sie ist zu alledem auch noch den Russen in die Hände gefallen. Na ja, es ist ja nur zu gut bekannt, was die deutschen Frauen angetan haben. Aber auch das hat Lilly irgendwie körperlich überstanden. Nur seelisch nicht. Deshalb trinkt sie. Sie lebt bei unserer Mutter, die todunglücklich darüber ist.« Er seufzte tief, zog an seiner Zigarette und blickte zum Fenster hinaus aufs Flugfeld.

Marlene war viel zu betroffen, als dass sie etwas hätte sagen können. »Das tut mir sehr leid«, brachte sie schließlich hervor. Hilflos sah sie den Ingenieur an. »Kann man da denn nichts machen?«, fragte sie verzagt.

»Sie wissen doch, wie das mit Maximilian und den vielen anderen ist, die den Krieg erlebt haben.«

Sie nickte stumm.

Von Treskow stand auf und deutete eine Verbeugung an. »Es war mir wichtig, dass Sie das wissen. Danke für den Kaffee.«

Er wollte sich schon zur Tür wenden, als ihr Cleo einfiel.

»Einen Augenblick bitte noch. Ich habe da noch etwas.« Sie biss sich auf die Lippe. Es war ihr unangenehm, ihr Anliegen vorzubringen, obwohl ihre Freundin keinerlei Probleme damit zu haben schien.

Als sie noch zögerte, sah er sie abwartend und voller Neugier an. »Ja?«

Schließlich gab sie sich einen Ruck und sagte: »Sie haben ja vergangenen Samstag meine Freundin, Fräulein Rosenbaum, kennengelernt. Sie meinte … Sie fand Sie recht sympathisch.«

Mit amüsierter Miene hob er die blonden Brauen. »Tatsächlich? Ich fand sie auch recht sympathisch.«

»Das ist ja schön«, fuhr sie erleichtert fort. »Ich dachte, vielleicht könnten Sie und Fräulein Rosenbaum mal zusammen essen gehen oder ins Kino …« Als sie den Schatten auf seinen attraktiven Zügen bemerkte, brach sie den Satz jäh ab.

Von Treskow lächelte sie an, so, wie er sie noch nie angelächelt hatte, geradezu herausfordernd und verwegen. »Wie wäre es, wenn Sie und ich vielleicht mal zusammen essen gingen?«

Mist. Das hatte nicht geklappt. Wie sollte sie jetzt darauf reagieren, ohne dass sie ihn verletzte? Sie rückte auf dem Schreibtischstuhl nach vorn, verschränkte die Finger und schaute zu ihm hoch. »Vielleicht sollte ich Ihnen sagen, dass ich einen Freund habe«, begann sie. »Er wohnt weiter weg, aber wir sehen uns jedes zweite Wochenende. Da werden Sie verstehen …«

Er lachte. »Darf ich ehrlich sein? Nein, das verstehe ich nicht. Trotzdem könnten Sie mit mir essen gehen. Wir wollen ja nicht gleich heiraten. Ich wette, dass Ihre Freundin Cleo es tun würde.«

Da musste sie lachen. »Vermutlich haben Sie recht. Ich jedoch sehe die Sache ein bisschen anders.«

»Was ich sehr bedauerlich finde. Obwohl, andererseits auch wieder nicht«, fügte er mit ernstem Blick hinzu. »Ich wünsche Ihnen noch einen schönen Tag.« Mit diesen Worten verließ er ihr Büro.

Marlene ließ das Gespräch noch ein paar Augenblicke auf sich wirken. Vielleicht war von Treskow doch nicht der Frauenheld, für den ihn alle hielten, überlegte sie. Sonst hätte er doch Cleos Angebot angenommen.

Auch in dieser Woche gab es drei zufriedene Passagiere an Bord der Vega Gull – und eine glückliche Pilotin.

»Alles hat wunderbar geklappt«, teilte Marlene Hannes mit, nachdem sie donnerstags nach ihrem vorletzten Flug in dieser Woche ihre Maschine in den Hangar gefahren hatte.

Hannes strahlte übers ganze Gesicht. »Das liegt bestimmt nicht an meiner neuen Brille. Eine defekte Zylinderkopfdichtung erkenne ich auch ohne sie.«

Marlene stupste ihn liebevoll in die Seite. »Das glaube ich dir aufs Wort, und deshalb solltest du die Sache auch endlich vergessen.«

»Ich habe jedes Mal Angst, wenn du abhebst«, gestand er ihr. »Ich kann es mir immer noch nicht erklären. Du hättest tot sein können. Immer wieder frage ich mich, ob da vielleicht jemand die Hand im Spiel gehabt hat.«

Erstaunt sah Marlene ihn an. »Du meinst, jemand hat mir schaden wollen?«

Natürlich hatte sie auch schon diesen Gedanken gehabt, aber nur ganz kurz. Länger hatte sie ihn nicht zulassen wollen. Es berührte sie unangenehm, dass Hannes ihn jetzt ausgesprochen hatte. Dass jemand ihr durch einen Zeitungsartikel schaden wollte, war eine Sache. Frauen am Himmel wurden von der Allgemeinheit noch nicht so akzeptiert, wie sie es gerne hätte. Aber dass ihr jemand nach dem Leben trachtete, eine andere. Sie zögerte. Dann überwand sie sich und fragte mit belegter Stimme: »Hast du denn jemanden in Verdacht?«

Da schüttelte Hannes den Kopf. »Nee, natürlich nicht. Ich wüsste niemanden. Wirklich nicht. Soll ich die Vega gleich noch von außen waschen?«, wechselte er abrupt das Thema. »Ich meine wegen morgen, damit der Bürgermeister in einem blitzblanken Vogel fliegt.«

»Wäre nicht verkehrt«, stimmte Marlene zu. »Wir wollen ja einen guten Eindruck machen.«

Als Marlene das Bürogebäude betrat, kam ihr Piet Fischer entgegen.

»Fräulein Piepenbrink ist heute etwas früher gegangen. Sie hat Ihnen etwas auf den Schreibtisch gelegt.«

Marlene bedankte sich und betrat ihr Büro. *Spesenabrechnung für März von Herrn Maximilian Lilienthal* stand auf dem Zettel, der auf der Kladde lag. Ohne sich vorher umzuziehen, klappte sie die Kladde auf. Ob Max sich an ihre Absprache gehalten hatte?

Als sie die Summe las, die die Sekretärin ausgerechnet hatte, blieb ihr die Luft weg. Sie zwang sich zur Ruhe, ging alle Quittungen noch einmal durch und rechnete die Beträge erneut zusammen. *Unglaublich!* Hitze schoss in ihr hoch. Allein im *Hotel Atlantic* hatte Maximilian an einem einzigen Abend dreihundertfünfzig Deutsche Mark ausgegeben! Ihre erste Reaktion war, sofort mit Maximilians Vater zu reden. Doch dann entschied sie sich dagegen. Das war ihre Aufgabe. Auch ohne die Schützenhilfe ihres Onkels musste sie in der Lage sein, Maximilian zur Vernunft zu bringen. Erst jetzt fragte sie sich, ob die hohen Spesen der Grund dafür waren, dass sich ihr Vetter in den letzten Tagen nicht mehr hatte sehen lassen.

Noch im Fliegeroverall stieg sie in ihren Wagen. Am Nachmittag war Max meistens zu Hause, bevor er abends ausging. Nur eine Viertelstunde später hielt sie in der Mönckebergstraße vor dem Mehrfamilienhaus. Auf ihr Klingeln hin hörte sie Schritte im Treppenhaus. Maximilian staunte nicht schlecht, als er die Haustür öffnete.

»Ich muss mit dir reden«, begann sie. »Kann ich reinkommen?« Sie sah ihm an, dass er getrunken hatte. Als er vor ihr die Treppe hochging, schwankte er leicht und hielt sich am Geländer fest. Vielleicht nicht gerade der richtige Zeitpunkt, dachte sie mit einem tiefen Seufzer. Doch jetzt war sie einmal hier. Außerdem wollte sie sich ihren Ärger von der Seele reden, bevor sie morgen ins Wochenende startete.

Nachdem sie die Wohnungstür hinter sich geschlossen hatte, folgte sie ihm ins Wohnzimmer. Maximilian wohnte seit einem Jahr hier, und sie war das erste Mal in der Wohnung. Mit dem riesigen Fernsehschrank in der Ecke samt Radio und Plattenspieler sowie den gestreiften Sesselbezügen war die Wohnung modern und geschmackvoll eingerichtet. Es herrschte penible Ordnung.

»Was gibt's?« Mit geröteten Augen sah Max sie herausfordernd an.

»Die Spesenabrechnung. Ich kann es nicht fassen. Wir hatten doch darüber gesprochen. Wie kannst du nur eine so hohe Summe im *Hotel Atlantic* ausgeben? Ganz abgesehen von den anderen Quittungen, die du eingereicht hast. Du weißt doch um unsere finanzielle Situation. Das sind auch deine Firmen, die du so herunterwirtschaftest.« Atemlos hielt sie inne – abwartend, wie er jetzt reagieren mochte.

Ihr Vetter lächelte kühl. »Die Kunden, die ich ins *Atlantic* eingeladen habe, wollen ein Flugzeug von uns kaufen.«

»Ein Flugzeug?« Sie lachte hart auf. »Wir bauen keine Flugzeuge mehr.« Dann sah sie ihn forschend an. »Oder willst du etwa eines der drei Wasserflugzeuge, die wir noch besitzen, verkaufen?«

Er hob die blonden Brauen. »Zum Beispiel.«

»So ein Quatsch. Wer will denn als Privatperson ein Wasserflugzeug haben? Und überhaupt ... Solltest du tatsächlich ein Flugzeug an jemanden verkaufen, ist es immer noch früh genug, die Leute in Champagner baden zu lassen, nachdem sie den Kaufvertrag unterschrieben haben.«

Sein Blick gewann an Härte. »Das sind Männerrunden. Davon verstehst du nichts. Da muss man schon mal was springen lassen.«

»Maximilian!« Sie baute sich vor ihm auf und stemmte die Hände in die Taille. »Ich sage dir jetzt was: Diese dreihundertfünfzig Mark kannst du aus eigener Tasche bezahlen. Ich sehe nicht ein, unser Firmenkonto weiterhin für dein persönliches Vergnügen zu plündern. Wir hatten bereits bei der letzten

Spesenabrechnung darüber gesprochen.« Mit diesen Worten drehte sie sich um und wollte in den Flur gehen, doch Max fasste sie hart am Arm, um sie zurückzuhalten.

»Jetzt sage ich dir mal was«, fauchte er. Seine Augen waren nur noch Schlitze. »Du kannst mich mal! Warum kannst du nicht endlich heiraten und die Firma in den Händen lassen, in die sie gehört? Nämlich in denen der Männer. Mir reicht's mit deiner Bevormundung.« Drohend hob er den Zeigefinger. »Denk daran: Wer hoch hinauswill, kann tief fallen. Und jetzt raus aus meiner Wohnung!« Bei seinen letzten Worten gab er ihr einen unsanften Stoß, sodass sie ein paar Schritte rückwärtstaumelte, sich jedoch noch an einer Kommode abfangen konnte. Mit hämmerndem Herzen drehte sie sich um. Tränen der Wut, Enttäuschung und tiefen Verletzung standen in ihren Augen.

»Du tust mir leid, Max«, brachte sie trotzdem noch leise mit brüchiger Stimme hervor. Danach warf sie die Wohnungstür hinter sich zu.

FREITAG, 5. APRIL 1957

Als der Wecker um sechs Uhr in der Früh klingelte, sprang Marlene voller Elan und Vorfreude aus dem Bett. Heute würde sie Bernhard wiedersehen. In den vergangen vierzehn Tagen hatte sie immer erst abends an ihn gedacht, so ausgefüllt waren ihre Tage gewesen. Ein manches Mal waren ihr wieder die Worte von Ansgar von Treskow in den Sinn gekommen: *der vorbehaltlose Einsatz der ganzen Person, schnelle Entschlossenheit, kalte Überlegung. Zudem bedeutet das Fliegen eine harte körperliche Beanspruchung.* Er hatte nicht ganz unrecht. Darüber hinaus verlangte in ihrem Fall auch der Aufbau der Flugtaxifirma den vorbehaltlosen Einsatz ihrer ganzen Person. Wie sollte sie bei alledem noch Zeit dafür haben, den ganzen Tag an Bernhard zu denken? Würde sie zukünftig überhaupt die Kraft haben, sich neben der Firma noch einer Ehe oder gar Familie zu widmen? Aber so weit waren sie ja längst noch nicht. Jetzt lagen erst einmal drei Tage und Nächte vor ihr, in denen sie beide in ihrem Paradies auf der Klippe nur füreinander da sein würden. In Gedanken daran bekam sie jetzt schon Herzklopfen.

Marlene packte ihre Reisetasche und schlüpfte in ihre Fliegermontur, die Else gewaschen und gebügelt hatte. Dann legte sie Make-up auf. Zufrieden mit sich und der Welt begutachtete sie sich im Badezimmerspiegel. Nachdem sie ihre Reisetasche in den Wagen gebracht hatte, ging sie hinunter in die Küche, um den Bordimbiss zu holen. Obwohl der Flug von Hamburg nach Lübeck nur etwa zwanzig Minuten dauerte, wollte sie dem Bürgermeisterehepaar an Bord ein Glas Sekt und Erdnüsse anbieten.

Als sie die Wohnung verließ, war es im Haus noch still. Zwanzig Minuten später kam sie in der Firma an, deren Hallen bereits hell erleuchtet waren. Zusammen mit Hannes machte sie den Flugvorbereitungscheck. Sie prüften noch einmal den Öl- und Benzinstand sowie die Rudergängigkeit und kontrollierten den Motor bei Vollgas und im Leerlauf.

»Alles bestens«, stellte Hannes zufrieden fest. »Wann kommen die Sievekings?«

»Halb neun. Abflug ist um neun Uhr.«

»Und wann wollen sie wieder zurück?«

»Montagmittag.«

Hannes bedachte sie mit einem liebevollen, wissenden Blick. »Dann wünsche ich dir eine schöne Zeit, Deern.«

Sie umarmte ihn spontan. »Danke. Dieses Mal werde ich wieder deine Schwester besuchen. Sie hat bestimmt etwas Leckeres für dich, das ich dir mitbringen muss.«

Die Zeit des Wartens bis zum Abflug verbrachte Marlene damit, den Imbiss sowie ihre Tasche an Bord zu bringen. Dann stellte sie noch eine Mappe mit Papieren zusammen, die Fräulein Piepenbrink an diesem Tag bearbeiten sollte. Trotz der Beschäftigung wurde sie immer nervöser. Hoffentlich ging alles glatt. Immerhin gehörte das Bürgermeisterehepaar zur Hamburger Prominenz. Wenn Herr und Frau Sieveking einen angenehmen Flug haben würden, wäre das die beste Reklame für ihr Flugtaxiunternehmen. Marlene wechselte noch ein paar Worte mit ihrem Onkel und ließ sich von ihm Holm- und Rippenbruch wünschen. Kurz vor halb neun begab sie sich mit hämmerndem Herzen aufs Flugfeld. Innerlich angespannt hielt sie nach der Limousine des Bürgermeisters Ausschau, der von seinem Fahrer gebracht werden sollte.

»Fräulein Lilienthal!«, hörte sie da ihre Sekretärin rufen. Fräulein Piepenbrink stand in der Tür zum Bürogebäude und winkte ihr zu.

Marlene lief zu ihr hinüber.

»Aus dem Flug wird nichts«, teilte ihr die Sekretärin aufgeregt mit. »Frau Tweeten hat gerade angerufen. Der Bürgermeister liegt mit hohem Fieber im Bett.«

»Wie bitte?« Marlene sah sie fassungslos an.

Die Sekretärin hob die spitzen Schultern. »Ja, leider. Sie wollen den Flug verschieben und entschuldigen sich, dass sie so kurzfristig absagen. Herr Sieveking wollte trotz des Fiebers verreisen, aber da hat sich seine Frau durchgesetzt.«

»Ja … gut.« Marlene griff sich an die Stirn. Sie war enttäuscht. Sie hatte sich auf den Flug gefreut. Dann straffte sie sich. »Ich fliege trotzdem. Ich habe nämlich eine Verabredung in Lübeck«, fügte sie mit verschwörerischem Lächeln hinzu.

Ein besseres Flugwetter hätte Marlene an diesem Morgen nicht haben können. Die Sonne schien, der Himmel war wolkenlos. Glasklar lag Hamburg unter ihr. Kaum war sie in der Luft, stellte sich bei ihr wieder das besondere Gefühl ein, über den Dingen zu schweben, das Elementare und die scheinbare Grenzenlosigkeit zu erleben. Die Enttäuschung darüber, dass der Bürgermeister abgesagt hatte, war vergessen. Auch der Ärger wegen Maximilian, der sie in der Nacht ein paar Stunden Schlaf gekostet hatte, gehörte nicht in das grenzenlose Blau. Versonnen lächelte sie vor sich hin. Vielleicht würde Bernhard bei ihrer Landung in fünfzehn Minuten schon auf dem Rollfeld auf sie warten. Drei Tage, die nur ihnen gehörten! Sie spürte der Wärme nach, die bei diesem Gedanken ihr Herz durchflutete. Wie herrlich doch das Leben sein konnte! Die Welt lag ihr zu Füßen, und der Himmel war voller Geigen.

Plötzlich gab es einen scharfen Knall. Marlene wachte aus ihren Tagträumen auf, als hätte sie eine Ohrfeige bekommen. Was war das gewesen? Den Bruchteil einer Sekunde später begriff sie, dass der Motor ausgesetzt hatte. Sie horchte, wartete mit angehaltenem Atem darauf, dass er wieder anlaufen würde, zählte die

Sekunden. Nichts. Der Motor blieb stumm. Eine eiskalte Faust griff nach ihrem Herzen. Sie warf einen Blick auf die Cockpituhr. Nur noch fünf Minuten und sie würde den Flughafen Lübeck erreicht haben, dennoch war er noch viel zu weit weg, um ihn im Gleitflug anfliegen zu können. Sie würde notlanden müssen. Ihr Herz raste. Sie blickte aus dem Fenster. Unter ihr war alles besiedelt. Sie befand sich bereits über den Außenbezirken von Lübeck. Unmöglich würde sie dort eine Stelle zum Notlanden finden. Eine Möglichkeit hatte sie noch, um sich zu retten: Sie konnte mit dem Fallschirm abspringen. Dann würde das führungslose Flugzeug auf eines der Gebäude dort unten krachen. Ohne sie an Bord. Unmöglich! Niemals könnte sie mit dem Wissen weiterleben, für den Tod eines oder mehrerer Menschen verantwortlich zu sein.

Voller Panik suchte sie das Gelände unter sich ab. Dort, die lange, gerade Straße vielleicht … Sie schien nur wenig befahren zu sein. Die Autofahrer würden sie hoffentlich früh genug erkennen und ihr ausweichen. Mit zittriger Hand funkte sie den Flugplatz an.

»Hier der Tower«, meldete sich sofort ein Flugplatzbediensteter.

»Mayday, Mayday«, rief sie hektisch ins Mikrofon. »Lilienthal, habe für heute Vormittag Landung meiner Vega Gull angekündigt. Motorausfall. Muss notlanden, befinde mich bereits über Lübeck, lande auf einer langen Straße.«

»Verstanden, wir werden Sie orten und schicken Löschfahrzeuge raus.«

Während sie gefunkt hatte, war ihre Vega Gull weiter stumm in der blauen Stille dahingeglitten. Noch war sie auf tausendsechshundert Metern, doch sie verlor stetig an Höhe. Angst schnürte Marlene die Kehle zu. In dem kleinen, ihr so vertrautem Cockpit fühlte sie sich plötzlich wie in einem Sarg. Mit den Füßen bediente sie das Seitenruder, um auf die lange Straße zuzulenken. Jetzt erst bemerkte sie die Begrenzungspfosten zu beiden Seiten der Straße. Mit Sicherheit würden sie enger beieinanderstehen als zwölf Meter. Bei einer Landung würden die Seitenflügel ihrer Vega Gull unweigerlich gegen sie prallen. Dennoch … eine andere Möglichkeit gab es nicht. Sie presste die Zähne aufeinander, während sie immer schneller an Höhe verlor. Die Straße raste auf sie zu. Es gab kein Halten mehr. Und dann passierte genau das, was sie erwartet hatte. Nachdem sie unsanft aufgesetzt hatte, rasierten die Seitenflügel die nächsten zwei Pfosten weg. Es folgte ein Ruck, ein ohrenbetäubendes, splitterndes Krachen, eine Stoßwelle, die sie jäh durchfuhr. Und dann wurde alles schwarz und totenstill um sie herum.

DIENSTAG, 9. APRIL 1957

Als Marlene aufwachte, nahm sie ihre Umgebung wie durch Watte wahr.

»Wie geht es Ihnen?«, fragte ein Mann. An seinem weißen Kittel und dem Stethoskop um den Hals erkannte sie, dass es sich um einen Arzt handeln musste.

»Wo bin ich?«, flüsterte sie heiser. Am liebsten wäre sie auf der Stelle wieder eingeschlafen.

»Inzwischen im Krankenhaus in Hamburg. Wir mussten Sie operieren.«

»Operieren?« Sie blinzelte zu ihm hoch.

»Sie hatten einen Flugzeugunfall. Wir haben Sie ins Koma versetzt, wegen der Schmerzen.«

Sie wollte sich aufrichten, fiel dann jedoch aufstöhnend ins Kissen zurück. Da spürte sie, wie eine Kanüle in ihren Arm geschoben wurde. »Schlafen Sie noch ein bisschen«, hörte sie den Arzt sanft sagen. Sie schloss die Augen, und ihr Bewusstsein zog sich wieder an einen Ort zurück, wo es keine Schmerzen mehr gab.

Als Marlene das nächste Mal aufwachte, nahm sie als Erstes den Duft süßer Rosen wahr, der sich mit dem von Desinfektionsmitteln mischte. Eine weiche Hand streichelte ihre Wange. »Marlene, Liebes.«

Marlene schlug die Lider auf und blickte in das besorgte Gesicht ihrer Tante.

»Da bist du ja wieder, mein Schatz«, begrüßte Änne sie mit Freudentränen in den runden, blauen Augen. »Wie geht es dir?«

Marlene fühlte sich schon etwas besser als beim ersten Aufwachen. Sie nahm ihre Umgebung klarer wahr – das Bett, in dem sie lag, die weiß gestrichenen Wände, das Fenster, an dessen Scheiben der Regen herunterrann. Und mit einem Mal fiel ihr alles wieder ein: Sie war auf dem Flug nach Lübeck gewesen, der Motor ihrer Vega Gull hatte ausgesetzt, sie hatte notlanden müssen, ihre Maschine war gegen Pfosten gerast, hatte sich überschlagen …

Jäh richtete sie sich auf. Doch die stechenden Schmerzen, die sie überall am Körper spürte, ließen sie gleich wieder ins Kissen zurückfallen. Sofort war die Hand ihrer Tante da, die ihr Gesicht sanft streichelte. »Ganz langsam, mein Schatz. Du hast eine schwere Gehirnerschütterung, zwei Rippenbrüche und am ganzen Körper Schnittwunden. Gott sei Dank ist wie durch ein Wunder dein Gesicht verschont geblieben. Da musst du dir keine Sorgen machen. Die Ärzte haben dich erst vor drei Stunden aus dem künstlichen Koma geholt. Du warst vier Tage bewusstlos und bist künstlich ernährt worden.«

Ungläubig sah sie ihre Tante an. »Welchen Tag haben wir denn heute?«

»Dienstag.«

Marlene konzentrierte sich. Es war Freitag gewesen, als sie nach Lübeck geflogen war. Und plötzlich durchzuckte sie der Gedanke an Bernhard.

Sie stützte sich auf. »Mein Gott«, flüsterte sie ganz benommen vor sich hin.

»Was ist?«, fragte ihre Tante sofort.

Marlene sah sie an und nahm sie dennoch nicht wahr. Stattdessen sah sie Bernhard vor sich, wie er am Flugplatz auf sie wartete. Ob er sich bei der Flugaufsicht erkundigt hatte, warum sie nicht gekommen war? Dann würde er von ihrem Unfall wissen. Vielleicht aber hatte er auch gedacht, dass sie ihn nicht mehr wollte, weil ihre Liebe so wenig Aussicht hatte. Kraftlos schloss sie die Augen.

»Soll ich den Arzt rufen?«, fragte Änne besorgt.

Marlene schüttelte stumm den Kopf.

»Was ist denn?« Ihre Tante klang verzweifelt.

»Ich war in Lübeck fürs Wochenende verabredet«, brachte sie stockend hervor und sah ihre Tante an.

»Mit einem Mann?« Ännes Augen leuchteten ihr erwartungsvoll entgegen. Ihre Tante liebte Liebesgeschichten.

Sie nickte, wobei sie das Gefühl hatte, ihr Gehirnwasser würde hin- und herschwappen.

»Wie schön! Mach dir keine Sorgen. Dann rufst du ihn morgen an, wenn es dir wieder etwas besser geht, und erklärst ihm alles. Wenn er hört, was dir passiert ist, wird er dir nicht böse sein.«

Hätte sie sich nicht so schlecht gefühlt, hätte sie lächeln müssen. Tante Änne und ihr unkompliziertes, rheinisches Naturell.

»Oder soll ich ihn gleich für dich anrufen?«, bot sich Änne eilfertig an.

»Das geht nicht«, murmelte sie.

Ihre Tante schwieg ein paar Sekunden. Dann beugte sie sich zu ihr hinunter und fragte mit unterdrückter Stimme: »Ist er verheiratet?«

»Nein«, erwiderte sie matt. »Es ist kompliziert.«

»Mein armes Kind.« Änne drückte ihre Hand und hielt sie fest in ihrer, die sich warm und weich anfühlte. »Es wird schon wieder alles gut«, sagte sie tröstend. »Und wenn es dir wieder besser geht, kannst du mir alles anvertrauen. Falls du möchtest.«

Marlene lächelte sie dankbar an.

»Du brauchst jetzt viel Ruhe, mein Kind. Schlaf ein bisschen.«

»Was ist mit der Vega?«

»Die haben Hannes und Herr von Treskow abgeschleppt. Sie ist jetzt in der Werkshalle.«

»Und?« Erwartungsvoll sah sie ihre Tante an.

»Was weiß ich? Hauptsache ist doch, dass du noch lebst.«

Marlene umfasste ihre Hand fester. »Ich muss unbedingt mit Hannes sprechen. Bitte sag ihm, dass er morgen kommen soll.«

Nachdem ihre Tante gegangen war, kreisten Marlenes Gedanken unaufhörlich um Bernhard. Wie konnte sie ihn erreichen? Sie besaß noch nicht einmal seine Adresse in Wismar. Ob er zu ihrem Haus gefahren war, als sie nicht wie verabredet gelandet war? Vielleicht hatte er dort eine Nachricht hinterlassen. Mit der Angst im Herzen, ihn nie mehr wiederzusehen, fiel sie schließlich wieder in einen traumlosen Schlaf, aus dem sie mitten in der Nacht aufwachte. Die Nachtschwester verabreichte ihr erneut Schmerzmittel und gab ihr etwas heiße Brühe zu trinken. Nachdem sie weg war, fand Marlene trotz der Medikamente keinen Schlaf mehr. Sie hörte die Schritte auf dem Gang, das Rollen des Medikamentenwagens, das Quietschen einer Tür. Sie sah durchs Fenster. Es war eine sternenlose Nacht. Da dachte sie an das Lagerfeuer am Strand und daran, dass es seitdem zwei Sterne am Himmel gab, irgendwo dort draußen hoch oben am Firmament, die *Marlene* und *Bernhard* hießen. Ob sie noch einmal so glitzern würden wie in der Nacht am Strand?

Sie seufzte leise. Ganz gleich, wie sie sich hinlegte, alles tat ihr weh. Zu ihrer Sehnsucht nach Bernhard und ihrer Verzweiflung gesellte sich jetzt auch die Frage, wie es zu diesem Unglück hatte kommen können. Der Motor war wie am Schnürchen gelaufen. War er etwa manipuliert worden? Gab es tatsächlich jemanden in ihrem Umfeld, der ihr schaden wollte? Der ihr den Erfolg mit der Flugtaxifirma neidete? Der sie schlicht und einfach aus dem Weg schaffen wollte? In diesem Zusammenhang fiel ihr nur ein Mensch ein. Doch an ihn wollte sie gar nicht erst denken. Es konnten nur die Dämonen der Nacht sein, die ihr seinen Namen zugeflüstert hatten.

MITTWOCH, 10. APRIL 1957

Der Professor hatte gerade die Visite beendet und Marlene in Aussicht gestellt, vielleicht Mitte der kommenden Woche entlassen zu werden, als Hannes das Krankenzimmer betrat. Unsicher und ein wenig ungelenk legte er den kleinen Strauß Tulpen auf den Nachttisch.

Sie lächelte ihn gerührt an. »Danke, das ist lieb von dir.«

»Vielleicht bringt dir die gelbe Farbe ein bisschen Sonne ins Herz«, meinte er mit besorgter Miene.

Sie griff nach seiner Hand. »Hannes, weißt du schon, wie das passieren konnte?«

Ihr väterlicher Freund ließ sich schwer atmend auf den Stuhl neben ihrem Bett fallen. »Die Pleuelstange ist entzweigebrochen und durch das Motorgehäuse gedrungen.« Er sah sie ernst an. »Sie ist eindeutig angesägt worden. Bei dem kurzen Flug hätte nicht unbedingt etwas passieren müssen. Aber es ist passiert. Weißt du, wie man so etwas nennt? Sabotage«, sagte er mit Grabesstimme.

Marlene schluckte schwer.

»Von Treskow wirkt sehr betroffen. Ich glaube, er ahnt oder weiß vielleicht sogar, wer das getan hat.«

»Von Treskow?«, fragte sie erstaunt.

Hannes hob die breiten Schultern. »Vielleicht hat er denjenigen gesehen. Es muss in der Nacht von Donnerstag auf Freitag passiert sein.«

»Beim Flugvorbereitungscheck kann man so was nicht bemerken«, sagte Marlene wie in Gedanken.

»Richtig. Deshalb hat dich dieses Mal auch niemand am Check

gehindert«, erwiderte Hannes mit düsterer Miene und fügte hinzu, »so wie beim letzten Mal, als du notlanden musstest.«

»Maximilian.« Zum ersten Mal wagte Marlene es, ihren Verdacht laut auszusprechen.

Hannes sah sie an. »Wer sonst?«

Am späten Nachmittag dieses Tages – Änne Lilienthal war gerade gegangen – kam Cleo ins Krankenzimmer gerauscht – und mit ihr eine Welle von Energie und Entschlossenheit. Marlenes Jugendfreundin zögerte nicht lange.

»Das war Sabotage«, sagte sie mit ernstem Blick aus den schwarz geschminkten Augen. »Genauso wie beim ersten Mal. Das kann kein Zufall sein. Denk nur an den Zeitungsartikel. Da will jemand nicht nur die Flugtaxifirma in Verruf bringen, sondern auch dich ins Grab. Habt ihr irgendeine Konkurrenz auf dem Gebiet?«

»Die Lufthansa wird es nicht sein«, erwiderte Marlene trocken, woraufhin Cleo lachen musste und Marlene zum ersten Mal auch wieder.

»Fall jetzt nicht aus dem Bett, aber ich habe deinen Vetter Maximilian in Verdacht«, fuhr ihre Freundin fort.

»Ich auch«, stimmte Marlene ihr leise zu.

»Na siehste! Die Frage ist nur, wie du ihn überführen kannst.«

Da erzählte Marlene ihr von dem Gespräch mit Hannes.

»Ich glaube nicht, dass von Treskow ihn verraten wird, auch wenn er sein Verhalten bestimmt verurteilt. Männer haben einen Ehrenkodex. Man verrät keine Kameraden. Und genau das waren die beiden im Krieg«, gab Cleo zu bedenken.

»Ich werde mir schon etwas einfallen lassen«, murmelte Marlene wie zu sich selbst.

»Und was ist jetzt mit Bernhard?«

»Nichts. Wir haben uns verpasst, und ich kann ihn nicht erreichen.«

»Aber er dich.«

»Wenn er will. Vielleicht denkt er ja, ich würde ihn nicht mehr wollen, wegen dieser komplizierten Situation zwischen uns. In diesem Fall wäre er viel zu stolz, mir nachzulaufen. Außerdem sind seine Möglichkeiten ja auch eingeschränkt wegen der Grenze. Wie er mir sagte, darf die Stasi nicht herausfinden, dass er mit einer Frau aus dem Westen zusammen ist. Dann würde er aus dem Reisekader geworfen und könnte seine Mutter nicht mehr besuchen, die darunter sehr leiden würde.«

Cleo seufzte laut auf und fuhr sich mit allen zehn Fingern durch den schwarzen Bubikopf. »Ich finde das alles sehr schwierig. Meinst du nicht, ein Mann wie von Treskow würde besser ins Bild passen?«

Marlene fielen fast die Augen aus dem Kopf. »Ich dachte, den willst du?«

Da lachte ihre Freundin. »Ich würde ihn nicht von der Bettkante stoßen, aber für diese Zwecke gibt es ja auch noch andere Männer. Es muss nicht von Treskow sein. Zumal sich jetzt herausgestellt hat, dass er wahrscheinlich gar keine Laster hat, wenn die Blonde seine Schwester ist«, fügte sie zwinkernd hinzu.

Energisch schüttelte Marlene den Kopf und spürte sogleich wieder einen stechenden Schmerz, der sie schwindelig machte. Dennoch erwiderte sie mit fester Stimme: »Und ich will nicht einfach irgendeinen Mann. Ich will Bernhard. Ansonsten kann ich gut allein leben. Genauso wie du.«

»Wirst du wieder fliegen?«

»Welch eine Frage! Natürlich. Hannes meinte gestern, dass er die Vega Gull vielleicht wieder zusammenflicken kann, falls er passende Ersatzteile bekommt. Gerade wird eines der Wasserflugzeuge zum Landflugzeug umgebaut. Von Treskow hatte die Idee, damit es mit dem Flugtaxi weitergehen kann. Die Schwimmer werden abgenommen, und stattdessen wird ein Räderfahrwerk eingebaut.«

»Na, dann kannst du ja bald wieder abheben. Aber was ist mit den Kunden, mit denen du schon Termine hast? Wie mit dem

Hamburger Geschäftsmann, der zweimal in der Woche nach Frankfurt muss?«

»Von Treskow vertritt mich. Er ist ja Pilot.«

»Donnerlittchen, das ist ja wahrlich ein Mann für alle Fälle«, scherzte Cleo. »Pass gut auf, dass er sich bei dir nicht unentbehrlich macht.«

»Keine Sorge, er weiß inzwischen, dass ich einen Freund habe. Und sobald ich hier raus bin, werde ich alles tun, um Bernhard wiederzusehen.«

DONNERSTAG, 11. APRIL – MITTWOCH, 17. APRIL 1957

Mit jedem Tag, den Marlene im Krankenhaus verbrachte, ging es ihr besser. Sie war geradezu besessen von dem Wunsch, so schnell wie möglich entlassen zu werden, um Bernhard wiedersehen zu können. Die Sehnsucht nach ihm gab ihr die Kraft zur Genesung.

Jeden Tag bekam sie Besuch von ihrer Tante. Ihr Onkel schaute nach Büroschluss bei ihr vorbei und hielt sie auf dem Laufenden. Maximilian ließ über seine Eltern nur Grüße ausrichten. Freitags brachte ihr die Krankenschwester einen Strauß gelber Nelken. »Die sind unten am Empfang für Sie abgegeben worden.«

Neugierig öffnete Marlene den Umschlag. *Ich wünsche Ihnen von Herzen gute Besserung. Ansgar von Treskow* stand auf der Karte.

Montagvormittag konnte Marlene das Krankenhaus verlassen. Ihr Onkel fuhr sie nach Hause. Sie war froh, als sie sich dort wieder hinlegen konnte. Vielleicht hatte sie doch zu sehr auf ihre Entlassung gedrängt? Änne schwirrte wie eine Glucke um sie herum. Am frühen Abend, nachdem ihre Tante in ihren Wohntrakt gegangen war, wählte Marlene die Nummer vom *Treibsand* in Rettin. Seit Tagen fieberte sie diesem Anruf entgegen.

»Marlene!«, rief Lieselotte erfreut aus. »Wie geht es dir? Hannes hat mir erzählt, was passiert ist.«

Nur ganz kurz berichtete Marlene ihr von dem Unglück. Dann stellte sie die Frage, die ihr auf der Seele brannte: »Sag mal, hat sich vorletztes oder vergangenes Wochenende bei dir ein Mann nach mir erkundigt?«

Die sonst so schlagfertige Wirtin schwieg ein paar Sekunden. »Wie meinst du das?«, fragte sie schließlich zögerlich.

»Erinnerst du dich noch an den Mann, mit dem ich vor ein paar Wochen abends bei dir getanzt habe?«

»Klar.«

»War er noch mal bei dir?«

»Nee, den habe ich nicht mehr gesehen. Warum?«

Da erzählte Marlene ihr von Bernhard.

»Ach, herrje. Das tut mir leid. Aber vielleicht hat er ja eine Nachricht am Haus zurückgelassen. Soll ich mal gucken gehen?«

»Ach, Lieselotte, würdest du das tun?«

»Klar. Ich sage dir danach Bescheid.«

An diesem Montagabend schlief Marlene mit dem winzigen Funken Hoffnung ein, am nächsten Tag vielleicht ein Lebenszeichen von Bernhard zu bekommen.

Nach den Regentagen war Dienstag das Wetter wieder so gut, dass Marlene ein paar Stunden im Pavillon sitzen konnte, wo ihre Tante sie mit Rotwein mit gequirltem Eigelb versorgte. »Einmal am Tag. Das gibt dir Kraft«, sagte sie mit mahnendem Blick. »Das ist ein altes Hausmittel bei uns an der Ahr.«

Mit geschlossenen Augen und zugekniffener Nase schluckte Marlene artig den Gesundheitstrank hinunter. Danach versuchte sie wieder zu lesen. Doch sie konnte sich nur schlecht konzentrieren. Nicht wegen der Kopfschmerzen, die sie immer noch plagten, sondern wegen ihrer Probleme, die *Bernhard* und *Maximilian* hießen. War ihr Vetter tatsächlich verantwortlich für die beiden Unfälle und den Zeitungsartikel, der sie als Pilotin in Verruf bringen sollte? Es konnte doch kein Zufall sein, dass sie gerade auf den beiden Flügen, auf denen sie Prominente an Bord haben sollte, in Schwierigkeiten geraten war. War Max wirklich so skrupellos, mit ihrem Leben derart zu spielen? Das konnte und wollte sie nicht glauben. Doch wer sollte sonst Interesse daran haben, sie aus der Luft zu holen? Sollte sie Anzeige bei der Polizei erstatten oder erst einmal auf eigene Faust recherchieren?

Abends, als Marlene allein vorm Fernseher saß und die Tagesschau schaute, klingelte das Telefon. Es war ihr Vetter Alexander, der außer sich darüber war, was ihr widerfahren war. »Gib die Fliegerei doch endlich auf. Die steht in der letzten Zeit bei dir unter einem ganz schlechten Stern«, drängte er sie.

Marlene holte tief Luft. Sie wusste, dass ihr Vetter sehr schlecht zu beruhigen war, wenn er so aufgeregt war.

»Alex«, begann sie mit erzwungener Ruhe. »Mach dir keine Sorgen. Mir geht es gut. Und was die Fliegerei in Zukunft angeht … Wir werden sehen. Sei mir bitte nicht böse, aber ich fühle mich ziemlich erschöpft. Können wir ein anderes Mal telefonieren? Aber sag mir vorher noch, wie es dir geht?«

»Sehr gut. Bei mir ist alles in Ordnung«, erwiderte er etwas zurückhaltender. »Ich melde mich dann wieder.«

»Tu das. Vielen Dank, dass du angerufen hast. Ich hoffe, du verstehst, ich bin erst seit gestern aus dem Krankenhaus raus.«

»Kein Problem. Ich küsse dich. Bis bald.«

»Alexander? Warte mal«, ihr fiel noch etwas ein.

»Ja?«

»Grüße deinen Freund unbekannterweise von mir.«

»Danke, Marlene. Das mache ich gern.« Sie hörte aus seiner Stimme, wie sehr er sich darüber freute.

Kaum hatte Marlene aufgelegt, da klingelte es erneut.

»Ansgar von Treskow«, meldete sich dessen markante Stimme. »Wie geht es Ihnen?«

»Besser. Hat mein Onkel Ihnen meinen Dank für die wunderschönen Blumen und die Grüße ausgerichtet?«

»Hat er. Ich wollte Ihnen nur kurz mitteilen, dass heute alles geklappt hat.«

Marlene stutzte. Was meinte er?

»Der erste Flug mit Herrn Müller nach Frankfurt. Der Hamburger Geschäftsmann, der Kosmetika herstellt.«

»Ja, natürlich.« Marlene war es peinlich, dass sie sich nicht sofort daran erinnert hatte. Aber ihr Kopf war einfach zu besetzt von zwei anderen Männern, die ihr größte Sorgen bereiteten.

»Gründonnerstag hole ich ihn wieder in Frankfurt ab«, fuhr von Treskow fort. Als sie schwieg, fragte er: »Oder wollen Sie das machen?«

»Nein, nein, das traue ich mir in dieser Woche noch nicht zu. Ich fliege erst wieder nach Ostern.«

»Und falls Sie sich dann noch nicht danach fühlen, springe ich gerne weiterhin für Sie ein. Das Fliegen macht mir Spaß. Und das Wasserflugzeug ist ohne Schwimmer und mit dem Räderwerk gar keine schlechte Maschine. Für Langstrecke wäre es nicht geeignet, aber für Kurzstrecken leistet es als Ersatz für die Vega Gull gute Arbeit.«

»Was ist eigentlich mit meiner Vega?«

»Hannes tut alles, damit sie bald wieder flugtauglich ist. Aber das wird noch eine Menge Arbeit sein.«

»Ich bin schon gespannt darauf, wie sich unser ehemaliges Wasserflugzeug fliegen lässt. Und übrigens – nochmals herzlichen Dank, dass Sie sich neben Ihrer Arbeit als Ingenieur so sehr für das Lufttaxi einsetzen. So haben wir durch diesen blöden Unfall wenigstens keinem Kunden absagen müssen.«

Von Treskow lachte kurz auf. »Na ja, *blöder Unfall.* Das ist ziemlich untertrieben. Dieser Unfall hat Sie fast das Leben gekostet.«

Marlene zögerte, doch dann kam die Frage doch über ihre Lippen: »Haben Sie vielleicht eine Ahnung, wer mir schaden will?«

Am anderen Ende der Leitung war es still – viel zu lang. »Fräulein Lilienthal, dazu kann ich nichts sagen«, erwiderte von Treskow steif. »Ich wünsche mir für Sie, dass Sie es herausfinden. Es ist bestimmt kein gutes Gefühl, ständig mit der Angst, so etwas könnte sich wiederholen, in den Himmel abzuheben. Ich hoffe sehr, dass sich die Sache bald aufklärt. Sie sind doch eine mutige und energische Frau. Falls Sie einen Verdacht haben, sollten Sie den Betreffenden ansprechen. Oder zur Polizei gehen. Ich finde, er hat eine Strafe verdient.«

Das Gespräch hing Marlene noch lange nach. Sie war sich sicher, dass von Treskow ihr zwischen den Zeilen etwas hatte sagen wollen. Verdächtigte er etwa Maximilian?

Marlene war schon auf der Treppe zu ihrem Schlafzimmer, als das Telefon ein drittes Mal klingelte.

»Ich hoffe, ich rufe nicht zu spät an«, sagte Lieselotte hastig. »Ich bin nicht früher dazu gekommen. Bevor ich heute Abend geöffnet habe, war ich bei deinem Haus. Es war kein Zettel an der Tür. Leider, Deern.«

Was nicht heißt, dass Bernhard nicht nach mir gesucht hat, versuchte Marlene sich einzureden, bevor sie vor Erschöpfung in einen traumlosen Schlaf fiel.

Mittwochnachmittag ging Marlene mit ihrer Tante unterhalb des Grundstücks an der Elbe spazieren. Dabei erzählte sie ihr von Bernhard. Ihre Patentante reagierte verhalten, was Marlene erwartet hatte.

»Ich habe mal gehört, dass die im Osten weniger verdienen sollen als wir im Westen«, wandte Änne vorsichtig ein.

Marlene musste lachen. »Das ist ja wohl das kleinste Problem. Die im Osten dürfen nicht rüber zu uns in den Westen, das ist viel schlimmer.«

»Ach, Kind, was willst du denn mit so einer Beziehung?« Änne hakte sich bei ihr unter. »Das kann doch nichts werden. Aber genieß es, solange es geht. Ein bisschen Liebe tut dir gut.«

Marlene blieb stehen und sah sie erstaunt an.

Ihre Tante nickte ihr aufmunternd zu. »Das meine ich ernst. Nach dem Krieg hat sich doch alles verändert. Auch die Moral. Da muss man fortschrittlich denken. Es muss ja keiner wissen. Aber vergiss nicht, dir irgendwann hier einen netten Mann zu suchen, mit dem du eine gemeinsame Zukunft aufbauen kannst.«

»Ich würde gerne kommendes Wochenende zum Haus fahren«,

sagte Marlene, nachdem sie ein paar Schritte weitergegangen waren.

Änne blieb abrupt stehen. »Aber es ist doch Ostern.«

»Ich weiß. Aber ich bin mir sicher, dass Bernhard zu Ostern seine Mutter besuchen wird. Und vielleicht …«

Ihre Tante streichelte ihr über die Wange. »Tu das.«

»Alexander kommt doch bestimmt zu Besuch, oder?«

Mit trauriger Miene schüttelte Änne den Kopf. »Er hat abgesagt. In der Woche nach Ostern haben sie eine Modenschau, die sie vorbereiten müssen.« Sie bemühte sich um ein tapferes Lächeln. »Wenn du dann auch nicht da bist, fahre ich vielleicht mit Wilhelm noch einmal an die Ahr. Mal sehen, ob ich ihn dazu überreden kann.«

»Ich könnte euch hinfliegen. In Koblenz gibt es auf der Karthause einen Verkehrslandeplatz. Von dort aus könntet ihr mit dem Zug weiterfahren, oder dein Bruder holt euch ab.«

»Ich weiß nicht, mein Schatz«, meinte Änne zögerlich. »Du weißt doch, ich habe Angst vorm Fliegen. Aber vielleicht bleiben wir auch hier und machen es uns allein gemütlich. Wilhelm und ich haben uns ja immer was zu erzählen. Sag mal, das will ich dich schon seit Tagen fragen«, wechselte sie abrupt das Thema. »Hast du dich eigentlich mit Maximilian gestritten? Er hat dich nicht einmal im Krankenhaus besucht. Und hier lässt er sich auch nicht blicken. Wir sind doch alle eine Familie, und in einer solchen Situation kümmert man sich umeinander.«

Marlene zögerte. Unmöglich konnte sie ihrer Tante von ihrem Verdacht erzählen. Deshalb antwortete sie: »Wir hatten eine Meinungsverschiedenheit. Über die hohen Spesen, die er monatlich macht. Aber das gibt sich schon wieder.«

»Ja, ja.« Änne seufzte mit kummervoller Miene. »Der Junge hat sich so verändert.«

Mittwochabend beschloss Marlene, am nächsten Tag in die Firma zu fahren, weniger, um zu arbeiten, als vielmehr die Gelegenheit nicht verstreichen zu lassen, noch vor Ostern mit

Maximilian zu sprechen. Seit Jahren brachte er am Gründonnerstag Fräulein Piepenbrink einen Korb mit Pralinen und Herrn Fischer eine Flasche Cognac mit. Das würde morgen bestimmt wieder so sein. Sie hatte zwar Angst vor dem Gespräch, dessen Ausgang noch völlig offen war, aber es musste sein. Sie musste zumindest ihren Verdacht ihm gegenüber aussprechen, sonst würde sie daran ersticken.

GRÜNDONNERSTAG, 18. APRIL 1957

Als Marlene um neun Uhr bei schönstem Frühlingswetter das Bürogebäude betrat, brach Fräulein Piepenbrink in Freudentränen aus. »Dass Sie wieder gesund sind! Wir hatten solche Angst um Sie.«

Marlene tätschelte beruhigend ihren Arm. »Ich lebe noch, und mit jedem Tag wird es besser. Gibt es was Wichtiges?«

»Herr von Treskow ist vor einer halben Stunde nach Frankfurt geflogen, um Herrn Münster abzuholen. Er wird gegen Mittag zurück sein. Ich habe in den Tagen alles, was für Sie war, auf Ihren Schreibtisch gelegt. Der Terminplan für die Flüge nach den Feiertagen liegt auch auf dem Schreibtisch. Es hat fünf Buchungen gegeben, zusätzlich zu den beiden von Herrn Müller.«

»Das ist ja wunderbar! Dann werden wir, wenn das so weitergeht, bald zwei Maschinen brauchen und noch einen Piloten oder eine Pilotin«, fügte Marlene zwinkernd hinzu.

Fräulein Piepenbrink strahlte über beide Wangen, als ginge dieser Erfolg auf ihr Konto. »Ja, es geht aufwärts«, sagte sie voller Stolz. »Ich habe in Absprache mit den Passagieren die Termine so gelegt, dass sie erst noch mit einem Flugzeug zu machen sind.«

»Sie sind ein Schatz, Fräulein Piepenbrink. Falls wir mit unserem Flugtaxi langfristig doch keinen Erfolg haben sollten, werde ich Sie dem Planungsstab der Lufthansa weiterempfehlen.« Ihre Sekretärin wurde knallrot und kicherte wie ein junges Mädchen.

Marlene bedankte sich und betrat ihr Büro. Nachdem sie die Tür hinter sich geschlossen hatte, blieb sie stehen. Als ihr der so vertraute Geruch von alten Akten, Staub und Kerosin in die Nase drang, wurde ihr zum ersten Mal richtig bewusst, dass sie knapp am Tod vorbeigeschlittert war. Ein bisschen weniger Glück, und sie hätte diesen Raum, den sie eng mit ihrem Vater verband, nie mehr betreten.

Langsam ging sie um den alten Schreibtisch aus Stahl herum. Als nüchtern denkender Ingenieur hatte ihr Vater, anders als sein Bruder Wilhelm, nichts für pompöse Ausstattungen übriggehabt. Sie setzte sich auf den Lehnstuhl, der immer ein wenig knarrte, und legte die Hände auf die Holzplatte. Sie liebte das Gefühl von Wärme, das das alte Nussbaumholz abgab. Jede Schramme, jeder Fleck war ihr seit der Kindheit vertraut. Als kleines Mädchen hatte sie hier auf der Fensterbank gesessen und ihrem Vater beim Konstruieren zugesehen. Bei all diesen Erinnerungen war ihr zumute, als hätte sie ein zweites Leben geschenkt bekommen. Und wieder musste sie an Maximilian denken. War er derjenige, der hinter der Sabotage steckte? Hoffentlich würde er heute in die Firma kommen. Sie musste es hinter sich bringen.

Um sich von diesen bitteren Gedanken abzulenken, machte sie sich an die Arbeit. Aber schon nach zwei Stunden spürte sie die Erschöpfung. In ihrem Kopf dröhnte es, als spiele das gesamte Hamburger Orchester darin. Ihre Rippen schmerzten bei jedem Atemzug. Dagegen half auch der starke Bohnenkaffee von Fräulein Piepenbrink nicht. Sie musste eine Tablette nehmen.

»Hast du Lust, mit mir in der Börse essen zu gehen?«, fragte ihr Onkel mittags.

»Danke, heute lieber nicht«, antwortete sie. »Ich bleibe hier und ruhe mich ein wenig aus.«

»Warum fährst du nicht nach Hause?«, fragte Wilhelm mit besorgter Miene. »Die Arbeit läuft dir doch nicht weg. Die kannst du auch nach Ostern erledigen.«

»Ich weiß.« Sie lächelte ihn liebevoll an. Wie konnte sie ihm sagen, dass sie auf seinen Sohn wartete, um ihn mit ihrem Verdacht zu konfrontieren?

Nachdem ihr Onkel weg war, schob Marlene einen der beiden verschlissenen Ledersessel vors Fenster und legte ihre braunen Trotteurs aufs Fensterbrett. Das war nicht gerade damenhaft, aber bequem. Dann aß sie in der Stille ihres Büros Elses saftigen Marmorkuchen, dessen Teig die altgediente Köchin immer etwas Quark zufügte. Während Marlene die Sonnenstrahlen auf dem Gesicht genoss, sah sie von Treskow landen – sicher und elegant, so, wie der ganze Mann war. Bestimmt war er im Krieg ein guter Jagdflieger gewesen. Sie beobachtete, wie Herr Müller dem Ingenieur etwas überreichte, wie sich die beiden per Handschlag voneinander verabschiedeten, der Kosmetikhersteller zu seiner BMW-Limousine ging und von Treskow in der Werkshalle verschwand, wo er ein kleines Büro hatte.

Ein paar Minuten später klopfte es an ihre Bürotür. Maximilian?, schoss es Marlene durch den Kopf. Schnell nahm sie die Füße vom Fensterbrett, sprang auf und strich den grauen Kostümrock glatt. »Ja, bitte!«

Im Rahmen stand von Treskow. Er hatte seine Fliegermontur noch an, was seine Attraktivität unterstrich.

»Fräulein Piepenbrink sagte gerade, dass Sie da wären. Dann kann ich Ihnen das Präsent unseres Passagiers auch gleich persönlich geben.« Er überreichte ihr ein kleines Päckchen.

Erstaunt sah sie ihn an. »Präsent? Warum?«

Von Treskow grinste jungenhaft. »Eine nette Geste und vielleicht auch ein bisschen Reklame für seine neue Kosmetiklinie. Das ist eine Gesichtscreme aus dem Frankfurter Labor, die laut Herrn Müller sehr viel besser sein soll als Nivea. Aber wenn Sie mich fragen«, er warf ihr sein charmantes Lächeln zu, »eigentlich brauchen Sie gar keine Schönheitscreme.«

Marlene musste lachen. »Danke schön. Ich benutze aber Cremes und freue mich sehr über das Präsent. Scheint so, als sei unser Passagier zufrieden.«

»Das war er. Herr Müller wünscht Ihnen gute Besserung und freut sich schon auf den Flug mit Ihnen, obwohl ich mir so viel

Mühe gegeben habe, es ihm an Bord angenehm zu machen«, fügte er mit gespielt beleidigter Miene hinzu. »Aber was kann ich als unscheinbarer Mann schon gegen eine schöne Frau im Cockpit ausrichten?«

Wieder musste Marlene lachen. »Warten wir's ab, ob ich die nächsten Tage überhaupt überlebe. Vielleicht schlägt der Saboteur wieder zu.«

Von Treskow sah sie ernüchtert an. »Sie haben vielleicht Humor …«

»Ja, das hat man mir schon einmal gesagt«, erwiderte sie leise, während sie in Gedanken an Bernhard matt lächelnd zum Fenster hinausblickte.

»Ihr Freund?«

Sie nickte stumm. Dann straffte sie sich. »Also dann, vielen Dank dafür, dass Sie mir die Creme gebracht haben. Sollten wir uns heute nicht mehr sehen, wünsche ich Ihnen ein schönes Osterfest.« Sie reichte ihm die Hand, die er fest drückte.

»Das wünsche ich Ihnen auch. Bis nächste Woche.«

»Ich soll dich von Heinrich grüßen«, sagte ihr Onkel, als er vom Essen zurückkam. »Und stell dir vor, wen ich kennengelernt habe!« Erwartungsvoll sah er Marlene an.

»Seine Freundin«, erwiderte sie prompt.

»Richtig.«

»Und?«

»Sie ist eine nette Frau mit dem Herz auf dem rechten Fleck. Ich glaube, Änne wird sich gut mit ihr verstehen.«

»Das freut mich. Wann führt er sie in die Familie ein?«

»Auf meinem Sechzigsten.«

»Aber der ist doch erst Ende Juli«, wandte Marlene enttäuscht ein.

»Frau Hoffmann fährt erst einmal sechs Wochen auf Kur nach Bad Gastein. Wegen Ihres Rheumas. Aber abgesehen vom Rheuma macht sie einen sehr lebenslustigen Eindruck.«

»Stammt sie aus Hamburg?«

»Wo kommen denn alle lebenslustigen Mädchen her?« Wilhelm zwinkerte ihr zu. »Natürlich vom Rhein und von der Ahr. Frau Hoffmann stammt ursprünglich aus Köln.«

»Dann passt sie tatsächlich gut zu Tante Änne.«

Ihr Onkel lachte. »So, jetzt muss ich noch ein paar Telefonate erledigen, und danach fahre ich nach Hause. Wir sehen uns dann heute Abend zum Essen.«

Marlene nickte. »Bis heute Abend.«

Nachdem ihr Onkel in sein Büro gegangen war, setzte Marlene ihre Arbeit fort und brachte das Kontobuch auf den neuesten Stand. Zwischendurch hörte sie Wilhelms schwere Schritte auf dem Gang, die sich entfernten. Es erleichterte sie, dass ihr Onkel früher ging als üblich. So bekam er wenigstens nicht das Gespräch zwischen ihr und Max mit – sollte es überhaupt stattfinden. Sie wollte unbedingt vermeiden, dass seine Eltern etwas von ihrem Mordverdacht erfuhren.

Sie warf einen Blick auf ihre Fliegeruhr. Vier Uhr. Ob Max überhaupt noch kommen würde? Als sie schon die Hoffnung fast aufgegeben hatte, hörte sie durch die dünne Wand zum Kontor irgendwann seine Stimme und Fräulein Piepenbrinks kicherndes Lachen. Ihr Herz begann, schneller zu schlagen. Zwei, drei Sekunden zögerte sie noch, fragte sich noch einmal, ob sie ihren Vetter tatsächlich mit ihrer Anschuldigung konfrontieren sollte. Dann stand sie entschlossen auf, ging über den Gang und betrat, ohne anzuklopfen, das Kontor.

Maximilian sah sie überrascht an. Dann knipste er das strahlende Lächeln an, das früher echt gewesen war. »Du bist hier? Ich habe deinen Wagen gar nicht gesehen. Wie geht es dir denn?«

»Er steht hinter dem Gebäude. Und danke, es geht mir gut.« Ihre Lippen bebten in der Anstrengung, sein Lächeln zu erwidern und Normalität zu mimen. »Kannst du für ein paar Minuten in mein Büro kommen?«

Sein Lächeln erstarb. Dann hob er in theatralischer Weise beide Hände, als wolle er sich ergeben. »Aber bitte nicht wieder die Spesen!« An Fräulein Piepenbrink und den Kontorhelfer gewandt, scherzte er mit gespielt schuldbewusster Miene: »Beim letzten Mal habe ich nämlich wegen der hohen Ausgaben tüchtig Haue bekommen.«

Die beiden lachten.

Maximilian machte eine einladende Geste in Richtung Tür. »Bitte schön, Cousinchen, ganz zu deinen Diensten.«

Als Marlene ihrem Vetter in ihrem Büro gegenüberstand, roch sie, dass er getrunken hatte, obwohl sein Blick noch klar war. In ihm lag jetzt etwas Tückisches. Oder bildete sie sich das ein? Ein paar Atemlängen standen sie nur da und belauerten sich. Dann ging Max auf die Bar zu. »Darf ich?«, fragte er, ohne sich zu ihr umzudrehen. Und ohne ihre Antwort abzuwarten, schenkte er sich einen doppelten Cognac ein. Nachdem er ihn in zwei Zügen getrunken hatte, füllte er sein Glas erneut und leerte es genauso schnell.

Marlene räusperte sich bedeutungsvoll. Obwohl ihr Vetter ihr immer noch den Rücken zuwandte, begann sie mit erzwungener Ruhe: »Max, ich verdächtige dich, dass du an meinen beiden Notlandungen schuld bist. Und der Zeitungsartikel im *Hamburger Abendblatt* geht ebenfalls auf dein Konto. Du willst verhindern, dass ich mit dem Flugtaxi Erfolg habe, weil du der Meinung bist, dass eine Frau im Cockpit nichts zu suchen hat. Darüber hinaus neidest du mir den Erfolg, der bei dir leider ausbleibt. Ich gehe sogar davon aus, dass du mich am liebsten gänzlich aus der Welt schaffen wolltest, was dir beim letzten Mal mit der angesägten Pleuelstange ja auch fast gelungen wäre.« Sie verstummte und hielt den Atem an.

Nachdem sie den Verdacht gegen ihn ausgesprochen hatte, kam er ihr noch ungeheuerlicher vor als in ihren Gedanken. Schier unfassbar. Max war ihr Vetter. Sie waren eine Familie. Sie bekam

Panik. Das gerade Gesagte würde sie nie mehr zurücknehmen können. Es würde immer zwischen ihr und Maximilian stehen. Niemals würde er ihr das verzeihen können. Und zwar berechtigterweise, sollte sie ihn gerade zu Unrecht beschuldigt haben.

Wie im Zeitlupentempo drehte sich Maximilian zu ihr um. Sein bleiches Gesicht zeigte keinerlei Regung. Seine blauen Augen, eisig wie die zugefrorene Ostsee, sahen sie an. Das Schweigen im Raum verdichtete sich, füllte das ganze Büro aus.

Marlene begann, innerlich zu zittern. Das war die Ruhe vor dem Sturm. Sie kannte Maximilians Ausbrüche, wenn er sich ungerecht behandelt fühlte. Besonders, wenn er getrunken hatte.

Max trat zwei Schritte zurück in Richtung Tür, ohne sie aus den Augen zu lassen, fast so, als könne er dadurch einen Abstand zwischen sich und die Vorwürfe bringen, die sie gegen ihn erhoben hatte. Dann zeigte sich ein abschätziges Lächeln auf seinem Gesicht. Dabei wiegte er den Kopf hin und her.

»Weißt du überhaupt, was du mir damit vorwirfst?«, fragte er schließlich mit einer Stimme, aus der sie den Anflug von Hysterie heraushörte. »Du bezeichnest mich als Mörder.«

Sollte sie jetzt ihre Worte abschwächen? Aber was gab es da abzuschwächen? Sie musste die Wahrheit wissen. Der ständige Verdacht, mit dem sie zukünftig ihrem Vetter begegnen würde, würde auf Dauer auch ihr Verhältnis zerstören. Und sie selbst zermürben.

Entschlossen baute sie sich vor ihm auf. »Ein Mörder, der du jetzt auch wärst, wenn ich den letzten Unfall nicht überlebt hätte.«

Maximilian schloss die Augen und schüttelte den Kopf, als wollte er einen schlechten Traum abschütteln. Als er sie wieder öffnete, sah er sie eiskalt an. »Bist du wahnsinnig?«, fragte er mit hochgeschraubter Stimme. Dabei tippte er mehrmals an seine Stirn. »Du spinnst doch. Das ist mal wieder typisch Frau. Völlig wirklichkeitsfremd und übertrieben. Warum sollte ich das getan haben?«

Sie zwang sich zur Ruhe. Täuschte sie sich vielleicht doch?

»Beleidigungen sind keine Argumente, Max. Das hat dein Vater schon einmal zu dir gesagt. Hilf mir stattdessen lieber, meinen Verdacht gegen dich zu entkräften«, sagte sie etwas leiser, in einem Ton, der die aufsteigenden Tränen verriet. »Wir sind doch zusammen aufgewachsen, sind verwandt. Eigentlich kann ich es ja auch nicht glauben.« Ihre Stimme brach.

Maximilian ging zurück zur Bar, füllte zum dritten Mal sein Glas, stürzte den Cognac hinunter und drehte sich wieder zu ihr um. Inzwischen zeigten sich auf seiner Blässe rote Flecken. Ein rasendes Flimmern lag in seinen Augen. Es machte ihr Angst. In einer einzigen Bewegung schmetterte er das Cognacglas in die Ecke, wo es klirrend zerschellte. Dann machte er einen entschlossenen Schritt auf sie zu, der sie rückwärts bis an ihren Schreibtisch zurückweichen ließ.

»Gut, wenn du es so willst …« Er stierte sie an, als wolle er sie verschlingen. »Ich wollte ein bisschen nachhelfen, damit du endlich zu der Einsicht kommst, dass du nichts am Himmel und schon mal gar nichts hier in der Firma zu suchen hast. Aber das kapierst du ja anscheinend nicht. Ich wollte dir ein bisschen Angst vorm Fliegen machen. Und ja, ich bin neidisch auf dich. Du besitzt als Frau die Hälfte von dem hier und ich als Mann, als erstgeborener Sohn, nur fünfzehn Prozent.« Seine Stimme wurde immer höher, immer lauter. »Weißt du eigentlich, wie das für mich ist? Und dann nimmst du dir auch noch die Frechheit heraus, mich zu maßregeln! Ich wollte dir ein paar Denkzettel verpassen. Ja, ich habe das *Hamburger Abendblatt* darüber informiert, dass du unfähig warst, deinen ersten, prominenten Passagier von A nach B zu fliegen. Ja, ich habe die Zylinderkopfdichtung abends ausgetauscht und dich am nächsten Morgen von dem Vorbereitungscheck abgehalten, damit es dir nicht auffiel. Und ja, ich habe die Pleuelstange angesägt. Jetzt weißt du's. Und meinetwegen kannst du mich jetzt ruhig anzeigen. Im Knast kann es nicht schlimmer sein, als wenn du mir täglich vorlebst, wie dir alles gelingt und welche Niete ich bin.«

Marlene hatte all seine von Hass getränkten Worte gehört. Noch weigerte sie sich jedoch, sie in ihren Verstand vordringen zu lassen. Obwohl sie ein Geständnis von ihm hatte haben wollen, sah sie ihn jetzt fassungslos an. Ihr war zumute, als würden die Holzdielen unter ihren Schuhen schwanken. Im nächsten Moment öffnete sich die Bürotür. Im Rahmen stand Maximilians Vater, kreidebleich im Gesicht. In seinem Blick tobten Schmerz und Zorn.

»Wir werden dich nicht anzeigen, Maximilian«, sagte Wilhelm leise mit bebender Stimme. »Aber wir werden mehrheitlich beschließen, dass du ab morgen dieses Firmengelände sowie unser Haus nicht mehr betrittst. Wir werden dir eine kleine Abfindung zahlen, mit der du dich zufriedengeben wirst. Andernfalls werde ich höchstpersönlich Anzeige gegen dich wegen versuchten Mordes erstatten. Und jetzt geh bitte. Du bist nicht mehr mein Sohn.«

Max schrie auf. Es hörte sich an wie der Schrei eines Tieres. »Das werdet ihr nicht«, stieß er hervor, bevor er aus dem Büro stürzte und die Tür krachend hinter sich zuwarf.

Dann kehrte Stille ein. Totenstille. Auch aus dem Kontor nebenan war kein Laut zu hören. Wilhelm ließ sich in einen der Sessel fallen.

»Aber … aber was machst du denn hier?«, stammelte Marlene mit brüchiger Stimme. Sie lehnte sich an den Schreibtisch. Ihr war schwindelig.

»Ich hatte etwas vergessen und bin auf halbem Weg noch mal umgekehrt«, erwiderte ihr Onkel kaum hörbar mit gesenktem Kopf. Dann griff er sich mit schmerzverzerrtem Gesicht ans Herz.

In zwei Schritten war sie neben ihm. »Was ist?«, fragte sie voller Angst. »Soll ich den Notarzt rufen?«

Wilhelm schüttelte nur stumm den Kopf. Jetzt bemerkte sie, wie ihm Tränen auf das weiße Hemd tropften.

»Onkel Wilhelm!« Sie kniete sich neben ihn und ergriff seine zitternde Hand. »Bitte, lass mich den Arzt rufen.« Sie erinnerte sich an seinen Herzinfarkt, den er nach dem Tod ihrer Eltern gehabt hatte. Seither war sein Herz geschwächt. Aufregungen waren schädlich für ihn.

»Nein, lass mal, Deern«, murmelte er kraftlos. »Damit machen wir Änne nur Angst. Holst du mir bitte meine Medizin aus dem Schreibtisch?«

Sie lief in sein Büro, durchsuchte mit bebenden Händen die Schreibtischschublade nach seinen Tabletten und rief auf dem Gang nach der Sekretärin. »Bringen Sie mir sofort ein Glas Wasser ins Büro!«

Wenige Sekunden später kam Fräulein Piepenbrink, das spitze Gesicht ebenfalls kreideweiß, und reichte Marlene das Wasserglas.

Marlene sah sie ernst an. »Fräulein Piepenbrink, was Sie und Herr Fischer gerade mitbekommen haben, darf dieses Gebäude nicht verlassen. Ist das klar?«

Die Sekretärin nickte heftig.

»Und jetzt können Sie beide nach Hause gehen. Wir wünschen Ihnen frohe Ostern.« Sie konnte nicht anders und lachte kurz auf. »Wenn man das überhaupt in dieser Situation wünschen kann«, fügte sie in bitterem Ton hinzu.

»Danke, ebenfalls«, hauchte die Piepenbrink, warf ihrem Chef noch einen verzweifelten Blick zu und huschte aus dem Zimmer.

Marlene nahm eine Tablette aus der Dose, drückte sie ihrem Onkel in die Hand und ließ ihn vom Wasser trinken, wie ein kleines Kind, das nicht in der Lage war, selbst zu trinken. Dann setzte sie sich in den Sessel neben ihn und schwieg. Ihr fehlten die Worte für das, was gerade geschehen war. Niemals zuvor hatte sie sich so schuldig gefühlt. Um nichts in der Welt hatte sie ihren Onkel und ihre Tante in ihre Auseinandersetzung mit Max hineinziehen wollen. Aber was hatte sie sich gedacht? Maximilian in dem Gespräch läutern zu können? Hätte sie eine Entschuldigung für sein Tun angenommen, wenn er Reue gezeigt hätte? Eigentlich hatte sie überhaupt nicht so weit gedacht. Sie hatte sich erst einmal nur ihren Verdacht gegen ihn, an dem sie sonst erstickt wäre, von der Seele reden wollen. Und jetzt? Jetzt war alles aus dem Ruder gelaufen, alles zerstört worden.

»Davon darf Änne niemals erfahren. Versprichst du mir das?« Wilhelm sah sie mit roten Augen an.

Sie nickte rasch. »Aber sie wird doch erfahren, dass Max nicht mehr in der Firma sein wird«, stammelte sie hilflos.

»Davon, dass er dich umbringen wollte.«

»Natürlich nicht. Ich werde ihr nichts erzählen.«

»Hoffentlich können wir uns auf die Piepenbrink und Herrn Fischer verlassen.«

»Bestimmt«, beruhigte sie ihn, obwohl sie sich da gar nicht so sicher war.

»Und wie geht es jetzt weiter?« Ihr Onkel sah sie mit schmerzumwölkten Augen an.

Wenn sie darauf nur eine Antwort gehabt hätte!

Nach etwa einer halben Stunde, in der sie meistens geschwiegen hatten, fühlte sich Wilhelm stark genug, seinen Wagen fahren zu können.

»Willst du das Auto nicht lieber doch hier stehen lassen, und ich bringe dich?«, fragte Marlene besorgt.

Ihr Onkel straffte sich. »Nein, lass mal. Dann merkt Änne sofort, dass was nicht stimmt.«

»Aber wir müssen es ihr doch heute Abend sagen.«

Wilhelm strich sich seufzend durchs Haar. »Ja.«

»Warte damit, bis ich da bin«, bat sie ihn. »Wir sagen erst mal nur, dass es zwischen uns zum Zerwürfnis gekommen ist wegen der Spesen, dass Max vielleicht respektlos dir gegenüber geworden ist und du ihn rausgeworfen hast.«

»Wenn du meinst …«

»Ich weiß es doch auch nicht!«, rief sie gepeinigt aus. »Andererseits hat Tante Änne ein leichtes Naturell. Vielleicht wird sie unter der Wahrheit weniger leiden als du.«

»Lass uns beide noch einmal überlegen. Wir sprechen uns vor dem Abendessen noch einmal ab.«

Sie sah ihn forschend an. »Dann willst du jetzt gar nicht nach Hause fahren, oder?«

Ihr Onkel schüttelte den Kopf. »Ich kann Änne nichts vorspielen. Ich fahre erst mal zu Heinrich.«

»Das ist eine gute Idee«, stimmte Marlene sofort und ein wenig beruhigt zu.

Im Bürogebäude war es totenstill. Wie in Trance ging Marlene zum Fenster und starrte hinaus. In den beiden Werkshallen wurde nicht mehr gearbeitet. Hannes hatte sich bereits mittags verabschiedet. Und der Parkplatz von von Treskow war inzwischen auch leer. Nanu! Sie sah, dass die Tür zu einem der Hangars offen stand. Jemand musste vergessen haben, sie zu schließen. Das würde sie nachholen, bevor sie nach Hause fuhr.

Mit einem tiefen Seufzer setzte sie sich wieder an den Schreibtisch. Natürlich war sie nicht mehr in der Lage, die restliche Arbeit zu erledigen. Sie fühlte sich krank. Ihr Kopf schmerzte. Beim Atmen taten ihr die Rippenbrüche weh. In Gedanken ging sie immer wieder das Gespräch mit Maximilian durch. Kurzfristig spielte sie sogar mit dem Gedanken, bei ihm zu Hause vorbeizufahren, um noch einmal mit ihm zu reden. Vielleicht hatte er die Sabotage am Flugzeug auch nur auf seine Kappe genommen, um sie zu provozieren, um ihr wehzutun – und in Wirklichkeit war es jemand anders gewesen. Nur wer?

In all ihre Verzweiflung hinein drang irgendwann ein Geräusch. Motorgeräusch. Sie brauchte ein paar Sekunden, um es zu orten. Es kam vom Himmel, wurde dröhnender, war jetzt über dem Firmengelände. Sie stand auf und ging zum Fenster. Da entdeckte sie das umgebaute Wasserflugzeug am Himmel. Sie erkannte es an dem blauen, wellenförmigen Zeichen auf dem mattgrauen Rumpf. Von Treskow?, fragte sie sich erstaunt. Er war doch gar nicht mehr da. Aber wer sollte sonst dort oben seine Runden drehen? Max!, wurde es ihr jäh bewusst.

Wie gebannt starrte sie hoch, beobachtete, wie die Maschine leicht trudelte, obwohl beste Windverhältnisse herrschten. Maximilian musste völlig betrunken sein. Mit einem Mal waren ihre Erschöpfung und Schmerzen verflogen. In dieser Verfassung würde Maximilian das Flugzeug niemals ohne Bruchlandung herunterbringen können. Und das konnte bedeuten, dass es schlimmstenfalls in Flammen aufgehen würde. Mit rasendem Herzen griff sie zum Telefon und wählte die 112.

»Flugzeugbau Appen. Schicken Sie sofort Löschfahrzeuge. Ein Flugzeugabsturz …«

Danach verfolgte sie die Maschine, die über dem Gelände verzerrte Kreise drehte und dabei immer tiefer kam. Konnte Max die Rollbahn nicht mehr orten? Das konnte nicht gut gehen. Jetzt sackte der kleine Flieger durch, schaukelte. Max hatte eindeutig die Kontrolle über das Flugzeug verloren. Doch dann: Sie konnte nicht glauben, was sie sah. Dann gab ihr Vetter Vollgas, zog dabei die Maschine gerade hoch, um in etwa tausendsechshundert Metern Höhe im Steilflug auf das Firmengelände zuzurasen.

Marlene packte blankes Entsetzen. »Nein!«, schrie sie auf. Sie erkannte, was Max vorhatte. Er wollte sich umbringen. Pfeilschnell kam er seinem Ziel näher. Und dann knallte es ohrenbetäubend, als sich die Nase der Maschine ins Hallendach bohrte. Ziegel stoben auf, Glas zersplitterte, Mauerwerk brach entzwei. Unfähig, sich zu bewegen, starrte Marlene auf das Bild der Zerstörung. Noch ein ohrenbetäubender Knall und der Motor explodierte – Metallteile, Flammen, Funken, schwarze Rauchschwaden. Marlene war nicht mehr sie selbst. Sie riss ihre Bürotür auf, dann die Tür nach draußen, rannte hinaus, nahm das Heulen der Sirenen wahr, sah zwei Feuerwehrwagen, Männer, die heraussprangen, einer von denen lief auf sie zu, hielt sie fest, sie wollte sich aus seinem Griff befreien, strampelte, schrie. »Mein Vetter … er sitzt da drin …« Sie zeigte auf den rauchenden Metallrumpf.

»Sie müssen ihn da rausholen!« Und dann sackte sie weinend in der eisernen Umarmung des Feuerwehrmannes zusammen. Ihre Beine versagten ihr den Dienst.

Die Tage über Ostern bis zur Beerdigung hätte Marlene im Nachhinein nicht mehr im Einzelnen beschreiben können. Bis zur Beisetzung ihres Sohnes zogen sich Änne und Wilhelm in ihrer Wohnung im Westflügel der Villa zurück. Marlene kümmerte sich um alles. Sie regelte alle behördlichen Angelegenheiten, suchte zusammen mit Alexander, der Ostersonntag gekommen war, den Sarg aus, besorgte Blumenschmuck für Grab und Kapelle, schrieb Einladungskarten.

Eine Woche nach dem Unglück wurde Maximilian Lilienthal auf dem parkähnlichen Friedhof in Blankenese, dort, wo die Toten im Schatten alter Bäume unter ausladenden Zweigen ruhten, zu Grabe getragen. Frisches Grün wuchs aus den kargen Ritzen der alten Bruchsteinmauer – wie ein Zeichen dafür, dass das Leben selbst hier zu finden war.

Am Tag der Beerdigung war der Himmel bedeckt, das Licht trübe. Für Ende April war es viel zu kalt. Die Trauergäste standen fröstelnd um das ausgehobene Grab herum. Alle Geladenen waren gekommen, um dem Verstorbenen das letzte Geleit zu erweisen: Verwandte, Freunde, Bekannte, Geschäftspartner, einige Senatsmitglieder, die mit Wilhelm zusammen Golf spielten, und natürlich alle Beschäftigten der Firma. Während der Pfarrer seine Rede hielt, brach einmal kurz die Sonne durch die Wolkendecke hervor und verwandelte die gelben Nelken, die Sarg und Kränze schmückten, in ein golden leuchtendes Meer.

»Ostern haben wir das Fest der Auferstehung Jesus Christus gefeiert, den Sieg des Lebens über den Tod. So werden auch wir, liebe Angehörigen und Trauergäste, unsere Verstorbenen irgendwann einmal wiedersehen. Das möge uns ein Trost sein in dieser schweren Stunde«, sagte der Pfarrer gegen Ende seiner Ansprache am Grab, in der er durchscheinen ließ, dass Maximilian selbst seinem Leben ein Ende gemacht hatte, wie so viele, die aus dem Krieg zurückgekommen waren und sich in der neuen Welt nicht mehr zurechtgefunden hatten. »Erde zu Erde, Asche zu Asche, Staub zu Staub.« Dann warf er die erste Schaufel Erde auf den Sarg. Nach ihm traten Änne, Wilhelm, Alexander und Marlene ans Grab. Maximilians Eltern schienen um Jahre gealtert. Wie zwei verlorene Kinder hielten sie sich an den Händen und weinten. Marlene fühlte sich wie versteinert. Nachdem sie sich nächtelang die Schuld an Maximilians Tod gegeben hatte, waren all ihre Tränen versiegt. Alexander zeigte sich überraschend ruhig und aufrecht. Genauso wie Heinrich, dem Hannes und Ansgar von Treskow folgten. Während Hannes, der Maximilian seit dessen Kindheit kannte, leise schluchzte, wohnte der Ingenieur mit steinerner Miene der Zeremonie bei. Hinter den beiden folgte eine Schlange schwarz gekleideter Männer, die eher wegen Maximilians Vater an der Beerdigung teilnahmen als wegen des Toten. Cleo war auf einer zweitätigen Reportagereise und wollte nach ihrer Rückkehr kondolieren.

Nach der Beisetzung fand sich ein kleiner, geladener Kreis im Untergeschoss der Villa der Lilienthals zu einem Imbiss ein. Else reichte Häppchen, Streuselkuchen und Getränke. Bleich und aufrecht sorgte Marlene auch hier dafür, dass die Zusammenkunft reibungslos ablief. Alexander wich nicht von der Seite seiner Mutter, die ihren Tränen ungehemmt freien Lauf ließ, während Wilhelm sich zusammenriss.

Nach der Trauerfeier zogen sich Maximilians Eltern wieder in ihren Wohntrakt zurück, zusammen mit Alexander. Ansgar von Treskow zögerte sein Gehen hinaus. Marlene ahnte, warum. Als alle Trauergäste schließlich weg waren, sah sie ihn an. »Wollen wir reden?«

Sie setzten sich in den Wintergarten, an dessen Scheiben der Regen herunterlief. Hohe Palmen und Kakteen, die Marlenes Eltern Anfang der Fünfzigerjahre von einer Reise nach Brasilien mitgebracht hatten, verbreiteten eine exotische Atmosphäre.

Marlene fröstelte. Draußen wurde es bereits dämmrig. Die beiden Standleuchten warfen Schatten, die sie noch bleicher aussehen ließen, als sie ohnehin schon war.

»Der Wintergarten gefällt mir«, sagte von Treskow mit bewunderndem Blick auf die Pflanzen, Korbmöbel und den großen gemauerten Kamin. »Wir hatten einen ähnlichen. Damals, in Schlesien«, fügte er mit gesenktem Kopf hinzu.

»Vermissen Sie Ihre Heimat?«, fragte sie leise.

Er hob den Kopf. »Natürlich. Meine ganze Familie vermisst sie. Ich bin dort geboren und aufgewachsen. Wir hatten ein schönes Stück Land, Pferde, Landwirtschaft und ein großes Haus, in dem wir ständig Gäste empfingen, in dem musiziert wurde …« Er seufzte. »Aber so ist das nun mal. So geht es ja vielen, die vor den Russen geflohen sind. Wenn ich mir vorstelle, ich würde jetzt in Polen oder der DDR leben müssen. Die Bundesrepublik ist ein freies Land, und die Zeiten könnten besser nicht sein.«

Wieder musste Marlene an Bernhard denken, der genau dort lebte – in der DDR. Wie viel besser könnte er es hier haben! Aber er stand hinter seinem Land. Heimat? Sie runzelte die Stirn. *Nein.* Bernhard war im Westen geboren und aufgewachsen. Eigentlich musste diese Bindung doch noch vorhanden sein.

»Darf ich erfahren, wo Sie gerade mit Ihnen Gedanken sind?«, fragte von Treskow sanft. »Sie sehen traurig aus.«

»Im Osten«, antwortete sie spontan.

»Im Osten?« Er sah sie verwundert an. »Was machen Sie denn dort?«

Sie musste lächeln. Ohne ihm eine Antwort zu geben, wechselte sie das Thema. »Sie wussten, dass Max der Saboteur war, nicht wahr?«, sagte sie geradeaus.

Von Treskow zog an seiner Zigarette. »Ich habe es geahnt. Beim ersten Mal noch nicht. Aber in der Nacht vor Ihrem Unfall habe ich Max gesehen, als er gegen elf Uhr abends vom Firmengelände gefahren ist. Natürlich habe ich mich gefragt, was er dort zu dieser späten Stunde gemacht haben könnte.«

»Um elf Uhr abends?«

»Ich war zu Besuch bei einer Bekannten, die in der Nähe wohnt. Maximilian hat mich nicht gesehen. Als ich dann am nächsten Tag von Ihrem Unglück und der angesägten Pleuelstange erfahren habe, habe ich eins und eins zusammengezählt. Ich habe es jedoch nicht richtig glauben können.«

»Sie haben Max nicht verraten«, stellte sie sachlich fest.

Von Treskow senkte den Blick. »Nein. Ich hatte ja keine Beweise. Dass Maximilian an diesem Abend in der Firma gewesen war, hätte viele Gründe haben können. Da war nur so ein Gefühl in mir. Ich wusste ja, wie sehr es ihn störte, dass Ihnen fünfzig Prozent der Firma gehören. Und dass Sie inzwischen auch immer mehr Passagiere haben. Allerdings habe ich nicht gewagt, an Mord zu denken.«

»Hoffentlich spricht sich das mit dem versuchten Mord nicht in Hamburg herum«, wandte Marlene seufzend ein.

Von Treskow hob gleichgültig die Schultern. »Wissen Sie, mit Skandalen ist es doch so: Der eine löst den anderen ab. Und die Menschen interessieren sich immer für den aktuellen statt für den vergangenen.«

Sie lächelte matt. »Hoffentlich haben Sie recht. Ich möchte nicht, dass Max ein schlechtes Vermächtnis hinterlässt.«

Nachdem von Treskow gegangen war, blieb Marlene noch eine Weile im Wintergarten sitzen. Die Abendstille tat ihr gut. Die vielen Menschen, mit denen sie hatte reden müssen, die Sorge um ihre Tante und ihren Onkel, all das hatte sie von ihrer eigenen Befindlichkeit abgelenkt. Innerlich leer und körperlich erschöpft schaute sie auf die Elbe hinunter, die ruhig und zielgerichtet in Richtung Nordsee floss, unabhängig davon, was rechts oder links von ihr geschah. Obwohl sie schon für manche Überflutung gesorgt hatte, fand sie immer wieder zurück in ihr Bett – nach dem ewig geltenden Naturgesetz, dass auf Regen Sonne und auf Kälte Wärme folgte. Dieses Urwissen gab Marlene neue Kraft und die

Gewissheit, dass die tiefe Traurigkeit und ihr schlechtes Gewissen irgendwann vergehen würden. Alles brauchte seine Zeit. »Ach, Bernhard«, flüsterte sie vor sich hin. Wie sehr sehnte sie sich nach ihm! Wie sehr sehnte sie sich danach, ihm all ihre belastenden Gedanken anzuvertrauen, an seiner Kraft teilzuhaben, um selbst wieder stark zu werden.

Das schaffst du doch wohl allein, hörte sie da Cleo empört sagen. Sie musste lächeln. Cleo hatte recht. Sie brauchte keinen Mann an der Seite, um stark zu sein. Bis jetzt hatte sie alles auch sehr gut allein geschafft. Aber sie liebte Bernhard. Zu leben, ohne zu lieben, ist kein richtiges Leben. Das hatte sie einmal bei Molière gelesen. Ein Mann wie er, der so viel über die Liebe geschrieben hatte, musste es wissen. Wo mochte Bernhard jetzt sein? Was mochte er gerade tun? War er Ostern bei seiner Mutter gewesen? Ganz bestimmt. Auch bei ihrem Haus? Vielleicht. Aber vielleicht dachte er auch längst nicht mehr an sie. Vielleicht hatte er eingesehen, dass eine Liebe zwischen Ost und West keine Zukunft hatte.

An diesem Abend beschloss Marlene, übers Wochenende nach Rettin zu fahren. Auch wenn sie Bernhard dann nicht wiedersehen würde, weil er nur alle vierzehn Tage in den Westen kommen durfte, fühlte sie sich ihm dort immerhin näher als in Hamburg.

SAMSTAG, 27. APRIL – SONNTAG, 28. APRIL 1957

Obwohl es Samstagmorgen in Strömen regnete, brach Marlene zur Ostsee auf.

»Willst du wirklich, Kind?«, fragte ihre Tante mit zweifelnder Miene, als sie sich nach einem gemeinsamen Frühstück in der Eingangshalle der Villa verabschiedeten.

»Kann ich euch für die zwei Tage allein lassen?«, erkundigte sich Marlene, statt Ännes Frage zu beantworten.

»Darum geht es nicht.« Ihre Tante lächelte tapfer. »Nur willst du dir das antun? Ich meine, falls er nicht kommen sollte.«

»Ich muss fahren«, erwiderte Marlene leise.

Änne nahm sie in die Arme und küsste sie auf die Wange. »Dann fahr vorsichtig.«

Während der einstündigen Fahrt dachte sich Marlene Situationen aus, in denen sie Bernhard begegnen könnte, obwohl sie tief im Innern gar nicht daran glaubte, dass er eine Woche nach Ostern schon wieder in Lübeck sein würde. Aber vielleicht fand sie ja irgendein Zeichen von ihm an ihrem Haus oder auf dem Grundstück, das Lieselotte übersehen hatte oder als solches nicht hatte deuten können.

Es gab jedoch keine Zeichen, die Marlene verrieten, dass Bernhard in ihrer Abwesenheit da gewesen war. Alles war wie immer. Das Haus lag unberührt und verlassen da. Marlene hatte dieses Mal die Bauersleute nicht über ihr Kommen informiert, weshalb sie erst einmal den Kaminofen anzünden musste. Erst nachdem eine wohlige Wärme die feuchte Kälte in den Räumen vertrieben hatte, bekam sie das Gefühl, angekommen zu sein. Nachdem sie etwas von Elses Heringsstipp gegessen hatte, versuchte sie zu lesen. Sie wollte sich von der Hoffnung ablenken, Bernhard könnte gleich an ihre Tür klopfen und alles wäre wieder gut.

Am Nachmittag ging sie zum Strand hinunter. Der Regen war hier nicht so stark wie in Hamburg. Es nieselte nur, und die Luft hing voller Feuchtigkeit. Ein paar Meter von der untersten Stufe der Holztreppe entfernt lagen noch die Reste des Lagerfeuers. Der Anblick des verkohlten Treibholzes schnitt Marlene ins Herz. Sie wanderte in Richtung Pelzerhaken, dessen Leuchtturm sich in dem Nieselwetter nur schemenhaft in der Ferne am Himmel abzeichnete. Hier war sie, bis auf vereinzelte Menschen, mit sich und ihrer Sehnsucht allein. Sie setzte sich in den Sand und blickte aufs Meer hinaus. Der Horizont schien ferner als sonst zu liegen. Dunst verhüllte ihn, der alle Konturen auflöste. Sie konnte nicht erkennen, wo das Wasser aufhörte und der Himmel anfing. Die hellgraue Wolkenschicht machte den Himmel noch undurchsichtiger. Alles war unklar, nicht greifbar – so wie die Beziehung zwischen ihr und Bernhard. Nur die Wellen flüsterten in demselben Ton wie an dem Tag, als sie ihrem Winterschwimmer zum ersten Mal am Strand begegnet war. Wie sehr vermisste sie das Weiche in seiner Stimme, seinen Arm um ihre Schultern, sein sinnliches Lachen, den Ernst und die Neugier in seinen Augen, wenn er ihr zuhörte. Sie vermisste den ganzen Mann, den, der keine Uhren mochte, weil er die Freiheit liebte. Und während sie hinaus in die Grenzenlosigkeit von Himmel und Meer blickte, versuchte sie sich vorzustellen, Bernhard mit der Kraft ihrer Gedanken erreichen zu können. Würde er jetzt vielleicht spüren, dass sie an ihn dachte?

Inzwischen hatte die Feuchtigkeit in der Luft ihren Trenchcoat durchdrungen. Sie begann zu frieren. Seufzend stand sie auf, begann zu laufen, lief schneller und schneller – und konnte ihrer Sehnsucht doch nicht entkommen. Vor Pelzerhaken drehte sie um. Eigentlich hatte sie doch schon vorher gewusst, dass sie Bernhard an diesem Wochenende nicht treffen würde. Und näher als in Hamburg fühlte sie sich ihm hier – an dem Ort, wo sie ihre Liebe hatten leben können – wider Erwarten doch nicht. Lag das an dem Nebel, der zwischen allem eine Wand aufbaute?

Als sie wieder an der Holztreppe ankam, war es bereits dämmrig. Erschöpft ließ sie sich auf die unterste Stufe fallen. Reglos blieb sie sitzen, bis die Dämmerung endgültig ihr schwarzes Tuch über die Ostsee und das Land legte und sich das Gefühl ihrer inneren Verlorenheit bis an die Schmerzgrenze gesteigert hatte. Sie schaute noch einmal hoch in den wolkenverhangenen Himmel. In dieser Nacht würde es keine Sterne namens *Bernhard* und *Marlene* geben. Vielleicht waren sie inzwischen auch schon längst verglüht.

Der Sonntagmorgen brachte kein besseres Wetter als der Samstag. Marlene spürte tief in sich die Gewissheit, dass sie Bernhard auch an diesem Tag nicht wiedersehen würde. Wozu also noch bleiben? Noch nie hatte sie sich in dem Haus, das sie so sehr liebte, einsamer gefühlt als an diesem Wochenende. Nach zwei Tassen Bohnenkaffee packte sie kurz entschlossen ihre Sachen. Bevor sie nach Hause fuhr, schaute sie im *Treibsand* vorbei. Als sie den Gastraum betrat, jauchzte Lieselotte vor Freude auf. »Männer«, sagte sie zu drei Fischern an der Theke, »jetzt müsst ihr erst mal selbst zapfen. Ich habe Besuch.« Sie lief um den Tresen herum. »Mensch, Deern«, sprudelte sie hervor, nachdem sie ihren unerwarteten Gast fest in die Arme geschlossen hatte. »Was machst du denn hier? Komm!« Sie zog Marlene mit sich an den hintersten Tisch. »Hier haben wir Ruhe und können ein bisschen klönen. Die drei Jungs dahinten kommen erst mal alleine klar. Das sind Stammgäste.« Sie sah Marlene fragend an. »Bier und einen Korn?«

Marlene zögerte. »Für Korn ist es mir noch zu früh, aber gerne ein Bier.«

»Hein!«, rief Lieselotte zum Tresen hinüber. »Zapf uns mal zwei Bier!« Dann wandte sie sich wieder an Marlene. »So, jetzt erzähl mal. Warum bist du hier? Wegen Bernhard?«

Marlene seufzte. »Eigentlich ja. Ich habe gedacht, oder mir vielmehr gewünscht, er wäre dieses Wochenende wieder bei seiner Mutter. Aber das war Quatsch. Er darf ja nur alle vierzehn Tage kommen«, fügte sie matt hinzu.

»Mensch, Deern.« Lieselotte griff über den Tisch hinweg und legte ihre Hand auf Marlenes. »So eine Beziehung ist doch nichts für dich. Das kann nichts werden. Glaub mir. Ich …« Sie hielt inne, weil Hein gerade die Biere brachte. Dann hob sie ihr Glas. »Jetzt stoßen wir erst mal auf deine Genesung an. Prost!« Nachdem sie getrunken hatten, wischte Lieselotte sich den Schaum vom Mund und fuhr beherzt fort: »Wenn sein Vater ein hohes Tier in der Partei ist und er selbst als Dozent an der Hochschule arbeitet, sieht er die DDR doch ganz anders als die, die vor den HO-Läden Schlange stehen und wegen Versorgungsengpässen mit leeren Taschen nach Hause gehen. Oder die im Gefängnis sitzen, weil sie irgendwann mal gegen das Regime den Mund aufgemacht haben. Den Bonzen dort oben geht es immer gut. Warum sollte jemand wie er sich entschließen, in den Westen zu gehen? Vielleicht gehört er ja auch zur Stasi. Und die sind absolut linientreu. Da bespitzelt doch jeder jeden, um persönliche Vorteile zu haben.«

Marlene hatte mit großen Augen zugehört. »Warum bist du denn so gut informiert?«

Lieselotte lachte. »Ich hatte vor drei Jahren ein Techtelmechtel mit einem, der rübergemacht hat – so nennen die das ja, wenn sie fliehen. Der ist 1954 in den Westen gegangen. Da war das noch einfacher als heute. Nach dem Aufstand vom 17. Juni 1953 wollte er, wie viele andere auch, nicht mehr bleiben. Was der mir alles erzählt hat! Politische Verfolgung, Versorgungskrise, keine Zukunftschancen und eine immer stärkere Ideologisierung, Bespitzelung … Wer will denn in so einem Land leben, wenn er nicht gerade zu den Bonzen gehört? Na ja, irgendwie ist meiner dann hier in Rettin gelandet. Eigentlich ein netter Kerl. Aber es hat zwischen uns dann doch nicht geklappt. Heute lebt er in Frankfurt.«

Wenn er nicht gerade zu den Bonzen gehört … Dieser Satz brannte sich in Marlenes Bewusstsein. Bernhard gehörte zu den Bonzen. Zumindest sein Vater. Den beiden ging es gut in ihrem Land. Welchen Grund sollte Bernhard also haben zu fliehen? Seine Gefühle ihr gegenüber? Vielleicht hatte er die ja gar nicht – oder zumindest nicht so tiefe wie sie für ihn.

»Deern«, Lieselottes weiche Stimme riss Marlene aus ihren Überlegungen heraus.

»Vielleicht hast du recht«, sagte sie leise. »Vielleicht hat diese Beziehung auf lange Sicht wirklich keine Zukunft. Wenn man sich nur so selten sehen kann.«

»Der wird bestimmt beschattet«, mutmaßte Lieselotte. »Die lassen doch keinen hier rüber, ohne dass sie wissen wollen, was er hier treibt. Die werden bestimmt längst von dir wissen.«

Marlene sah sie verunsichert an. »Glaubst du, dass er wegen mir vielleicht gar nicht mehr in den Westen fahren darf? Dass das der Grund ist, dass er kein Zeichen von sich gibt?«

»Mag sein. Andererseits«, Lieselotte trank einen Schluck, »vielleicht ist er auch drüben verheiratet, und du warst nur ein Abenteuer für ihn«, sprach sie in ihrer direkten Art weiter. »Weißt du, seit ich meinen Hauke im Krieg verloren habe, trau ich den Kerlen nicht mehr. Dafür bekomme ich viel zu viel mit hier in der Kneipe.«

Auf dem Rückweg nach Hamburg ging Marlene das Gespräch mit Hannes' Schwester immer wieder durch den Kopf. Lieselotte besaß Menschenkenntnis. Vielleicht war Bernhard tatsächlich verheiratet, hatte sogar Kinder. Dennoch, sie konnte und wollte nicht glauben, dass er ihr Gefühle vorgespielt hatte. Und am nächsten Wochenende würde sie wieder an die Ostsee fahren. Sie pfiff auf die Menschenkenntnis und Mutmaßungen anderer. Sie wollte sich selbst ein Bild machen.

FREITAG, 3. MAI 1957

Die Jubiläumsfeier der Deutschen Mittelstandsvereinigung fand in einem der Veranstaltungsräume des 1909 erbauten *Atlantic* an der Außenalster statt, das bis 1950 der britischen Besatzungsmacht als Unterkunft für ihre Offiziere gedient hatte. Der Gründerzeitbau wurde auch *Weißes Schloss an der Alster* genannt und war die erste Adresse in der Hansestadt.

Der offizielle Teil der Feier begann um sechzehn Uhr. Ab achtzehn Uhr gab es ein Bankett. Marlene hatte sich im Foyer mit ihrem Patenonkel verabredet. Wilhelm fühlte sich so kurz nach dem Tod seines Sohnes nicht in der Lage, an der Feier teilzunehmen. Marlene war viel zu früh da und wartete in einer der Sitzecken im Entree des Hotels. Mit großen Augen bestaunte sie die schneeweißen Säulen, die den Eingang zierten, die pompösen Blumenarrangements und die wasserblauen Teppiche, die die Schritte von Personal und Gästen schluckten. Dem Anlass entsprechend trug sie ein schwarzes Kostüm, dessen taillierte Jacke ihre weiblichen Formen zur Geltung brachte. Dazu schwarze hohe Schuhe. Ihr rotes Haar, das überall die Aufmerksamkeit auf sich zog, hatte sie hochgesteckt. Die schimmernde Perlenkette und -ohrringe brachten einen dezenten Glanz in ihr zurückhaltendes Erscheinungsbild. Während sie auf ihren Patenonkel wartete, bemerkte sie die bewundernden Blicke der Männer, die ihr galten. Insgeheim schmunzelte sie. *Ein gutes Aussehen kann einer Frau nur von Vorteil sein*, hatte ihre Mutter stets gesagt, wenn sie sich zum Ausgehen schön gemacht hatte. Mal sehen, ob es mir heute hilft, dachte Marlene mit steigender Nervosität, während sie nach ihrem Patenonkel Ausschau hielt. Dann endlich segelte der Senator förmlich mit fliegenden Mantelstößen durch den Eingang, sah sich um und nahm Kurs auf sie. »Verzeih, mein Kind, aber ich habe mich verspätet«, stieß er atemlos hervor.

Marlene stand auf und küsste ihn auf die Wange. »Hauptsache, du bist jetzt da.« Während sie gewartet hatte, hatte sie keine einzige Frau in den Saal gehen sehen. Sollte sie tatsächlich die einzige sein?

Heinrich reichte ihr seinen Arm. Ein junger Mann in weinroter Livree begleitete sie an all den bereits besetzten Stühlen vorbei zu ihren reservierten Plätzen. Marlene kam der Gang wie ein Spießrutenlauf vor. Da sie die Letzten waren, richteten sich die Blicke fast aller Anwesenden auf sie. Ganz ruhig, befahl sie sich. Wenn sie jetzt schon nervös wurde, wie wollte sie dann gleich aufs Podium steigen und ihre Rede halten, für die sie noch nicht einmal etwas Schriftliches vorbereitet hatte?

Kurz nachdem Marlene und Heinrich Platz genommen hatten, kündigte der Organisator der Veranstaltung Kurt Schmücker an. Unter Applaus betrat der Vorsitzende der Mittelstandsvereinigung die Bühne.

»Sehr verehrte Gäste«, begann Schmücker mit sonorer Stimme, »ich freue mich, dass Sie so zahlreich erschienen sind. Wir wollen heute das einjährige Jubiläum der Deutschen Mittelstandsvereinigung feiern, der Ende April 1956 auf dem CDU-Bundesparteitag in Stuttgart der Status einer eigenständigen Vereinigung zuerkannt wurde. Wie Sie vielleicht wissen, gab es bereits seit 1949 diverse Zusammenschlüsse der mittelständischen Wirtschaft innerhalb von CDU und CSU. 1954 bildeten sich dann parallel zueinander der Mittelstandsausschuss der CSU sowie der Unterausschuss für Mittelstandsfragen der CDU. Aus diesen beiden Ausschüssen ging vor einem Jahr die Deutsche Mittelstandsvereinigung hervor.«

An dieser Stelle legte Schmücker eine kurze Pause ein, in der er einen Schluck Wasser trank. Derweil blickte sich Marlene im Publikum um. Tatsächlich! Sie war der einzige weibliche Gast im

Saal. Gab es etwa in ganz Hamburg keine einzige Frau, die der Mittelstandsvereinigung angehörte? Wo waren all die Frauen geblieben, die während des Krieges die Kaffeerösterei, die kleine Werft, das Baugeschäft ihrer Männer weitergeführt hatten, nachdem diese eingezogen worden waren? Hatte Adenauer es inzwischen tatsächlich geschafft, sie alle an den Herd zurückzudrängen? Das musste sich ändern, sagte sie sich entschlossen. Dafür würde sie kämpfen. Dieser Gedanke gab ihr zusätzlich Mut und Kraft, um ihr Anliegen gleich vorzubringen.

»Während Großkonzerne und Gewerkschaften schon lange eine starke Vertretung ihrer Interessen im Bund und in den Ländern ausüben, ist der Mittelstand absolut unterrepräsentiert, obwohl wir, die Mittelständischen, zahlenmäßig die breite Basis der deutschen Wirtschaft darstellen«, fuhr der Vorsitzende fort. »Deshalb ist es dringend erforderlich, durch öffentlichkeitswirksame Mittel die Rolle des Mittelstands als Rückgrat der deutschen Wirtschaft stärker und deutlicher zu betonen. Dabei wollen wir natürlich nicht unsere Position über die der anderen – der Konzerne – stellen. Vielmehr wollen wir Gehör finden und ein gerechtes und ausgeglichenes Miteinander aller beteiligten Interessen des Wirtschaftskreislaufs fördern.« Kurt Schmücker legte erneut eine Kunstpause ein, um den Zuhörern die Gelegenheit zu geben, Beifall zu klatschen. Danach setzte er seine Rede sichtlich zufrieden fort: »Wir leben in der Zeit des deutschen Wirtschaftswunders. Durch deutschen Fleiß, deutsche Gründlichkeit und die vielen Gewerke ist die Bundesrepublik nach der maßlosen Zerstörung durch diesen verheerenden Krieg in kürzester Zeit wiederaufgebaut worden. Neue Wirtschaftszweige haben sich entwickelt, neue Firmen wurden gegründet, die überregional miteinander in Verbindung stehen. Dafür brauchen wir neue und schnellere Transportwege, um die Warengüter dorthin zu bringen, wo sie benötigt werden. Hamburg liegt am Knotenpunkt der Transportwege. Die Hamburger haben den Hafen und die Eisenbahn, die beide in Zukunft ausgebaut werden müssen, um den neuen Anforderungen und all den neuen Kapazitäten gerecht werden zu können. Darüber hinaus müssen wir auch in die Schnelligkeit investieren. Das bedeutet schnellere Schiffe, schnellere Güter- und Personenzüge.« Wieder eine kurze Pause, dann ein aufmunterndes Lächeln und schließlich das Schlusswort: »Sie sehen, meine Herren, es gibt viel zu tun in den kommenden Jahren – für alle Gewerke, für alle Mittelständler. Die deutsche Wirtschaft können und dürfen wir nicht nur in den Händen der Großkonzerne lassen.«

Applaus entbrannte. Schmücker verneigte sich, steckte das Mikrofon in die Halterung zurück und verließ die Bühne. Ganz intuitiv spürte Marlene, dass jetzt ihre Chance gekommen war. Schnellere Transportwege, das war ihr Stichwort.

Sie straffte sich, stand auf und bahnte sich den Weg zwischen den Stühlen auf die Bühne zu. Das Gemurmel im Saal verstummte. Der Organisator der Veranstaltung, der gerade aufs Podium steigen wollte, um den nächsten Redner anzukündigen, verharrte, als sie auf ihn zukam. »Bitte, nur eine Minute«, raunte sie ihm zu, rauschte an ihm vorbei und stieg auf die Bühne. Dort nahm sie das Mikrofon in die Hand. In diesem Moment war ihr zumute, als wäre sie gerade in eine andere Person geschlüpft. Sie war nicht mehr die Frau, die immer noch um ihre Eltern und jetzt auch um ihren Vetter trauerte, die vielleicht ihre große Liebe verloren hatte, die litt und nachts weinte. Hier stand sie – aufrecht, mit leeren Händen und angreifbar – als die Frau, die ihr Familienunternehmen retten wollte. Eine nüchtern kalkulierende Geschäftsfrau, mit klarem Ziel, vorbehaltlosem Einsatz und ohne Eitelkeiten. Ihr war bewusst, dass sie in den nächsten Sekunden von der Bühne verwiesen werden konnte, doch das hätte ihr nichts ausgemacht. Sie wollte es wenigstens versucht haben, sich in dieser Männergesellschaft Gehör zu verschaffen.

Dafür zeigte sie erst einmal ihren Zuhörern ihr schönstes Lächeln. »Sehr geehrte Herren«, begann sie mit ihrer melodischen Stimme. »Damen sehe ich nicht im Saal. Dennoch hoffe ich, dass Sie der einzigen hier, nämlich mir, ein paar Minuten Gehör schenken werden, ohne mich auszubuhen oder gar des Platzes zu verweisen. Und mit ein paar Minuten meine ich auch ein paar«, fügte sie zwinkernd hinzu. Sie hielt einen Moment inne, schaute hinunter ins Publikum, sah teils verdutzte, amüsierte und auch interessierte Mienen. Da niemand Einspruch erhob, fuhr sie fort: »Ich möchte mich vorstellen: Ich heiße Marlene Lilienthal. Ich bin Prokuristin und«, hier legte sie eine Kunstpause ein, »auch Pilotin in unserem Familienunternehmen Flugzeugbau Appen in Hamburg, das einst mein Großvater gegründet hat. Vor einigen Wochen haben wir unsere Tochterfirma, unsere Lufttaxifirma, ins Leben gerufen. Ich stehe hier, weil Herr Schmücker mir gerade ein Stichwort gegeben hat, auf das ich eingehen möchte. Er sprach von schnelleren Transportwegen. Jetzt frage ich Sie, meine Herren, was ist schneller als ein Flugzeug? 1953 wurde die Deutsche Lufthansa AG gegründet, die fast zu hundert Prozent in staatlichem Besitz ist. Also mehr oder weniger ein Großkonzern. Den Linienflugbetrieb nahm das Unternehmen am 1. April 1955 auf, nachdem die Bundesrepublik ihre Lufthoheit wiedererlangt hatte. Die Lufthansa fliegt in ihren Convairs im großen Stil Personen um die Welt. Wir, die *Flugzeugtaxifirma Lilienthal*, sind dagegen ein mittelständisches Unternehmen, das nur innerhalb der Bundesrepublik fliegt. In unsere kleinen Maschinen passen höchstens drei Passagiere oder kleinere Frachtstücke, aber dafür schneiden wir die Flüge individuell auf unsere Kunden zu und sind viel günstiger. Ich weiß«, lächelnd legte sie die Hände vor der Brust zusammen, »das klingt jetzt so, als wollte ich diese Veranstaltung nutzen, um Reklame für uns zu machen. Glauben Sie, meine Herren, das möchte ich auch.« Die meisten lachten an dieser Stelle belustigt, was Marlene Flügel verlieh. »Ich möchte hier mit meiner kurzen Rede gemäß der Aufforderung von Herrn Schmücker an den Mittelstand, durch öffentlichkeitswirksame Mittel die Rolle der mittelständischen Unternehmen stärker als Rückgrat der deutschen Wirtschaft zu betonen, für ein mittelständisches Flugunternehmen werben und andere Mittelständler anregen, zu helfen, die von Herrn Schmücker angesprochenen schnelleren Transportwege aufzubauen. Unser Flugtaxi ist zurzeit noch eine Neuheit auf dem Wirtschaftsmarkt. Aber das muss es nicht bleiben. Ich weiß, dass viele Leute, besonders Männer, eine Scheu davor – oder auch Vorurteile – haben, sich von einer Pilotin herumfliegen zu lassen. Deshalb möchte ich daran erinnern, dass Deutschland großartige Pilotinnen gehabt hat und immer noch hat. Denken wir nur an Elly Beinhorn, die mit ihrer Klemm 1931 alleine nach Afrika aufbrach. Ohne Funk, Radar und Navigationssystem. Oder an die Kunstflug-Pilotin Beate Uhse, die Hauptmann bei der Luftwaffe gewesen ist, bevor sie 1951 das Versandhaus für Ehehygiene gegründet hat.« Marlene schwieg für einen kurzen Moment und bemerkte belustigt, wie einige Herren wissend schmunzelten. »Meine Berufung ist es, Passagiere und kleinere Güter innerhalb der Bundesrepublik schnellstmöglich von A nach B zu fliegen. Und ich stehe hier, weil ich sicher bin, dass viele Herren hier im Saal zukünftig bei ihren Geschäftsterminen Zeit einsparen wollen. Kleine Privatmaschinen können auch dort sicher landen, wo es die großen der Lufthansa nicht können.« Sie verbeugte sich. »So, nun bin ich auch schon am Ende meiner Rede. Sollte ich Ihr Interesse geweckt haben, können Sie gerne unsere Visitenkarten mitnehmen, die an der Rezeption des Hotels liegen.« Sie verbeugte sich. »Ich empfinde es als Ehre, dass Sie mir zugehört haben, und bedanke mich ganz herzlich.« Mit diesen Worten stieg sie vom Podium, begleitet vom Applaus ihrer Zuhörer. Erst als sie zu ihrem Platz zurückging, spürte sie, dass ihre Beine zitterten. Ihre Wangen brannten. Das Herz schlug ihr im Hals.

»Respekt, Deern, das hast du gut gemacht«, flüsterte Heinrich ihr ins Ohr. »Obwohl mir, als du nach vorne gegangen bist, das Herz in die Hose gerutscht ist.«

»Ich wollte dir nichts von meinem Vorhaben sagen, aus Angst, du würdest mich davon abhalten«, raunte Marlene zurück.

»Das hätte ich wahrscheinlich auch getan.« Ihr Patenonkel drückte ihre Hand, die er so lange in seiner hielt, bis der Organisator den nächsten Redner ankündigte.

Während in der nächsten Stunde die Reden einander abwechselten, fragte sich Marlene immer wieder aufs Neue, woher sie den Mut für ihren spektakulären Auftritt genommen hatte. Im Nachhinein empfand sie ihn sogar als Ungeheuerlichkeit. Unter den Blicken, die sie nun aus dem Publikum immer wieder trafen, während die anderen Redner auf der Bühne standen, wäre sie am liebsten in Grund und Boden versunken. Im Laufe des Banketts allerdings stellte sie fest, dass sie mit ihrer Aktion hundertprozentig ins Schwarze getroffen hatte. An diesem Abend kam sie nicht zum Speisen. Immer wenn sie zum Buffet ging, wurde sie auf dem Weg dorthin auf das Flugtaxi angesprochen. Einige Männer beglückwünschten sie zu ihrer Idee, einige interessierten sich für die Flugzeuge und ihre Pilotenausbildung, einige stellten in Aussicht, ihren Service schon bald in Anspruch nehmen zu wollen, und einige luden sie zum Abendessen ein, um mehr darüber zu erfahren – was sie jedoch charmant ablehnte, da sie deren wahre Absicht ahnte. Zwischendurch musste sie immer wieder an Bernhards Worte denken: *Schon kleine Jungen interessieren sich für Autos, Eisenbahnen und Flugzeuge.*

Als sie gegen zehn Uhr abends mit ihrem Patenonkel das *Weiße Schloss an der Alster* verließ und zu ihrer großen Freude sah, dass die Silberschale auf der Theke der Rezeption leer war, fühlte sie sich wie eine Königin.

SAMSTAG, 4. MAI – FREITAG, 17. MAI 1957

Nach dem Abend im *Atlantic* fuhr Marlene am nächsten Tag wieder an die Ostsee, um jedoch sonntags erneut enttäuscht zurückzukehren. Wieder hatte sie umsonst auf Bernhard gewartet.

Die neue Woche, wie auch die darauffolgende, gingen für Marlene so gleichförmig vorüber wie die Glieder einer Kette. Sie hatte jegliches Zeitgefühl verloren und lebte allein im Rhythmus ihrer Arbeit. Abends ging sie früh zu Bett, denn immer noch spürte sie die Nachwirkungen ihres Unfalls.

Ihr Auftritt bei der Feier der Mittelstandsvereinigung schien sich auszuzahlen. Jede Woche meldeten sich neue Kunden, die die Möglichkeit der schnelleren Beförderung innerhalb Deutschlands nutzen wollten. Als besonderen Service für ihre Passagiere reservierte sie stets ein Taxi am Zielflughafen, sodass ihre Kunden ihre Reise ohne Unterbrechung fortführen konnten.

Am Ende der ersten Woche stand neben dem umgebauten Wasserflugzeug bereits das zweite seiner Art im Hangar, mit dem Ansgar von Treskow für die Firma flog. Allein konnte sie die Buchungen nicht mehr bewältigen.

Wenn Marlene nach einem langen Arbeitstag, an dem sie auch ihren Pflichten als Kontoristin gerecht geworden war, erschöpft nach Hause kam, aß sie meistens mit ihrer Tante und ihrem Onkel zu Abend. Danach drehte sie oft noch mit Änne eine Runde über das weitläufige Grundstück und an der Elbe entlang. Während ihr Onkel den Schmerz über den Verlust seines Sohnes in sich hineinfraß und sich fragte, was er in der Erziehung falsch gemacht hatte, weinte ihre Tante die Trauer laut heraus. Marlene merkte ihr an, dass sie sich mit jedem Tag besser in ihr Schicksal fügte. Das Weinen und Jammern erleichterte sie, während ihr Mann immer schwermütiger wurde und sich in sich zurückzog.

In diesen Tagen machte der Mai dem Frühling alle Ehre. Jasmin und Flieder begannen zu blühen und verströmtem ihren betörenden Duft. An einem dieser Abende, als Marlene und ihre Tante wieder einmal über den weißen Kiesweg hinunter zur Elbe schlenderten, fragte Änne vorsichtig: »Wie lange willst du eigentlich noch jedes Wochenende ins Haus fahren?«

Marlene hob stumm die Schultern. Darauf hatte sie selbst keine Antwort, obwohl ihr diese Wochenendausflüge, von denen sie stets desillusioniert zurückkam, nicht guttaten.

»Wenn er selbst vergangenes Wochenende, zum Muttertag, nicht im Westen war, wird er bestimmt auch zukünftig nicht mehr kommen«, fuhr ihre Tante fort.

»Vielleicht war er ja bei seiner Mutter, aber nicht bei mir«, wandte Marlene ein, während sie mit leerem Blick auf den Fluss sah, in dem die Trauerweiden ihre Zweige badeten.

»Das könnte natürlich auch sein«, erwiderte ihre Tante leise und hakte sich bei ihr ein, als könne sie ihr dadurch Trost spenden.

»Kommendes Wochenende fahre ich noch einmal«, sagte Marlene in bestimmtem Ton. »Vielleicht konnte er Muttertag nicht kommen und besucht seine Mutter kommendes Wochenende.«

SAMSTAG, 18. MAI – SONNTAG, 19. MAI 1957

Ohne die erwartungsfreudige Nervosität, mit der sie bisher nach Rettin gefahren war, machte sich Marlene Samstagmorgen auf den Weg – ahnte sie doch bereits, dass sie Bernhard auch dieses Mal nicht begegnen würde. Dennoch war sie gefahren, so als würde sie unter einem inneren Zwang stehen. Sie konnte sich nicht dem Schicksal fügen, wie Alexander ihr noch ein paar Tage zuvor am Telefon geraten hatte. Sie musste herausfinden, was mit ihrem Winterschwimmer los war. Ihr Verdacht, er könnte im Osten an eine andere Frau gebunden sein und sie wäre nur ein Zeitvertreib für ihn gewesen, wurde mit jedem Tag übermächtiger. Sie wusste, diese Ungewissheit würde ihr auf Dauer immer mehr Kraft nehmen.

Der Samstag verlief wie die Samstage zuvor. Sie spazierte am Meer entlang und hielt nach einem großen, schwarzhaarigen Mann Ausschau. Sie saß auf der Loggia und versuchte zu lesen, wobei sie jedoch nur auf Motorgeräusche oder feste Schritte auf dem Kiesweg horchte. Sie besuchte Lieselotte, in der Erwartung, Bernhard könnte am Tresen sitzen.

Nach einer unruhigen Nacht, in der der Seewind wirre Geschichten ins Gebälk geflüstert hatte, beschloss Marlene, sonntagmorgens nach Hause zu fahren. Die Warterei zermürbte sie. Als wollte sie fliehen, packte sie in Windeseile ihre Sachen und schloss das Haus ab. Bevor sie abfuhr, hängte sie noch einen Zettel mit ihrer Telefonnummer an die Haustür, für den Fall, Bernhard würde doch noch vorbeikommen.

Dann fuhr sie durch den Kiefernwald ins Hinterland. Hier trugen die Obstbäume helles Grün, der Waldmeister war voller weißer Sterne, und in den Vorgärten der kleinen Backsteinhäuser duftete es nach Flieder und Maiglöckchen. Die Welt war voller Lebenskraft. Die Luft vibrierte. Mit jedem Kilometer spürte Marlene deutlicher, wie sich diese Stimmung auf sie übertrug. Und mit einem Mal fühlte sie sich wieder voller Energie. Sie hielt an. Noch hatte sie die Autobahn nicht erreicht. Noch konnte sie umkehren. Sie horchte in sich hinein. Sie musste etwas tun. Warten war nicht ihre Sache. Sie nahm die Dinge lieber selbst in die Hand.

Kurz entschlossen wendete sie den Wagen und fuhr in Richtung Lübeck. Als sie auf die lange Straße kam, auf der sie vor sechs Wochen hatte notlanden müssen, wurde ihr schwer ums Herz. Wäre dieser Unfall nicht passiert, wäre alles anders verlaufen. Dann hätte sie Bernhard an diesem Freitag wie verabredet am Flugplatz von Lübeck getroffen, sie hätten ein wunderschönes Wochenende verlebt und würden sich immer noch alle vierzehn Tage in ihrem Paradies wiedersehen. Ein einziges Ereignis, das alles verändert hatte. Aber vielleicht war Bernhard an diesem Freitag ja gar nicht auf dem Flugplatz gewesen, flüsterte ihr eine innere Stimme ein. Genau deshalb habe ich jetzt umgedreht, erwiderte sie dieser Stimme. Sie musste sich Klarheit verschaffen.

Marlene parkte am Rande der Altstadt Lübecks. Wie oft war sie schon mit ihren Eltern hier gewesen! Sie mochte die holprigen, mit Kopfstein gepflasterten Straßen, die in der Vormittagssonne glänzten. Fast glaubte sie, das Rumpeln der Pferdekarren zu hören, die früher einmal hier entlanggefahren waren. Sie mochte die Kontorhäuser mit den prachtvollen Giebeln aus der Hansezeit, in denen Geschäfte abgeschlossen, Kaufleute reich oder auch arm geworden waren. Am Markt gab es einen kleinen, exklusiven Laden, in dem ihre Mutter gerne eingekauft hatte. Bei jedem Besuch hatten sie bei Niederegger Marzipantorte gegessen. Und jetzt lief sie allein durch die Straßen, um einer Wahrheit auf die Spur zu kommen, die sie – ganz gleich, wie sie ausfallen würde – dringend brauchte, um ihr Leben wieder in normalen Bahnen weiterführen zu können.

Kurz entschlossen sprach sie einen der vielen Passanten an, die an diesem Sonntag unterwegs waren. »Entschuldigen Sie bitte, ich suche das Pflegeheim in Lübeck.«

Erst der vierte konnte ihr helfen. »Ich weiß nicht, wie viele es hier gibt. Ich weiß nur, dass es im Stadtteil Travemünde eins gibt. Dort müssen Sie sich dann noch mal erkundigen.«

Marlene fuhr weiter in Richtung Travemünde. Am Ende des Gneversdorfer Wegs bog sie links ab zum Bahnhof Travemünde-Hafen. Auch hier kannte sie sich ein bisschen aus. Immer wenn sie mit ihren Eltern in der Stadt gewesen war, hatten sie die St.-Lorenz-Kirche besucht, die ganz in der Nähe lag. Im Bahnhof ging sie zum Schalter.

»Hier gibt es nur das Heim des DRK. Es liegt gleich bei der St.-Lorenz-Kirche, gar nicht weit von hier«, informierte der ältere Schalterbeamte sie freundlich.

Marlene ließ ihren Wagen stehen und ging zu Fuß weiter. Sie musste noch einmal drei Leute fragen, bis sie ihr Ziel erreicht hatte. Dann stand sie vor dem schlichten zweistöckigen, weißen Neubau, der sich zwischen zwei andere Häuser im Jugendstil drängte. Hätte nicht über dem Eingang *Pflegeheim DRK* gestanden, hätte man es auch für ein normales Mehrfamilienhaus halten können. Und nun?, fragte sie sich, während sich ihr Herzschlag beschleunigte. War sie hier überhaupt richtig? Vielleicht wohnte Bernhards Mutter ja ganz woanders. Und falls doch, würde sie sie überhaupt sprechen können? Oder dürfen? Sie kannte nicht einmal ihren Namen.

Marlene drückte die nur angelehnte Tür auf. In dem großen Flur empfing sie der Geruch von Bohnerwachs und Sonntagsbraten. Sie ging auf den kleinen Tisch zu, an dem eine junge Frau in DRK-Schwesterntracht saß und ihr neugierig entgegensah.

»Guten Tag.« Marlene räusperte sich. Sie hörte selbst, wie belegt ihre Stimme klang. »Ich suche jemanden. Aber ich weiß gar nicht, ob ich hier bei Ihnen richtig bin. Es gibt vielleicht mehrere Pflegeheime in Lübeck.«

»Die gibt es.« Die Blonde mit dem flotten Kurzhaarschnitt lächelte sie an.

»Verstehe.« Marlene holte tief Luft. »Nun bin ich erst einmal bei Ihnen gelandet. Ich suche eine Frau Mitte fünfzig. Sie hatte einen Herzinfarkt und kann sich nicht mehr allein zu Hause versorgen. Sie arbeitet gerne mit Bernsteinen. Das ist ihr Hobby. Ich kenne ihren Sohn. Bernhard Södermann heißt er. Groß, schwarzhaarig«, sie zögerte, »und gut aussehend. Er besucht seine Mutter alle vierzehn Tage.« Sie hielt inne, sah die Schwester abwartend und aufmerksam an, damit ihr nur keine Regung in deren frischem Gesicht entgehen würde.

Die junge Frau nickte. »Da haben Sie Glück. Wir sind ein kleines Haus. Ich weiß genau, wen Sie meinen. Frau Lydia Hamstetten. Ihr Sohn lebt weit weg. Ja, er kommt alle vierzehn Tage und kümmert sich dann rührend um seine Mutter. Aber er ist jetzt schon ein paar Wochen nicht mehr hier gewesen. Deshalb geht es Frau Hamstetten auch zurzeit nicht gut. Sie ist sehr verwirrt. Von daher können Sie sie leider nicht sprechen.« Die Schwester biss sich auf die Lippen. Sie schien zu überlegen. Ihre grauen, ruhig blickenden Augen lagen mit forschendem Ausdruck auf Marlene. »Sagen Sie, sind Sie die Verlobte von Herrn Södermann?«

»Verlobte?«, echote Marlene.

Die Blonde nickte und lächelte sie an. »Frau Hamstetten erzählt immer von der Verlobten ihres Sohnes, die sie so gerne einmal kennenlernen möchte. Wenn Sie seine Verlobte sind, dann wäre zu überlegen, ob Sie Frau Hamstetten vielleicht doch besuchen könnten.«

Marlene fühlte sich wie vor den Kopf geschlagen. Sie schluckte. »Bernhard Södermann, schwarzhaarig, groß«, wiederholte sie eindringlich, als zweifele sie daran, dass sie beide von dem gleichen

Mann sprachen. Sie wollte schon fortfahren: Dozent an der Wismarer Ingenieurschule. Dann fiel ihr jedoch noch früh genug ein, dass Bernhard seinen Wohnort wahrscheinlich verschwiegen hatte.

»Ja, ich kenne Herrn Södermann. Er ist sehr charmant. Er lebt in Frankfurt und ist Handelsvertreter.«

Erleichtert atmete Marlene aus. »Nein, nein, das ist er nicht. Er ist kein Handelsvertreter.« Abrupt hielt sie inne. Vielleicht hatte Bernhard sich tatsächlich so vorgestellt. Sie verstummte, wusste nicht mehr weiter.

Die Schwester erhob sich hinter ihrem Tisch. Ihr Blick schien sie durchleuchten zu wollen. »Und wer sind Sie?«

»Ich bin …« Marlene verstummte. »Danke für Ihre Auskunft«, erwiderte sie mit tonloser Stimme und drehte sich auf dem Absatz um.

Als Marlene am Nachmittag wieder zu Hause war, verzichtete sie aufs Kaffeetrinken mit ihrer Tante und ihrem Onkel. Sie musste dringend mit jemandem reden, dem sie ohne Vorbehalt ihr Herz ausschütten konnte. Wie sie vermutet hatte, war Cleo in der Redaktion.

»Bist du schon zurück?«, fragte ihre Freundin erstaunt.

»Hast du einen Moment Zeit? Ich muss dich dringend sprechen.«

»Leg los.«

»Stell dir vor …« Die Sätze sprudelten nur so aus Marlene heraus.

Nachdem sie zu Ende gesprochen hatte, sagte Cleo in weichem Ton: »Oje! So was Ähnliches habe ich befürchtet. Das tut mir so leid für dich. Soll ich gleich vorbeikommen?«

»Cleo, ich habe die ganze Rückfahrt darüber nachgedacht. Ich glaube das nicht.«

»Was glaubst du nicht?«

»Dass Bernhard verlobt sein soll. Er kann mir doch nicht alles nur vorgespielt haben. Diese Nähe, diese Vertrautheit, diese

Gefühle. Vielleicht verwechselt die DRK-Schwester da etwas.« Marlene biss sich auf die Lippe. Sie zögerte, wusste sie doch nur allzu gut, dass sie mit dem, was sie jetzt sagen wollte, bei ihrer Freundin auf völliges Unverständnis stoßen würde. Dennoch. Sie würde sich nicht von ihrem Plan abbringen lassen. Allerdings brauchte sie für dessen Durchführung Cleos Hilfe.

»Jetzt rede dir nichts ein«, erwiderte Cleo so energisch, wie es ihre Art war, wenn sie sich betroffen fühlte. »Vergiss ihn. Bernhard wäre nicht der erste Mann, der eine Verlobte und gleichzeitig eine Affäre hat.«

Marlene atmete tief durch und sagte mit fester Stimme: »Cleo, ich muss nach Wismar. Ich möchte Bernhard von Angesicht zu Angesicht gegenüberstehen und aus seinem Munde hören, dass ich nur ein Abenteuer für ihn war.«

Cleos Feuerzeug klappte auf. Dann hörte Marlene, wie ihre Freundin den Rauch scharf ausstieß. Sie sah Cleo vor sich, wie sie, von Unordnung umgeben, an ihrem Schreibtisch in der Redaktion saß, die schwarzen Brauen zusammenzog und mit verständnisloser Miene den Kopf schüttelte. Endlich sagte ihre Freundin mit Grabesstimme: »Du bist verrückt.«

»Mag sein, aber vorher kann ich nicht mit diesem Kapitel abschließen.«

Ein ungläubiges Lachen folgte. »Und wie willst du das machen?«

»Hinfahren.« Marlene wusste nur zu genau, dass sie Cleo mit dieser schlichten Antwort herausfordern würde.

»Du willst dich also in deinen pompösen Mercedes setzen und damit durch den Arbeiter- und Bauernstaat gondeln. Sehr witzig. Nur zu deiner Information: Man kann nicht als Nicht-Ostler einfach mal so durch die DDR reisen. Da gibt es festgelegte Transitstrecken, von denen du nicht abweichen darfst.«

»Natürlich habe ich auch schon gehört, dass das nicht so einfach ist. Deshalb brauche ich ja deine Hilfe.«

»Oh weia! Und wie soll die aussehen?«

»Ich habe mir schon alles genau überlegt. Also: Ich fahre am Tage X frühmorgens mit dem Interzonenzug nach West-Berlin. Das dauert etwa zweieinhalb Stunden. Dann gehe ich beim Brandenburger Tor über die Grenze nach Ost-Berlin. Das soll kein Problem sein, da die Sektorengrenzen innerhalb der Stadt für jeden offen sind. Und jetzt kommst du ins Spiel. Du hast mir doch erzählt, dass dein Kollege einen Informanten in Ost-Berlin hat. Einen jungen Studenten, der immer Geld brauchen kann. Ich biete diesem Mann Geld dafür, dass er mich in Ost-Berlin trifft und nach Wismar sowie zurück nach Ost-Berlin fährt.«

»Du musst wirklich verrückt sein«, murmelte Cleo tonlos nach ein paar Sekunden tiefen Schweigens. »Ich weiß ja noch nicht einmal, ob dieser Student ein Auto besitzt. Was eher unwahrscheinlich ist.«

»Dann soll er sich eines leihen. Ich zahle dafür.«

Ihre Freundin seufzte hörbar hilflos auf. »Mensch, Marlene, ist dir die Wahrheit denn tatsächlich so viel Geld, Zeit und nicht zuletzt Risiko wert?«

»Ja.«

Wieder war es lange Zeit still in der Leitung. Marlene wusste, dass Cleos Gehirn gerade wie eine Maschine ratterte. Schließlich sagte ihre Freundin: »Weißt du, dein Auftritt im *Atlantic* war ja schon sehr ungewöhnlich und waghalsig. Dafür zolle ich dir meinen größten Respekt. Aber das, was du dir jetzt ausgedacht hast, ist in meinen Augen völliger Wahnsinn. Dieser ganze Aufwand für einen Mann, der dich betrogen hat!«

»Das steht ja noch gar nicht fest«, erwiderte Marlene mit fester Stimme.

»Vorausgesetzt, dieser Student würde sich für viel Westgeld darauf einlassen, dich nach Wismar zu fahren … Wenn ihr erwischt würdet, kämt ihr beide erst einmal in Untersuchungshaft. Da drüben fackeln sie nicht lange. Du wärst völlig illegal in der DDR, und der Student hätte dich als Westdeutsche gar nicht mitnehmen dürfen. Zwischen West- und Ost-Berlin ist die Sektorengrenze zwar offen, aber noch einmal: Als Westdeutsche kannst du nicht so einfach durch die DDR reisen. Also auch nicht nach Wismar. Dafür brauchst du eine Aufenthaltsgenehmigung, die Verwandte oder Bekannte in Wismar, die du besuchen willst, vorher bei den zuständigen Stellen der Volkspolizei beantragen. Und zwar mit Angabe von Gründen für deinen Besuch, Fahrstrecke, Adressen dieser Verwandten oder Bekannten vor Ort und so weiter. Mit deinem Plan verstößt du gegen die Gesetze der DDR.«

»Sei mir nicht böse, aber irgendwie sehe ich das nicht so eng wie du«, wandte Marlene ein.

»Weil du so gut wie nichts über diesen Staat weißt. Ich sitze hier an der Quelle, höre vieles und lese vieles. Du hast gar keine Vorstellung davon, was dort alles möglich ist!«

Marlene hatte ihre Freundin selten so sanft und einfühlsam reden hören, wie mit einem uneinsichtigen Kind, das von der rauen Wirklichkeit des Lebens noch keine Vorstellung hat.

»Ist es richtig, dass die DDR-Bürger im eigenen Land herumfahren dürfen?«

»Ja.«

»Na also, dann darf der Student doch nach Wismar fahren. Und ich begleite ihn.«

»Noch einmal: Du bist eine Westdeutsche!«, rief Cleo jetzt hörbar genervt in die Leitung. »Wenn die euch anhalten sollten und eure Ausweise sehen wollen, seid ihr beide dran. Versteh das doch!«

»Aber warum sollten die uns anhalten? Die können doch nicht jeden anhalten, der auf der Straße unterwegs ist.«

»Ich rede von Stichproben.«

»Vielleicht haben wir ja Glück.«

»Mein Gott, Marlene!«

Marlene musste lächeln. Sie wusste, dass sich ihre Freundin genau in diesem Moment die Haare raufte.

»Jetzt beruhige dich mal«, sagte sie liebevoll. »Wenn der Student das machen will, ist das doch seine Entscheidung. Damit hast du nichts zu tun. Er kann ja auch Nein sagen. Und ich bin für mich selbst verantwortlich. Ich bitte dich nur, den Kontakt für mich herzustellen.«

Wieder klackte das Feuerzeug. Wieder stieß Cleo den Rauch pfeifend aus.

»Dafür muss ich mit Thomas, meinem Kollegen, sprechen«, meinte sie dann in einem Ton, der deutlich machte, dass sie kapituliert hatte.

»Tu das. Sag ihm, du hättest eine verrückte Freundin, die unbedingt nach Wismar muss.«

»Wie viel willst du denn überhaupt zahlen für dieses Abenteuer?«

»Sind zweihundert Westmark …«

»Zweihundert?«, unterbrach Cleo sie fassungslos. »So viel?«

»Ja. Bernhard ist der Mann, den ich will«, fuhr Marlene unbeeindruckt von Cleos Entsetzen ruhig fort. »Wenn ich ihn nicht haben kann, will ich zumindest wissen, ob ich meine Gefühle an ihn vergeudet habe. Sollte das tatsächlich der Fall sein, wird es mir leichter fallen, mit ihm abzuschließen.«

Nach dem Gespräch mit Cleo rief Marlene ihren Vetter in Paris an.

»Ich weiß kaum etwas über die DDR und die Verhältnisse dort«, sagte Alexander unschlüssig. »Aber wenn Cleo dir davon abrät, solltest du es lieber lassen.«

»Stattdessen soll ich einfach aufs Schicksal hoffen oder was?«, entgegnete sie verärgert darüber, dass er ihren Plan nicht unterstützte.

»Man kann doch im Leben nichts erzwingen. Und die Liebe schon mal gar nicht.«

»Ich will auch nicht die Liebe erzwingen. Ich will nur klare Verhältnisse schaffen. Das ist etwas anderes.«

»Ach, Marlene, warum fragst du mich? Du tust doch sowieso das, was du für richtig hältst«, sagte ihr Vetter mit einem tiefen Seufzer.

Für ein paar Sekunden war es still in der Leitung. Marlene war betroffen. Und wenn die anderen nun recht hatten und sie unrecht? Wenn sie sich – und zusätzlich auch noch den armen Studenten – mit ihrem Vorhaben in Teufelsküche bringen würde?

»Ich werde noch einmal darüber nachdenken«, beruhigte sie Alexander in versöhnlichem Ton. »Sollte ich jedoch bei meiner Entscheidung bleiben, erwarte ich natürlich von dir, dass du mich drüben im Gefängnis besuchst«, fügte sie scherzend hinzu.

MONTAG, 20. MAI – DIENSTAG, 28. MAI 1957

In der neuen Woche verging kein Tag, an dem Marlene nicht bei Cleo nachfragte, ob es etwas Neues gab.

»Thomas hat ihn noch nicht erreicht«, erwiderte Cleo stets geduldig. »Er spricht seinen Informanten meistens nur einmal im Monat – allein schon deshalb, damit es nicht auffällt. Um zu telefonieren, muss sein Informant von Ost-Berlin nach West-Berlin rüber.«

Marlene wurde immer unruhiger. Erst in der nächsten Woche kam montagvormittags Cleos erlösender Anruf.

»Thomas hat den Kontakt hergestellt. Sein Informant macht es, aber er will dreihundert Westmark. Die Sache sei nicht ungefährlich.«

Marlene biss sich auf die Lippe. »Er will also eine Gefahrenzulage.«

»Sozusagen.«

»Gut. Sag deinem Kollegen, das geht in Ordnung.«

»Marlene!« Cleo seufzte am anderen Ende der Leitung laut auf. »Ist dir das Ganze wirklich so viel Geld wert? Meine Güte! Dreihundert Mark! Dazu kommen doch auch noch die Reisekosten. Von dem Risiko ganz zu schweigen. Wenn ich dir einen guten Rat geben darf: Vergiss Bernhard und konzentriere dich lieber auf die neue Firma. Mit der geht es doch gerade bergauf. Falls du in der DDR verhaftet werden solltest, sitzt du dort erst mal fest. Willst du alles, was du dir nach dem Tod deiner Eltern erkämpft hast, für einen Mann, der seit Wochen aus deinem Leben verschwunden ist, aufs Spiel setzen?«

»Wie soll ich denn legal einreisen?«, fragte Marlene aufgebracht. »Ich habe keine Verwandten dort, die ich besuchen kann.« Sie fuhr sich mit der Hand durchs Haar. »Also, das mache ich jetzt so. Und danach habe ich Bernhard eventuell aus dem Kopf.«

»Und falls sich herausstellen sollte, dass er gar nicht verlobt ist? Vielleicht haben sie ihn ja nicht fahren lassen, weil er dich kennengelernt hat. Und jetzt willst du ihn im Osten besuchen? Damit würdest du doch auch ihn in Schwierigkeiten bringen.«

»Bitte, Cleo …« Marlene seufzte laut auf. »Mach es mir doch nicht so schwer. Bitte mache die Verabredung mit dem Studenten fest. Ich habe mich schon nach den Zugverbindungen erkundigt. Der erste Zug von Hamburg aus ist um acht Uhr morgens in West-Berlin.«

Am nächsten Tag meldete sich Cleo. »Morgen um neun Uhr vor dem Hauptgebäude der Humboldt-Universität. Vor dem Alexander-von-Humboldt-Denkmal mit einem aufgeschlagenen Stadtplan Berlins in der Hand«, sagte sie in unterdrücktem Ton, als würde das Telefon des Springer-Verlags von der DDR angezapft werden.

Marlene schnappte nach Luft. Plötzlich pochte ihr Herz bis zum Hals. »Ich werde pünktlich da sein.«

»Du sollst kein Gepäck mitnehmen, nur eine Handtasche, und dich zurückhaltend kleiden. Die dreihundert Mark verstecke irgendwo in deiner Kleidung. Falls dich die Zöllner im Zug fragen, was du in West-Berlin willst, sagst du einfach, du willst dir die Freie Universität in Dahlem ansehen, weil du eventuell in West-Berlin studieren willst.«

»Ich kann doch sagen, dass ich für einen Tag eine Verwandte in West-Berlin besuchen will.«

»Lieber nicht, meinte Thomas. Dann wollen die noch deren Adresse wissen. Der Student heißt übrigens Erich Strehlow. Er wird in einem Kleintransporter kommen. Dich wird er an dem Stadtplan und deinem roten Haar erkennen. Solltet ihr auf der Fahrt nach Wismar von einem Vopo oder gar der Stasi angehalten werden, wird er leugnen, gewusst zu haben, dass du aus dem Westen kommst. Damit will er nichts zu tun haben.«

»Gut.« Marlene schluckte aufgeregt. »Und wenn der Zug Verspätung haben sollte?«

»Das scheint dort üblich zu sein. Er wartet eine Stunde lang. Nicht länger.«

Nach dem Gespräch war Marlene froh, dass sie an diesem Dienstag keinen Flug hatte. Sie konnte sich nicht mehr richtig konzentrieren. Tausend Gedanken gingen ihr durch den Kopf, während sie sich zwang, die Büroarbeit zu erledigen. Hoffentlich würde der Zug pünktlich sein! Was sollte sie anziehen, um unauffällig zu wirken? Wo sollte sie das Geld verstecken? Wie sollte sie ihre Abwesenheit morgen ihrer Tante und ihrem Onkel erklären, ohne dass sich die beiden Sorgen machen würden? Die letzte Frage bereitete ihr das größte Kopfzerbrechen.

Als sie am frühen Abend mit ihrer Tante an der Elbe entlangspazierte, beschloss sie, ihr reinen Wein einzuschenken. Änne blieb abrupt stehen und starrte sie an.

»Darfst du denn da überhaupt rein?«, fragte sie mit großen Augen, aus denen das blanke Entsetzen sprach.

Marlene erzählte ihr von dem Plan, obwohl das nicht gerade zu Ännes Beruhigung beitrug. »Du liebes Lottchen! Ist das denn nicht viel zu gefährlich?« Ihre Tante schnappte nach Luft und legte ihre beringte Hand auf das wogende Dekolleté. »Davon dürfen wir Wilhelm nichts erzählen«, meinte sie entschlossen. »Er hätte kein Verständnis dafür. Außerdem würde er sich viel zu große Sorgen machen. Wir sagen einfach, dass du für einen Tag ins Haus musst wegen einer Reparatur oder so was.«

Marlene musste lachen. Ihre Tante dachte sich gerne ab und zu kleine Schummeleien aus, um Problemen aus dem Weg zu gehen.

»Ach, Kind!« Änne hakte sich bei ihr unter. »Muss das denn sein? Stell dir vor, es passiert dir etwas! Was würde Wilhelm ohne dich machen? Denk doch nur an die Firma!«

»Mir passiert schon nichts«, beruhigte Marlene sie, obwohl sie sich da selbst inzwischen gar nicht mehr so sicher war. »Versteh mich doch! Wenn ich die Sache zwischen Bernhard und mir von Angesicht zu Angesicht geklärt habe, fühle ich mich auf alle Fälle besser danach, unabhängig davon, wie die Wahrheit aussehen wird. Die Ungewissheit darüber, warum Bernhard nicht mehr kommt, kostet mich so viel Kraft, die ich für anderes dringend brauche.«

»Und wenn er nun keine Verlobte hat und in den vergangenen Wochen vielleicht nur beruflich bedingt nicht wegkonnte?«

Marlene schwieg ein paar Sekunden. Schließlich antwortete sie entschlossen: »Dann muss er, wenn er mit mir zusammenbleiben will, in den Westen kommen. Eine geteilte Liebe kann ich nicht leben. Das weiß ich inzwischen.«

»Richtig so«, bestätigte ihre Tante aus vollem Herzen. »Zumal es hier doch sowieso viel schöner ist.«

MITTWOCH, 29. MAI 1957

Es war noch dunkel, und die Vögel hatten ihr Morgenkonzert noch nicht begonnen, als Marlene in der kleinen Küche Kaffee aufbrühte. In Gedanken ging sie den Tag, der vor ihr lag, präzise durch. Ihre Handtasche hatte sie bereits am Abend gepackt. Reisepass, Geldbörse mit einhundert Mark, der Stadtplan von Berlin, zwei Taschentücher, Lippenstift, Puder. Sonst nichts. Später würde nur noch der Schlüssel dazukommen. Kein Gepäck, hatte die Anweisung von Erich Strehlow gelautet. Der wadenlange, dunkelbaue Tellerrock, eine weiße Nylonbluse sowie die blaue Strickjacke lagen schon bereit. Dazu wollte sie weiße Söckchen und Trotteurs anziehen. Für Farbe würde ein blau-gelb geblümtes Tuch sorgen, mit dem sie ihre Haare zum Pferdeschwanz hochbinden wollte. Die dreihundert Mark würde sie im Büstenhalter verstecken. Sie würde sich ja wohl kaum vor den DDR-Kontrolleuren ausziehen müssen. Auf Schmuck verzichtete sie. Auch auf die Bernsteinkette ihrer Mutter, die ihr in prekären Situationen immer Halt gab. Sie trug nur die Fliegeruhr ihres Vaters, die schon ziemlich ramponiert aussah.

Als sich Marlene schließlich im Spiegel betrachtete, war sie zufrieden mit ihrem Aussehen. Man würde ihr die Studentin, die mit dem Gedanken spielte, an der Freien Universität in West-Berlin studieren zu wollen, abnehmen.

Als sie den Ostflügel der Villa leise verließ, war noch alles still im Haus. Auch Else war noch nicht da. Marlene war froh, dass sie ihrem Onkel nicht begegnete. Unmöglich hätte sie ihm ins Gesicht lügen können.

Auf dem Weg zum Bahnhof herrschte bereits Verkehr. Menschen zu Fuß, auf Fahrrädern, Motorrollern, in Autos und in Bussen waren auf dem Weg zu ihrer Arbeit. Marlene stellte ihren Wagen in der Nähe des Bahnhofs ab, kaufte die Fahrkarte und ging zum Bahnsteig. Hier war es noch kühl und zugig. Während sie hin und her ging, zog sie fröstelnd die Strickjacke um sich. Der Bahnsteig füllte sich immer mehr. Während sie auf den einfahrenden Zug wartete, betrachtete sie das Treiben um sich herum. Passagiere liefen hin und her, eine Mutter schimpfte mit ihren zappelnden Kindern, ein junges Paar umarmte sich. Ab und an übertönten blechern klingende Lautsprecheransagen das Stimmengewirr. Sie spürte, wie ihre Nervosität wuchs. Hoffentlich würde der Zug keine allzu große Verspätung haben. Und falls doch – würde Erich Strehlow auch über die eine Stunde hinaus auf sie warten? Würde sie am Ende ganz umsonst gefahren sein?

Endlich fuhr der Zug plangemäß mit quietschenden Rädern ein und kam mit ohrenbetäubendem Ächzen und Stöhnen zum Stehen. Marlene ließ erst einmal die anderen Fahrgäste mit ihren Taschen und Koffern einsteigen. Kurz vor Abfahrt stieg sie dazu und suchte sich ein Abteil, in dem nur noch ein Platz frei war. Sie hoffte, dass sich die DDR-Kontrolleure mehr mit den anderen Leuten, die sehr viel mehr Gepäck bei sich hatten, beschäftigen würden. In dem Abteil saßen eine Frau mit zwei Kindern sowie ein älteres Ehepaar. Marlene grüßte freundlich nach allen Seiten, schlug die Beine übereinander und lehnte den Kopf mit geschlossenen Augen an die Abteilwand, um zu signalisieren, dass sie sich nicht unterhalten wollte. Stattdessen wollte sie die Zeit nutzen, sich innerlich auf das Abenteuer vorzubereiten, dem sie entgegenfuhr.

Als der Schaffner pfiff, die Türen sich schlossen und sich der Zug in Bewegung setzte, seufzte sie in sich hinein. Jetzt ging es los. Im Abteil war es wider Erwarten ruhig. Das ältere Ehepaar saß schweigend nebeneinander und schien in Gedanken versunken zu sein, und die Mutter las den Kindern leise etwas aus einem Buch vor.

Je näher der Zug dem Grenzübergang Büchen/Schwanheide kam, desto unruhiger wurde Marlene innerlich. Dann hielt der Zug an. Auf dem Bahnsteig standen Grenzsoldaten mit Gewehren. Einige stiegen mit den DDR-Kontrolleuren zusammen in die Waggons. Die Waffenpräsenz, die ungastliche Atmosphäre des Bahnhofs mit seinen tristen Gebäuden, der Drahtzaun um das weitläufige Gelände, das inmitten einer kargen Landschaft lag, die kalten Blicke, mit denen die Uniformierten jeden Reisenden durchbohrten. All das vermittelte Marlene ein bedrückendes Gefühl. Zum ersten Mal bekam sie einen hautnahen Eindruck davon, dass in dem Land, in dem Bernhard lebte, Kontrolle und Unfreiheit herrschten.

Tatsächlich hatte sie Glück, und die beiden Kontrolleure beschäftigten sich gar nicht lange mit ihr. Sie musste nur ihre Handtasche öffnen und deren Inhalt vorzeigen. Und das zur sichtlichen Zufriedenheit der beiden. Sie fragten noch nicht einmal nach dem Anlass ihres Besuches in West-Berlin.

Mit etwas Verspätung ging die Fahrt weiter. Obwohl es Frühling war und sonnig, erschien Marlene die Gegend, durch die sie nun fuhr, viel trister als die vor der innerdeutschen Grenze. Die flache Landschaft, Felder und Wiesen, hier und da ein Dorf, wirkte grau und kraftlos.

Erst als sie aus dem Bahnhofsgebäude in West-Berlin trat, fühlte sie sich wieder etwas leichter. Welch ein anderes Bild! Die Stadt pulsierte geradezu. Das Taxi, das sie zum Brandenburger Tor brachte, fuhr an den üppigen Auslagen der Geschäfte und an Restaurants vorbei. Gut gekleidete Leute flanierten auf den Bürgersteigen, Limousinen in schillernden Farben waren unterwegs. Vor dem Krieg war sie einige Male mit ihren Eltern in Berlin gewesen, und schon als Kind hatte sie das Leben dort als spannend empfunden. Sie hatten stets im *Hotel Adlon* am Pariser Platz logiert, der seit der Teilung der Stadt zur DDR gehörte. Die Kapitulation Berlins im Mai 1945 hatte das Hotel völlig unbeschädigt an dem sonst zerstörten Platz überstanden. Nur wenige Tage danach jedoch brannte das Gebäude, das von feiernden und plündernden Rotarmisten besetzt gewesen war, bis auf einen Seitenflügel ab.

Während Marlene diese Erinnerungen durch den Kopf gingen, sah sie bereits in der Ferne das Brandenburger Tor aufragen. Der Sandstein des frühklassizistischen Torbogens, der nach den Zerstörungen des Krieges schnell restauriert worden war, leuchtete in der Morgensonne. Sie vermisste noch die Quadriga. Von ihr hatte nur ein Pferdekopf den Krieg überlebt. Das Wagengespann wurde gerade neu gebaut und sollte im kommenden Jahr wieder aufgestellt werden.

Marlene entlohnte den Taxifahrer, der ihr im besten Berlinerisch einen schönen Tag wünschte, und stieg aus. Erleichtert atmete sie erst einmal tief durch. Bisher hatte alles gut geklappt. Sie lag sogar gut in der Zeit. Nun wartete die nächste Hürde auf sie. Sie musste die DDR betreten – und zwar durch einen der fünf Durchgänge des Brandenburger Tores, durch die an diesem sonnigen Morgen Menschen in beide Richtungen strömten. Das Wahrzeichen Berlins lag unmittelbar hinter der Grenzlinie im sowjetischen Sektor der Stadt. Grenzposten in braungrünen Uniformen patrouillierten mit Gewehren davor auf und ab, sprachen manchmal die Leute an, andere ließen sie wiederum einfach durchgehen, sowohl in östliche als auch in westliche Richtung. Mit dem Wissen, dass die Sektorenübergänge offen waren, fasste Marlene sich ein Herz und ging mit freundlichem Lächeln an einem der Grenzsoldaten vorbei. Der junge Mann nahm sie in Augenschein, sein bewundernder Blick glitt an ihren Beinen hinunter. Als er sie wieder ansah, lächelte auch er und nickte ihr freundlich zu, ganz anders als der Kontrolleur im Zug. Erleichtert über diesen netten Empfang betrat sie zum ersten Mal in ihrem Leben die DDR. Sollte das ein gutes Omen sein?

In dem Bewusstsein, dass sie sich für diesen einen Tag frei in Ost-Berlin bewegen durfte, ging Marlene leichtfüßig mit dem

Stadtplan in der Hand in Richtung Humboldt-Universität, die auf der Straße *Unter den Linden* lag, welche das Brandenburger Tor mit dem Alexanderplatz verband. Prachtvolle Gebäude im klassizistischen Baustil säumten beide Seiten der breiten Allee. Rechts von ihr stand der pompöse Neubau der sowjetischen Botschaft – ein Beispiel stalinistischer Prachtarchitektur und Symbol der politischen Verbundenheit der DDR mit der Sowjetunion. Ebenfalls auf der rechten Straßenseite lag die Staatsoper, ebenfalls neu aufgebaut. Hinter den mehrstöckigen, restaurierten Geschäftshäusern, die sich zu beiden Seiten der Straße dicht aneinanderdrängten, ragten Baukräne in den blauen Himmel als Zeichen dafür, dass dort noch fleißig am Wiederaufbau gearbeitet wurde.

Schräg gegenüber der Oper lag Marlenes Ziel: die Humboldt-Universität. Durch das Portal, das rechter Hand von einer Büste von Alexander von Humboldt und linker Hand von einer von dessen Bruder Wilhelm flankiert wurde, strömten junge Leute rein und raus. Marlene sah auf ihre Uhr. Es war Viertel vor neun. Ein Kleintransporter war weit und breit noch nicht zu sehen. Wie verabredet stellte sie sich an das Alexander-Denkmal und schlug den Stadtplan auf. Die Minuten dehnten sich zu Stunden. Sie wurde immer unruhiger. Und dann kam endlich der erlösende Moment. Aus Richtung des Alexanderplatzes näherte sich ein froschgrüner, kleiner Lastwagen mit gelber Stoffplane. Unauffälliger ging es nun wirklich nicht, dachte Marlene bei sich. Der Wagen hielt neben ihr an, und heraus sprang ein bohnenstangenlanger, junger Mann mit hellrotem Haar, das nach allen Seiten abstand wie bei Struwwelpeter. Die Sommersprossen auf seinem Gesicht und das fröhliche Lächeln machten ihn ihr gleich sympathisch.

»Kann ick helfen?«, erkundigte er sich auf Berlinerisch.

»Ich bin Marlene Lilienthal«, sagte sie mit unterdrückter Stimme.

»Hab ick mir schon gedacht. Bist mit deinem Haar ja nicht zu verfehlen. Ick bin Erich. Fahren wir?«

Marlene nickte. Erich lief um den Wagen herum, wobei ihm die weite, braune Hose um die Beine flatterte, und sprang auf den Fahrersitz. Von innen öffnete er ihr die Beifahrertür, und sie kletterte hinein.

»Damit das klar ist: Ich weiß nicht, dass du aus dem Westen kommst.« Erich sah sie mahnend an. »Du hast mich gefragt, ob ich dich mitnehmen kann, und ich habe Ja gesagt.«

Sie nickte. »Habe ich verstanden.«

Erich fuhr los. Bei der erstmöglichen Gelegenheit wendete er sein Gefährt und nahm Kurs auf den Alexanderplatz. Zuerst schwiegen sie, dann sagte Marlene, um die Atmosphäre im Wagen ein bisschen aufzulockern: »Ich habe mich gewundert, wie einfach man über die Grenze gehen kann.«

»Bis jetzt noch«, antwortete Erich. »Wenn das mit unserer Politik so weitergeht, wird es bestimmt irgendwann schwieriger werden.«

»Kann denn jeder aus der DDR so einfach nach West-Berlin?«

»Nur die Ost-Berliner. Wer zum Beispiel eine Tante im West-Bezirk Wilmersdorf hat oder ein Fußballspiel im Olympiastadion besuchen will, fährt einfach mit der S-Bahn hin. Meine Mutter fährt regelmäßig nach drüben, um Sanella-Margarine, Bücklinge und Nylonstrümpfe zu kaufen. Täglich pendeln Tausende Grenzgänger. Der Intendant der Komischen Oper wohnt im Westen. Im Orchester der Staatsoper spielen Dutzende West-Berliner. Ein Freund meines Vaters fährt jeden Morgen von Berlin-Weißensee zum Pharmaunternehmen Schering im Wedding.«

»Und wie ist das mit dem Geld? Ich meine Deutsche Mark und Ostmark?«

»Eine vom Westen eingerichtete Lohnausgleichskasse tauscht West-Berlinern mit Arbeit im Osten den Großteil ihrer Bezüge in D-Mark. Umgekehrt wird Ost-Berlinern, die im Westen arbeiten, dreißig Prozent des Lohns in Westmark ausgezahlt.« Erich lachte hart auf. »So erleben wir hautnah, wie Kommunismus und Kapitalismus wunderbar miteinander auskommen können.«

Jetzt fuhren sie auf einen großen Platz zu. »Darf ich vorstellen? Der Alex«, sagte Erich mit ausholender Geste. »Schau genau hin! Der Alexanderplatz ist im Krieg fast völlig zerstört worden. Da stecken sie jetzt viel Geld rein. Er soll mal der größte Platz der Welt werden.« Beim letzten Satz tippte er sich an die Stirn.

Voller Interesse betrachtete Marlene die hohen, quaderförmigen Gebäude mit ihren Geschäften und Restaurants im Erdgeschoss wie auch die Litfaßsäulen, die für Produkte warben, deren Namen sie noch nie gehört hatte: *Zit Frisiercreme*, *Bino Suppenwürze*. Auf dem Platz herrschte ein Gewusel von Menschen, Motorrädern und Straßenbahnen.

»Hier ist ja auch schon viel wiederaufgebaut worden«, staunte sie.

»Warte mal ab, bis wir draußen sind. In der Hauptstadt geben sie sich Mühe, aber in kleineren Städten und auf dem Land sieht es anders aus.«

Tatsächlich wirkten die Außenbezirke der Stadt schon weniger lebendig. Hier reihten sich gleichförmige, hohe Betonbauten aneinander. Nur die bunten Sonnenschirme auf deren winzigen Balkonen brachten etwas Farbe in die Tristesse. An den Bürgersteigen standen hier und da mattfarbene Trabbis und Wartburgs.

Hinter den Außenbezirken ging die Fahrt weiter übers Land durch kleine, wie ausgestorben wirkende Dörfer, die einen Dorfkonsum und eine Gaststätte hatten.

»Was ist das dahinten … LPG?«, fragte Marlene, nachdem sie länger geschwiegen hatten.

»Eine Landwirtschaftliche Produktionsgenossenschaft, in der sich Kleinbauern zusammengetan haben oder vielmehr zusammentun mussten, um effizienter für den Arbeiter- und Bauernstaat wirtschaften zu können«, erklärte Erich ihr.

Marlene schwieg. Kam ihr der Westen wie eine Hochglanzfotografie in bunten, leuchtenden Farben vor, glich der Osten einem abgenutzten Schwarz-Weiß-Foto.

Marlene sah den Studenten forschend von der Seite an. »Du scheinst von der DDR nicht viel zu halten, oder?«

Erich lachte auf. »Sagen wir mal so: Ich finde sie verbesserungsbedürftig. Und es gefällt mir nicht, dass sie dem Westen ein völlig falsches Bild vermittelt. Natürlich ist nicht alles nur schlecht bei uns«, beeilte er sich zu sagen. »Auch wir haben hier unseren Spaß. Bei aller Kontrolle und Einbindung in den Staat gönnen wir uns natürlich auch unser Vergnügen. Wir haben Kinos, Musikbands, Diskotheken … Als Student musst du zum Beispiel immer mal wieder in der Landwirtschaft aushelfen, weil sich viele Bauern in den Westen abgesetzt haben. Nach der Arbeit auf dem Acker feiern wir abends in unserer Unterkunft. Es gibt Schnaps, wir singen West-Schlager, jemand imitiert die sächsische Fistelstimme von SED-Parteichef Walter Ulbricht.« Erich hob die Schultern, die sich spitz unter dem vergilbten Hemd abmalten. »Leider sind solche Respektlosigkeiten kein Ausdruck bewussten Widerstandes, sondern nur ein ganz leises Aufbegehren.«

Marlene lächelte ihn an. »Aber du leistest bewussten Widerstand, indem du dem Westen regelmäßig Informationen zukommen lässt.«

»Ich bin im Untergrund tätig, weil ich will, dass der Westen über uns Bescheid weiß. Über die Planwirtschaft, die nicht funktioniert, über die Unfreiheit, die hier herrscht. Nach außen zeige ich jedoch gesellschaftspolitisches Engagement. Das ist mein Schutz.« Er lachte breit über sein sommersprossiges Gesicht. »Ich habe sogar schon an zwei West-Einsätzen teilgenommen. In Fünfergruppen fuhren wir nach West-Berlin und warfen Propagandaschriften des SED-Ablegers Sozialistische Einheitspartei West-Berlin in die Briefkästen. Gott sei Dank blieben diese Einsätze ohne das von der Partei gewünschte Echo.«

»Warum gehst du nicht in den Westen, nach West-Berlin, wenn es so einfach ist?«

Erich warf ihr einen ernsten Seitenblick zu. »Das habe ich auch langfristig vor. Zusammen mit meiner Mutter. Aber mein Vater ist sehr krank. Wir können noch nicht«, fügte er leise hinzu.

Die nächste Zeit schwiegen die beiden wieder. Die Straße in Richtung Norden war nur wenig befahren. Marlene achtete auf jedes Auto, das ihnen entgegenkam, aus Angst, es könnte sie anhalten. Doch sie erreichten tatsächlich ohne Hindernisse ihr Ziel. Marlene musste kurz an Cleo denken, die ihr das Schlimmste prophezeit hatte. Schade, dass sie sie jetzt nicht beruhigen konnte. Denn sie wusste nur zu gut, dass sie ihrer Freundin heute einen unruhigen Tag bescherte.

Je näher sie Wismar kamen, desto nervöser wurde sie.

»Du willst zur Ingenieur-Akademie, richtig?«, fragte Erich schließlich in das Schweigen hinein. Inzwischen war es Mittag.

»Richtig«, antwortete Marlene.

»Weißt du, wo die ist?«

»Leider nicht.«

»Dann müssen wir mal gucken.«

In den nächsten Minuten fuhren sie durch die kleine Hansestadt auf der Suche nach ihrem Ziel. Vor innerer Unruhe spürte Marlene ihr Herz bis zum Hals klopfen. Sie bekam gar nicht viel von der Stadt mit, sondern dachte nur daran, was sie sagen sollte, wenn sie Bernhard gleich gegenüberstehen würde. Nur schemenhaft nahm sie den großen Hafen mit den Werften wahr, den riesigen Marktplatz, die kleinen Kanäle und Backsteinhäuser, an denen noch häufig – wie auch in den anderen Städten, durch die sie gefahren waren – die Kriegsschäden sichtbar waren.

Nachdem Erich ein paar Passanten gefragt hatte, hielten sie schließlich vor einem großen, grauen Gebäude mit vielen Fenstern. Es hätte genauso gut ein Krankenhaus sein können.

»Wie lange muss ich warten?« Erich sah Marlene an. Bisher hatte er nicht nach dem Grund ihrer Reise gefragt, was sie ihm hoch anrechnete. Nur ungern hätte sie ihm von ihrer Liebesgeschichte erzählt.

Sie seufzte. »Ich weiß es nicht.« Ihre Stimme bebte leicht. »Vielleicht eine halbe oder eine Stunde. Oder vielleicht auch nur ein paar Minuten.« Bisher hatte sie die Vorstellung, Bernhard nicht anzutreffen, erfolgreich verdrängt. Jetzt jedoch stellte sich ihr diese Frage. Was wäre, wenn sie den ganzen Aufwand umsonst betrieben hätte? Vielleicht hatte Bernhard heute frei, oder er war im Urlaub oder bei seiner Mutter. Sie lachte kurz auf. Dann sah sie Erich von der Seite an. »Ich steige dann mal aus.«

»Wer A sagt, muss auch B sagen. Also raus mit dir!«, forderte er sie mit aufmunterndem Nicken auf. »Ich warte auf der gegenüberliegenden Straßenseite und esse derweil meine Stullen. Aber nicht länger als eine Stunde. Wir müssen schließlich auch noch zurück.«

Mit klammen Händen und zittrigen Knien, die Handtasche fest an sich gedrückt, als könne sie sich an ihr festhalten, betrat Marlene den großen, hell gefliesten Flur der Akademie. Linker Hand hingen Orientierungstafeln, rechter Hand gab es eine Rezeption, hinter der ein älterer Mann saß, der bei ihrem Eintreten aufblickte und sie aufmerksam musterte. Marlene straffte sich und ging entschlossen auf ihn zu. »Ich möchte gerne zu Herrn Bernhard Södermann. Er ist hier Dozent.« Als sie ihre Stimme die beiden Sätze sagen hörte, wurde ihr ganz mulmig zumute. Sie hielt den Atem an, aus Angst vor der Antwort.

»Sein Büro ist im ersten Stock. Dort sitzt seine Sekretärin. Die Treppe dort hoch und dann rechts.«

Marlene schluckte. Sie konnte ihr Glück kaum fassen. »Danke«, sagte sie wie gehetzt und ging auf die Treppe mit dem verschnörkelten Eisengeländer zu, die sie zu Bernhard führen würde. Auf dem oberen Treppenabsatz atmete sie tief durch und betrat den dunklen Gang, der nach rechts abging. Mit hämmerndem Herzen las sie die Namen auf den weißen Metallschildern an den vielen Türen. *Büro Bernhard Södermann.* Es war das letzte Zimmer am Ende des Ganges.

Marlene blieb stehen, legte die Hand auf die Kehle, die ihr plötzlich wie zugeschnürt vorkam. Dann klopfte sie an die schwarz lackierte Tür.

»Herein«, forderte drinnen eine Frauenstimme sie auf.

Marlene öffnete die Tür und fand sich in einem winzig kleinen Raum wieder. Am Schreibtisch vor ihr saß eine junge Frau vor einer Schreibmaschine. Sie schaute auf und lächelte sie gewinnend an. »Ja, bitte?«

Marlene räusperte sich, um ihrer Stimme Festigkeit zu geben.

»Guten Tag. Ich möchte gerne Herrn Södermann sprechen.«

»Herr Södermann ist nicht da«, sagte die Frau jetzt etwas förmlicher. »Kann ich ihm etwas ausrichten? Ich bin seine Sekretärin.«

Marlene war plötzlich ganz benommen. War etwa das eingetreten, an das sie nicht zu denken gewagt hatte? War sie ganz umsonst nach Wismar gefahren? Nein, das konnte nicht sein. Sie drückte den Rücken durch und lächelte die Sekretärin verbindlich an. »Wann wird er wiederkommen?«

Die Miene der hübschen Blondine, deren Haare eindeutig gefärbt waren, kühlte deutlich ab. »Das kann ich Ihnen nicht sagen«, erwiderte sie abweisend. Dann wurde ihr Blick forschend. »Sie kommen aus dem Westen, nicht wahr?«

Marlene zögerte. »Ja.«

Die geschminkten Augen wurden schmal. »Und Sie heißen Marlene Lilienthal?«

Marlene blinzelte verwirrt. »Ja.«

Da stand die Blonde auf, strich ihren engen Rock glatt und verschränkte die Arme vor der Brust. »Ich bin Bernhards Verlobte. Nachdem er Sie kennengelernt hat, merkte ich ihm sofort an, dass irgendetwas zwischen uns nicht mehr stimmte, und ich sprach ihn darauf an. Da erzählte er mir von Ihnen.« Sie seufzte leise und schaute dabei einen Lidschlag lang zum Fenster hinaus in den Sonnenschein. Dann fand ihr Blick zu Marlene zurück. »Bernhard und ich haben die Krise überwunden. Er hat sich für mich entschieden. Wir sind wieder sehr glücklich miteinander.« Sie hob die Schultern. »Es tut mir leid für Sie, aber unabhängig von mir hätte eine solche Beziehung ja sowieso keine Perspektive. Sie im Westen, er hier. Sie sind übrigens nicht die erste Frau, mit der er mich betrogen hat. Bernhard und ich kennen uns seit der Schulzeit. Da kann so was mal vorkommen. Am Ende zählt für mich, dass er immer weiß, zu wem er gehört.«

Marlene hatte ihr innerlich wie erstarrt zugehört. Es kostete sie ungeheure Überwindung, Haltung zu bewahren. Sie nickte Bernhards Verlobten zu und sagte nur: »Danke, dass Sie mich informiert haben. Dann war die Reise für mich doch nicht umsonst. Auf Wiedersehen.« Dann drehte sie sich um und schloss die Tür hinter sich.

Als Marlene die Treppe ins Erdgeschoss hinunterging, musste sie sich am Geländer festhalten. Sie fühlte sich wie ausgewrungen. Knochenlos, seltsam entfernt von allem und ohne Tränen.

»Das ging aber schnell«, sagte Erich, als sie die Beifahrertür öffnete. »Aller klar?« Besorgt sah er sie an.

»Ja, jetzt ist alles klar«, erwiderte sie mit einer Stimme, die ihr fremd vorkam. »Wir können zurückfahren.«

Während der Rückfahrt sprachen sie nur das Nötigste miteinander. Sie war Erich dankbar, dass er nicht in sie drang. In ihrem Kopf herrschte Chaos, sodass sie keinen klaren Gedanken fassen konnte. Einige Male spürte sie, wie sie die Fassung zu verlieren drohte. Die Erinnerungen an die gemeinsamen Stunden mit Bernhard stürzten auf sie ein. Alles war plötzlich wieder da: ihre Gespräche, ihr gemeinsames Lachen, die leidenschaftlichen Stunden in seinen Armen. Dennoch, sie hatte keine Tränen, um den Schmerz zu lindern, der sie betäubte. Vergebens wartete sie auf eine Regung in sich, die nur natürlich gewesen wäre: Hass oder Zorn.

Die Rückfahrt nach Ost-Berlin, die Verabschiedung von Erich, die Zugfahrt nach Hamburg und das Wiedersehen mit ihrer Tante nahm Marlene nur wie durch einen Nebel wahr. Als sie nach diesem Tag endlich abends im Bett lag, fühlte sie sich krank. Ihre Kehle und ihre Augen brannten. Ihre Kraft war aufgezehrt. Wie Blei lag eine tiefe Traurigkeit auf ihr und riss an ihrer Seele.

Schmerzlich erinnerte sie sich wieder an Bernhards Lachen, wie er ihr ernst und interessiert zugehört hatte, an seine Zärtlichkeiten, seine Haut unter ihren Händen, seinen warmen Atem zwischen ihren Brüsten, seinen Herzschlag an ihrem … Für kurze Zeit hatten ihnen die Erde und der Himmel gehört, der Tag und die Nacht. Nur nicht die Zukunft, weil er sich für seine Verlobte entschieden hatte. Nun hatte sie Klarheit, würde ihr Leben ohne ihn planen. Sie würde an seinem Betrug nicht zerbrechen. Da war sie sicher. Aber ihr Herz hatte einen Sprung bekommen.

DONNERSTAG, 30. MAI–
FREITAG, 28. JUNI 1957

Die nächsten Wochen griffen für Marlene ineinander wie die Räder in einem Uhrwerk. Eine Woche verging wie die andere. Marlenes Tage wurden von ihrer Arbeit bestimmt, die sie von ihrem Kummer ablenkte. Mit jeder neuen Woche wurde ihr Kundenkreis ein bisschen größer, und sie ließ keinen der Flüge aus. An manchen Tagen flog sie sogar zwei Ziele an.

Zeitgleich zum meteorologischen Sommeranfang am 1. Juni zog dieser auch in Norddeutschland ein. Binnen weniger Tage stiegen die Temperaturen auf dreißig Grad. Auf den Wiesen wehte der Klatschmohn im warmen Südwestwind, in den Hecken blühte der Weißdorn, und im Park der Lilienthals summten Bienen und Insekten fleißig von Blüte zu Blüte.

An einem dieser Abende ging Marlene nach dem Abendessen an der Elbe entlang. In der samtweichen Luft lag der Duft von sonnenwarmem Gras und süßen Blumen. Sie schloss die Augen und sog den Geruch tief ein. Für wenige Sekunden spürte sie, wie die Last der Trauer und Verletzung von ihr abfiel. Hätte sie doch nur die Zeit anhalten können, um diesen Zustand noch ein wenig auskosten zu können! Der brennende Schmerz, den sie in der ersten Zeit nach ihrer Rückkehr aus der DDR gespürt hatte, saß zwar inzwischen tiefer, und sie konnte damit leben, aber es verging kein Tag, an dem sie nicht voller Sehnsucht an Bernhard und die kurze Zeit, die sie miteinander verbracht hatten, dachte – obwohl sie ihn doch eigentlich hätte hassen müssen. Das kurze Glück erschien ihr immer mehr wie ein ferner Traum, an dem sie festhielt. Manchmal begegnete sie Bernhard in ihrem unruhigen

Schlaf. Dann liefen sie Hand in Hand am Ostseestrand entlang, saßen eng umschlungen auf der Loggia oder gaben sich ihrer Liebe hin. Sie schmeckte seine Küsse, roch seinen männlichen Duft, der sich mit dem von Holz und Zitrone mischte, spürte seine zärtlichen Hände auf ihrer Haut, seinen gestählten Körper an ihrem … Wenn sie nach diesen Träumen morgens aufwachte, brauchte sie lange Zeit, um in die Wirklichkeit zurückzufinden. Dann wusch sie sich mit kaltem Wasser die Tränen fort und stürzte sich in den Tag, als wenn nichts geschehen wäre.

Während so Tage und Wochen ins Land gingen, begann ihre heimliche Hoffnung, Bernhard würde sich vielleicht noch einmal bei ihr melden, immer mehr zu schwinden. Doch irgendwann kam ihr in den Sinn – es kam ihr vor wie eine Erleuchtung –, dass seine Sekretärin sie vielleicht belogen haben könnte, weil sie selbst in Bernhard verliebt war. Dieser Gedanke setzte sich in Marlenes Kopf fest und ließ sie nicht mehr los. Als sie ihn Cleo anvertraute, sagte ihre Freundin kopfschüttelnd: »Marlene, ich weiß nicht, was mit dir los ist. Wir kennen uns seit Kindertagen. Du warst immer jemand, der die Welt realistisch gesehen hat, der sich nichts vorgemacht hat. Und was Männer anging, hast du immer die Fäden in der Hand gehalten. Dieser Bernhard muss dich irgendwie verhext haben, dass du nicht von ihm loskommst.«

»Könnte es nicht tatsächlich so sein?« Marlene sah ihre Freundin ernst an.

Cleo warf beide Hände in die Luft. Dabei fiel die Asche ihrer Zigarette auf den Holzboden der Veranda, auf der die beiden saßen und auf die Elbe schauten. »Oh, entschuldige.« Cleo bückte sich rasch und wischte sie mit der Serviette auf. Als sie sich wieder aufrichtete fuhr sie fort: »Natürlich könnte das sein. Es ist alles möglich. Aber seine Sekretärin müsste doch damit rechnen, dass er diese erlogene Geschichte erfahren würde.«

»Nicht, wenn er keinen Kontakt zu mir hat.«

»Dann frage dich doch mal, warum er sich nicht mehr bei dir gemeldet hat. Seit zwei Monaten nicht.«

»Vielleicht darf er tatsächlich nicht mehr in den Westen reisen.«

»Er könnte dich anrufen.«

»Gerade du, die doch viel besser über die DDR informiert ist als ich, müsstest wissen, dass dort nicht jeder ein Telefon besitzt und dass es nur wenige Leitungen in den Westen gibt, die oftmals noch abgehört werden. Das kann er sich doch gar nicht leisten.«

Cleo gab einen tiefen Seufzer von sich und drückte mit Nachdruck ihre Zigarette im Aschenbecher aus.

»Hast du dir mal überlegt, was du mit deinem Haus an der See machen willst, wenn du nicht mehr dorthin fährst?«, wechselte sie das Thema.

Marlene biss sich auf die Lippe, während sie auf die Elbe schaute. »Ich weiß noch nicht. Vielleicht langfristig verkaufen?« Fragend sah sie Cleo an. »Ich habe Angst, dorthin zu fahren. Ich brauche noch Zeit. Noch fürchte ich mich vor den Erinnerungen. Das Haus verbinde ich mit Bernhard.«

»Ich bitte dich!« Cleo zündete sich eine neue Zigarette an. »Das ist das Haus deiner Eltern, in dem du viel Zeit mit ihnen verbracht hast. Bernhard war doch nur ein Intermezzo, das in deinem Leben keine Spuren hinterlassen hat. Ganz anders als deine Eltern.«

Dass Cleo ihre Zeit mit Bernhard als Intermezzo bezeichnete, tat Marlene in der Seele weh. Dennoch widersprach sie nicht. Ihre Freundin hatte ja recht. Sie verstand sich selbst nicht. Aber irgendwo, tief im Herzen, wollte sie nicht glauben, dass Bernhard mit ihr gespielt haben könnte. Oder wollte nur ihre Eitelkeit das nicht zulassen? Konnte ein Mann sich derart verstellen? Und wenn ja, warum? Eine kurze Affäre, ein Seitensprung musste sich doch anders anfühlen. Das hätte sie doch gespürt, oder?

Jetzt erst bemerkte sie, dass Cleo sie beobachtete. Schließlich seufzte ihre Freundin vernehmlich. »Sag schon, was willst du tun? Ich sehe dir doch an, dass du die Sache nicht ruhen lassen willst.«

Marlene lächelte matt. »Ich würde etwas tun, wenn ich wüsste, was. Kannst du mir sagen, was ich tun könnte, um noch einmal mit Bernhard zu sprechen?«

»Nein, das kann ich nicht. Ich kann dir nur raten, dir einen anderen Mann zu suchen, damit du abgelenkt wirst. Was macht denn eigentlich von Treskow?«

Marlene musste lachen. »Dem geht es gut. Er hält sich zurück. Vielleicht hat er ja auch Probleme.«

»Arbeitsmäßig?«

»Nein, mit seinen vielen Frauen.«

»Möglich. Obwohl die Männer gewöhnlich ja nie so tief in Beziehungsprobleme einsteigen wie wir Frauen. Die können die irgendwie besser wegstecken. Diesen Eindruck habe ich jedenfalls bis jetzt immer gewonnen.«

»Was hältst du eigentlich davon, wenn wir beide mal wieder lecker essen gehen?«, schlug Marlene spontan vor. »Ich lade dich ein.«

»Einverstanden.« Cleo strahlte sie an. »Wann?«

»Morgen Mittag? Ich muss morgen ein paar Sachen einkaufen. Lippenstift, Nagellack, Parfüm und so was …«

»Richtig so. Denk mal wieder an dich. Ja, morgen ist gut.«

SAMSTAG, 29. JUNI 1957

Dieser Samstag machte dem Sommer keine Ehre. Über Nacht war das Wetter umgeschlagen, und es regnete in Strömen. Trotzdem ließ sich Marlene nicht von ihrem Stadtbummel abhalten. Nachdem sie ihre Kosmetikeinkäufe getätigt hatte, war sie viel zu früh in dem Lokal, in dem sie mit Cleo verabredet war. Hier gab es das beste Labskaus in der ganzen Stadt, das ihre Freundin so gern mochte, und die beste Rote Grütze. Noch ganz benommen vom Schnuppern an den vielen Düften, betrat Marlene das Restaurant in der Nähe des Jungfernstiegs.

»Moin, Fräulein Lilienthal. Nicht gerade das beste Wetter für einen Einkaufsbummel«, bemerkte der Kellner, der ihr den feuchten Trenchcoat und die Tüten abnahm.

»Das kann man wohl sagen.« Sie lachte. »Aber genau das richtige Wetter für einen Tee mit Rum.«

»Sehr gern, Fräulein Lilienthal. Sie haben einen Tisch für zwei Personen bestellt?« Fragend sah er sie an.

»Ich bin mit meiner Freundin verabredet, aber ich bin viel zu früh.«

Nachdem der Kellner ihr den Tee gebracht und sie den ersten Schluck getrunken hatte, hörte sie jemanden hinter sich mit einer ihr bestens bekannten Stimme sagen:

»Sie sehen heute wieder einmal bezaubernd aus.«

Sie blickte von der Speisekarte auf und sah in das blaue Augenpaar Ansgar von Treskows. Attraktiv wie immer stand er neben ihr. Er schien heute ohne Hut unterwegs zu sein, denn sein blondes Haar war feucht und vom Wind zerzaust, was ihm mit seinem offenen Lächeln etwas Lausbubenhaftes gab.

Unwillkürlich lächelte sie zurück und sagte belustigt: »Ich sage es ungern, aber Sie sehen etwas zerzaust aus.«

Er lachte herzlich und machte eine übertriebene Verbeugung. »Und das in Ihrer Gesellschaft! Einfach unverzeihlich.« Mit beiden Händen fuhr er sich durchs Haar. »Besser?«

»Etwas.«

»Ich habe Sie durchs Fenster gesehen. Speisen Sie allein?«

»Ich warte auf meine Freundin, aber ich bin viel zu früh.«

Da zog er den zweiten Stuhl mit den Worten zurück: »Da er noch unbesetzt ist, nehme ich mir die Freiheit heraus, Ihnen ein paar Augenblicke Gesellschaft zu leisten – nur so lange, bis Ihre Freundin eintrifft. Kellner!« Er schnippte mit den Fingern, woraufhin umgehend ein junger Ober heraneilte. »Zwei Gläser Champagner bitte.«

»Aber ich …«, wollte Marlene gerade widersprechen, sagte sich dann jedoch, dass seine Gesellschaft vielleicht gar nicht der schlechteste Zeitvertreib sein würde. Aus Erfahrung wusste sie, dass Cleo sich meistens verspätete.

»Kein Aber, liebes Fräulein Lilienthal. Was kostet es Sie, mit mir auf ein schönes Wochenende anzustoßen? Jeder Chef darf doch mal mit seinem Angestellten einen Schluck trinken, oder?«

Sie musste lachen. »Ganz unrecht haben Sie nicht.«

Von Treskow nahm sein ledernes Etui aus seinem Tweedjackett und bot ihr eine Zigarette an. Als er ihr Feuer gab, lag sein Blick intensiv auf ihrem Gesicht. Das machte sie ein wenig nervös, sodass ihre Hand, die die Zigarette hielt, leicht bebte. Nachdem sie den Rauch ausgestoßen hatte, fragte sie:

»Und was machen Sie heute bei diesem Wetter in der Stadt?«

»Ich esse samstagsmittags immer aushäusig«, beantwortete er ihre Frage, womit er noch nicht gesagt hatte, ob er an diesem Mittag allein essen würde. Von Max wusste sie jedoch, dass von Treskow seine weiblichen Bekanntschaften eher abends ausführte – in Erwartung einer darauffolgenden gemeinsamen Nacht.

»Stimmt. Während der Woche essen Sie ja wie alle anderen mittags in unserem Personalraum.«

Nach diesem Geplänkel legte von Treskow die Stirn in Falten und machte den Eindruck, als würde er überlegen. Im nächsten Moment wurde der Champagner serviert. Sie stießen miteinander an. Dabei kreuzten sich ihre Blicke. In diesem Augenblick gestand sich Marlene ein, dass ihr seine Anwesenheit Spaß machte. Von Treskow war unterhaltsam und munterte sie auf, lenkte sie von ihren Gedanken an Bernhard ab, die sie in ihrer Freizeit stets quälten.

»Darf ich Sie etwas fragen?« Der Ingenieur sah sie ernst an.

Überrascht zog sie die Brauen hoch. »Was?«

»Immer wenn wir uns in der Firma kurz begegnen, machen Sie auf mich einen bedrückten Eindruck, obwohl das Flugtaxi doch jetzt bestens läuft.«

Sie biss sich auf die Lippe. »Mache ich das?«, wich sie ihm aus.

»Es ist Ihr Freund, nicht wahr?«

Sie zuckte mit den Schultern und schwieg.

»Zu jeder großen Liebe gehört das Leid. Vielleicht wäre sie sonst nicht die große Liebe.«

Marlene sah ihn an. »Wer hat das gesagt?«

»Ansgar von Treskow.«

Sie musste lachen. »Sie kennen sich also aus mit der großen Liebe. Und ich dachte, Sie hätten ständig wechselnde, kurze Amouren.«

»Vielleicht sind die nur Tarnung.« Er trank sein Glas in einem Zug aus.

»Dann haben Sie also ein Geheimnis«, stellte sie fest. Es erleichterte sie, dass es ihr gelungen war, von sich abzulenken. Plötzlich war sie aber auch neugierig auf sein Geheimnis.

Der Ingenieur sah sie mit amüsiertem Lächeln an. »Haben wir nicht alle unsere Geheimnisse? Sie haben doch auch eines, oder?«

Plötzlich war ihr nicht mehr zum Scherzen zumute. Sie seufzte leise und nickte. Während sie schwiegen, kam der Kellner an ihren Tisch. »Gerade hat Fräulein Rosenbaum angerufen. Sie lässt Ihnen ausrichten, dass sie leider nicht kommen kann. Es tut ihr sehr leid. Sie möchte am Nachmittag bei Ihnen zu Hause vorbeikommen.«

Erstaunt sah Marlene hoch. »Gut, danke schön.« Dann schaute sie von Treskow an und lachte. »Das ist typisch für meine Freundin. Immer auf der Jagd nach einer guten Geschichte.«

»Was halten Sie davon, wenn ich Sie zum Essen einlade?« Erwartungsvoll sah er sie an.

Zwei, drei Sekunden überlegte sie ernsthaft, ob sie seine Einladung annehmen sollte. Doch dann schüttelte sie den Kopf. Obwohl er ihr immer sympathischer wurde, wollte sie ihm nicht zu nahe kommen.

»Seien Sie mir nicht böse, aber ich fahre lieber nach Hause und kümmere mich ein bisschen um meine Tante und meinen Onkel. Mein Onkel tut sich sehr schwer mit Max' Tod.«

»Das kann man doch verstehen. Ich denke auch oft an Max. Wir haben uns immer gut verstanden.«

»Mir fehlt er auch.« Marlene lächelte matt. »Merkwürdig. Der Tod lässt einen schnell alles Schlimme und Negative vergessen.«

»Was auch gut so ist. Das Leben bietet einem ja weiterhin genug Schlimmes.«

Forschend sah sie ihn an. »Das klingt so gar nicht nach Ihnen. Sie machen auf mich stets einen unbeschwerten Eindruck.«

Er lachte auf. »Lassen Sie sich nicht täuschen.«

Auf dem Weg nach Hause dachte Marlene über das Gespräch mit von Treskow nach. Er war sehr viel weniger oberflächlich, als sie zu Anfang gedacht hatte. Stattdessen kam er ihr sehr empathisch vor. Dennoch, die vielen Frauengeschichten, ein Geheimnis … Plötzlich fiel es ihr wie Schuppen von den Augen. Ob Ansgar von Treskow wie Alexander war und die Frauen für ihn nur Tarnung waren?

»Das könnte gut sein«, bestätigte ihr Cleo ein paar Stunden später, als die beiden Freundinnen im Salon von Marlenes Wohnung Elses selbst gemachten Eierlikör tranken. »Wenn er ständig wechselnde Beziehungen hat, muss er sich auf keine näher einlassen. Außerdem ist er ein sehr gut aussehender Mann, der auch Männern gefällt. Ein Tipp: Mach ihn dir zum Freund. Dann hast du ein bisschen Ablenkung.«

SAMSTAG, 20. JULI 1957

Drei Wochen später wurde der sechzigste Geburtstag Wilhelm Lilienthals gefeiert. Marlenes Onkel hatte sich gegen eine Feier gewehrt, aber seine Frau hatte sich durchgesetzt. »Wir haben gesellschaftliche Verpflichtungen, Bärchen.« Letztendlich hatten sich die beiden auf einen Empfang am Nachmittag im Untergeschoss der Villa geeinigt. Es war nur ein kleiner Kreis geladen worden. Zu diesem Kreis aus Stadtpolitikern, Bekannten und Verwandten gehörte auch Ansgar von Treskow. Heinrich hatte kurzfristig wegen einer Sommergrippe absagen müssen. Auch Cleo hatte abgesagt. Als offiziellen Grund hatte sie ihren Wochenenddienst in der Redaktion angegeben. Doch Marlene wusste es besser. Cleo fühlte sich in dieser steifen Gesellschaft unwohl.

Änne hatte es an nichts mangeln lassen. Bei den Vorbereitungen war sie geradezu wieder aufgeblüht. Das Büffet im Wintergarten der Lilienthal-Villa war mit Meißen, Kristall und Silber gedeckt. Ein junger Mann, der im Börsenrestaurant kochte, hatte es angerichtet. Else und ein Leihdiener eilten leise über das glänzende Parkett, um für gefüllte Gläser zu sorgen. Bei dem schönen Sommerwetter verteilten sich die Gäste auf die mit weißem Damast verhüllten Stehtische auf dem Rasen oder saßen im Park und im Salon. Alexander war samstagsmorgens wider Erwarten mit seinem Freund Claude aus Paris angereist. »Ich bin mit einem Freund auf der Durchreise nach Sylt, wo wir gemeinsame Bekannte besuchen«, erklärte er leichthin die Situation, bei der sich niemand etwas dachte.

»Sind die Damen denn hübsch in Paris?«, scherzte einer der männlichen Gäste.

Alexander lachte und übersetzte Claude die Frage, woraufhin dieser die Augen verdrehte und ein begeistert klingendes »Oh là, là!« von sich gab. Änne war vor Freude aus dem Häuschen über den unerwarteten, fremden Gast, der sie mit seinem französischen Charme sofort um den Finger wickelte. Natürlich ahnte sie nicht, wie er zu ihrem Sohn stand. Keiner der Gäste wäre auf den Gedanken gekommen, dass Alexander mit dem Lehrer mehr verbinden würde als eine Männerfreundschaft. Claude war auch Marlene auf den ersten Blick sympathisch. Sie bedauerte es, dass sie sich nicht mit ihm unterhalten konnte, weil sie seine Sprache nicht beherrschte.

Während sie mit dem Sektglas in der Hand von Grüppchen zu Grüppchen ging, musste sie wieder an Bernhard denken. Sie stellte sich vor, ihn jetzt an ihrer Seite zu haben. Wie würde er sich in einer solchen Gesellschaft, die aus Vertretern des Kapitalismus bestand, fühlen? Er, der Sozialist, der aus einer ganz anderen Welt kam?

Aus dem Augenwinkel beobachtete sie, wie von Treskow, der sie bisher links liegen gelassen hatte, mit Alexander und seinem Freund plauderte. Und sie fragte sich wieder einmal, ob seine Affinität zu Männern sein Geheimnis sein mochte – was sie für immer wahrscheinlicher hielt, je länger sie darüber nachdachte.

Irgendwann hatte sie genug von dem höflichen Geplauder. Sie suchte Ruhe im Gartenpavillon. Während sie sich mit geschlossenen Lidern wieder zurück an den Strand mit Bernhard träumte, hörte sie von Treskow sagen: »Sie sehen fantastisch aus in diesem smaragdgrünen Kleid. Die Farbe passt hervorragend zu Ihren Augen und zu Ihrem Haar.«

Sie öffnete die Augen. Ansgar von Treskow lehnte lässig an der Glastür, im Mundwinkel eine Zigarette, in der einen Hand eine Flasche Sekt, in der anderen zwei Gläser. »Laut und heiß ist es drinnen, nicht wahr?« Er lächelte sie an.

Unwillkürlich zog sie die weiße Nerzstola, die einst ihre Mutter zu solchen Anlässen getragen hatte, enger um ihre Schultern.

Sie spürte erst jetzt, wie kühl es hier im Gartenpavillon war, nachdem die Sonne hinter den Trauerweiden verschwunden war.

»Wollen Sie sich vor mir schützen, oder ist Ihnen kalt?«, fragte Ansgar. Dabei blitzte ihm der Schalk aus den Augen.

»Warum sollte ich mich vor Ihnen schützen müssen?«, entgegnete sie herausfordernd. »Ich bin davon überzeugt, dass Sie ein Mann mit Anstand sind. Oder täusche ich mich etwa?«, fügte sie mit keckem Blick hinzu.

»Sie täuschen sich nicht«, beruhigte er sie und lachte sein herzliches Lachen.

»Wollen Sie mir Gesellschaft leisten?«

Inzwischen fühlte sie sich wohl in seiner Gegenwart. Er lenkte sie ab von all den Gedanken, die ihr nur schadeten.

Von Treskow setzte sich neben sie. »Sekt?« Er hielt das leere Glas hoch.

»Erst mal nicht. Ich glaube, ich habe schon zu viel getrunken.«

»Zigarette?«

Sie nickte. Während sie rauchten, schwiegen sie beide eine Weile. Das Schweigen empfand Marlene nicht als unangenehm. Im Gegenteil. Die Situation kam ihr schon fast vertraut vor. Nach einer Weile sagte von Treskow: »Darf ich Sie etwas fragen?«

Sie lächelte ihn von der Seite an. »Nur, wenn ich auch eine Frage frei habe.«

Er lachte. »Einverstanden. Wollen Sie zuerst?«

»Nein, Sie.«

»Also gut. Es interessiert mich, warum heute nicht Ihr Freund an Ihrer Seite ist.«

Zuerst schrak sie innerlich zurück, empfand seine Frage als zu direkt. Doch dann sah sie ihn an. In seinem Blick las sie ehrliches Interesse. Und dann – aus welchem Grund auch immer – erzählte sie ihm von Bernhard. Sie sprach über ihre Reise nach Wismar, über Bernhards Betrug an ihr, ihre Zweifel und auch darüber, dass sie nicht von ihm loskam.

Lange Zeit schwieg von Treskow, rauchte vor sich hin und

schaute zum Fluss hinüber. »Das verstehe ich sehr gut. Der Verstand will oftmals anders als das Herz. Aber vielleicht haben Sie sogar recht, und seine Sekretärin hat Ihnen etwas vorgelogen, weil sie selbst in ihn verliebt ist. Vielleicht hatten die beiden einmal eine Beziehung. Womöglich war sie tatsächlich mit ihm verlobt, und er hat mit ihr Schluss gemacht, nachdem er sich in Sie verliebt hat. Vielleicht sitzt Bernhard – verzeihen Sie, wenn ich ihn so nenne – zurzeit in Haft, und er kann Sie gar nicht kontaktieren. Ich will Ihnen keine Hoffnungen machen«, fügte er rasch hinzu, »aber das Leben geht die merkwürdigsten Wege.«

Marlene hatte ihm wie gebannt zugehört. Er war der Erste, der ihren Vermutungen Nahrung gab. »Glauben Sie?«

»Glauben?« Unschlüssig hob er die Schultern. »Es ist jedenfalls alles möglich.«

Wieder schwiegen sie einige Zeit. Dann lächelte Marlene ihn an. »Danke. Es hat gutgetan, mit Ihnen darüber zu reden.«

Er zwinkerte ihr zu. »Gerne geschehen.«

»Bin ich jetzt dran?«

»Fragen Sie!«

Das war gar nicht so einfach. Wie sollte sie ihre Frage formulieren? *Lieben Sie Männer?* Unmöglich. Das war zu direkt. »Und was ist Ihr Geheimnis?«, erkundigte sie sich schließlich.

Er seufzte, zündete sich umständlich eine neue Zigarette an, ohne sie zu fragen, ob sie auch eine wolle. Dann stieß er den Rauch scharf aus. »Mein Geheimnis ist in den Augen der Gesellschaft sehr viel unmoralischer als Ihres. Meine Liebe darf eigentlich nicht sein.« Sein Blick traf ihren. »Hoffentlich werden Sie mich nicht verurteilen, wenn ich mich Ihnen jetzt offenbare.«

»Ganz sicher nicht«, versprach sie ihm aus vollem Herzen, ahnte sie doch bereits, was er ihr sagen wollte.

»Ich liebe meine Tante. Genauer gesagt: Wir haben seit acht Jahren ein Liebesverhältnis.«

Marlene schluckte. Hatte sie richtig gehört? »Ihre Tante?«, fragte sie kaum hörbar.

»Die Frau meines Onkels, des Bruders meiner Mutter.«

Fassungslos sah sie ihn an. Das hatte sie nicht erwartet. »Aber …« Seine Tante musste doch viele Jahre älter sein als er!

»Die Frau, die ich liebe und von der ich nicht loskomme, ist nicht nur meine Tante, sondern auch zehn Jahre älter als ich«, erzählte von Treskow nun, während sein Blick über die weite Rasenfläche glitt. »Sie wollen jetzt bestimmt wissen, wie es dazu gekommen ist. Das kann ich Ihnen sagen. Mein Onkel, der heute siebenundsechzig Jahre alt und sehr krank ist, floh damals mit uns aus Schlesien. Nach der Flucht haben wir uns hier in Hamburg zusammen ein neues Leben aufgebaut, bei dem mein Onkel maßgeblich mitgewirkt hat. Ohne ihn hätten wir es wahrscheinlich nicht geschafft. Dann ist er sehr krank geworden. Krebs. Im Krankenhaus hat er sich in eine zwanzig Jahre jüngere Frau verliebt. In eine Krankenschwester. Ingrid und er haben geheiratet.« Hier legte von Treskow eine Pause ein. Er seufzte und sah sie an. »Tja, und wie das Leben so spielt … Ich verliebte mich ebenfalls in Ingrid und sie sich in mich. Wir führen jetzt bereits seit acht Jahren eine heimliche, leidenschaftliche Beziehung mit schlechtem Gewissen und der ständigen Angst, von meinem Onkel entdeckt zu werden. Inzwischen ist mein Onkel ein Pflegefall, und Ingrid kümmert sich liebevoll um ihn. Ich bin nicht eifersüchtig, weil ich ja weiß, dass sie mir ganz allein gehört.«

»Und wie ist das mit Ingrid? Ist sie nicht eifersüchtig, wenn Sie mit anderen Frauen ausgehen?«, fragte Marlene leise.

»Nein, sie weiß, dass ich sie nicht betrüge. Anfänglich war das anders. Das gebe ich zu. Aber seit einigen Jahren bin ich ihr treu. Sie ist die Frau, der ich verfallen bin. Keine andere könnte ihren Platz in meinem Leben einnehmen. Und sollte mein Onkel sterben … Bitte verstehen Sie mich nicht falsch. Es ist nicht so, als würden wir uns das wünschen, aber es wird natürlich so kommen, dann werde ich Ingrid heiraten.«

Marlene war ganz benommen. Eine große Liebe entgegen aller herrschenden Konventionen und ein großes Leid. Dass von

Treskow sich ihr anvertraut hatte, berührte sie. Spontan griff sie nach seiner Hand. »Danke für Ihr Vertrauen«, sagte sie leise.

Er drückte ihre Hand. »Das haben Sie mir doch auch geschenkt.« Dann griff er nach der Flasche und füllte die beiden Gläser, von denen er ihr eines reichte. »Trinken wir auf die Liebe«, sagte er mit bewegter Stimme.

»Ja.« Sie nickte mit enger Kehle. »Auf die Liebe.«

SONNTAG, 21. JULI – SONNTAG, 4. AUGUST 1957

Auf dem sechzigsten Geburtstag ihres Onkels hatte Marlene einen neuen Freund gewonnen. Wenn sie und von Treskow sich fortan in der Firma begegneten, schwang ein anderer Ton in ihren Unterhaltungen mit, ein vertrauter Ton, obwohl sie sich immer noch siezten und er überdies ihr Angestellter war. Es tat Marlene gut, sich ab und zu jemandem anvertrauen zu können, der wusste, wie sich Leid in der Liebe anfühlte, der wusste, dass es einen wie Säure innerlich zerfraß.

»Sie sollten noch einmal in Ihr Haus fahren«, riet von Treskow ihr, als sie vierzehn Tage nach dem Geburtstag in der ersten Augustwoche mittags zusammen rauchend über das Rollfeld schlenderten. »An diesem Ort ist Ihre Liebe entstanden. Statt ihn zu meiden, stellen Sie sich ihm, und horchen Sie in sich hinein. Vielleicht können Sie ja mit Bernhard besser abschließen, wenn Sie diesen Ort entzaubern.«

Nach diesem Gespräch hob Marlene ein paar Tage später wie jeden Sonntag mit ihrer Vega Gull wieder in den Himmel ab. Wie sehr genoss sie es, allein in ihrer kleinen Maschine dem unendlichen Firmament entgegenzufliegen! Gerade in dieser Zeit brauchte sie die Alleinflüge, bei denen sich alle Barrieren in ihrem Kopf lösten und ihren Gedanken Raum gaben, sich zu befreien, Neues zu erkennen oder auch längst Abgelegtes wiederzufinden und aus einem anderen Blickwinkel zu betrachten. An diesem Sonntag flog sie jedoch erst abends los, als es schon fast dunkel war. Das Fliegen bei Nacht brachte ihr noch mehr Ruhe und Entspannung als bei Tag. Es hatte etwas Magisches an sich, im tiefblauen Himmel zu schweben, wenn über ihr die Sterne funkelten und der Mond ihr den Weg wies. Als sie ihre Flughöhe erreicht hatte, blinkten unter ihr die Lichter Hamburgs, aber bald schon lagen sie hinter ihr, und sie war nur noch von Dunkelheit umgeben. Ihre einzigen Begleiter waren nunmehr die Flammen der Auspuffrohre ihres Motors und das Brummen der Maschine. Dort oben, hoch über der Erde im grenzlosen Raum, kam ihr wieder die Unterhaltung mit von Treskow in den Sinn. Würde sie Bernhard tatsächlich endgültig vergessen können, wenn sie es schaffen würde, wieder Zeit in ihrem Haus zu verbringen, ohne unglücklich zu sein? Dieser Gedanke wurde immer übermächtiger in ihr. Sie musste noch einmal ein Wochenende in Rettin verbringen, statt sich aus Angst vor der Konfrontation mit der Vergangenheit, den wunderschönen Liebesstunden mit ihm, von ihrem Haus fernzuhalten. Vielleicht würde ihr diese Reise ja Läuterung bringen.

MONTAG, 5. AUGUST–
SONNTAG, 18. AUGUST 1957

Als die neue Woche begann und Marlene in ihrem Arbeitsrhythmus war, verlor der Gedanke, so bald wie möglich an die Ostsee zu fahren, schnell wieder an Bedeutung. Wenn sie jedoch abends nicht einschlafen konnte, weil die Sehnsucht nach Bernhard sie überfiel, die Eifersucht auf seine Verlobte an ihr nagte und die Verletzung, die er ihr durch seinen Betrug zugefügt hatte, ihr die Tränen in die Augen trieb, wäre sie am liebsten sofort am nächsten Tag nach Rettin aufgebrochen.

Es dauerte noch zwei Wochen, bis sie schließlich samstagsmorgens ihre Tasche und ein paar Lebensmittel packte und sich auf die Reise machte. Ihre Tante, der sie am Vortag ihren Plan anvertraut hatte, umarmte sie in der Eingangshalle. »Hoffentlich nützt es was. Am besten wäre, du würdest ihm mit seiner Verlobten am Strand begegnen. Für manche Krankheiten braucht es eben eine Schocktherapie. Dann würde der Schmerz der Wut weichen, weil du dir nichts mehr vormachen könntest.«

Marlene sah sie mit großen Augen an. »Tante Änne!«, rief sie verwundert aus und musste lachen. »Da hast du vielleicht recht. Erst dann würde ich wahrscheinlich endgültig glauben, dass er mich betrogen hat.« Sie gab ihr einen dicken Kuss auf die volle Wange und fügte neckend hinzu: »An dir ist eine Psychotherapeutin verloren gegangen, wie es sie jetzt immer häufiger in den USA gibt.«

»Psychotherapeutin? Was ist das?«, fragte ihre Tante interessiert.

»Das erkläre ich dir ausführlich, wenn ich morgen Nachmittag wieder da bin«, antwortete Marlene.

Als Marlene von der Autobahn in Richtung Lübeck abfuhr, erinnerte die Landschaft zu beiden Seiten der Landstraße sie daran, wie viel Zeit seit ihrer letzten Fahrt an die Ostsee vergangen war. In den Vorgärten der kleinen Backsteinhäuser hatten Jasmin, Klatschmohn und Malven den Gladiolen, Dahlien und Astern Platz gemacht. Die Wiesen waren gemäht, die Felder schon zum Teil abgeerntet. Zu dieser frühen Stunde glitzerte in den Spinnweben an den Büschen noch der Morgentau. Ein Vierteljahr war sie nicht mehr hier gewesen! Dieses Mal fuhr sie nicht in der Hoffnung, Bernhard wiederzusehen, sondern vielmehr, um endgültig mit diesem Kapitel in ihrem Leben abzuschließen. Sie wollte den Ort *entzaubern*, wie ihr von Treskow geraten hatte, und ihn wieder zu dem werden lassen, der er vor ihrer Begegnung mit Bernhard gewesen war: der Ort ihrer fröhlichen Kindheit und Jugend.

Das reetgedeckte Haus ruhte immer noch mit der unverstellten Aussicht auf Meer und Horizont an der Klippe. Dank der Petersens war alles gepflegt. Nachdem sie ihre Sachen ausgepackt und alle Fenster zum Lüften geöffnet hatte, konnte Marlene, trotz der guten Vorsätze, es nicht lassen, nach einem Zeichen von Bernhard zu suchen. Vielleicht war er ja doch in dem vergangenen Vierteljahr noch einmal hier gewesen.

Natürlich fand sie nichts. Sie wusste nicht, ob sie sich darüber freuen oder es bedauern sollte.

Im Laufe des Vormittags ging sie zum Strand hinunter. Die Reste des Lagerfeuers hatte der Wind inzwischen weggeweht. Die Stelle, wo sie ihre beiden Sterne gefunden hatten, war nicht mehr auszumachen. An diesem Morgen schien die Sonne von einem azurblauen Himmel, an dem schneeweiße Haufenwolken dahintrieben. Mit allen Sinnen nahm Marlene wieder diese Urlandschaft um sich herum in sich auf. Die schroffen Klippen hinter ihr, die das Wasser über Jahrhunderte unermüdlich geformt hatte, die krummen Kiefern, die jedem Sturm getrotzt hatten, das Kommen und Gehen der Wellen vor ihr – eine ewige Kontinuität, die ihr sagte, dass das Leben als Ganzes immer weiterging, ganz gleich, was in dem Leben eines Einzelnen geschah.

Marlene wanderte am Strand entlang in Richtung Grömitz. In der Ferne ging ein Paar eng umschlungen am Meer entlang. Sein Anblick tat ihr nicht mehr so weh, wie er es noch vor drei Monaten getan hätte. Sie lächelte müde. Die Zeit, die sprichwörtlich alle Wunden heilte, schien auch bei ihr schon gute Arbeit geleistet zu haben.

Nachdem die Steilküste hinter ihr lag, stieg sie über einen Holzweg die Dünen hinauf. Oben blieb sie stehen, atmete die salzige Luft tief ein und schloss die Augen. Sie genoss den Wind, der ihr um die Ohren pfiff und ihr Haar zerzauste. Über ihr schrien ein paar Möwen. In den Dünen duftete es nach reifem Sanddorn. Nach etwa einem Kilometer ging sie auf einem anderen Weg, der zwischen raschelndem Strandhafer hindurch zum Meer zurückführte, wieder an den Strand. Immer mehr Sand rieselte ihr in die Schnürschuhe. Sie bückte sich und zog sie aus. Barfuß schlenderte sie zum Wasser hinunter. Wie vertraut war ihr das Gefühl von Sand unter ihren Sohlen! Die Muschelschalen zwischen ihren Zehen, der Übergang von warmem, weichem Sand zu feuchtem festen, der nasse dunkelgrüne Tang mit seinem modrigen Geruch … Das Meer, die Gerüche, der Wind – all das existierte auch ohne Bernhard weiter. Und genau das musste sie sich bewusst machen, wenn sie diesen Ort an diesem Wochenende entzaubern wollte. Nur darauf durfte sie sich konzentrieren.

Nachdem Marlene von ihrer dreistündigen Wanderung zurück war, kochte sie Kaffee und setzte sich, müde und erfüllt von den vielen Eindrücken, mit einer Tasse in den Sessel auf die Loggia. Überrascht stellte sie fest, dass sie wahrscheinlich noch vor Kurzem die schmerzliche Sehnsucht und überdeutlichen Erinnerungen an eine andere Zeit in einen Strudel gerissen hätten. Das war jetzt nicht so. Sie schien auf einem guten Weg zu sein.

Ihre Beine schmerzten. So lange Wanderungen war sie gar nicht mehr gewöhnt. Um sie zu entspannen, legte sie die Füße aufs Geländer. Es musste dringend gestrichen werden. Wind, Nässe und Salz hatten in all den Jahren ihre Spuren hinterlassen.

Während ihr dieser Gedanke durch den Sinn ging, stutzte sie. Sie beugte sich nach vorn. In der Ritze zwischen zwei Holzlatten steckte etwas Weißes. Es sah aus wie ein Fetzen Papier. Ihr Herz begann, schneller zu schlagen. Doch sofort verbot ihr der Verstand, die unsinnige Hoffnung zu hegen, dies könnte die lang ersehnte Nachricht von Bernhard sein. Sie stand auf. Mit spitzen Fingern und pochendem Herzen zog sie das Stück Papier heraus, faltete es auf und las: *Am 24. Juli zehn Uhr in West-Berlin vor der Freien Universität in Dahlem.* Der Zettel trug keine Unterschrift. Ihr war jedoch sofort klar, dass er nur von Bernhard stammen konnte. Immer wieder las sie die maschinengedruckten Worte. Dabei rauschte ihr das Blut durch ihre Adern. Sie zitterte und musste sich setzen. Ihr Gehirn begann, fieberhaft zu arbeiten. Bernhard hatte sie vor drei Wochen treffen wollen. Das bedeutete, dass er vor dem 24. Juli hier gewesen sein musste. Am 29. Mai, acht Wochen vorher, war sie in Wismar gewesen. Hatte seine Verlobte ihm vielleicht doch von ihrem Besuch erzählt? Davon war sie bisher nicht ausgegangen. Warum hatte Bernhard sie treffen wollen? Um sie wiederzusehen, weil er sie auch nicht vergessen konnte? Um sich im Nachhinein zu entschuldigen, dass sie nur ein Abenteuer für ihn gewesen war? Oder aus ganz anderen Gründen, von denen sie sich keine Vorstellung machen konnte?

Fragen über Fragen, die Marlene noch bis in die Nacht beschäftigten, in der sie in ihrem Bett lag und der Melodie des Meeres lauschte. Und jetzt? Sie hatte das Treffen verpasst.

Am nächsten Morgen verspürte Marlene zum ersten Mal seit langer Zeit wieder Appetit. Nach einem ausgiebigen Frühstück beschloss sie, nach Lübeck zu fahren. Sie musste etwas tun. Vielleicht konnte man ihr in dem DRK-Pflegeheim sagen, wann

Bernhard zum letzten Mal seine Mutter besucht hatte. Oder wann er wiederkommen würde. Es war ihr völlig gleichgültig, was die Schwestern von ihr denken mochten. An diesem Wochenende war sie in ihr Haus gefahren, um mit der Liebe zu Bernhard abzuschließen. Sie war sich sicher, dass ihr das langfristig gelungen wäre, wenn sie Bernhards Nachricht nicht gefunden hätte. Jetzt jedoch wollte sie noch einmal kämpfen. Zum letzten Mal. Tief im Innern spürte sie die Gewissheit, dass sie diesen Kampf gewinnen würde. Woher sie die Gewissheit nahm, hätte sie nicht sagen können. Vielleicht, weil sie immer noch an diese Liebe glaubte?

Nachdem sie Ordnung im Haus geschaffen hatte, packte sie ihre Sachen zusammen und schloss die Haustür ab. Sie verstaute gerade alles im Kofferraum, als sie plötzlich eine Berührung an ihrem Bein spürte. Wie unter einem elektrischen Schlag zuckte sie zusammen. Voller Panik schnellte sie herum und schaute geradewegs in zwei tiefbraune, große Augen, die mit treuem Ausdruck zu ihr aufsahen.

»Der tut nichts«, hörte sie gleichzeitig eine Stimme rufen. Den dazugehörenden Mann allerdings konnte sie in ihrer Verwirrung nicht orten.

»Wer bist du denn?«, fragte sie sanft und kniete vor dem wedelnden Hund nieder. Sie mochte grundsätzlich alle Tiere, aber besonders Hunde. Der schwarze Pudel geriet ganz aus dem Häuschen, als sie ihn liebevoll streichelte. Mit den Vorderpfoten sprang er auf ihre Knie und bellte begeistert.

»Da scheinen Sie einen Freund gefunden zu haben«, sagte der Mann jetzt in ihrem Rücken. Sein norddeutscher Dialekt war deutlich aus seinen Worten herauszuhören.

Marlene drehte sich in der Hockstellung um und schaute zu ihm hoch. Sie schätzte ihn auf Ende fünfzig.

»Das ist aber ein freundliches Tier«, erwiderte sie lächelnd. »Ich mag Hunde.«

»Meine Frau und ich auch«, entgegnete er ebenfalls lächelnd. Dann, binnen eines Bruchteils einer Sekunde, bekam sein Blick einen geschärften Ausdruck. Marlene fühlte sich wie von ihm durchbohrt. Schnell erhob sie sich und wich unwillkürlich zwei Schritte zurück. Ganz deutlich hatte sie den Eindruck, dass der Mann nicht zufällig mit seinem Hund hier spazieren ging.

Er schien ihre Abwehrreaktion bemerkt zu haben, denn er hob beide Hände, als wolle er sie beruhigen.

»Das ist Ihr Haus hier, nicht wahr?«, fragte er ernst.

Sie hielt seinem Blick stand. »Wer will das wissen?«

»Sind Sie Marlene Lilienthal?«

»Wer sind Sie?«, gab sie forsch zurück.

Der Fremde nickte. »Ja, Sie sind Fräulein Lilienthal. Der Mercedes, das rote Haar … Mein Name ist Otto Feddersen. Ich komme von Bernhard.«

Im nächsten Moment glaubte Marlene, ihre Beine würden ihren Dienst versagen. Sie griff nach dem Gartenzaun und hielt sich daran fest. »Bernhard?«, flüsterte sie.

Herr Feddersen sah sie besorgt an. »Wollen wir uns irgendwo hinsetzen?«

Sie nickte. Endlich würde sie etwas über Bernhard erfahren. Dieser Gedanke durchflutete sie mit neuer Kraft. Sie drückte den Rücken durch und lächelte den Mann an. »Gehen wir auf die Veranda hinters Haus. Dort können wir in Ruhe reden.«

Obwohl Marlene eine gute Gastgeberin war, bot sie Otto Feddersen keinen Kaffee an. Sie konnte es nicht erwarten, den Grund seines Besuches zu erfahren.

»Ich bin Chemiker bei einem Chemieunternehmen im Hamburger Hafen«, begann Otto Feddersen ruhig. »Und ich bin ein Freund von Erich Södermann.«

Marlene blinzelte verwirrt. »Bernhards Vater?«

»Erich und ich kennen uns seit unserer Jugend. Wir waren zusammen in der KPD, der Kommunistischen Partei Deutschlands, dann gemeinsam im Krieg, und danach trennten sich unsere Wege. Ich blieb im Westen, obwohl meine politische Einstellung eher in die neu gegründete DDR gepasst hätte. Aber ich hatte meine

Gründe.« Ein paar Augenblicke schaute der ältere Mann gedankenverloren aufs Meer hinaus. Dann gab er sich einen Ruck und sprach weiter: »Bernhard vertraut Ihnen. Und ich tue es auch. Deshalb sollen Sie wissen, dass ich seit Jahren als Agent für die DDR arbeite. Erich hatte mich damals angeworben. Sein Land ist unter anderem auch an chemischen Entwicklungen der BRD interessiert.« Wieder schwieg er. Dieses Mal sah er sie forschend an. So, als würde er ihre Kritik erwarten.

»Das geht mich nichts an«, sagte Marlene lächelnd. »Mich interessiert nur Bernhard.«

»Bernhard hat mich über seinen Vater kontaktiert, der mich bat, Ihnen von Bernhard Nachrichten zukommen zu lassen. Die erste war das Treffen in West-Berlin, wo Sie nicht erschienen sind. Heute soll ich es noch einmal versuchen. Ist ja nicht weit von Hamburg, und der Strand hier ist sehr schön.« Otto Feddersen lächelte sie an. »Ich bin sehr froh, dass ich Sie dieses Mal angetroffen habe. Das macht die Sache einfacher.«

Marlene atmete aus. »Das bin ich auch, glauben Sie mir«, sagte sie leise mit bebender Stimme. »Aber was ist mit Bernhard? Warum mussten drei Monaten vergehen, bis …«

»Er saß in Untersuchungshaft«, unterbrach Feddersen sie. »Die Gründe kann er Ihnen selbst erzählen. Sein Vater hat ihn rausgehauen, aber er darf erst mal nicht mehr nach Lübeck. Deshalb will er Sie in West-Berlin treffen.«

Marlene rückte auf die Sesselkante vor. »Wann und wo kann ich ihn sehen?«

»Das kann ich Ihnen heute nicht sagen. Ich werde mich wieder bei Ihnen melden. Sie haben doch bestimmt ein Telefon.«

Sie sprang auf, lief in die Küche und schrieb die Nummern auf.

»Hier, bitte!« Sie gab ihm den Zettel. »Die Firmennummer und meine Privatnummer.«

Ihr Gegenüber steckte sie ein und stand auf. Der Pudel, der die ganze Zeit ruhig zwischen seinem Herrchen und Marlene gelegen hatte, sprang ebenfalls auf und bellte auffordernd.

»Ja, ja, wir fahren jetzt zurück zu Frauchen«, beruhigte Feddersen ihn.

»Wo ist Ihre Frau jetzt?«, erkundigte sich Marlene neugierig.

»Die sitzt in Lübeck im Café. Sie geht nicht so gerne am Strand entlang. Mein Wagen steht in Rettin.«

»Ach, bitte …«, sie sah den älteren Mann an, »würden Sie mir Ihre Telefonnummer in Hamburg geben?«

Seine Miene verschloss sich. »Entschuldigung, aber der Kontakt geht nur von mir aus. Nicht umgekehrt.«

Sie nickte stumm. Während sie Otto Feddersen auf die Rückseite des Hauses begleitete, drängte sich ihr noch eine letzte Frage über die Lippen: »Sagen Sie, ist Bernhard mit seiner Sekretärin verlobt?«

Feddersen hob gleichgültig die Schultern. »Darüber habe ich mit Erich nicht gesprochen. Ich führe nur aus, was mir aufgetragen wird.«

Mit zusammengezogenen Brauen sah Marlene dem Chemiker nach, wie er mit seinem Hund hinter der Wegbiegung verschwand. Ein klares Nein wäre ihr als Antwort auf ihre Frage lieber gewesen.

MONTAG, 19. AUGUST–
SONNTAG, 1. SEPTEMBER 1957

Nach der Begegnung mit Otto Feddersen trieb Marlene eine Nervosität um, die sie sonst nicht von sich kannte. Stündlich wartete sie auf einen Anruf. Da sie in dieser Verfassung nicht fliegen wollte, bat sie von Treskow Anfang der neuen Woche, für sie einzuspringen. »Verstehen Sie mich?«, fragte sie ihn, nachdem sie ihm offen den Grund genannt hatte.

Er lächelte sie beruhigend an. »Natürlich. Ich finde diese Entscheidung sehr verantwortungsvoll von Ihnen. Jedoch sollten Sie Ihre private Situation so schnell wie möglich klären, denn Ihr Flugtaxi braucht Sie.«

In dieser Woche kümmerte sich Marlene um die Büroarbeit, die durch ihre vielen Flugstunden in der letzten Zeit liegen geblieben war. So war sie vor Ort, und kein Anruf konnte ihr entgehen.

Ende der nächsten Woche meldete sich Otto Feddersen dann endlich. »Montag, den 2. September, um sechzehn Uhr im Miletsaal des Pergamonmuseums in Ost-Berlin«, informierte er sie. Mit diesem Ziel vor Augen fiel alle Anspannung von Marlene ab. An diesem Freitag ging sie in der Mittagspause mit von Treskow auf dem Firmengelände spazieren. Sie erzählte ihm von dem bevorstehenden Treffen mit Bernhard.

»Ich freue mich für Sie. Vielleicht überlegt Bernhard jetzt nach der Haft sogar, zu Ihnen in den Westen zu kommen.«

An diese wunderbare Aussicht wagte Marlene jedoch noch nicht zu denken, aus Angst, bitter enttäuscht zu werden.

Sie seufzte. »Ich weiß nicht. Ehrlich gesagt, ich bin mir gar nicht sicher, was mich Montag erwarten wird. Vielleicht ist er ja doch verlobt und will im Nachhinein nur klare Verhältnisse schaffen.«

»Glauben Sie mir: Ein Mann würde niemals einen solchen Aufwand betreiben, eine Frau wiederzusehen, wenn er keine Gefühle für sie hätte.«

»Hoffentlich haben Sie recht.« Sie lächelte ihn an und wechselte das Thema. »Können Sie Montag und vielleicht auch noch Dienstag wieder fliegen?«

»Klar.« Von Treskow sah sie ernst an. »Wie ich das beurteilen kann, erweitert sich inzwischen Ihr Kundenkreis immer mehr. Wäre es nicht an der Zeit, einmal darüber nachzudenken, für ein oder zwei Tage in der Woche einen Piloten einzustellen? Sosehr mir das Fliegen auch Spaß macht, aber eigentlich bin ich als Ingenieur bei Ihnen tätig. Und diese Arbeit bleibt natürlich liegen, wenn ich fliege.«

Sie nickte. »Daran habe ich auch schon gedacht. Aber lassen Sie uns noch ein bisschen warten. Ich muss erst sicher sein, dass wir uns das finanziell leisten können.« Sie zwinkerte ihm fröhlich zu. »Wissen Sie, ich muss sparen. Denn irgendwann wollen wir ja wieder selbst Flugzeuge bauen. In meiner Schreibtischschublade liegen immer noch die Konstruktionspläne meines Vaters für eine kleine Motorsportmaschine.« Sie sah ihm in die Augen. »Hätten Sie Spaß daran, in Zukunft ein solches Projekt zu leiten?«

Da strahlte von Treskow übers ganze Gesicht. »Wissen Sie was? Sie haben gerade ein weiteres meiner vielen Geheimnisse entdeckt. Genau das war immer mein Traum.«

Marlene reichte ihm die Hand. »Dann wollen wir alles dafür tun, dass wir diesen Traum, den wir beide teilen, gemeinsam verwirklichen können.«

Die Woche ging für Marlene sprichwörtlich wie im Flug vorbei. Freitags kaufte sie sich ein Flugticket. Statt wieder mit der Bahn oder alternativ mit dem Auto durch die DDR zu fahren, war ein

Flug schneller, und sie umging damit auch die DDR-Kontrollen. Cleo besorgte ihr eine Unterkunft in West-Berlin. Die Adresse hatte sie von einem Kollegen, der seine Wochenenden öfter in dieser pulsierenden Stadt verbrachte, wo es keine Sperrstunde gab.

Samstagabend teilte Marlene ihrer Tante und ihrem Onkel ihr Vorhaben mit.

»Mit dem Flugzeug?« Änne nickte zufrieden. »Das ist vernünftig.«

»Wenn du meinst, dass dieser Mann dein Glück ist, musst du zu ihm«, sagte ihr Onkel nur liebevoll.

Wilhelm war nach dem Tod seines Sohnes sehr still geworden. Selbst sein engster Freund Heinrich schaffte es nicht, ihn aus seiner Zurückgezogenheit herauszulocken. Änne litt unter der Veränderung ihres Mannes. Inzwischen hatte sie sich mit Heinrichs Bekannten Barbara angefreundet. Barbara führte sie ans Bridgespielen heran, und die beiden gingen nachmittags öfter Kaffee trinken. Diese Zerstreuungen entschädigten Änne dafür, dass ihr Mann kaum noch am gesellschaftlichen Leben teilnehmen wollte.

MONTAG, 2. SEPTEMBER 1957

Montagmorgen fuhr Marlene bereits um sieben Uhr in die Firma. Dort ließ sie ihren Wagen stehen und stieg in den himmelblauen VW von Treskows, der sich angeboten hatte, sie zum Flughafen zu bringen. Auf der Fahrt in den Norden der Stadt unterhielten sie sich über den zunehmenden Autoverkehr und sprachen über die im vergangenen Jahr ins Leben gerufene Aktion *Samstags gehört Vati mir* – eine Kampagne des Deutschen Gewerkschaftsbundes für die Fünftagewoche. Auch bei diesem Thema waren die beiden wieder einmal einer Meinung.

»Freuen Sie sich?« Von Treskow warf Marlene einen Seitenblick zu.

Sie lachte hell auf. »Welch eine Frage!«

»Stimmt, die war unsinnig.«

»Freuen Sie sich, wenn Sie Ingrid sehen?«

»Wenn wir uns voneinander verabschieden, sehnen wir uns schon nach dem nächsten Mal.«

»Darf ich mal fragen, wo Sie sich treffen?«

»Dürfen Sie. Ich habe eine kleine Mansarde im Süden Hamburgs gemietet. Offiziell lebe ich ja bei meiner Mutter und meiner Schwester. Niemand außer Ingrid weiß von der Bleibe. Das ist unsere Liebeslaube. Wenn ich über Nacht bleibe, denkt meine Familie, ich wäre bei irgendeiner Frau. Ingrid bleibt natürlich nicht über Nacht, weil sie meinen Onkel nicht allein lassen kann. Außerdem hätte sie keine Ausrede.«

Marlene seufzte. »Das ist bestimmt nicht einfach.«

»Aber besser, als der großen Liebe niemals begegnet zu sein«, lautete von Treskows Antwort.

Inzwischen hatten sie Fuhlsbüttel erreicht. Von Treskow begleitete Marlene noch in die Flughafenhalle.

»Ich wünsche Ihnen von Herzen, dass Sie heute ins Glück fliegen. Und passen Sie gut auf sich auf«, gab er ihr mit ernster Miene mit auf den Weg.

»Danke«, erwiderte sie mit bewegter Stimme und drückte kurz seinen Arm.

Nachdem von Treskow, der sie am nächsten Tag abholen wollte, weg war, spürte Marlene, wie sie vor Aufregung innerlich bebte. Die Unterhaltung mit dem Ingenieur hatte sie abgelenkt. Jetzt jedoch war sie mit ihren Erwartungen an das Wiedersehen, ihren Zweifeln und Ängsten allein. Sie war überrascht, wie viele Leute an diesem Morgen nach West-Berlin flogen. Der kleine Aufenthaltsraum hinter der Zollkontrolle füllte sich immer mehr. Die British European Airways war neben der amerikanischen PanAm und der Air France eine der drei Fluggesellschaften, die West-Berlin anfliegen durften. Und da die Flüge erschwinglich waren, wurden sie immer beliebter, zumal es in den drei Luftkorridoren keine DDR-Kontrollen gab.

Marlene atmete auf, als sie endlich die britische Propellermaschine besteigen konnte. Während des Fluges stellte sie sich das Wiedersehen mit Bernhard vor. Über ein Vierteljahr hatten sie sich nicht gesehen, hatten keinerlei Kontakt miteinander gehabt. Würden sie sich in die Arme fallen? Würden sie sich wie Fremde gegenüberstehen?

Nach der Landung in Berlin-Tempelhof ließ sie sich von einem Taxi zu ihrer Unterkunft in der Fasanenstraße bringen – einer kleinen Pension, die von einer freundlichen, älteren Dame geführt wurde. Das Zimmer war einfach, sauber und preiswert. Nachdem sie ihre Reisetasche ausgepackt hatte, sah sie auf ihre Fliegeruhr. Noch vier Stunden. Um sich zu zerstreuen, schlenderte sie über den Kurfürstendamm, der die Fasanenstraße kreuzte. Aber auch hier konnten die luxuriösen Auslagen in den Geschäften sie nicht von ihrer inneren Unruhe ablenken. Nachdem sie im *Café Kranzler* eine Kleinigkeit gegessen hatte und der Zeitpunkt ihrer Verabredung immer näher rückte, spürte sie ein Zittern in sich, dem sie nicht mehr entgegenwirken konnte. Mit der Straßenbahn fuhr sie zum Brandenburger Tor.

Wie beim ersten Mal kam sie ohne Probleme zu Fuß auf die Ost-Berliner Seite. Hier stieg sie in eines der hechtgrau lackierten Taxis, das sie zur Museumsinsel fuhr. Marlene hielt dem jungen Mann den abgerundeten Betrag in Westmark hin. Der jedoch schüttelte den Kopf. »Tut mir leid, und besonders für mich selbst«, fügte er mit breitem Grinsen hinzu, »aber ich gehöre zu einem volkseigenen Betrieb. Da müssen Quittung und Einnahmen übereinstimmen. Sie müssen in Ostmark zahlen.«

Da sie noch vom letzten Besuch Ostmark besaß, die sie in ihrer Kleidung durch die DDR geschmuggelt hatte, kam sie seiner Forderung nach und fügte schließlich doch noch einen westlichen Schein mit den Worten hinzu: »Der ist für Sie.«

Der junge Mann bedankte sich überschwänglich und ließ das Geld in seiner Hosentasche verschwinden.

Nun hatte Marlene ihr Ziel erreicht! Der prachtvolle Bau des Pergamonmuseums lenkte sie für kurze Zeit von ihrem inneren Aufruhr ab. Die Dreiflügelanlage im neuklassizistischen Baustil war das monumentalste Gebäude, das sie jemals gesehen hatte. Es bestand aus Natursteinplatten. Seine Seitenflügel trugen über dem Sockel jeweils eine Reihe mit zwölf dorischen Pilastern. Eine Zeit lang schlenderte sie über den Innenhof – immer nach Bernhard Ausschau haltend in der Hoffnung, er könnte auch vor sechzehn Uhr kommen. Sie konzentrierte sich ganz auf die spätsommerlichen Sonnenstrahlen auf ihrem Gesicht. Ihre angenehme Wärme ließ sie etwas ruhiger werden. Schließlich betrat sie das Museum. Die Hinweistafeln wiesen ihr den Weg zum Miletsaal, der sich in der Antikenabteilung befand.

Der Saal war kleiner, als sie erwartet hatte, beherbergte er doch riesige Monumente aus der antiken Stadt. Milet hatte einst in der heutigen Türkei nahe der Stadt Izmir gelegen und nach vielen Zerstörungen schließlich unter römischer Herrschaft seine Blütezeit erlebt. Die Faszination, die diese Relikte auf Marlene ausübten, lenkte sie kurzfristig von den Gedanken an ihr Treffen mit Bernhard ab. So stand sie vor dem Markttor von Milet aus dem Jahr 100 nach Christus, das neunundzwanzig Meter breit und siebzehn Meter hoch war. Sie stellte sich die Stationen der Reise vor, die diese kolossalen Steine hinter sich haben mochten, bis sie an diesem Ort erneut aufgebaut worden waren. Noch monumentaler als das Markttor war das römische Grabmal der Junogöttin Cartinia. Staunend stand sie vor der Brüstung des balkonartigen, halbrunden Vorbaus, als sie eine Stimme, die sie aus Tausenden Stimmen herausgehört hätte, warm und leicht verschleiert sagen hörte:

»Guten Tag, Marlene.«

Sie drehte sich um. In diesem Augenblick schien die Welt stillzustehen. Die anderen Besucher im Saal hörten auf, sich zu bewegen, die Geräusche verstummten. Bernhard stand vor ihr. Er hob die Hände, als wollte er sie berühren. Dann ließ er sie wieder fallen. Sie sahen sich an, tasteten sich gegenseitig mit den Augen ab, suchten nach vertrauten Zügen. Hatte sie sich in ihren Träumen tausendmal ausgemalt, Bernhard bei ihrem Wiedersehen in die Arme zu fallen, fühlte sie sich jetzt zu keiner Regung fähig. Sein Gesicht war schmaler geworden, seine Figur noch schlanker. Doch immer noch strahlte er die Kraft und Sinnlichkeit aus, die sie damals am Ostseestrand in den Bann gezogen hatten.

Bernhard gab dieser für sie unwirklichen Szene als Erster Leben. Wortlos zog er sie an sich und vergrub sein Gesicht in ihrem Haar. Als sie seinen Duft von Holz und Zitrone einatmete, seine Muskeln unter dem anthrazitfarbenen Jackett spürte, legte auch sie die Arme um ihn. Nur wenige Sekunden lang blieben sie so stehen, lange genug, um sich gegenseitig wiederzuerkennen, zu kurz, um die Sehnsucht zu stillen, die sie mehr als ein Vierteljahr umgetrieben hatte. Bernhard löste sich als Erster aus der Umarmung und trat zwei Schritte von ihr zurück. Dabei sah er sich verstohlen nach allen Seiten um, als fühle er sich beobachtet. Schließlich fand sein Blick zu ihrem zurück.

»Ach, Marlene …« Er sprach leise, ließ ihren Namen förmlich auf der Zunge zergehen.

Sie wusste nicht, wie sie sich verhalten sollte.

»Hier ist es schlecht«, fuhr Bernhard jetzt mit unterdrückter Stimme hastig fort. »Fahr mit dem Taxi zum Prenzlauer Berg. Dort gibt es eine Kneipe. *Berliner Eck.* Das sind etwa vier Kilometer von hier. Steig auf der Wichertstraße aus und geh zu Fuß zur Zelterstraße. Warte in der Kneipe auf mich. In circa einer halben Stunde.« Dann nickte er ihr förmlich zu und drehte sich auf dem Absatz um.

Verwirrt sah sie ihm nach, wie er schnellen Schrittes den Miletsaal verließ. Wurde er etwa von der Staatssicherheit beobachtet?

Völlig aufgewühlt verließ Marlene das Pergamonmuseum und stieg in eines der Taxis, die auf der Museumsinsel bereitstanden. »Zur Wichertstraße«, wies sie den älteren, sichtlich schlecht gelaunten Fahrer an.

»Wohin da?«

»Hausnummer zwanzig«, erwiderte sie aufs Geratewohl.

Die Fahrt verlief in tiefem Schweigen, was Marlene nur recht war. In Gedanken versunken, schaute sie aus dem Fenster. Sie fuhren an maroden Wohngebäuden vorbei, mehreren HO-Läden, vor denen die Leute Schlange standen, einer Kohlenhandlung, Volksbuchhandlung, Gaststätte … Dann hielt das Taxi vor einem Friseur an.

»Hier sind wir«, sagte der Fahrer.

Wie passend! Fast hätte Marlene laut aufgelacht.

Sie bezahlte mit Ostmark, stieg aus und sah sich um. Niemand der Passanten schien sich für sie zu interessieren, obwohl sie sich in ihrem unauffälligen, grauen Kostüm optisch von den Ost-

Berlinerinnen abhob, deren Kleidung in Material, Schnitt und Farben nicht dem Modestandard der neuen Bundesrepublik entsprach. Alle hatten es eilig. Nachdem sie etwa fünfhundert Meter gegangen war, fragte sie einen älteren Mann nach dem *Berliner Eck* in der Zelterstraße.

»Das ist gleich dahinten um die Ecke«, lautete die Antwort.

Sie bog in eine holprige Seitenstraße ein, wo ihr schon das grün-rote Neonschild *Berliner Eck* entgegenleuchtete. Die Kneipe befand sich in einem alten Häuserkomplex, dessen ramponierte Fassade an den Zweiten Weltkrieg erinnerte. Mit mulmigem Gefühl betrat sie die Kneipe.

In dem langen, schlauchartigen Raum herrschte schummriges Licht. Marlenes Augen brauchten ein paar Sekunden, um sich daran zu gewöhnen. Während sie im Eingang stehen blieb, nahm sie schmuddelige Wände und heruntergekommene Beleuchtungskörper wahr, an der Wand gegenüber dem Tresen einen Spielautomaten und eine Jukebox. Von der Decke baumelte ein mit Draht befestigter Lautsprecher, aus dem Schlagermusik kam, die Marlene nicht kannte. Bis auf einen Mann in blauer Arbeitskleidung und mit Schiebermütze, der an der Theke vor seinem Bier vor sich hin döste, und den dickbäuchigen Wirt hinterm Tresen, der Zeitung las, war der Raum leer. Ob sie hier überhaupt richtig war? Was mochte Bernhard bewogen haben, sich hier mit ihr zu treffen?

Der Wirt hob den Kopf. Misstrauen stand in seinem Blick. »Was darf es sein, Frollein?«

»Kann ich einen Kaffee bekommen?«, fragte sie und ging entschlossen auf den Tresen zu.

Ohne ein Wort zu sagen, griff der Wirt nach einer Thermoskanne und reichte ihr dann eine Tasse ohne Unterteller über die Theke. Milch oder Zucker schien er nicht im Angebot zu haben. Sie fragte auch gar nicht erst danach.

»Danke.« Sie zeigte in den Schlauch hinein. »Ich setze mich dort hinten hin.«

Ein Nicken war die Antwort.

Sie ließ sich an einem Tisch in einer der schummrigen Nischen nieder und wartete. Hin und wieder trank sie einen kleinen Schluck von dem lauwarmen Instantkaffee, schaute immer wieder zum Eingang hinüber, durch den jetzt weitere Gäste kamen und sich an die Theke stellten. Marlene zuckte zusammen, als sich von hinten eine Hand auf ihre Schulter legte. Sie schnellte herum.

»Ich bin durch die Hintertür über den Hof reingekommen«, erklärte Bernhard, während er sich ihr gegenübersetzte, mit dem Rücken zum Eingang.

»Kennst du dich hier aus?«, fragte sie mit belegter Stimme.

Er nickte. Da kam auch schon der Wirt. »Wie immer Bier und Cognac?«

Bernhard sah sie an. »Du auch einen Cognac?«

Sie schluckte. »Ja.«

Nachdem sich der Wirt entfernt hatte, fragte Marlene: »Bist du öfter hier?«

»Manchmal«, lautete Bernhards zurückhaltende Antwort. »Immer wenn ich bei meinem Vater bin.« Er schien zu bemerken, dass diese Antwort sie nicht befriedigte, und fügte hinzu: »Der Hintereingang ist ganz praktisch. Mein Vater trifft sich hier auch manchmal mit Otto Feddersen.« Er griff über den Tisch hinweg und nahm ihre Hand. »Marlene, ich bin so glücklich, dass du gekommen bist. Ich hatte nicht mehr daran geglaubt.«

Sie hielt seine Hand fest und legte ihre andere über seine. Sie sahen sich an. Doch dann ließ sie seine Hand abrupt los und rieb sich die Stirn. »Ach, Bernhard, ich weiß gar nicht, was ich denken soll. Ich bin völlig durcheinander. Das alles hier … Wirst du von der Staatssicherheit verfolgt? Und was ist, wenn sie dich mit mir sehen? Ist das nicht viel zu gefährlich?« Ihre Stimme zitterte, als sie weitersprach: »Ich habe so viele Fragen. Ich weiß gar nicht, wo ich anfangen soll. Zumal wir wahrscheinlich gar nicht so viel Zeit haben werden, oder?«

Er lächelte sie sanft an, ergriff wieder ihre Hand und presste seine Lippen in ihre Handfläche. Diese Berührung pulsierte durch ihren Körper wie ein nervenkitzelnder Strom. Sie hob die andere Hand, legte sie auf sein Haar und streichelte es scheu. Dann wich Bernhard abrupt zurück. »Ich muss gleich zurück nach Wismar fahren. Und du? Bleibst du über Nacht in West-Berlin?«

Sie nickte stumm.

»Bist du mit dem Auto gekommen?«

»Mit British European Airways.«

Er biss sich auf die Lippe, während er seinen Blick auf seine Hände gesenkt hielt. Im nächsten Moment kam der Wirt mit den Getränken. Bernhard blickte kurz hoch. »Danke, Frank.«

Marlene betrachtete den Mann, für den sie so vieles auf sich genommen hatte. Tief im Innern war sie ein wenig enttäuscht. Das Wiedersehen hatte sie sich anders vorgestellt – mit mehr Nähe, Leidenschaft, mit dem Zusammengehörigkeitsgefühl, das sie in Rettin gefühlt hatte, und an einem romantischeren Ort als in dieser Kneipe. Während sie versuchte, gegen diese Enttäuschung anzukämpfen, entdeckte sie die Armbanduhr an Bernhards Handgelenk. Eine schlichte Uhr mit schwarzem Lederband.

»Du trägst ja eine Uhr«, sagte sie erstaunt.

Er lächelte sein einzigartiges Lächeln. »Nach meiner Haftentlassung hat für mich eine neue Zeitrechnung begonnen.«

»Warum warst du in Haft?«

»Ein guter Freund und Kollege von mir hatte sich erlaubt, in einer Vorlesung die Mangelsituation von Arbeitsgeräten an unserer Hochschule zu erwähnen. Da hat man ihn bei der nächsten Parteiversammlung in der Hochschule öffentlich an den Pranger gestellt. Er sei es nicht wert, Mitglied der Sozialistischen Einheitspartei zu sein und so weiter. Ein Genosse nach dem anderen ist aufgestanden und hat meinem Freund seine Kritik und Verachtung ins Gesicht geschleudert. Dieses Bild werde ich nie vergessen. Er stand dort vorne wie ein geprügelter Hund und wagte es nicht, sich zu verteidigen. Ich als Parteisekretär der

Hochschule war der Einzige, der nicht mitgemacht hat. Tja, und dann«, er stürzte den Cognac in einem Zug hinunter, »kam die Staatssicherheit noch am gleichen Abend zu mir nach Hause und verhaftete mich. Man warf mir vor, mich mit meinem Verhalten ebenfalls gegen den Staat gestellt zu haben, und zweifelte an der Reinheit meines Denkens.«

Marlene hatte ihm fassungslos zugehört. »Und dann?«

»Das übliche Prozedere, Dunkelzelle, Einzelhaft, Schlafentzug, immer wieder Verhöre, keinen Kontakt zur Außenwelt. Sie wollten von mir hören, dass ich das Verhalten der Partei auf der Versammlung richtig fand. Aber ich habe ihnen die gewünschte Antwort nicht gegeben. Schließlich ist es meinem Vater gelungen, mich frei zu bekommen. Als Strafe haben sie mich aus dem Reisekader geworfen. Ich glaube jedoch, dass sie das auch bald zurücknehmen werden, weil mein Vater gute Druckmittel hat.« Bernhard seufzte leise. »Und ja, ich bin sicher, dass die jetzt jeden meiner Schritte überwachen, den ich über Wismars Grenzen hinaus mache. Ich hoffe nur, dass ich ihnen heute entwischt bin.«

»Wissen die denn von mir?«

»Das glaube ich nicht. Bis zu dem Vorfall in der Hochschule galt ich als absolut linientreu. Wenn ich zu meiner Mutter gefahren bin, hatte ich nie das Gefühl, überwacht zu werden. Aber das wird sich natürlich ändern – vorausgesetzt, sie lassen mich überhaupt wieder fahren. Dann werde ich keinen Schritt mehr ohne einen IM machen können.«

Beide schwiegen ein paar Sekunden, Marlene zutiefst betroffen von seiner Geschichte und Bernhard sichtlich erschöpft.

Nachdem Bernhard sich eine neue Zigarette angezündet hatte, griff er in die Hosentasche.

»Schau mal!«, sagte er weich, als er etwas zwischen ihr Bierglas und den Cognacschwenker legte. »Pack es aus!«

Mit zittrigen Fingern entfernte Marlene das weiße Seidenpapier. »Nein«, flüsterte sie mit großen Augen. In der Hand hielt sie das Bernsteinherz, das sie an einem frühen Morgen in der kalten

Ostsee gefunden hatten. Der zweifarbige Bernstein war poliert, in Gold gefasst und mit einer Öse versehen.

»Sieh dieses Herz als Zeichen unserer Zusammengehörigkeit an. Es wird nie zerbrechen können.« Bernhard nahm wieder ihre Hand in seine. »Weißt du«, begann er, wobei er ihr in die Augen sah, »ich habe die Zeit im Gefängnis nur überstanden, weil ich immer an dich gedacht habe, an unsere kurze Zeit am Meer, in deinem Haus. Nur diese Erinnerung hat mich aufrecht gehalten und der Wille, all das wieder mit dir zu erleben. Willst du das auch, Marlene?«

Marlene hatte ihm mit hämmerndem Herzen zugehört. Natürlich wollte sie das auch. Sie wünschte sich nichts sehnlicher. Dennoch gesellten sich zu dem überschäumenden Glücksgefühl, das sich gerade in ihr ausbreitete, auch Zweifel an dem Wahrheitsgehalt seiner Worte. Sie nippte an dem Cognac, stellte das Glas auf den Tisch und sah Bernhard in die Augen. »Bist du verlobt?«

Bernhard prallte zurück, als wäre er gegen eine Mauer gelaufen. »Wie kommst du denn darauf?«

Da erzählte sie ihm von ihrer Reise nach Wismar und was sie dort erfahren hatte.

»Das hast du gemacht?« Fassungslos sah er sie an. »Mein Gott! Ich kann es nicht glauben, dass du dich dieser Gefahr ausgesetzt hast. Gudrun hat mir nichts von deinem Besuch erzählt.«

»Um die Gefahr habe ich mir weniger Sorgen gemacht«, erwiderte sie. »Ich wollte die Wahrheit herausfinden.«

Bernhard zündete sich erneut eine Zigarette an. Er rauchte wesentlich mehr als früher.

»Gudrun und ich kennen uns seit der Schule«, begann er. »Es stimmt, dass ich sie einige Male betrogen habe. Aber sie mich genauso. Nachdem ich dich kennengelernt habe, habe ich endgültig Schluss gemacht. Ich konnte nicht mehr länger mit ihr zusammen sein. Du warst mir viel zu wichtig, als dass ich dich hätte verschweigen wollen. Und ich bin nicht wieder zu ihr zurückgegangen. Das musst du mir glauben. Dass wir so eng zusammenarbeiten, ist eine blöde Situation, aber momentan nicht zu ändern.«

Mit einem Mal war Marlene zumute, als wäre der schummrige, enge Raum, in dem sie saßen, von der Energie zwischen ihnen hell erleuchtet. Da war sie wieder, diese starke Anziehung, gegen die sie sich nicht wehren konnte und die alles bisher Dagewesene für sie unwichtig machte. Sie spürte eine lebensbejahende Kraft in sich. Dieses Glücksgefühl trieb ihr die Tränen in die Augen.

»Ich liebe dich«, sagte sie leise.

Ihre Hände fanden sich über den Tisch hinweg. Sie lächelten sich an. Es war ein Augenblick voller Intimität. Schließlich stand Bernhard auf, zog Marlene hoch und führte sie in den hinteren Teil des Lokals, wo es eine Tür gab. Er stieß sie auf, und sie standen in einem kleinen, dämmrigen Flur. Hier küssten sie sich, leidenschaftlich und ungehemmt. Ihre Küsse erzählten von ihrer Sehnsucht und dem Verlangen nach dem anderen. Sie umklammerten sich und entschwebten für ein paar Minuten in eine andere Welt, in der es nur sie beide gab und ihre Liebe. Als sie sich atemlos voneinander lösten, sahen sie sich an.

»Du bist meine Seele«, sagte Bernhard leise. Dabei strich er ihr eine Strähne aus der Stirn, die sich aus ihrer Aufsteckfrisur gelöst hatte.

»Wann sehen wir uns wieder?«, fragte sie mit belegter Stimme. Abschiedstränen stiegen ihr in die Augen. Sie spürte, dass er gleich gehen würde.

Er nahm ihr Gesicht in beide Hände. »Otto Feddersen wird dir eine Nachricht zukommen lassen. Ich will dich das nächste Mal in Lübeck wiedersehen. Und dann nicht nur für eine halbe Stunde, sondern für eine ganze Nacht. Ich werde mir etwas einfallen lassen. Stasi hin oder her.«

DIENSTAG, 3. SEPTEMBER–
DONNERSTAG, 12. SEPTEMBER 1957

In den nächsten Tagen zehrte Marlene von dieser einen berauschenden, unwirklichen halben Stunde, die sie mit Bernhard in Ost-Berlin verbracht hatte. Sie strahlte, als hätte sich in ihrem Herzen ein helles Licht entzündet.

»Ich weiß nicht, was oder wer es ist, Deern, aber es muss was Gutes sein«, sagte eines Morgens Hannes zu ihr. »Ich freue mich für dich. Du hast es nach all dem Schlimmen verdient.«

Da nahm sie ihren väterlichen Freund in die Arme und flüsterte ihm mit verschmitztem Lächeln ins Ohr: »Ich habe mich verliebt.«

»Das wurde auch Zeit.« Hannes strahlte sie an. Dann zwinkerte er ihr verschwörerisch zu. »Kenne ich ihn?«

Marlene war sofort klar, dass er von Treskow meinte. Sie lachte. »Nein, du kennst ihn nicht. Es ist nicht der, den du vermutest. Aber von Treskow ist mir in den vergangenen Monaten zum guten Freund geworden.«

Obwohl sich Marlene mit dem Ingenieur immer noch siezte, vertrauten sie sich gegenseitig an, was sie bewegte. So erfuhr Marlene zum Beispiel, dass Lilly von Treskow einen netten Mann kennengelernt hatte, einen Arzt, der sich in sie verliebt hatte.

»Ich bin sicher, dass meine Schwester durch ihn von ihrer Sucht wegkommt. Ich merke jetzt schon, dass ihre Trinkanfälle weniger werden«, erzählte von Treskow ihr bei einem ihrer mittäglichen Runden übers Gelände.

»Ich freue mich für Ihre Schwester und für Sie und Ihre Mutter«, erwiderte Marlene herzlich.

»Und wie steht es bei Ihnen? Haben Sie etwas Neues gehört?«

Sie seufzte. »Ich warte täglich auf einen Anruf von unserem Kontaktmann, aber dennoch fühle ich mich wohl. Ich bin mir sicher, dass ich Bernhard bald wiedersehen werde.«

»Ich habe übrigens vor ein paar Tagen einen alten Kriegskameraden getroffen«, wechselte von Treskow das Thema. »Er war ein sehr erfahrener Jagdpilot und ist nach Kriegsende zur British European Airways gegangen. Jetzt ist er seit einem Jahr in Rente und langweilt sich.«

Marlene sah ihn belustigt von der Seite an. »Warum erzählen Sie mir das?«

»Das wissen Sie genau. Für den Fall, dass Sie mal jemanden als Aushilfe suchen. Meinem Bekannten geht es weniger ums Geld, sondern eher darum, wieder zu fliegen.«

»Haben Sie schon mit ihm über unser Flugtaxi gesprochen?«

Von Treskow blieb abrupt stehen. »Natürlich nicht. Ich mische mich doch nicht in Ihre Geschäfte ein. Ich wollte nur, dass Sie von meinem Bekannten wissen.«

Sie lachte. »Das kann kein Zufall sein. Noch gestern habe ich mit meinem Onkel über das Thema gesprochen, eventuell jemanden einzustellen. Mein Onkel war dafür. Mal sehen, wie sich die Firma bis Ende des Jahres entwickelt. Das ist ja nicht mehr lange. Aber sollten wir in den nächsten Wochen Stoßzeiten bekommen, können wir vielleicht spontan auf Ihren Bekannten zurückgreifen. Was meinen Sie?«

An diesem Mittwochabend war Marlene spät dran. Am Nachmittag hatte sie einen Passagier nach Münster geflogen und danach ein paar wichtige Angelegenheiten im Büro erledigt. Auf dem Nachhauseweg musste sie noch in einer Druckerei in der Stadtmitte Geschäftsbriefpapier abholen.

Auf der langen Straße von Appen nach Hamburg kam sie gut voran, bis vor ihr das Auto einer Fahrschule fuhr, die man inzwischen öfter im Straßenbild sah. Immer mehr Menschen konnten sich ein Auto leisten und machten den Führerschein. Ein paar Meter folgte sie dem Käfer mit vierzig Stundenkilometern. Dann wurde sie ungeduldig. Sie setzte den Blinker, scherte links aus, gab Gas und überholte. Nachdem sie sich vor den Fahrschulwagen gesetzt hatte, warf sie einen Blick in den Rückspiegel – und konnte es nicht glauben: Am Steuer saß Cleo. Für einen Augenblick spürte Marlene Ärger in sich hochsteigen. Warum hatte ihre beste Freundin sie nicht an ihren Plänen teilhaben lassen? Dann musste sie lächeln. Eigentlich typisch für Cleo. Sie war sehr ehrgeizig und würde es nur schlecht verkraften, wenn sie durch die Prüfung fallen und ihre Umwelt es mitbekommen würde. Da bin ich aber mal gespannt, dachte Marlene schmunzelnd. Sie war sich sicher, dass Cleos schwarzen Augen nicht entgangen war, wer am Steuer des Mercedes gesessen hatte.

Am gleichen Abend klingelte Marlenes Telefon.

»Cleo hier. Ich muss dir was erzählen.«

»Was denn?«, fragte Marlene unschuldig.

»Ich habe heute die Führerscheinprüfung bestanden«, jubelte Cleo.

»Herzlichen Glückwunsch! Aber warum hast du mir denn nichts von deinen Fahrstunden erzählt?«

»Du kennst mich doch. Übrigens, hast du mich heute überholt auf der Strecke von Appen in die Stadt?«

»Ja.«

»Mein Fahrlehrer war empört. Er meinte, diesen verrückten Mercedesfahrer sollte ich mir nicht zum Vorbild nehmen.«

»Warten wir mal ab, wie du in einem Jahr fahren wirst. Bestimmt nicht mehr nur vierzig Stundenkilometer«, neckte Marlene sie.

»Zuerst werde ich gar nicht fahren«, erwiderte ihre Freundin. »Ich muss jetzt erst einmal auf ein Auto sparen. Deshalb bin ich auch noch in der Redaktion.«

»Muss es denn unbedingt eine Isetta sein?«, fragte Marlene.

»Nee, aber die ist billiger als ein VW Käfer.«

Donnerstagmorgen rief Otto Feddersen an. »Ich habe Informationen für Sie. Es ist sehr kurzfristig, aber können Sie übermorgen nach Lübeck kommen?«

»Ja, klar«, antwortete Marlene, ohne zu überlegen. »Wohin?«

»Nehmen Sie sich ein Zimmer in der *Strandperle* auf einen anderen Namen von Samstag auf Sonntag. Das ist die kleine Pension, in der Bernhard immer übernachtet, wenn er seine Mutter besucht. Die Wirtin ist absolut vertrauenswürdig. Sie kennt seine Mutter von früher und weiß, dass er aus der DDR kommt. Wichtig ist, dass man Sie nicht erkennen kann. Binden Sie sich ein Tuch ums Haar, oder setzen Sie sich eine Perücke auf. Sie sollten Ihr Zimmer nicht verlassen. Erst wieder, wenn Bernhard abgereist ist. Wir gehen davon aus, dass er während seines Besuches in Lübeck unter Beobachtung steht. Keinesfalls darf die Stasi mitbekommen, dass er Sie dort trifft. Haben Sie verstanden?«, fragte Feddersen eindringlich.

»Natürlich. Wann soll ich das Pensionszimmer beziehen?«

»Vormittags bis elf Uhr. Bevor Bernhard eintrifft. Und noch eines: Man darf Ihren Wagen dort nicht sehen.«

»Meine Güte! Das klingt ja wie im Spionagefilm!«, rief Cleo bestürzt aus, als Marlene ihr abends davon erzählte. Die beiden Freundinnen saßen in einer Bar am Jungfernstieg.

»Finde ich auch«, sagte Marlene trocken. Sie seufzte. »Niemals hätte ich gedacht, dass ich in meinem Denken und Handeln jemals derart von der Politik bestimmt werden würde.«

»Wenn du das Zimmer nicht verlassen darfst … Das ist ja wie im Gefängnis. Wirklich, Marlene!« Ihre Freundin sah sie eindringlich an. »Willst du dich tatsächlich darauf einlassen?«

»Natürlich lasse ich mich darauf ein! Bernhard ist der Mann, den ich will. Und ich werde alles dafür zu tun, ihn auch zu bekommen.«

»Ist ja schon gut.« Cleo hob beschwichtigend die Hand. »Dann lass uns überlegen, wie wir das hinkriegen. Hast du schon eine Idee?«

Marlene schüttelte den Kopf. »Nach dem Anruf heute Morgen war ich so durcheinander, dass ich bisher keinen klaren Gedanken fassen konnte.«

Cleo nippte an ihrem Wein. Dann zog sie die schwarzen Brauen zusammen und sagte: »Also, eine Perücke hat meine Mutter vielleicht noch im Bestand. Sie war doch Maskenbildnerin und hat eine ganze Kiste mit diesem Zeug. Was deinen Wagen angeht: Entweder lässt du ihn an deinem Haus in Rettin stehen und nimmst dir von dort aus ein Taxi nach Lübeck. Oder du fährst mit dem Zug. Oder jemand fährt dich von hier aus nach Lübeck. Ob das von Treskow machen würde? Sonst vielleicht Hannes? Der könnte an dem Wochenende ja seine Schwester besuchen.«

»Hannes hat nur einen Motorradführerschein.« Marlene sah ihre Freundin ruhig an. »Und mit dem Zug ist mir zu umständlich. Aber wie sieht es denn mit dir aus?«

»Ich?« Cleo hätte fast ihr Weinglas umgestoßen. »Ich habe doch gar kein Auto. Und dein Mercedes wäre mir viel zu groß.«

»Was hältst du von Max' weißem Käfer? Der ist genau das Richtige für dich. Du würdest mich hinbringen und danach ins Haus fahren. Die frische Meeresluft und ein bisschen ausspannen würde dir auch guttun.«

Cleo starrte sie mit offenem Mund an. »Meinst du?«, fragte sie schließlich unsicher.

Marlene nickte entschlossen. »Du solltest nicht aus der Übung kommen. Fahrpraxis ist das A und O.«

Cleo kaute an ihrem rot lackierten Zeigefingernagel und überlegte.

»Kannst du dich so kurzfristig in der Redaktion freimachen?«

»Ja, das geht.«

»Also?« Marlene lächelte sie entwaffnend an. »Dann sag Ja.«

»Und wenn ich mit Max' Auto einen Unfall bauen würde? Eine Beule oder so was?«

»Der VW ist ja nicht mehr neu. Seit Max' Tod steht er bei uns in der Halle herum. Ich werde Hannes morgen früh bitten, ihn kurz durchzuchecken.«

FREITAG, 13. SEPTEMBER–SONNTAG, 15. SEPTEMBER 1957

Der Freitag stand für Marlene ganz unter dem Vorzeichen des bevorstehenden Wiedersehens mit Bernhard. Eine gemeinsame Nacht! Sie konnte noch gar nicht daran glauben.

Mittags verkündete Hannes ihr stolz: »Der Käfer ist tipptopp. Läuft wie am Schnürchen. Willst du ihn verkaufen?«

»Nein, ich fahre morgen mit Cleo ans Meer. Sie hat gerade den Führerschein gemacht und soll ein bisschen üben. Der Mercedes ist ihr zu groß.«

Von Treskow erzählte sie jedoch die Wahrheit von dem bevorstehenden Wiedersehen mit Bernhard und den ungewöhnlichen Umständen.

»Wir leben im Kalten Krieg mit der DDR. In dieser Zeit sind Bespitzelung, Spionage und konspirative Treffen an der Tagesordnung«, sagte er sachlich. »Auf Dauer ist das natürlich kein Zustand. Bernhard sollte sich für eine Seite entscheiden.«

»Das ist aber eine schöne Idee, dass ihr beide zusammen ins Haus fahrt«, meinte Änne am Abend, als sie an Marlenes Arm an der Elbe entlangging. »Die Seeluft tut Cleo bestimmt auch gut. Die sitzt doch den ganzen Tag hinterm Schreibtisch.«

Marlene ließ unerwähnt, dass mit dem Wochenendausflug noch etwas ganz anderes verbunden war. Dieses konspirative Treffen mit Bernhard hätte ihre Tante mit Sicherhit in große Unruhe versetzt.

»Barbara will mich nächstes Mal an die Ahr begleiten«, vertraute Änne ihr an. »Wilhelm hat dazu keine Lust mehr, und

Barbara versteht sich aufs Reisen. Dadurch, dass ihr Mann im Krieg geblieben ist, ist sie sehr selbstständig geworden.«

»Und was sagen Wilhelm und Onkel Heinrich dazu?«

»Ach«, Änne machte eine wegwerfende Geste. »Wir werden ja nur drei Tage weg sein. Und was Wilhelm angeht: In diesen Tagen wird Else rund um die Uhr hier sein, und du bist ja auch noch da.« Ihre Tante lächelte sie verschwörerisch an. »Ich würde auch gern mal mit Barbara zu Alexander nach Paris fahren. Aber ich glaube, das würde Wilhelm mir verbieten. Da hätte er zu viel Angst, mir könnte etwas passieren.«

Samstagmorgen in aller Früh holte Marlene ihre Freundin um sechs Uhr zu Hause ab. Es war noch dunkel, frühherbstlich kühl und feucht. Die beiden fuhren in die Firma, wo der VW Käfer auf sie wartete. Nachdem sie das Gepäck umgeräumt hatten, gab Marlene ihrer Freundin den Autoschlüssel. »Jetzt bist du dran.«

Um diese Uhrzeit war die Autobahn in Richtung Lübeck noch fast menschenleer. Sie fuhren zuerst zum Haus, wo sie Feuer machten, frühstückten und Marlene die braune Perücke, halblang mit Pony, aufsetzte, die nicht so recht auf ihren Kopf passen wollte. Die beiden bogen sich vor Lachen.

»Du musst sie mit einem Kopftuch festbinden«, sagte Cleo schließlich. »Nur ein Windstoß und das Ding ist weg.« Bei dieser Vorstellung prusteten beide wieder los. Dann wurde Cleo ernst. »Wenn ich nur daran denke, dass du bis morgen Nachmittag in diesem Pensionszimmer eingesperrt bist …« Sie schüttelte den Kopf. »Das hielte ich nicht aus. Und dann noch bei diesem schönen Wetter.«

»Genieße das Wetter für uns beide. Ich hoffe sehr, dass mir andere Genüsse zuteilwerden.«

Die *Strandperle* lag außerhalb von Lübeck im Stadtteil Travemünde auf einer flachen Düne am Ende der Strandpromenade.

Marlene hatte sich von Cleo zum Bahnhof Travemünde Hafen fahren lassen. Von dort aus brachte ein Taxi sie zu ihrem Ziel.

Die abgeblätterte weiße Fassade und das zerzauste Reetdach der *Strandperle* erzählten davon, dass die kleine Pension schon so manchem Sturm getrotzt hatte. Die gelben Astern auf den Fensterbänken schienen sie willkommen zu heißen, genauso wie die Vermieterin. Hella Hansen war eine rundliche Frau mit wettergegerbtem Gesicht, strahlend blauen Augen und einem ebenso strahlenden Lächeln.

»Cleo Rosenbaum«, stellte sich Marlene mit schlechtem Gewissen vor. »Ich habe gestern ein Zimmer gebucht.«

»Herzlich willkommen. Ich habe Ihnen ein Zimmer im ersten Stock mit kleinem Balkon gegeben. Da sehen Sie geradewegs aufs Meer hinaus.«

Durfte sie sich überhaupt auf dem Balkon sehen lassen?

»Das ist sehr nett von Ihnen«, bedankte sich Marlene herzlich.

»Hier, der Schlüssel. Zimmer Nummer drei. Ich wünsche Ihnen einen schönen Aufenthalt. Trinken Sie zum Frühstück Kaffee oder Tee?«

»Kaf…« Marlene verstummte abrupt. Laut Anweisung sollte sie doch auf dem Zimmer bleiben. »Ich frühstücke gar nicht«, sagte sie verlegen.

»Aber doch wenigstens einen Kaffee oder Tee?«, fragte Frau Hansen mit großen Augen. »Wenn Sie wollen, bringe ich Ihnen den auch gern hoch.«

Marlene hob die Schultern. »Wenn ich mich vielleicht bei Bedarf melden darf?«

Wie viel einfacher wäre es doch für die Situation, diese freundliche Frau in ihr Geheimnis einweihen zu können, zumal Bernhard ihr vertraute. Doch das wagte sie nicht, bevor sie nicht mit ihm darüber gesprochen hatte.

Auf Dauer ist das natürlich kein Zustand, hörte sie da von Treskow wieder sagen. Wie recht er hatte!

Das Zimmer war sauber und gemütlich. Marlene öffnete die Balkontür, um die frische Meeresbrise hereinwehen zu lassen. Sie verbot es sich jedoch, einen Fuß hinauszusetzen. Stattdessen packte sie ihre Reisetasche aus, in der sie auch etwas Obst, Brote und Wasser hatte. Dann zog sie die Perücke vom Kopf. Sie bürstete ihre Locken, bis sie glänzten. Für diesen Ausflug hatte sie eine lange, dunkelbraune Tuchhose, flache Schnürschuhe und einen taillierten moosgrünen Pullover angezogen. Darüber trug sie an einer goldenen Kette das Bernsteinherz. Es war zu ihrem Talisman geworden. Sie legte es nur zum Waschen ab.

Marlene seufzte und sah sich in dem Zimmer um, auf dessen Fußboden die Strahlen der Vormittagssonne ein Licht- und Schattenmuster malten. Wie gerne hätte sie sich jetzt nach draußen auf den Balkon gesetzt und aufs Meer geblickt! Schließlich zog sie einen der beiden kleinen Sessel an die Balkontür, um wenigstens ihr Gesicht in die Sonne halten zu können. Während sie immer wieder auf ihre Fliegeruhr sah, deren Zeiger sich für ihr Empfinden viel zu langsam bewegten, konzentrierte sie sich ganz auf die Geräusche um sich herum – das Rauschen des Meeres, das Geschrei der Möwen, undeutliche Stimmen auf der Strandpromenade. Bei jedem Motorgeräusch, das von Ferne an ihr Ohr drang, horchte sie auf. Sie schrak zusammen, als es plötzlich an der Zimmertür klopfte. Bernhard? Oder die Zimmerwirtin?

»Moment bitte!«, rief sie und setzte voller Panik ihre Perücke auf. Darüber band sie hastig das Kopftuch. Dann erst drehte sie den Schlüssel um und öffnete.

Vor ihr stand Bernhard. Beide gleichermaßen überrascht, sahen sie sich an – Marlene, weil sie seine Schritte auf der Holztreppe nicht gehört hatte, und Bernhard wegen ihres veränderten Aussehens. Er schlüpfte ins Zimmer, drückte die Tür ins Schloss und begann zu lachen. »Fräulein Lilienthal?«, fragte er mit gespieltem Erstaunen, während ihm der Schalk aus den Augen blitzte.

Da musste sie ebenfalls lachen. Sie riss sich die Verkleidung vom Kopf und flog in seine ausgebreiteten Arme. Sie sahen sich an. In Bernhards dunklen Augen brannte ein Glanz, der ihr verriet, dass er sich genauso nach diesem Wiedersehen gesehnt hatte wie sie. Überwältigt vor Glück schloss sie die Augen. Da spürte sie auch schon seine Lippen auf ihrem Mund. Leidenschaft lag in seinem Kuss, Sehnsucht, Hunger. Durch ihre Kleidung nahm sie die Hitze seines Körpers wahr. Und für ein paar Augenblicke fiel alles von ihr ab, alle Gedanken, alle Sorgen, und es gab nur noch sie beide und die wenigen Stunden, die nun vor ihnen lagen. Das Blut begann, in ihren Adern zu pochen, und während ihre Lippen miteinander verschmolzen, ließ sie ihre Hände unter Bernhards Hemd und über seine Haut wandern. Sie spürte keine Fremdheit. Alles, was sie fühlte, war ihr vertraut. Bernhards Küsse wurden verlangender, inniger und bescherten ihr ein lustvolles Prickeln. Ohne ein Wort zu sagen, entledigten sie sich atemlos ihrer Kleidung und liebten sich.

Als sie schließlich erschöpft nebeneinanderlagen, hielt Marlene die Augen fest geschlossen, um Bernhards Nähe noch intensiver in sich aufzunehmen, seinen Atem, seinen Herzschlag, der sich langsam beruhigte. Während die Sonnenstrahlen ihre Körper in eine wohlige Wärme hüllten, flüsterten sie sich all die zärtlichen Worte zu, die sich Liebende zuflüstern, um das Schicksal für sich zu beschwören.

Irgendwann löste sich Bernhard behutsam aus der Umarmung und stand auf. »Ich habe uns etwas mitgebracht.« Mit diesen Worten schlüpfte er in seine Hose und ging zur Zimmertür. Marlene betrachtete ihn aus dem Bett, seine breiten Schultern, den muskulösen Rücken, die schmalen Hüften. Mein Winterschwimmer, dachte sie voller Zärtlichkeit.

Eine Minute später kam Bernhard mit einer Flasche Rotkäppchen-Sekt und zwei Wassergläsern zurück.

»Trinken wir auf unser Wiedersehen und unsere Liebe«, sagte er, bevor er mit ihr anstieß. Sie setzten sich aufrecht ins Bett und tranken den Sekt.

»Ach, Bernhard«, sagte Marlene, während sie ihren Kopf an seine Schulter lehnte. »Ich habe so viele Fragen. Das alles ist für mich so unverständlich.«

Er küsste sie auf die Stirn. »Dann frag!«

»Zuerst einmal: Willst du Frau Hansen nicht sagen, wie unsere Situation ist?«

»Das habe ich schon getan. Es macht die Sache einfacher, und ich vertraue ihr.«

»Bist du tatsächlich bis hierhin verfolgt worden?«

»Wenn du vom Balkon schauen würdest, könntest du den weißen Trabbi sehen, der am Ende der Straße parkt. Die machen das ganz offen. Sozusagen als Warnung an mich, damit ich nicht auf den Gedanken komme, im Westen zu bleiben, und nichts unternehme, was der Partei schaden könnte.«

»Das ist ja schrecklich!«, rief Marlene aufgebracht aus. »In einem solchen Land könnte ich nicht leben.«

»Psst!« Bernhard strich ihr übers Haar. Nach ein paar Sekunden sagte er mit unterdrückter Stimme: »Es wird immer schlimmer bei uns. Je mehr Menschen in den Westen rübermachen, was zurzeit noch einfach ist über West-Berlin oder die grüne Grenze, desto stärker ziehen sie die Daumenschraube an. Da wird sich in Zukunft noch einiges tun. Denn je mehr Leute die DDR verlassen, desto unglaubwürdiger wird unser Regime in den Augen des Auslands. Und das kann sich der Staat nicht leisten.«

Marlene löste sich aus seiner Umarmung und sah ihm ins Gesicht. »Wie glaubwürdig ist die DDR denn noch für dich?«

Bernhard trank sein Glas in einem Zug aus. Während er sich nachschenkte, erwiderte er: »Es geht immer weniger um Wahrheit und Gerechtigkeit oder gar das Wohl der Menschen in unserem Staat. Unter dem Deckmantel der Ideologie geht es inzwischen vielmehr um Machtpolitik. Die Leute, die ursprünglich mal aus dem Zusammenbruch 1945 das Beste machen wollten, können sich immer weniger durchsetzen.«

»Und wie sieht dein Vater das? Er ist doch ein hohes Tier in der Partei.«

»Sein Blick für die Realität öffnet sich inzwischen auch immer mehr. Für mich war die öffentliche Verurteilung meines Kollegen und Freundes auf der Parteiversammlung der Hochschule ein Schlüsselerlebnis. Und die Zeit der Untersuchungshaft danach sowieso. Vorher habe ich zu meinem Land gestanden.«

Marlene hatte ihm mit hämmerndem Herzen zugehört. Seine Worte gaben ihr insgeheim Hoffnung für eine gemeinsame Zukunft im Westen. Sie schmiegte sich wieder an ihn und wechselte das Thema: »Warst du eigentlich schon bei deiner Mutter?«

»Heute Morgen. Aber ich werde noch einmal am späten Nachmittag zu ihr fahren. Sie hat so lange nichts von mir gehabt.«

»Wie geht es ihr nach dieser langen Zeit?«

»Besser, als ich gedacht habe, was auch daran liegen mag, dass mein Vater sie währenddessen dreimal besucht hat.«

Marlene sah ihn erstaunt von der Seite an.

»Er hat gute Beziehungen. Ich hätte nie gedacht, dass er das tun würde, aber ich glaube, es war sehr gut. Für beide.«

»Du hast mal gesagt, dass dein Vater deine Mutter auch heute noch lieben würde.«

Bernhard lächelte versonnen. »Das könnte man jetzt fast glauben.«

»Hat er eigentlich noch mal geheiratet?«

»Ja, 1948. Seit drei Jahren ist er geschieden.«

Marlene nippte an ihrem Sekt. »Wie denkt er eigentlich über uns?«

Bernhards Blick wanderte zur Balkontür hinaus in das unendliche Blau. Es dauerte Marlene viel zu lang, bis er schließlich antwortete: »Er akzeptiert es. Ich glaube, er will es gar nicht wissen – aus politischen Gründen.«

»Und was ist mit Otto Feddersen? Wenn er als Westdeutscher für die DDR spioniert, muss er doch auf deren Seite stehen und kann eigentlich deine Beziehung zu mir nicht gutheißen. Kannst du ihm überhaupt vertrauen?«

»Dass er für die DDR spioniert, liegt in erster Linie daran, dass er sehr viel Geld dafür bekommt. Seine Frau führt einen kostspieligen Lebenswandel, der finanziert werden muss. Ich bin mir nicht sicher, ob er heute tatsächlich noch hinter dem Kommunismus steht.« Bernhard seufzte. »Da mein Vater ihm im Krieg das Leben gerettet hat, halte ich es für sehr unwahrscheinlich, dass er mich an die Stasi verraten würde.«

An diesem Wochenende lebten Marlene und Bernhard nur im Augenblick, wussten sie beide doch nur zu gut, dass ihr nächstes Wiedersehen in den Sternen stand. Die widrigen Umstände verliehen ihrer Beziehung eine ganz besondere Stimmung. Jeder Blick, jede Berührung, jedes Geständnis nahm eine andere, höhere Dimension an. Sie liebten sich bedingungslos, gefangen in einem sinnlichen Zauber, der das kleine Pensionszimmer erfüllte. Bernhard verließ ihren eigenen, winzigen Kosmos nur, um seine Mutter zu besuchen und um eine Stunde schwimmen zu gehen. Und Letzteres auch nur, um den Stasileuten Normalität vorzuspielen. Essen und Getränke bekamen sie von Frau Hansen aufs Zimmer gebracht.

Sonntagmorgen fuhr Bernhard zu seiner Mutter, um mit ihr zu frühstücken. Danach liebten sie sich wieder und genossen bis zum Mittag die Nähe des anderen. Vor seiner Rückkehr in die DDR wollte Bernhard noch einmal in das Pflegeheim fahren.

»Ich werde Mutter von dir erzählen«, sagte er mit belegter Stimme zum Abschied zu Marlene. »Vielleicht werdet ihr euch ja bald schon kennenlernen.«

»Das wäre schön«, flüsterte sie an seiner Brust. Sie hatte nicht die Kraft, sich von ihm zu lösen. Seinen Geruch atmete sie ein wie ein Lebenselixier. Stumm hielten sie einander fest. Die Sekunden zogen sich in die Länge. Marlene war noch erfüllt von der Leidenschaft, mit der sie sich zum letzten Mal geliebt hatten, aber auch schon belastet mit den Ängsten und der Sehnsucht, die sie überfallen würden, sobald Bernhard das Zimmer verlassen hatte.

Bernhard löste sich schließlich als Erster aus der Umarmung. Er sah Marlene ernst an. »Da ist noch etwas.«

Sie zuckte innerlich zusammen. »Was?« Ihre Stimme bebte aus einer plötzlichen Furcht heraus vor dem, was er jetzt sagen würde.

»Gudrun erpresst mich.«

Sie trat einen Schritt zurück. »Womit?«

»Mit dir. Sie will, dass ich zu ihr zurückkehre. Sonst …«

»Was sonst?«

»Sonst wird sie unsere Beziehung an die Stasi verraten. Und das würde bedeuten, dass die mich nie wieder in den Westen lassen. Selbst über die offene Grenze nach West-Berlin nicht mehr. Und mit ziemlicher Sicherheit käme ich wieder ins Gefängnis. Ein Verhältnis mit einer Klassenfeindin ist strafbar«, fügte er voller Bitterkeit hinzu.

»Aber …« Marlene spürte, wie sich eine eiskalte Faust um ihr Herz legte und es zusammendrückte.

»Nachdem ich mit Gudrun Schluss gemacht habe, hat sie immer wieder versucht, mich umzustimmen. Seit deinem Besuch in Wismar ist sie wie besessen von dem Wunsch, mich zurückgewinnen. Vor ein paar Tagen hat sie mir die Pistole auf die Brust gesetzt.« Mit einem verzweifelten Seufzer strich Bernhard sich das Haar aus der Stirn. »Es ist unerträglich, da wir ja jeden Tag zusammenarbeiten. Ich hoffe, dass sie bald versetzt wird.«

Marlene lehnte sich an die Wand. Ihre Knie zitterten. »Heißt das …«, sie räusperte sich, »wir werden uns in Zukunft nicht mehr sehen können?«

»Das heißt wahrscheinlich in letzter Konsequenz, dass ich mich entscheiden muss.«

»Zwischen was?« Ihre Stimme war nur noch ein heiseres Raunen.

»Zwischen dir und der DDR.«

Sie hielt den Atem an, starrte ihn an.

»Es würde mir nicht leichtfallen. Da ist mein Vater. Ich weiß, welche Repressalien auf die zurückgebliebene Familie zukommen. Mein Beruf, meine Freunde. Und je nachdem müsste es wahrscheinlich auch schnell gehen, bevor die mich wieder einlochen.« Bernhard biss sich auf die Lippe, bevor er weitersprach: »Feddersen würde dir dann Nachricht geben. In den letzten Tagen habe ich mir schon eine Fluchtroute überlegt, auf der es klappen könnte.«

Ungläubig hörte sie ihm zu, wie er ihr mit wenigen Worten den möglichen Fluchtweg beschrieb. Sein Plan ließ sie schaudern.

Sie schluckte aufgeregt. »Aber wäre es nicht wesentlich einfacher über West-Berlin und dann mit dem Flugzeug in den Westen?«

»Marlene«, Bernhard sah sie eindringlich an. »Wie eben schon gesagt: Sollte die Stasi durch Gudrun von uns beiden erfahren, lassen die mich nicht mehr nach West-Berlin.«

Ihre Schultern fielen herab. Dann jedoch blitzte eine Idee in ihr auf. »Und wenn du einfach bei dem nächsten Besuch bei deiner Mutter hierbleiben würdest?«

Er lachte bitter auf. »Ich weiß ja noch nicht, ob ich meine Mutter überhaupt noch einmal besuchen kann.«

»Dann bleib doch jetzt hier. Heute.« Sie fasste ihn an die Schultern, als wolle sie ihn festhalten. »Ich fahre dich zu unserer Botschaft nach Bonn, und die werden alles regeln.«

Bernhard trat einen Schritt von ihr zurück. »Marlene!« Er holte tief Luft und sprach wie zu einem uneinsichtigen Kind ruhig und sanft weiter: »Ich bin noch nicht so weit. Das musst du verstehen. Ich liebe dich, und ich möchte mit dir eine gemeinsame Zukunft haben, aber so schnell …« Voller Verzweiflung warf er den Kopf in den Nacken und schnappte nach Luft. Dann sah er sie wieder an. »Vielleicht gibt Gudrun auch Ruhe, und ich habe mehr Zeit zum Nachdenken.« Voller Zärtlichkeit nahm er ihr Gesicht in beide Hände. »Du wirst immer bei mir sein«, flüsterte er rau. »Ganz gleich, was passieren wird. Nachts werde ich in den Himmel schauen und unsere beiden Sterne sehen, ganz nah nebeneinander, unzertrennlich.« Mit diesen Worten ließ er sie los und ging.

Während seine Schritte auf den Holzstufen im Treppenhaus verklangen, begann sie zu weinen. Seine Worte hatten nach Abschied geklungen. Nach einem Abschied für immer.

MONTAG, 16. SEPTEMBER– FREITAG, 4. OKTOBER 1957

Nach diesem Wochenende spürte Marlene ein diffuses Gefühl von Verlust in sich, das sich nur während der Arbeit verlor. Tief im Innern zweifelte sie daran, Bernhard jemals wiederzusehen, obwohl er bereits einen Fluchtplan im Kopf hatte. Dieser jedoch hatte in ihren Ohren viel zu unrealistisch geklungen, als dass sie an dessen Umsetzung glauben konnte. Vierzehn Tage waren nun nach ihrem Treffen in der *Strandperle* vergangen. Ohne ein Lebenszeichen von Bernhard. Vielleicht saß er längst wieder im Gefängnis, weil Gudrun ihn verraten hatte. Das Warten machte Marlene mürbe. Wenn sie abends im Bett lag, träumte sie sich zu den glücklichen Stunden mit Bernhard zurück. Sie spürte die Berührung seiner Lippen, seinen Atem auf ihrer Wange, sah sein Lächeln vor sich, als würde er neben ihr liegen. In sternenklaren Nächten stand sie vorm Fenster und fühlte sich beim Anblick ihrer beiden Sterne mit ihm vereint – in der Hoffnung, er würde jetzt auch in den Himmel schauen und an sie denken.

Nachdem nun auch das Wochenende, an dem Bernhard eigentlich im Vierzehn-Tage-Rhythmus seine Mutter hätte besuchen sollen, vergangen war, hielt es Marlene kaum mehr aus. Das Fluchtflugzeug, das sie direkt nach ihrem Treffen von Hannes hatte umbauen lassen, stand seit Tagen bereit, und Bernhard meldete sich nicht.

Freitagmittag kam von Treskow in Marlenes Büro. »Haben Sie Zeit für eine kleine Runde übers Rollfeld?«

Marlene stand auf und schlüpfte in ihre Kostümjacke, bevor von Treskow ihr hineinhelfen konnte. Als die beiden draußen waren, sah von Treskow sie eindringlich an. »Hannes hat mir von dem Umbau des Flugzeugs erzählt.«

Sie lächelte ihn müde an und hob die Schultern. »Ich weiß nicht, ob es überhaupt dazu kommen wird. Vielleicht sehe ich Bernhard auch nie wieder. Als ich ihn vor vierzehn Tagen das letzte Mal gesprochen habe, hat er eine Flucht in Erwägung gezogen. Bis heute habe ich jedoch nichts mehr von ihm gehört. Ich will nur jederzeit bereit sein. Verstehen Sie das?«

Von Treskow blieb stehen und hielt ihrem Blick stand. »Darf ich fragen, wie das Ganze konkret aussehen soll?«

»Sollte seine ehemalige Verlobte unsere Beziehung an die Stasi verraten, wird die ihn nicht mehr in den Westen lassen. Selbst nach West-Berlin nicht mehr. Sollte er überhaupt noch die Gelegenheit haben zu fliehen – und es wollen –, sieht er die Ostsee als einzige Möglichkeit. Dort will er über die Hoheitsgewässer der DDR hinausschwimmen. Dahinter soll ich ihn an Bord des Wasserflugzeugs nehmen.«

»Deshalb also der Umbau«, murmelte von Treskow wie zu sich selbst.

Sie nickte. »Eine Flucht auf dem Landweg erscheint ihm unmöglich, weil ihm die Stasileute ja jetzt schon auf Schritt und Tritt folgen. Da er als offizieller Rettungsschwimmer und Leistungsschwimmer jedoch fast täglich sein Schwimmpensum absolviert, was die Stasi weiß, glaubt er, im Wasser unauffälliger fliehen zu können.«

»Schwimmen?« Von Treskow sah sie ungläubig an. »Wir haben Herbst. Das Wasser wird täglich kälter. Und über die Zwölfmeilenzone hinaus? Die allein beträgt doch schon gut zweiundzwanzig Kilometer.«

»Es gibt Leute, die sind durch den Ärmelkanal geschwommen. Und der ist vierunddreißig Kilometer breit.«

Voller Unverständnis schüttelte der Ingenieur den Kopf. »Hat er auch einen Plan, wie er von den Küstenwachen oder den Marinebooten, die die Hoheitsgewässer seines Landes kontrollieren, unentdeckt bleiben will? Die sind nämlich mit starken Suchscheinwerfern ausgestattet.«

»Da die meisten über West-Berlin oder über die grüne Grenze fliehen, hofft Bernhard, niemand würde damit rechnen, dass es einer übers Meer versuchen könnte.«

Der Ingenieur verdrehte die Augen. »Und Sie sollen ihn dann irgendwo im internationalen Gewässer auffischen, falls er es überhaupt bis dahin schaffen sollte.«

»Er will Koordinatenpunkte ausrechnen, die ich anfliegen soll.«

»Und dann winkt er aus dem Wasser fröhlich zu Ihnen hoch und ruft: *Hier bin ich!*«

»Jetzt seien Sie doch nicht so ironisch!«, fauchte Marlene ihn in ihrer Hilflosigkeit an. »Ja, so ungefähr. Und solange kein Sturm herrscht, finde ich das auch gar nicht so schwierig.«

»Ich fasse es nicht!« Von Treskow griff sich an den Kopf. »Das können Sie doch unmöglich allein bewerkstelligen. Wie wollen Sie das Flugzeug auf dem offenen Meer halten und gleichzeitig einen erwachsenen Mann, der überdies völlig erschöpft sein wird, an Bord hieven? Wie lange ist Ihre letzte Wasserlandung her?« Sein Blick durchbohrte sie geradezu.

Sie schluckte. »Schon sehr lange«, gab sie zu. Dann sah sie ihn herausfordernd an. »Und Ihre?«

»Ich war Pilot im Krieg. Das gibt einem Routine.« Er drückte die Zigarette mit dem Absatz aus und sah sie eindringlich an. »Wenn es dazu kommen sollte, machen wir es gemeinsam. Abgemacht? Sie müssen sich nichts mehr beweisen, Marlene. Sie sind eine hervorragende Pilotin und eine mutige Frau. Es gibt jedoch Situationen, in denen geht es besser zu zweit. Den *Emil* und den *Franz* gibt es nicht umsonst.«

Da musste Marlene trotz allem lachen. Sie wusste, was das im Pilotenjargon hieß: der Pilot und sein Navigator. Sie zwinkerte ihm zu. »Und wer von den beiden wollen Sie sein?«

»Franz.«

Auch in den folgenden Tagen meldete sich Feddersen nicht. Mit jedem Tag, der verging, verstärkte sich Marlenes Vermutung, dass Bernhard in Haft war. Oder hatte er etwa inzwischen den Verführungskünsten seiner ehemaligen Verlobten nachgegeben und mit der eigentlich so aussichtslosen Liebe zwischen ihnen abgeschlossen?

SAMSTAG, 5. OKTOBER – SONNTAG, 6. OKTOBER 1957

Samstagvormittag wurde Marlene erneut bewusst, dass nun schon das dritte Wochenende ohne ein Zeichen von Bernhard bevorstand. Sie hatte drei Probeläufe mit dem Wasserflugzeug auf eigener Rollbahn und im Hamburger Hafen hinter sich. »Der Flieger ist tipptopp. Fahrwerk und Schwimmer funktionieren wie am Schnürchen«, hatte von Treskow ihr versichert.

Marlene seufzte. Sie schlug das schwarze Buchungsbuch zu. Genug für diese Woche. Sie war die Einzige in der Firma. Ihr Onkel kam samstags gar nicht mehr ins Büro. Gedankenverloren biss sie sich auf die Lippe. Wieder lagen zwei arbeitsfreie Tage vor ihr, viel zu viel Zeit zum Nachdenken. Ich werde mich für heute Abend mit Cleo verabreden, beschloss sie. Sie musste ihrer Freundin ihre Sorgen anvertrauen. Vielleicht fühlte sie sich danach etwas leichter.

Marlene wollte gerade die Außentür des Bürogebäudes abschließen, als drinnen das Telefon klingelte. Feddersen? An ihn dachte sie inzwischen bei jedem Klingeln. Mit fahriger Hand schloss sie wieder auf.

»Die Situation hat sich zugespitzt. Bernhard wird in der Nacht von Sonntag auf Montag fliehen«, teilte Otto Feddersen ihr mit. »Sind Sie bereit?«

Marlene schnappte nach Luft. »Natürlich«, brachte sie nur hervor.

»Montag, der 7. Oktober, ist der achte Jahrestag der DDR. Der Plan lautet wie folgt …« Marlene zitterte innerlich, während sie den Hörer ans Ohr presste und Feddersen zuhörte. »Die Koordinaten Ihres ungefähren Treffpunktes lauten: N 54.0078/E 11.3488. Dort irgendwo sollen Sie ihn an Bord nehmen. Falls alles gut geht«, fügte der ältere Mann deutlich leiser hinzu, als würde er diesbezüglich selbst Zweifel haben. »Haben Sie sich alles gemerkt? Ich wiederhole noch einmal …«

Nach dem Telefonat rief Marlene im Springer-Verlag an. »Hast du Zeit für einen Spaziergang? Ich könnte dich in einer halben Stunde abholen. Bitte, Cleo, ich muss unbedingt mit dir reden.«

»Was ist passiert?«, fragte Cleo, als sie zu Marlene ins Auto stieg.

»Das erzähle ich dir gleich in Ruhe. Wollen wir zum Öjendorfer See fahren?«

Während der Fahrt sprachen die Freundinnen nur wenig. Erst als sie ausgestiegen waren und den Weg zum Seeufer einschlugen, forderte Cleo Marlene auf: »Jetzt leg endlich los.«

»Bernhard will morgen Nacht in den Westen fliehen – ironischerweise am Nationalfeiertag der DDR.«

Cleo blieb abrupt stehen und starrte ihre Freundin sprachlos an. »Wie bitte?«

»Er schwimmt durch die Ostsee, wo ich ihn hinter den Hoheitsgewässern der DDR an Bord unseres Wasserflugzeuges nehme.«

Ohne etwas zu erwidern, griff Cleo in die Tasche ihres Mantels, der die gleiche Farbe hatte wie ihre weinrote Baskenmütze, und nahm ihre Zigarettenpackung heraus. Marlene wusste, dass ihre Freundin diese Information erst einmal sacken lassen musste. Während Cleo sich eine Zigarette anzündete, betrachtete sie die bereits herbstlich gefärbte Natur. Einige Laubbäume am Ufer leuchteten schon in Gelb und Orange. Malerisch spiegelten sie sich im Wasser, auf dem weiße Schwäne ihre Bahn zogen. Und über allem breitete sich ein wolkenloser, blauer Himmel aus. Die Welt vermittelte hier am See ein Bild des Friedens und der Harmonie, das in Marlenes Herzen jedoch keinen Widerhall fand.

»So, jetzt bitte in allen Einzelheiten«, sagte Cleo, nachdem sie zwei tiefe Züge getan hatte.

Marlene ging weiter. »Also, Feddersen hat mich eben angerufen. Bernhard hatte einen riesigen Streit mit Gudrun, und sie hat danach ihre Drohung, seine Beziehung zu mir an die Stasi zu verraten, wahr gemacht. Damit ist klar, dass sie ihn jetzt nicht mehr in den Westen reisen lassen. Heute in der Früh war die Stasi bei ihm, die ihn für Dienstag vorgeladen hat. Sie wollen ihn Montag noch anlässlich des Nationalfeiertages um neun Uhr in der Hochschule seinen Vortrag halten und einem seiner Kollegen irgendeinen Nationalpreis verleihen lassen. Morgen Abend jedoch wird er mit dem Fahrrad zur Wismarer Bucht fahren und von dort losschwimmen. Seinen Wagen lässt er vor der Wohnung stehen, damit es so aussieht, als wäre er zu Hause. Er wird auch das Licht brennen lassen. Statt Montagmorgen am Rednerpult in der Hochschule zu stehen, wird er die Hoheitsgewässer der DDR bereits hinter sich gelassen haben. Ich soll ihn dann im internationalen Gewässer an Bord unseres Wasserflugzeugs nehmen. Feddersen hat mir Koordinatenpunkte genannt, damit ich ihn finden kann.«

»Welch ein Drama!«, stieß Cleo sichtlich verstört aus und nahm einen tiefen Zug. Doch dann fand sie schnell ihre Fassung wieder und sagte sachlich und nüchtern, wie es ihre Art war: »Der Fluchtzeitpunkt ist ja geschickt gewählt. Das muss man ihm lassen. Der 7. Oktober ist der höchste Feiertag in der DDR. Da finden in Berlin und allen Bezirks- und Kreisstädten Aufmärsche der Kampfgruppen der Arbeiterklasse, FDJ-Mitglieder, Werktätigen und Was-weiß-ich-nicht statt. Schon am Vortag ist fast jeder DDR-Bürger auf den Beinen. Die meisten sind irgendwie in die Vorbereitungen der Feierlichkeiten involviert.«

»Bernhard scheint davon auszugehen, dass man erst Montagmorgen um neun Uhr bei seinem Nichterscheinen darauf aufmerksam werden wird, dass er geflohen ist.«

Cleo hielt inne, nahm einen letzten Zug von der Zigarette und trat sie aus. Dann änderte sich ihre Miene. Voller Sorge sah sie

Marlene an. »Ich habe Angst um dich. Zum einen hast du doch gar keine Übung darin, mit einem Wasserflugzeug auf offener See zu landen. Das Meer hat Wellengang, und je nachdem wie das Wetter sein wird ...«

»Es soll so schön bleiben«, unterbrach Marlene sie schnell. »Angenehmes Herbstwetter mit Temperaturen um die vierzehn Grad, wenig Wind und demnach auch eine ruhige See.«

»Zum anderen«, Cleo hob ihre tiefe Stimme bedeutungsvoll an, »Nationalfeiertag hin oder her. Weißt du eigentlich, dass die DDR ihre Hoheitsgewässer mit Schiffen und russischen Kampfhubschraubern kontrolliert?«

»Auf dem Luft- oder Landweg geht es aber nicht. Die Stasi wüsste doch sofort, was er vorhat, wenn er sich auf die DDR-Grenze zubewegen würde«, erwiderte Marlene erregt. Cleos Zweifel und Bedenken missfielen ihr, schürten sie doch ihre Ängste noch mehr. »Bernhard hat ein anderes Verhältnis zum Wasser und zum Schwimmen als du und ich. Außerdem hat er nur zwei Möglichkeiten: Entweder entscheidet er sich für unsere Liebe und ein freies Leben im Westen – dafür muss er die günstige Gelegenheit jetzt ergreifen –, oder er wartet noch ab und landet dann aber wahrscheinlich für Jahre im Gefängnis.«

Cleo stieß mit der Schuhspitze in das Laub, das daraufhin wie aufgeschreckte Vögel aufstob. Als sie Marlene wieder ansah, blitzten ihre schwarzen Augen wütend auf. »Und was ist, wenn sie Bernhard im Wasser gefangen nehmen oder gar dein Wasserflugzeug abschießen?«

»So ein Quatsch«, erwiderte Marlene erbost.

»Von wegen Quatsch«, entgegnete ihre Freundin ebenfalls lauter. »Ich halte das für ein Höllenfahrtskommando. Dagegen war deine Reise nach Wismar ein Kasperletheater. Du solltest endlich erkennen, dass mit diesem Land nicht zu spaßen ist, wenn man sich gegen es stellt.«

Marlene wusste nur zu gut, warum Cleo so wütend war: Sie hatte recht. »Ach, Cleo.« Mit enger Kehle machte sie einen

Schritt auf ihre Jugendfreundin zu. »Ich habe doch auch Angst. Und zwar große Angst.« Sie brachte ein zerbrechliches Lächeln zustande. »Aber ich kann uns beide ein bisschen beruhigen. Von Treskow wird mit mir fliegen.«

Cleo atmete hörbar aus. »Wenigstens das! Dennoch«, sie sah Marlene liebevoll an, »ich würde mir wünschen, es gäbe eine andere Lösung.«

Als die beiden nach dem Spaziergang wieder im Auto saßen, öffnete Marlene das Handschuhfach und nahm eine kleine Mappe heraus. Sie legte sie in Cleos Schoß mit den Worten: »In Anbetracht meines Abenteuers am Montag gebe ich dir das heute schon. Eigentlich sollte es dein Geburtstagsgeschenk im nächsten Monat werden.«

Ihre Freundin sah sie mit großen Augen an. »Was ist das?«

»Schau rein.«

Cleos Hände zitterten, als sie den Fahrzeugbrief und die Zulassung für den weißen VW Käfer, auf denen ihr Name stand, aus dem Plastikumschlag zog. »Nein!«, flüsterte sie fassungslos.

»Mit Einverständnis meines Onkels schenke ich dir Max' Auto zum Geburtstag.«

Da passierte etwas, was Marlene nur selten erlebt hatte: Cleo begann haltlos zu schluchzen und warf sich in ihre Arme. Die beiden Freundinnen hielten sich noch lange umschlungen – so, als würden sie sich für immer voneinander verabschieden.

MONTAG, 7. OKTOBER 1957 – NATIONALFEIERTAG DER DDR

In der Nacht von Sonntag auf Montag hatte es, entgegen der Vorhersage des Deutschen Wetterdienstes, einen Wetterumschwung gegeben. Als Marlene aufstand, glaubte sie, ihren Augen nicht zu trauen. Draußen regnete es. Um die Gartenlaternen waberte Nebel. Ihr erster Gedanke war: Bei diesem Wetter schwimmt Bernhard jetzt gerade in der Ostsee herum. Bei dieser Vorstellung schauderte ihr. Während sie in ihren Fliegeranzug stieg, befahl sie sich, ab jetzt nur noch zu funktionieren. Sie musste ihren Teil des Plans, der die Voraussetzung für eine gemeinsame Zukunft mit Bernhard war, erfüllen. Dabei waren Ängste nur hinderlich.

Als Marlene vor die Haustür trat, war es noch stockfinster. Ein stürmischer Wind wehte ihr um die Ohren. Die feuchtkalte Luft roch nach Pilzen, Blättern und nasser Erde. Zwanzig Minuten später kam sie in der Firma an. Von Treskow erwartete sie bereits.

»Nicht gerade das beste Wetter zum Baden«, begrüßte er sie. »Ich habe den Flieger schon aus dem Hangar gefahren und die Vorflugkontrolle gemacht.« Er sah sie bedeutsam an. »Sie können sich auf mich verlassen.«

Zum ersten Mal an diesem Morgen lächelte sie. »Das weiß ich. Ich vertraue Ihnen.«

»Darf ich bitten?« Von Treskow machte eine einladende Geste, woraufhin Marlene über den Schwimmer an Bord kletterte.

»Dann werfe ich jetzt mal den Motor an«, sagte ihr Navigator und verschwand hinter der Maschine.

Schon nach dem ersten Versuch gab der Motor sein typisches, sattes Tuckern von sich. Marlene atmete aus. Nachdem ihr *Franz* auch eingestiegen war, die Tür geschlossen und sich angeschnallt hatte, fragte sie: »Welche Route nehmen wir?«

»Zuerst direkt auf Lübeck zu, dann über die Lübecker Bucht in die Hoheitsgewässer unserer schönen Bundesrepublik und dann ab ins internationale Gewässer, wo wir Jagd auf Bernhard Södermann machen.« Marlene wusste nur zu gut, dass von Treskow die Situation durch seine lockere Art ein bisschen entspannen wollte, und war ihm dankbar dafür. »Hier!« Er zeigte auf die Seekarte auf seinen Knien und hielt den Kompass hoch. »Ich habe die Strecke gestern Abend eingezeichnet und die angegebenen Koordinaten markiert. Natürlich müssen wir, bedingt durch den Wind und dem daraus resultierenden höheren Seegang, damit rechnen, dass Bernhard abgedriftet sein könnte.«

»Uhrenvergleich?«

»Exakt sieben Uhr.«

Marlene nickte zustimmend und seufzte in sich hinein. »In zwei Stunden also!«

»So lange brauchen wir normalerweise nicht, aber bei dem Wetter müssen wir mit Gegenwind oder sonstigen Problemen rechnen. Falls wir sehr viel früher da sein sollten, haben wir genug Sprit im Tank, um ein paar zusätzliche Runden über die Ostsee zu drehen.« Von Treskow sah sie auffordernd von der Seite an. »Sind Sie bereit?«

Sie nickte entschlossen.

Es war jedes Mal aufs Neue ein aufregender Moment für Marlene, wenn beim Start ein Rütteln die Maschine durchfuhr, während sie bei Vollgas kurz die Bremsen hielt. Dann ließ sie die Bremse langsam los, und das Wasserflugzeug setzte sich in Bewegung. Es wurde rasch schneller, hob die Nase und stieg hoch. Marlene brauchte auch an diesem Morgen wieder ein bisschen Zeit, um sich an das Gewicht der Schwimmer unter dem Rumpf zu gewöhnen. Als sie in der Luft waren, kurbelte von Treskow per Hand das Fahrwerk ein und schloss die Klappe.

Marlene nahm Kurs auf Lübeck. Es war immer noch dunkel. Sie flogen durch eine dichte Wolkendecke, unter der sich die Lichter der Ortschaften und Städte versteckten. Ihre einzigen Begleiter waren das Brummen der Maschine und das diffuse Licht des Scheinwerfers. Marlene hatte den Eindruck, dass das Wetter von Minute zu Minute schlechter wurde. Heftige Regenböen lösten den Nieselregen über Hamburg ab.

»Wir müssten gleich die Lübecker Bucht erreichen«, hörte sie von Treskow sagen. Obwohl sie immer noch nichts unter sich erkennen konnten, entdeckten sie am Horizont eine dünne, helle Linie, die den Beginn eines neuen Tages versprach.

»Ja, jetzt sind wir laut meiner Berechnung über der See«, sagte von Treskow, als würde er zu sich selbst sprechen.

Es war ein komisches Gefühl für Marlene, ohne etwas zu sehen mit 220 Pferdestärken über das weite, endlose Meer hinwegzuziehen. Bald schon merkte sie am Flugverhalten der Maschine, dass der Wind gedreht hatte. Er kam jetzt von vorne und war unbarmherzig. Das Flugzeug kam nur langsam voran, stand beinahe still.

»Das sind wenigstens vier bis fünf Windstärken aus Nord«, sagte von Treskow in ihr Schweigen hinein.

Es regnete in Strömen. Der Scheibenwischer wurde den Wassermassen kaum mehr Herr.

»Ich glaube, ich gehe ein bisschen runter.« Marlene warf ihrem Navigator einen fragenden Seitenblick zu, woraufhin dieser nickte.

Während des Sinkfluges wurde das kleine Wasserflugzeug von einer Tragfläche auf die andere geworfen.

»Wir müssten jetzt etwa dreihundert Meter über dem Wasser sein«, vermutete Marlene.

»Dass wir selbst aus dieser Höhe noch nichts sehen können«, fügte von Treskow trocken hinzu, wobei er unermüdlich mit dem Fernglas das Nichts unter ihnen absuchte.

Eine eiserne Faust presste ihr Herz zusammen. Es war die Angst, Bernhard niemals mehr wiederzusehen.

»Bilde ich es mir nur ein, oder sind die Wolken jetzt nicht mehr ganz so dicht?«, hörte sie ihren Navigator vorsichtig fragen.

Sie hatte den gleichen Eindruck, wagte jedoch noch nicht, daran zu glauben. Im Lichtstrahl bemerkte sie eine Linie von kleinen Wellen, die ihr auf der Wasseroberfläche folgten, und sie verstand, dass diese von ihrem Propeller erzeugt wurden und sie jetzt nur noch knapp über dem Meer waren. Und dann sah sie auf die tobende See und erschrak.

»Bei diesen Wellenbergen wird eine Wasserung schwierig werden«, sagte von Treskow. »Hoffentlich wird das Triebwerk nicht beschädigt.«

Marlene wusste, dass eine Wasserung selbst bei niedrigem Seegang den Piloten vor eine Herausforderung stellte. Die Flughöhe war über dem Wasser schlecht einzuschätzen, da markante Orientierungspunkte wie Bäume, Gebäude oder Ähnliches fehlten. Wie sollte sie bei dieser wütenden See eine Landung hinbekommen?

»Zuerst einmal müssen wir Bernhard da unten ausfindig machen«, erwiderte sie mit belegter Stimme. Bei dem Gedanken, die Wellen könnten ihn längst verschluckt haben, wurde ihr übel.

»Er ist ein trainierter Schwimmer. Das ist etwas anderes, als wenn wir uns bei diesem Seegang ins Wasser wagen würden«, erwiderte von Treskow.

»Trotzdem«, flüsterte sie.

»Vielleicht hat er auch die Flucht verschoben in Anbetracht des Wetters.«

»Er wollte gestern Abend aufbrechen. Da war es noch nicht so.« Sie räusperte sich. »Wann haben wir die Koordinatenpunkte erreicht?«

»Wir sind ganz in der Nähe.«

»Ich gehe erst ganz runter, wenn wir ihn sehen.«

Von Treskow schwieg. Sie ahnte, was er dachte: *wenn wir ihn überhaupt sehen zwischen den Wellenbergen.*

»Jetzt drosseln Sie die Geschwindigkeit noch mehr und gehen

Sie noch tiefer«, forderte ihr Navigator sie nach ein paar Minuten auf, in denen sie versucht hatte, trotz des Windes streng auf Kurs zu bleiben.

Sie folgte seiner Anweisung.

»Dahinten ist was!« Von Treskows Ausruf ging ihr durch Mark und Bein.

»Bernhard?« Ihr Blut begann in der Schläfe zu pochen.

»Nein, viel größer.«

Sie zuckte zusammen. »Ein Küstenwachschiff der DDR?«

»Wir sind hier in internationalen Gewässern.«

»Vielleicht die Fähre nach Dänemark.«

»Gehen Sie erst mal wieder höher und halten Sie nach rechts.«

Marlene tat, wie er gesagt hatte.

»So, und jetzt wieder runter. Hier müssten die Koordinaten stimmen.«

Durch Herausstellen der Landeklappen nahm Marlene die Geschwindigkeit wieder zurück und ging in den seichten Sinkflug. Ihre Hände zitterten. Wie sollten sie Bernhard ausfindig machen, wenn selbst die große Fähre kaum zu erkennen war? Und wie sollte er bei diesem Seegang überhaupt bis hierhin gekommen sein? Abgesehen von den widrigen Wetterumständen war er jetzt bereits fast zwölf Stunden im Wasser. Ob er überhaupt noch lebte?

»Dahinten! Ein rotes Licht!«

Marlene stockte der Atem.

»Da gibt uns jemand ein Zeichen. Das Licht bewegt sich hin und her.«

»Bernhard?« Marlenes Stimme war nur noch ein Raunen.

»Jetzt ist es wieder weg.«

Sie spähte durchs Seitenfenster, während sie versuchte, das Flugzeug über der Wasserfläche im Gleichgewicht zu halten, was ihr alles an fliegerischem Können abverlangte.

»Da ist es wieder!«, rief von Treskow. Nein, er schrie geradezu vor Freude. »Das kann nur er sein. Beginnen Sie mit der

Wasserung. Ganz sanft, damit wir so wenig Wasserschlag wie möglich haben.«

Marlene ließ sich von jetzt an nur noch von ihrem Instinkt leiten. Sie nahm das Gas gänzlich weg, was zur Folge hatte, dass die Maschine noch stärker schwankte als vorher. Dabei saß ihr die Angst im Nacken, der Motor könnte ausgehen. Dann würden sie keine Chance haben, ihn wieder zu starten, da er von außen angekurbelt werden musste. Die Wellenkämme, zwischen denen von Treskow Bernhard durchs Fernglas zu sehen geglaubt hatte, kamen immer näher. Wenn es ihr gelingen würde, das Flugzeug zwischen zwei Wellenbergen zu platzieren, würden die weit auseinanderstehenden Schwimmer hoffentlich ein Kippen der Maschine zu einer Seite verhindern. Sie hielt den Atem an, ihre Hand umklammerte den Steuerknüppel, als das Wasser auf sie zukam. Gischt spritzte an die Windschutzscheibe. Für ein paar hämmernde Herzschläge lang sah sie nur weißen Schaum. Als die Schwimmer schließlich die Wasseroberfläche berührten, ging ein Rütteln durch den Flugkörper. Die Maschine begann so zu schaukeln, dass Marlene schon befürchtete, sie würde ihr Gleichgewicht verlieren. Doch dann rutschte sie tiefer in das Wellental und stabilisierte sich.

»Da ist er!«, schrie von Treskow und schnellte in seinem Gurt nach vorne, als wolle er durch die Frontscheibe gehen. »Dort hinten!«

Jetzt sah Marlene es auch: Ein Kopf war in dem Wellental zu erkennen, eine erhobene Hand, ein herumirrendes rotes Licht.

»Können Sie den Flieger in dieser Position halten?« Von Treskow sah sie an. Er schien zu spüren, dass sie mit ihren Nerven am Ende war.

Daraufhin riss sie sich innerlich zusammen und nickte entschlossen. Im nächsten Moment wurden sie von einer Welle hochgehoben und ins nächste Tal getragen.

»Wo ist er?«, rief sie voller Panik.

Von Treskow sah sich suchend um. Nach einer viel zu langen

Pause rief er endlich: »Dort hinten! Er schwimmt auf uns zu. Ich öffne jetzt die Tür und werfe den Rettungsring raus, an dem ich ihn ranziehe.«

Im Nachhinein hätte Marlene die Rettungsaktion auf tobender See nicht mehr im Einzelnen beschreiben können. Während von Treskow Bernhard an Bord hievte, fokussierte sie ihre letzte Kraft darauf, die Maschine in waagerechter Position zu halten. Dann lag Bernhard mit dem Oberkörper im Fußraum. Mit einem Ruck zog von Treskow ihn gänzlich herein und verriegelte die Tür. Voller Entsetzen starrte sie den Mann im schwarzen Neoprenanzug an, der noch Taucherbrille, Schnorchel und Schwimmflossen trug und einen leblosen Eindruck machte. War das überhaupt Bernhard?

»Jetzt machen Sie doch endlich«, weckte von Treskows Stimme sie von hinten ungehalten aus ihrer Fassungslosigkeit.

Das Wasserflugzeug bot nicht allzu viel Platz für drei Personen. Bernhard hing auf dem Co-Popilotensitz, von Treskow kauerte hinter ihm in dem winzigen Laderaum.

»Ist er tot?«, fragte sie, unfähig, seiner Forderung nachzukommen.

»Er lebt. Los! Hoch mit dem Vogel!«

Plötzlich glaubte Marlene, die Stimme ihres Vaters zu hören. Im nächsten Augenblick gab sie Vollgas. Wasserfontänen peitschten auf. Sie zog den Steuerknüppel an sich heran und startete aus dem Wasser heraus mit heulendem Motor in den nebeligen Morgen. Das Wasserflugzeug gewann immer mehr an Höhe und nahm Kurs auf die Lübecker Bucht. Nach diesem Start befreite ihr Navigator Bernhard von Schnorchel, Brille und Flossen. Bernhard regte sich nicht.

»Er braucht einen Arzt!«, rief sie voller Panik.

»Das ist die Erschöpfung«, beruhigte von Treskow sie.

Aus dem Augenwinkel sah sie, wie er in seinen Fliegeranzug griff und etwas herauszog, das er Bernhard unter die Nase hielt. »Riechsalz«, erklärte er ihr. »Das half schon im Krieg.«

Marlene zwang sich, sich aufs Fliegen zu konzentrieren. Ihr schien es, als würde die Wolkendecke immer dünner werden, je weiter sie gen Westen flogen. Auch der Wind hatte sich ein wenig gelegt.

»Er kommt zu Bewusstsein«, hörte sie von Treskow in ihrem Rücken sagen.

Sie schaute zur Seite. Bernhards Blick traf ihren.

»Bernhard, Liebster …«, flüsterte sie mit bebender Stimme.

Da gewann sein Blick an Klarheit. »Träume ich?«, fragte Bernhard mit einer Stimme, die sie kaum wiedererkannte. Sie war nur noch ein Krächzen.

Er blickte von ihr zu von Treskow hinüber, der schräg hinter ihm kauerte, und wieder zu ihr zurück.

»Das ist Ansgar von Treskow«, erklärte Marlene. »Ich habe dir von ihm erzählt. Er hat dich an Bord gezogen.«

Die schwarzbraunen, langbewimperten Augen, die sie vom ersten Augenblick so sehr fasziniert hatten, gewannen wieder Leben. »Bin ich in Sicherheit?«

»Ja, du bist in Sicherheit«, versicherte sie ihm, wobei sie nur mit Mühe ein Schluchzen unterdrücken konnte.

Sie sahen sich an, und mit einem Mal war alles wieder da. Trotz der widrigen Umstände. Mit einem Mal füllte sich die kleine Flugkabine mit einer Energie, die alles möglich zu machen versprach.

»Meine Bernsteinfrau …«, flüsterte Bernhard in einem Ton, in dem all seine Liebe, seine Erleichterung und Dankbarkeit mitschwangen. Gleichzeitig griff er nach Marlenes Hand. »Danke.«

Marlene hielt sie fest. Und da sie Bernhard wegen des festgezurrten Gurtes nicht auf den Mund küssen konnte, zog sie seine Hand, die nach der langen Zeit im Wasser ganz aufgequollen war, voller Zärtlichkeit an ihre Lippen, während ihr Tränen die Wangen hinunterliefen.

Ihr Winterschwimmer war angekommen – im Westen, in der Freiheit und in ihrer gemeinsamen Zukunft.

DREI JAHRE SPÄTER

Bernhard Södermanns Flucht über die Ostsee sollte in den nächsten Jahren nicht die einzige spektakuläre Flucht aus der DDR in die Freiheit bleiben. Nach dem Bau der Mauer am 13. August 1961 wählten immer mehr DDR-Bürger diesen Weg. Einige schafften es, einige ertranken.

Bernhard fand schnell eine Anstellung an der Hamburger Universität. Ende 1957 heirateten die beiden. Weihnachten 1958 kam ihre Tochter Viola zur Welt. Damit machten sie Wilhelm und Änne Lilienthal zu begeisterten Großeltern.

1959 hatte sich die Flugtaxifirma endgültig einen Namen gemacht. Marlene stellte zwei Piloten ein. Im Sommer 1959 gründete sie eine Flugschule für Frauen, in der sie selbst unterrichtete. Im gleichen Sommer verwirklichte sie unter Federführung von Ansgar von Treskow ihren Traum, wieder Flugzeuge zu bauen.

Kurz vor Weihnachten 1959 reiste Erich Södermann aus der DDR aus. Fortan lebte er mit seiner Frau Lydia in dem Haus auf dem Grundstück der Villa in Blankenese, in dem vor dem Krieg die Angestellten der Lilienthals gewohnt hatten.

Im Frühjahr 1960 wurde die FSS 1A, ein hochmodernes Motorsportflugzeug, der Öffentlichkeit vorgestellt. Zu diesem Zeitpunkt war Marlene mit ihrem zweiten Kind schwanger, was sie nicht daran hinderte, ihre Ziele weiterhin zu verfolgen – mithilfe ihrer Schwiegereltern und ihrer Tante und ihrem Onkel.

Die FSS 1A ging Ende 1960 erfolgreich in Serie. Zu diesem Zeitpunkt hatte Marlene, die Himmelsstürmerin, dem kleinen Maximilian gerade das Leben geschenkt und bereits wieder ein neues Projekt im Kopf: den Bau eines Hubschraubers.

Bis ins hohe Alter ließen es sich Marlene und Bernhard nicht nehmen, einmal im Monat ein Wochenende zu zweit hoch auf der Klippe über der Ostsee zu verbringen, wo ihre Liebe begonnen hatte.